1

– *... il y avait ce vert... Ce vert, non ?... Au-dessus de moi... Qui m'étouffait, et l'eau qui bouillonnait, qui s'agitait, jusqu'à ce que tout s'apaise, se calme et s'éclaircisse. Alors, à travers les dernières bulles, j'ai enfin vu le ciel, si clair, et le soleil doré comme une orange, et aussi des oiseaux aux ailes étendues comme celles d'un moulin. De la rive, de petits visages sombres ne me quittaient pas des yeux. Ils avaient l'air craintif des animaux qui vont boire, les narines grandes ouvertes pour flairer le danger, les yeux brillants de méfiance. Et puis le courant m'a emportée. Il m'entraîne... Il m'entraîne encore...*

– *Qu'est-ce que c'est que ces conneries ?... Arrêtez tout !... C'est de la folie !...*

– *Je vous en prie... Seigneur !... Faites attention !... Vous allez...*

– *Jack !... Non !...*

– *Oh !...*

– *Allez !... Rallumez, s'il vous plaît...*

– *... de la blague... Je n'ai pas l'intention...*

– *... lumières !... Mrs Stanhope !... Mrs Stanhope, ça va ?...*

– *Tantine, ça va ?... Tantine, je t'en prie...*

– *... merci, ma chérie. Je me sens un peu... Laissez-moi une minute... Est-ce que j'ai...*

– *Strangers in the night...*

– Désolé, intervint le sergent Wield en coupant le magnétophone de poche. C'est ce qu'il y avait avant sur la bande.

Pascoe reposa la transcription de l'enregistrement :

– C'est dommage !... Je pensais qu'elle avait l'intention de prouver que Sinatra est bel et bien mort. Vous avez appuyé sur l'interrupteur, ou quoi ?

– Je ne sais pas trop. Le micro était discrètement planqué dans ma poche. Mais quand j'ai sauté de ma chaise pour bloquer Sorby, ça a dû bouger et déconnecter le fil. Je suis très embêté par tout ça, inspecteur.

– Gardez vos regrets pour plus tard, dit Pascoe. Attendez seulement de voir arriver Dalziel avec l'*Evening Post* à la main... C'est là que vous serez vraiment embêté !...

D'un rictus, Wield signifia à l'inspecteur qu'il partageait son pronostic.

Pascoe se replongea dans le rapport du sergent qui, comme toujours, était d'une clarté limpide.

Quand Wield s'était présenté chez Mrs Winifred Sorby pour poursuivre son enquête sur le meurtre de sa fille Brenda, il l'avait trouvée en compagnie de sa voisine, Mrs Annie Duxbury. Un peu plus tard étaient arrivées Mrs Rosetta Stanhope et sa nièce Pauline. Le sergent Wield n'ignorait pas que Mrs Stanhope jouissait d'une certaine réputation comme voyante et comme médium, et il était bientôt devenu évident que Mrs Sorby souhaitait que Mrs Stanhope entre en communication avec sa défunte fille. On avait supplié Wield de rester et d'assister à la séance. Le sergent avait fini par accepter, mais s'était absenté un instant pour aller chercher dans sa voiture un petit magnétophone qu'il avait dissimulé dans son veston. Puis il était revenu, et avait pris place, avec ces dames, autour d'une table ronde, dans la chambre de la morte plongée dans l'obscurité. Au bout d'un moment, Mrs Stanhope avait paru entrer en transe, s'exprimant d'une voix qui n'avait plus rien de commun avec la sienne. Mais, après quelques minutes, Mr Sorby avait fait irruption dans la pièce, ce qui avait mis fin aux réjouissances.

Mr Sorby s'en était pris d'abord à la stupidité de sa femme, puis avait tourné sa colère contre le sergent. Sa fureur n'avait pas tardé à s'exhaler aux oreilles complaisantes de la presse locale. Et avant même que Wield, honteux et confus, ne soit en mesure de regagner le poste de police, l'inspecteur Pascoe avait déjà dû répondre à de nombreuses questions sur la décision de la police de recourir dans cette affaire aux services d'une médium.

– Mrs Sorby est coutumière de ce genre de trucs, expliqua Wield, et ça n'a jamais plu à son mari. Il va de soi qu'elle ne l'attendait pas si tôt.

– Il a sans doute le don de double vue, ricana Pascoe.

Il reprit la transcription de la bande. Wield avait passé près d'une heure d'écoute attentive à déchiffrer les voix qui se chevauchaient.

– Essayons d'y voir clair, reprit Pascoe. Ça, c'est la voix de Mrs Stanhope en transe. Et puis Sorby arrive, et commence à gueuler. D'accord ?

– C'est ça, acquiesça Wield. Le *Je vous en prie... Seigneur...*, et ainsi de suite, c'est la nièce Pauline. Et c'est Mrs Sorby qui dit *Jack !... Non !...*

– Et ce cri épouvantable ?

– Ça, c'est Mrs Stanhope qui sort de sa transe. Et puis de nouveau sa nièce. Ensuite Sorby qui dit que c'est de la blague. Et Mrs Sorby qui demande à Mrs Stanhope si ça va.

– Ce qui est le cas. Elle a repris sa voix normale.

– Exactement. Et puis encore Sorby. La nièce avait couru rallumer la lumière. Sorby l'a écartée brutalement, et j'ai cru qu'il allait se jeter sur Mrs Stanhope. C'est à ce moment-là que je suis entré en scène.

– Et le reste n'est plus que silence, constata Pascoe. Tout est en ordre.

– Je voudrais que toute cette foutue histoire n'ait été que silence, lâcha Wield.

Le sergent était affligé d'un des visages les plus laids que Pascoe ait jamais vus : une laideur telle qu'on ne parvenait jamais à s'y habituer, et qu'elle vous surprenait à nouveau dès que l'on cessait de la voir pendant plus d'une demi-heure. En contrepartie, il est vrai, des traits aussi disgracieux occultaient en général le moindre symptôme d'émotivité.

Cependant, en ce moment précis, le visage du sergent, qui semblait fait d'un cuir crevassé passé à la craie, reflétait d'évidence son malaise.

Le téléphone se mit à sonner. La voix du sergent de permanence retentit :

– Mr Dalziel vient d'arriver. Il monte.

Pascoe n'avait pas reposé le combiné que la porte s'ouvrit avec violence. Le superintendant Andrew Dalziel se tenait sur le seuil.

Un régime sévère, longuement mais irrégulièrement observé, avait réussi à contenir les offensives d'une obésité sans cesse menaçante. Mais on aurait pu croire que la colère avait fait enfler le superintendant au point que ses yeux allaient jaillir de la pastèque qui lui servait de tête. Ses muscles, d'un instant à l'autre, allaient déchirer la serge de son costume. « L'incroyable Hulk se prépare à hulker », eut le temps de penser Pascoe.

– Bonjour, patron, dit-il, se levant à demi. Une réunion intéressante ?

Wield se tenait au garde-à-vous, rigide comme un cadavre.

– Ça a été super jusqu'à ce que je descende du train, répondit Dalziel.

Sa main, large comme un battoir, serrait un exemplaire roulé du journal local. On aurait juré qu'il voulait en extraire l'encre.

Il affecta de remarquer pour la première fois la présence de Wield, et s'approcha pour lui parler à l'oreille :

– Ah, sergent Wield, murmura-t-il. Des messages pour moi ?...

– Non, chef. Pas que je sache...

– Même pas de message de ce putain d'au-delà ? rugit Dalziel.

Le superintendant semblait prêt à écraser le sergent à coups de journal.

– Toute cette histoire n'est qu'une erreur, intervint Pascoe en toute hâte.

– Une erreur ? Je pense bien ! Je descends à Birmingham pour une conférence. *Alors, Andy,* qu'ils me disent tous, *comment va ton Etrangleur ? Très bien,* je réponds, *j'ai l'affaire en main.* Et *ça,* c'était l'erreur. Vous savez ce que raconte ce torchon ?... (Il se mit en devoir de dérouler le journal :) *Depuis longtemps, les différentes polices américaines recourent aux services de médiums quand elles pataugent*, lut-il laborieusement. Je pars. Je laisse une brigade criminelle anglaise normale en train de faire normalement son travail. Quand je reviens, on se croirait à New York, et on patauge ! Pas étonnant que ce pauvre Kojak soit chauve !

Pascoe hasarda un sourire : le superintendant Dalziel supportait mal que ses plaisanteries ne soient pas appréciées à leur juste valeur.

Le gros homme attira une chaise à lui, d'un pied qui était de l'ordre du quarante-six fillette, et se laissa choir lourdement :

– Bon !... Racontez-moi tout !...

Pascoe se contenta de lui tendre le rapport de Wield. Le superintendant le lut rapidement.

– Sergent !...

– Oui, chef ?...

– Arrêtez de vous tenir comme si vous aviez fait dans votre froc ! dit Dalziel d'un air las.

– C'est peut-être le cas, dit Wield.

Ces mots parurent détendre le superintendant qui grimaça un sourire et rota : à ne pas s'y tromper, le train de Birmingham comportait un wagon-bar...

– Comment se fait-il que vous ayez eu un magnétophone dans votre voiture, mon garçon ?... Ça n'entre pas dans votre dotation, je crois...

– Non, chef. C'est celui de mon neveu. Il déconnait, et je me suis chargé de le faire réparer.

– Vous êtes un bon oncle, approuva Dalziel. Chez un spécialiste, je suppose ?...

– Pas vraiment, chef, répondit Wield, de nouveau mal à l'aise. J'ai demandé à Percy Woods. Celui qui s'occupe des radios de nos bagnoles. Il se débrouille très bien avec tous ces trucs.

– Je vois... Je suis sûr qu'il a fait ça sur son temps libre et avec ses propres outils..., dit Dalziel, sarcastique.

– Il a fait un très bon boulot sur votre bouilloire, signala Pascoe.

Le superintendant frotta un instant sa panse contre l'angle du plateau du bureau le plus proche :

– Voyons un peu ce que les esprits ont à nous raconter, ordonna-t-il.

Il suivit mot à mot la transcription de Wield pendant que la bande repassait.

– Eh bien, ça nous aide beaucoup !..., éclata-t-il quand ce fut fini. Formidable !... Nous, on croyait que Brenda Sorby avait été tuée en pleine nuit, et voilà que le soleil n'arrêtait pas de briller !... On pensait qu'elle avait été jetée dans ce vieux canal tellement plein de boue que Judas lui-même aurait pu marcher dessus, et voilà qu'on nous dit que la flotte avait la clarté d'un torrent à truites !...

– Chef !...

Pascoe tentait sa chance, mais Dalziel n'en avait pas fini avec ses sarcasmes :

– Sergent, tout ce qu'il nous reste à faire, c'est découvrir dans quel coin du Yorkshire nichent les albatros... Ou peut-être bien les condors !... J'ai entendu dire qu'un couple a été repéré sur une décharge près de Barnsley !... C'est sûrement eux !... Et tous ces petits connards à peau sombre, j'y suis : c'est le comité du syndicat des gueules noires qui sort de son puits de mine !...

Pascoe rit. Il ne trouvait pas l'humour de Dalziel particulièrement drôle, mais il était heureux de le voir de nouveau de bonne humeur. Il connaissait le gros superintendant depuis de longues années, et cette familiarité avait tissé un réseau d'émotions et d'attitudes dont la moindre n'était pas une saine prudence.

– Très bien, Peter, dit Dalziel. A part cette connerie, qu'est-ce qui s'est réellement passé aujourd'hui ?

– Pas grand-chose. On a continué nos interrogatoires de porte à porte, mais on commence à être un peu à court de maisons à visiter.

– Et le gamin ?

– Tommy Maggs ? Je l'ai vu tout à l'heure, pendant que le sergent était chez les Sorby. Pas plus utile qu'un balai sans manche !... Il ne démord pas de sa petite histoire. Il est plutôt tendu, mais il fallait s'y attendre.

– Tiens... Pourquoi ?...

– Primo, sa petite amie a été assassinée. Et, deuxio, il a deux fois par jour la visite de la police.

– Ouais..., lâcha Dalziel, dubitatif. (Il jeta un coup d'œil à sa montre :) Bon... Je vais vous dire ce qu'on va faire. Comment va madame ?

Ellie, la femme de Pascoe, était enceinte de cinq mois de leur premier enfant.

– Très bien.

– Formidable, dit Dalziel. C'est ça qu'il vous faut, Peter. Un bébé dans la maison. Ça vous stabilisera.

Le commissaire s'exprimait avec la vertu sévère d'un évêque du Moyen Age réprimandant un jeune féodal trop remuant.

– Si elle va bien, reprit Dalziel, et si ma montre va bien, elle aussi, le *Black Bull* vient d'ouvrir et vous avez le temps de me payer une pinte.

– Avec plaisir, patron. Mais une seulement.

– N'ayez pas de complexes, mon vieux. Vous pouvez m'en payer autant que vous voulez !...

En passant devant Wield, le commissaire lui enfonça l'index entre les côtes :

– Vous feriez mieux de venir avec nous, sergent... Des fois qu'on ait la double vue !...

Il se dirigea vers la porte en ricanant.

Pascoe et Wield partagèrent en silence leurs tourments et le suivirent.

2

Brenda Sorby avait été la troisième victime en moins de quatre semaines.

Une veuve de quarante ans, Mary Dinwoodie, avait été la première de la liste. En ce qui la concernait, le destin avait frappé trois fois. Un an auparavant, son mari, sa fille de dix-sept ans et elle-même étaient les heureux – et prospères – propriétaires d'une jardinerie, le *Linden Garden Center*, à Shafton, un charmant village résidentiel situé à quelques kilomètres à l'est de la ville. Le premier acte de la tragédie s'était joué lors de l'exposition agricole du centre-Yorkshire : au cours d'un défilé de vieux engins à vapeur, le conducteur d'une des machines avait été pris de malaise, sa locomobile était entrée dans la foule, Dinwoodie n'avait pu s'échapper, et l'on avait retrouvé sur le pavé son corps horriblement mutilé et sans vie. Quelques mois après, le second acte de la tragédie s'était déroulé sur une route verglacée d'Ecosse : la fille de Mary Dinwoodie y avait trouvé la mort dans un accident de voiture.

Mary Dinwoodie faillit en perdre la raison. Elle laissa la jardinerie aux mains d'un gérant et s'en fut, toute seule. Trois bons mois passèrent avant qu'elle ne revînt. Elle paraissait pâle et fatiguée, mais animée de la ferme détermination de retrouver le cours normal des choses. Par une ironie du hasard, ses premiers pas en ce sens aboutirent au troisième acte.

Les Dinwoodie avaient noué peu de liens d'amitié à Shafton, mais ils y avaient activement participé au groupe de théâtre amateur. Mary Dinwoodie l'avait complètement abandonné après la mort de son mari. Mais, à son retour, cédant à l'aimable insistance d'un de ses voisins, elle avait accepté de prendre part à la traditionnelle soirée d'été du groupe. Ils avaient dîné au *Cheshire Cheese*, un pub de la banlieue sud de la ville qui possédait une petite salle à manger. A l'heure de la fermeture, ils s'étaient tous dirigés vers le parking en échangeant de gais bonsoirs. Mary Dinwoodie avait tenu à venir dans sa propre voiture, au cas où elle ressentirait le besoin de s'en aller tôt, mais, en l'occurrence, elle était restée jusqu'à la fin et avait paru pleinement profiter de sa soirée. Les autres participants s'étaient évanouis dans la nuit, en groupes d'au moins trois personnes, et chacun imaginait Mary Dinwoodie en chemin vers son domicile.

Mais le lendemain matin, sa *Mini* se trouvait toujours sur le parking.

Dans le courant de la matinée, un ouvrier agricole qui s'apprêtait à curer un fossé, cinquante mètres derrière le *Cheshire Cheese*, avait retrouvé son cadavre disposé avec un soin presque religieux au milieu des orties poussiéreuses.

Elle avait été étranglée. Ou, plutôt, on lui avait « serré le kiki », comme le disait sans se lasser l'auteur de la macabre découverte à tous ceux qui voulaient l'entendre. Dont, au fil des jours, le nombre ne cessa de diminuer.

Mais le « serreur de kiki » fit les délices du rédacteur en chef de l'*Evening Post*, le canard du coin, et il le mit tous les jours à la une, jusqu'à ce que l'intérêt du public ne finisse par s'émousser. Ce qui se produisit assez rapidement, comme le regrettait amèrement le brave homme qui avait trouvé le corps.

Le deuxième meurtre fut commis dix jours plus tard. June McCarthy, dix-neuf ans, célibataire, qui faisait les trois-huit à la conserverie d'Eden Park, sur la zone industrielle Avro (1), avait été déposée par le car de ramassage de l'entreprise, tôt le dimanche matin, au bout de Pump Road, la rue en courbe où elle habitait avec son veuf de père. Ses amis ne devaient jamais la revoir vivante. Vers 9 h 30, un jardinier septuagénaire, du nom de Dennis Ribble, avait buté sur son cadavre en ouvrant la resserre du jardinet qu'il possédait sur Pump Road.

Elle avait été étranglée, elle aussi, sans trace de violence sexuelle. Là encore, on avait disposé le cadavre avec soin, les jambes réunies, la langue ramenée dans la bouche, les bras croisés sur la poitrine. Et, détail qui dénotait un raffinement certain dans le genre, on lui avait mis dans les mains un bouquet de menthe dont le parfum embaumait la resserre.

Aucun suspect ne s'imposait. Son père, qui imaginait sa fille au fond de son lit, avait été arraché au sien. Et son fiancé, soldat dans le régiment du comté, était reparti en Irlande du Nord le jour précédent, après une semaine de permission.

Le lundi, à la rédaction de l'*Evening Post*, Sammy

(1) La firme Avro, aujourd'hui intégrée à British Aerospace, était l'un des grands constructeurs aéronautiques britanniques. De ses usines sortit notamment le célèbre bombardier *Lancaster* de la Seconde Guerre mondiale. *(N.d.T.)*

Locke jeta un coup d'œil aux brèves que les quotidiens nationaux accordaient à l'événement, s'interrogea sur l'angle qu'il fallait donner à son papier, et décida d'un titre : « ENCORE L'ÉTRANGLEUR ? »

Il n'avait pas commencé son article que le téléphone sonna. Sans préambule, une voix d'homme se contenta d'annoncer :

– Je le déclare : nous n'aurons plus de mariages.

Sammy Locke était peu porté sur la littérature. Mais sa secrétaire, qui avait échappé depuis peu à l'ennui d'une école où elle avait affronté les affres de l'examen de fin d'études secondaires, eut le sentiment qu'elle reconnaissait là une citation d'un des textes avec lesquels elle s'était colletée.

– Ça, c'est du *Hamlet*, dit-elle. Enfin, je crois.

Elle avait raison :

Hamlet, acte III, scène 1 : « *J'ai aussi un peu entendu parler, et beaucoup trop, des façons que vous avez de vous peindre la face. Dieu vous a donné un visage, et vous vous en faites un autre vous-même. Vous sautillez, vous trottinez, vous zézayez, vous affublez de sobriquets les créatures de Dieu, et vous donnez votre galanterie pour de l'ignorance. Allez ! Je ne veux plus de cela : cela m'a rendu fou. Je le déclare : nous n'aurons plus de mariages. Ceux qui sont déjà mariés vivront tous, excepté un. Les autres resteront comme ils sont. Au couvent ! Allez !* »

S'il ignorait Shakespeare, Sammy Locke connaissait les ficelles du journalisme. Il n'eut pas besoin de réfléchir longtemps pour supprimer le point d'interrogation de son titre. Puis il appela Dalziel, avec qui il lui arrivait de partager quelques verres.

Dalziel reçut l'information sans s'émouvoir, et consulta Pascoe, que la possession d'un diplôme de sociologie avait élevé à la qualité pas tout à fait bidon de conseiller culturel du superintendant. Pascoe se contenta de hausser les épaules et de noter le fait sur la main courante.

Puis vint le tour de Brenda Sorby.

Elle venait juste d'avoir dix-huit ans. C'était une jolie fille aux longs cheveux blonds qui tenait un guichet dans une succursale de banlieue de la Northern Bank. En gros, une jeune femme qui avait de l'existence cette vue simpliste qui conduit, à la fois, à une grande naïveté et à beaucoup de ténacité. Ce jeudi-là, elle avait prévenu sa mère qu'elle ne rentrerait pas à la maison pour le thé. Elle avait l'intention d'aller chez le coiffeur, puis de profiter de la fermeture tardive, le jeudi, de quelques grands magasins du centre-ville pour faire des courses avant de retrouver son petit ami.

Le petit ami en question se nommait Thomas Arthur Maggs (Tommy pour les copains), il était âgé de vingt ans et exerçait la profession de mécanicien. Il était de nature agréable autant qu'irréfléchie. Dans son adolescence, il avait commis quelques peccadilles, mais rien de grave, et s'était tenu tranquille depuis. Le père de Brenda n'appréciait ni Tommy ni ses petits camarades, mais Mrs Sorby, qui pensait qu'il valait mieux laisser les choses suivre leur cours, l'empêchait de donner un tour trop violent à son opposition. Jusqu'au soir du dix-huitième anniversaire de Brenda, que la jeune fille avait célébré avec une bande d'amis dans la discothèque la plus à la mode de la ville. Elle était revenue à la maison ravie, un peu ivre, et arborait au doigt une bague de fiançailles franchement tape-à-l'œil. Jack Sorby avait alors explosé. Il s'en était pris à la stupidité de sa fille et à la duplicité de Tommy. Il avait reproché à son épouse son manque de bon sens, et il s'était reproché de lui avoir fait confiance. Il ne s'était calmé que lorsque la jeune fille, menacée d'être jetée hors du domicile paternel, avait calmement répondu que, dans ce cas, elle s'en irait incontinent se mettre en ménage avec Tommy.

Les deux parties convinrent d'une trêve incertaine, que Jack Sorby, quatre jours plus tard, un vendredi matin, considéra comme violée de manière scandaleuse quand il s'aperçut que sa fille n'était pas rentrée à la maison le soir précédent. Une fois encore, Mrs Sorby mit en œuvre toute sa diplomatie et ses capacités de persuasion pour empêcher son mari de mettre le cap sans plus attendre sur la maison des Maggs, qui n'était pas éloignée de plus de huit cents mètres et d'administrer à Tommy ce qu'un petit bourgeois du Yorkshire qualifie de « bonne ratatouille ». Etrangement, Jack Sorby, s'il exagérait le vrai souci que lui causait l'absence de sa fille, n'y voyait pas d'autre explication que d'ordre sexuel...

En tout cas, Winifred Sorby avait de Brenda une perception moins étroite. Dès que son mari s'en était parti pour les bureaux du bookmaker où il était employé, elle avait téléphoné à la banque. En général, Brenda y arrivait à 8 h 30. Mais ce jour-là, elle n'avait pas encore fait son apparition. Winifred Sorby rappela à 9 heures. Sur quoi, malgré la météo qui promettait une belle journée, elle enfila un imperméable, parce qu'elle sentait un grand froid l'envahir, et elle se dirigea vers la maison de Tommy Maggs.

Il n'y eut pas de réponse. Pas le moindre signe de vie.

Une voisine serviable l'informa que la famille Maggs dans son ensemble était partie au travail. Et qu'elle les avait tous vus quitter leur domicile à l'heure habituelle, Tommy compris.

Mrs Sorby décida d'aller voir la police.

Au seul nom de Tommy Maggs, elle souleva un certain intérêt.

En effet, à 23 h 15, le soir précédent, l'équipe d'une voiture de patrouille avait remarqué une *Mini* peinte aux couleurs de l'arc-en-ciel. Le capot était relevé, et un jeune homme, à ce qu'il semblait, tentait de mettre le moteur à la raison à grands coups de clé à molette.

Une enquête sommaire avait révélé que la voiture appartenait bien au jeune homme en question, qu'elle était réellement tombée en panne, et que malgré les soins éclairés de son propriétaire – il s'agissait bel et bien de Tommy Maggs – elle refusait de repartir. Une forte odeur d'alcool avait conduit les diligents policiers à s'enquérir de la manière dont Tommy avait passé la soirée. Avec sa petite amie, leur avait-il répondu. Qui, agacée par la panne, et ne se trouvant qu'à quelques centaines de mètres de sa maison, vers laquelle ils se dirigeaient, avait décidé de faire le reste de la route à pied.

Les deux jeunes gens étaient-ils passés par un pub ? demandèrent les policiers.

Non, affirma Tommy. Pas le moins du monde.

Et, cependant, vous avez bu, me semble-t-il, insinua l'un des policiers qui avait extrait de la *Mini* une bouteille de whisky plus qu'à moitié vide.

Un alcootest leva bientôt les doutes qui auraient pu subsister, et Tommy fut emmené sur-le-champ au poste de police pour une prise de sang. Quand Tommy prétendit qu'il n'avait pas bu une seule goutte *avant* la panne, on lui suggéra de garder une assertion de ce genre pour l'édification du juge. Le médecin de la police était, pour l'heure, très occupé à prodiguer ses soins à un veilleur de nuit dont le crâne avait été défoncé au cours d'un cambriolage, et 1 heure du matin était largement passée quand Tommy fut enfin relâché. Il était vraiment trop tard pour qu'il puisse être de quelque utilité à qui que ce soit. La pluie, sur ces entrefaites, s'était mise à tomber lourdement, et la police britannique démontra une fois encore sa courtoisie proverbiale en le confiant à une autre voiture de patrouille pour qu'il soit ramené chez lui.

Le lendemain, des policiers vinrent rendre visite à Tommy au garage où il travaillait, et il supposa qu'il s'agissait toujours de la même affaire. Il leur raconta la même histoire, peut-être, cette fois, un peu mieux construite : une promenade des plus romantiques avec sa fiancée, la panne, la décision de Brenda de finir le chemin à pied, sa mauvaise humeur, et le recours à la bouteille pour se calmer les nerfs, avant d'envisager d'abandonner à son triste sort la bagnole devenue inutile, et de rentrer à pied.

Mais, quand Tommy avait enfin compris où les policiers voulaient en venir, il était devenu extrêmement nerveux. Les enquêteurs se contentèrent cependant de prendre sa déclaration et s'en furent à la banque où personne n'avait vu ou entendu Brenda depuis la veille. On avait toutefois noté plusieurs tentatives pour la joindre au téléphone – en dehors de Mrs Sorby, bien entendu –...

A l'heure du déjeuner, la police commençait de prendre les choses très au sérieux. Jack Sorby s'était efforcé de distraire son public en se rendant au garage de Tommy pour lui flanquer une correction. Mais le pauvre garçon était trop déprimé pour essayer de se défendre. Par la grâce du Ciel, les policiers étaient arrivés juste à temps pour rétablir l'ordre public. Tommy ne s'était pas montré d'une beaucoup plus grande utilité que précédemment, se bornant à répéter machinalement sa version des faits, mais il avait au moins aidé à résoudre le problème des coups de téléphone adressés à Brenda : il reconnut sans réticence qu'il en était l'auteur. Quand on lui en demanda la raison, il répondit avec sa candeur native :

– Pour confirmer cette putain d'histoire de soûlerie, bien sûr !

Après les deux premiers meurtres, Pascoe avait été chargé par Dalziel d'avoir à l'œil toute attaque perpétrée contre une femme, ou toute disparition. Il jugea les propos de Tommy parfaitement cohérents : s'ils ne confirmaient en aucune façon le récit que Tommy avait fait de sa soirée, ils permettaient d'écarter certaines hypothèses. Ou, tout au contraire, ils démontraient que le jeune homme était sacrément plus rusé qu'il n'y paraissait.

Ce qui tira finalement Tommy du pétrin fut ce que nul ne désirait. C'est-à-dire la découverte du cadavre. L'épisode fut plutôt moche. En plein cœur de la ville, tout au long de la rivière envasée, courait le vieux canal, vestige du siècle passé qui n'avait plus guère été utilisé depuis la guerre, jusqu'au moment où les agences de tourisme, dans les années 60, s'étaient avisées du charme des croisières fluviales. Suivies, dans les années 70, par les grandes sociétés qui s'étaient alarmées de l'effet du prix du pétrole sur le coût des transports routiers. C'est pourquoi ce fut une péniche qui, à proprement parler, ramena à la lumière le corps de Brenda. Naviguant à plein avec un chargement de pièces de fonte, la péniche avait tenu le mitan du canal avant qu'un plaisancier insouciant ne la force à obliquer vers la berge. Jurant avec la vigueur que la sagesse des nations prête en général aux charretiers, le marinier avait entendu sa coque talonner et l'hélice ralentir brutalement. Il avait pensé qu'il avait touché une épave de belle taille rejetée, sans souci de l'environnement, dans les eaux opaques du bief.

Le marinier avait coupé le moteur et s'était rué vers l'arrière de son bateau. Il avait noté d'abord que l'eau marronnasse semblait tachée de pourpre. Puis il s'était remis à jurer. Mais cette fois, ç'avait été davantage une manière de conjurer le sort...

Le médecin légiste n'avait eu aucune peine à déceler que les mutilations relevées sur le cadavre avaient été provoquées par l'hélice et n'avaient rien à voir avec la façon dont la jeune fille avait trouvé la mort. Il jugea qu'elle avait été étranglée, mais qu'elle n'était pas encore morte – encore que probablement moribonde – quand son corps avait pénétré dans l'eau. Interrogé sur l'heure du décès, il avait refusé de se prononcer avec précision, estimant le délai depuis la mort à pas moins de douze heures et pas plus de vingt. Pressé d'en dire plus, il avait fait preuve de mauvaise humeur et avait excipé de paramètres particuliers, notamment la température élevée de l'eau du canal et l'ouverture du thorax par les pales de l'hélice.

Habitué de longue date aux incertitudes des hommes de science, Pascoe s'était mis en quête d'autres moyens d'établir la chronologie des faits.

Si l'on retenait l'hypothèse des vingt heures écoulées depuis le décès, il fallait remonter jusqu'à 18 h 30 le jeudi après-midi. En fait, le point de départ se situait à 20 heures, c'est-à-dire au moment du rendez-vous de Brenda et Tommy au *Bay Tree Inn*, un ancien relais de poste à colombages, relativement proche du centre de la ville, qui était tombé aux mains d'une puissante société de brasserie, aussi renommée pour la sûreté de son flair commercial que pour la basse qualité de sa bière à la pression. Le cachet du *Bay Tree* attirait les touristes, les dîneurs se pressaient dans les deux restaurants qui pratiquaient l'un des prix exagérés, l'autre des prix exorbitants, et la jeunesse se ruait dans la discothèque installée dans la cave voûtée. Bref, l'endroit était plein en permanence. Les retrouvailles de Brenda et de Tommy avaient été dûment constatées par Ron Ludlam, un compagnon de travail de Tommy et l'un des membres du groupe de copains que Mr Sorby exécrait si farouchement. Ron avait bu quelques coups avec Tommy pendant qu'il attendait Brenda. La jeune fille n'avait pas voulu rester au *Bay Tree*. Selon Ron Ludlam, qui après l'annonce de la mort de Brenda, avait raccompagné chez lui un Tommy en pleine détresse, elle paraissait vouloir s'entretenir sérieusement et en tête à tête avec son fiancé de questions touchant à leur mariage. Le couple était parti dans la bruyante et multicolore *Mini*.

S'il fallait en croire Tommy, ils avaient passé la soirée à rouler sans but défini. S'étaient-ils arrêtés ? Bien sûr, ils avaient stoppé en pleine campagne pour fumer une sèche et discuter. Etait-ce bien tout ? Ils s'étaient sûrement pelotés un brin, mais rien de sérieux.

Le légiste confirma le « rien de sérieux ». Brenda était encore vierge.

Les entrepôts se dressaient sur l'une des rives du canal. Et on ne pouvait accéder à la berge qu'en escaladant les grilles. A cela s'ajoutait qu'à partir de 23 heures, une vive activité policière s'était déployée dans Sunnybank, la rue sombre comme un canyon qui desservait les entrepôts, car c'était dans l'un d'eux que le veilleur de nuit, auquel le médecin avait dû prodiguer ses soins avant de faire une prise de sang à Tommy, avait été attaqué.

L'autre rive du canal, celle où le corps avait été découvert, se présentait comme une vaste langue de terre herbeuse, plantée de saules et de bouleaux destinés à cacher les bâtiments lépreux d'en face à ceux qui choisissaient de prendre l'air dans les charmantes étendues de Charter Park. Le soir en question, l'air vibrait de musique et de bruit : c'était la fin de la première semaine de la Grande Foire de la ville. Et les édiles avaient fait preuve d'un laisser-aller plus continental que britannique en autorisant l'entreprise municipale de location de barques à rester ouverte jusqu'à minuit pendant toute la période de la foire. Ainsi, les chalands las des manèges et des attractions pouvaient-ils louer une barque et traverser jusqu'à la rive du canal. Les arbres s'illuminaient de guirlandes de lampions et deux ou trois stands de frites et de saucisses permettaient de se sustenter.

Il y avait bien trop de monde dans le coin pour que le corps ait pu être jeté à l'eau avant 23 h 30, heure à laquelle les nuages qui s'assemblaient dans le sud étaient soudain remontés vers le nord, effaçant la lune et les étoiles, et ouvrant les vannes à une lourde averse. En moins de vingt minutes, la rive s'était vidée de toute présence humaine. Sur le canal, les amateurs de barque avaient sur-le-champ recherché des lieux plus abrités, ou s'étaient au contraire enfoncés dans une nuit plus propice.

A ce moment-là, il aurait été possible de déposer dans le coin un régiment de cadavres sans guère attirer l'attention.

Mais à ce moment-là, justement, Tommy se trouvait déjà en grande conversation avec les policiers, et il demeurerait en leur compagnie jusqu'à ce qu'ils le laissent devant sa porte à 1 h 30 du matin. Son père, qui avait veillé pour regarder un western à la télévision, confirmait qu'il était bien rentré.

Aussi, sauf à supposer que Tommy se soit ensuite enfui de la maison paternelle en catimini, qu'il ait été retrouver Brenda à pied, qu'il ait réussi à l'entraîner, toujours en marchant, jusqu'au canal qui se trouvait à huit kilomètres et qu'il l'ait enfin tuée, le jeune homme était hors de cause.

Mais nul ne pouvait dire ce qui était arrivé à Brenda après qu'elle eut abandonné son petit ami et sa voiture en panne. A l'exception du meurtrier...

A 6 heures du soir, ce vendredi, le rédacteur en chef de l'*Evening Post* décrocha son téléphone :

– *Il faut que je sois cruel, rien que pour être humain*, déclara une voix.

Puis la communication fut coupée.

Le rédacteur en chef hurla pour appeler sa secrétaire.

3

Une grossesse peut être une expérience enrichissante. Mais Ellie Pascoe n'en profitait pas vraiment.

Alors qu'elle se trouvait à peu près à mi-parcours, elle souffrait encore des nausées matinales qui auraient dû disparaître le mois précédent, et elle subissait déjà le mal au dos et les brûlures d'estomac dont, décemment, l'apparition aurait dû attendre encore quatre semaines.

– Pour l'amour du Ciel, ne me traite pas comme un bébé ! jeta-t-elle en regagnant toute pâle la table du petit déjeuner. Je vais avoir un enfant, mais je n'en suis pas un !...

Dûment averti, Pascoe retourna à ses corn-flakes et dit en souriant :

– Si tu ne voulais pas faire le voyage, il ne fallait pas acheter le billet !...

– Je ne savais pas que c'était la fin du monde, répondit-elle, le visage fermé.

– Au moins, tu n'as pas besoin d'aller travailler.

Juillet était déjà bien avancé, et le collège universitaire où Ellie enseignait était en pleines vacances.

– Ce sont les étudiants qui prennent des vacances. Pas nous !..., jeta-t-elle.

Leur querelle sur ce sujet était ancienne, et Pascoe savait qu'il s'avançait en terrain miné. Il esquissa un repli tactique :

– Passe-moi le beurre, s'il te plaît.

– Si tu veux dire par là que j'aurais dû suivre ton conseil et donner ma démission à la fin du semestre sans avoir à me soucier de la rentrée, permets-moi de te rappeler que, personnellement, j'ai besoin de ce travail, que, toi personnellement, tu as besoin de l'argent que ça rapporte, et que, troisièmement, les femmes ont combattu pendant des siècles pour obtenir quelques droits minables, y compris celui de ne pas perdre leur job parce qu'un étourdi leur a fourré un polichinelle dans le tiroir. Et que, par conséquent, je ne vais pas renoncer à ce droit juste parce que tu te sens une âme de patriarche et de *pater familias* !... Excuse-moi un instant !...

Quand elle revint, à nouveau pâle et défaite, Pascoe sourit :

– Qu'est-ce que ça aurait été si j'avais demandé la confiture !...

Ellie s'abstint de répondre.

– Qu'est-ce que tu fais aujourd'hui ? demanda-t-il après avoir bu son café.

– Je vais vomir à l'aéro-club.

– Seigneur Dieu !..., s'alarma-t-il, tu ne vas pas te mettre à faire du planeur ?...

– Mais non !... J'y vais seulement pour déjeuner. Mais leur poulet Marengo, ils risquent de le voir passer à l'aller et au retour !...

– Allons !..., la calma Pascoe. Ce n'est sûrement pas aussi mauvais que ça !... Mais pourquoi l'aéro-club ? Ce n'est pas l'un de tes lieux de prédilection !...

– J'ai rendez-vous avec Thelma.

– Thelma Lacewing ? Je n'aurais pas cru que c'était un de ses terrains de chasse !

– Qu'est-ce que tu sais des terrains de chasse de Thelma ?

– Moi ? Rien ! Vraiment rien du tout ! dit-il, indifférent autant que possible.

Il avait, en fait, quelques bonnes raisons de feindre l'indifférence. Tout d'abord, Thelma était la cheville ouvrière du G.A.D.F., le Groupe d'Action pour les Droits des Femmes, qui avait tendance à considérer que la loi passait après ses principes. En second lieu, il avait récemment contribué à faire coffrer l'oncle de Thelma, homme d'affaires respecté de la région, pour atteinte aux bonnes mœurs. Et, enfin, en se plaçant – cela va de soi – du strict point de vue de l'esthétique, il trouvait Thelma assez désirable, et pensait parfois que Thelma, de son côté, le jugeait, lui aussi, à son goût...

– De toute façon, que ce soit son terrain de chasse ou pas, c'est là qu'elle m'a donné rendez-vous, reprit Ellie. Je lui avais promis d'aider Lorraine Wildgoose pour le secrétariat du groupe quand je serais en vacances et que j'aurais un petit peu plus de temps.

– Et toi qui disais qu'il n'y avait que les étudiants qui étaient en vacances..., fit remarquer Pascoe.

– Oh, ça suffit ! Va travailler ! dit-elle d'un air dégoûté. Et essaie d'empêcher ce cinglé de tuer sa demi-douzaine de bonnes femmes aujourd'hui !

Pascoe achevait de dévorer un toast :

– Wildgoose ?... J'ai déjà entendu ce nom... Je la connais ?

– Je ne crois pas. Et pourtant, elle a tout pour te plaire... La quarantaine, un caractère épouvantable, prof de français, en plein naufrage conjugal...

Pascoe eut un frisson d'horreur et se leva.

Quand il revint, sa serviette à la main, prêt à partir, Ellie était plongée dans le journal :

– Regarde... Il y a un petit papier sur notre ami le gros Dédé qui a fait appel à une voyante...

– Seigneur !... Montre-moi ça !...

Il jeta un coup d'œil au quotidien, puis lâcha, soulagé :

– C'est court, heureusement... Et puis je suis sûr qu'il ne lit pas le *Guardian*.

– Peut-être que non... Mais le *Sun* et le *Mirror* vont en faire leurs choux gras !... A t'entendre hier soir, on aurait pu croire que c'était une bonne histoire !...

– Il ne faut pas croire tout ce qu'on dit, souffla-t-il en l'embrassant.

– Peter, demanda-t-elle, songeuse, quand il eut relâché son étreinte, cette transcription de la bande que tu m'as montrée... Je peux te l'emprunter ?...

– Qu'est-ce que tu peux bien vouloir en faire ?...

– Ça me revient. La nuit dernière, j'ai eu une insomnie, et j'ai conçu une idée géniale !... Tu sais comment ça se passe... C'est à propos de cette nana en transe... C'est vrai que tu as dit que ça n'avait rien à voir avec ce qui s'est réellement passé, mais je me suis souvenue que, l'an dernier, le musée avait monté une campagne de fouilles dans le Charter Park – tu t'en rappelles sûrement... –, juste derrière le monument aux morts. Les historiens du collège étaient dans le coup. Ils voulaient retrouver des traces de l'époque romaine, mais comme ça, pour voir, ils ont creusé un peu plus profond. Et ils ont découvert que des hommes s'étaient installés dans ce bled depuis aussi longtemps qu'il y a eu des humains pour vouloir vivre dans ce pays.

– C'est passionnant !..., railla Pascoe. Et alors ?...

– Suppose une seconde que, quand tu meurs, tu fasses un glissement dans le temps. C'est une hypothèse comme une autre... De toute façon, quand ça t'arrive, le temps *s'arrête,* non ?... Et puis on dit que, quand on se noie, on revoit toute sa vie en une fraction de seconde... Enfin, c'est une idée reçue, mais c'est ce qu'ont raconté les gens qui ont été sauvés de la noyade. Suppose maintenant qu'il ne s'agisse pas de la vie de chacun, mais de la vie *tout entière...* En tout cas, quand tu as passé cette limite, on ne peut plus te récupérer...

– Je te suis... Je te suis..., hasarda Pascoe que troublait cette intrusion inhabituelle de la part de sa femme dans le domaine de l'imaginaire. Et alors ?...

– Eh bien, disons que, pendant un très court instant, cette fille a échappé à *notre* temps et s'est retrouvée... Je ne sais pas, moi... Au début du quaternaire... L'eau est limpide, évidemment... Comme le temps n'est plus le même, il fait grand jour... Tous ces petits visages bruns... Comment disait-elle, déjà ?... Comme des animaux qui vont boire... Ce sont des hommes de Cro-Magnon, ou de je ne sais quelle tribu préhistorique... Et les oiseaux qu'elle a vus sont peut-être des ptérodactyles...

– Doux Jésus !..., soupira Pascoe.

– Très bien !... N'en parlons plus !... Mais ne viens plus me bassiner avec ton ouverture d'esprit !... Tu es aussi ouvert qu'une banque le samedi !...

Pascoe choisit les voies rassurantes de la mauvaise foi :

– Je m'étonnais seulement de ta connaissance approfondie de la préhistoire !...

– Je n'en sais pas plus que toi, admit-elle. C'est pour ça que je voulais avoir la transcription. Ces trucs-là passionnent Thelma. C'est l'un de ses dadas. Je pensais qu'elle pourrait m'aider à y voir clair...

– Elle a tous les talents, celle-là..., grinça Pascoe. Qui voudrait nous faire croire qu'elle est intouchable.

– Je me demande bien ce que tu peux vouloir dire, remarqua-t-elle avec un sourire.

– Bon, très bien..., reprit-il en ouvrant sa serviette. Voilà ce que tu veux... On en a un exemplaire au commissariat, mais tâche tout de même de ne pas le perdre !... Encore que ça ne soit pas vraiment un document officiel !... En échange, promets-moi de ne pas laisser toutes ces cinglées exiger de toi plus que tu ne peux en faire !... D'accord ?...

– Oui, mon colonel !..., approuva-t-elle.

Il l'embrassa encore une fois, d'un air sévère et partit.

Mais en reculant avec sa voiture sur le chemin, il pensa soudain : « *Ptérodactyles* », et l'idée le fit tellement rire qu'il faillit en heurter le laitier.

En tout cas, quelque chose dans les propos d'Ellie avait frappé son inconscient. Alors qu'il se traînait, vers 9 heures, dans la circulation de l'heure de pointe, il se trouva, sans y avoir pensé réellement, en train de tourner à gauche et, dix minutes plus tard, il franchissait l'entrée de Charter Park.

La sécheresse avait transformé le sol en une croûte si dure que même l'averse de l'autre jour n'avait pu le ramollir, et le gazon poussait pauvrement. Il était couvert de détritus et de papiers gras. Pascoe se demanda pendant combien d'années survivrait la foire. En peu de temps, elle avait déjà beaucoup changé.

Jusqu'à la Première Guerre mondiale, ç'avait été l'une des grandes foires aux chevaux du pays. Quelques anciens se souvenaient encore du temps où maquignons et romanichels accouraient de tout le Nord. Sur des kilomètres, les routes des alentours étaient couvertes de roulottes. Rien à voir avec les caravanes aérodynamiques d'aujourd'hui : de vieilles verdines de bois, peintes en doré, en vert, en rouge ou en bleu. Les décennies passant, la foire avait été de plus en plus vouée à la distraction, mais le commerce des chevaux avait perduré jusque dans les années 60. Les plaintes, cependant, n'avaient cessé de se multiplier, en particulier de la part des forains patentés qui se jugeaient à cent coudées au-dessus des romanichels. La guilde nationale des forains avait jeté son poids dans la balance, mais les chevaux ne furent à jamais bannis de Charter Park que le jour où une petite troupe de poneys appartenant à des Gitans s'échappa du parc et s'en fut galoper à travers la ville, ce qui causa quelques accidents et souleva une vive indignation. Quelques Gitans participaient bien encore à la foire, mais leur principal lieu de stationnement se trouvait maintenant en bordure de l'ancien aérodrome.

A cette heure-là, la foire était bien calme, encore qu'il y eût pas mal de mouvements à l'endroit où stationnaient les caravanes, mais Pascoe n'eut aucun mal à l'imaginer animée par la foule des chaudes nuits d'été. Après 22 h 30, l'heure de fermeture des pubs, il y aurait un grand arrivage d'assoiffés de distractions, bruyants et pas très difficiles dans leurs exigences. Dans la foule, une fille seule, ou un couple, pouvait parfaitement passer inaperçu.

Mais comment Brenda Sorby aurait-elle pu venir dans le coin ?...

Pascoe, perdu dans ses pensées, arpentait lentement le champ de foire. On pouvait évidemment penser que le jeudi soir, alors qu'elle rentrait chez elle, Brenda avait rencontré quelqu'un de sa connaissance et s'était laissé entraîner. Mais cela aurait été après 23 heures, et il aurait fallu que l'inconnu en question déploie de grandes qualités de persuasion. Ou bien peut-être quelqu'un l'avait-il prise en stop, et l'idée d'aller à la foire avait germé à ce moment-là... Mais à l'heure où ils seraient arrivés, l'orage avait déjà éclaté et la foule se hâtait de rentrer à la maison. En plus, il fallait compter encore une bonne soixantaine de minutes, sinon davantage, avant que les forains n'aient achevé de nettoyer et de ranger. Brenda était-elle restée tout ce temps à attendre dans la voiture ?... Ou peut-être était-elle déjà morte, ou inconsciente ?...

Il passa devant la tente d'une diseuse de bonne aventure, ce qui lui remit en mémoire l'expérience à laquelle le sergent Wield avait participé la veille. En rentrant à la maison, il avait beaucoup ri en la racontant à Ellie, mais sa femme n'avait pas trouvé ça drôle : « Je t'assure que vous devriez utiliser toute l'aide que vous pouvez trouver », avait-elle dit. Elle paraissait prendre cette série de meurtres très à cœur. Il était possible qu'il y ait là un effet de sa grossesse sur son affectivité. En tout cas, pas question de le lui dire !...

Pascoe atteignit le petit embarcadère où étaient amarrés les bateaux de location.

Joe, le propriétaire, n'était pas encore là, et le policier s'en réjouit : c'était l'un de ces paysans du Yorkshire tellement soupçonneux qu'à leur naissance, ils passent dix bonnes minutes à examiner les seins de leur mère avant d'accepter la tétée qui leur est offerte !... Mais cette méfiance donnait tout son poids au témoignage qu'avait fourni Joe.

Non, il n'avait reconnu Brenda Sorby sur aucune photo. Non, aucun bateau ne manquait. Non, personne n'était parti à deux et revenu seul.

Certes, Joe avait concédé qu'avec l'orage beaucoup de bateaux lui avaient été ramenés en même temps, et qu'il était possible qu'un quatuor de canotiers se soit transformé en trio. Mais aucun solo, il en était sûr. Pluie ou pas pluie, il avait vérifié chaque barque avant de restituer les deux livres de dépôt de garantie. Et il avait bien restitué tous les dépôts.

Pourtant, l'Etrangleur s'était sûrement servi d'un bateau. Le seul autre accès au champ de foire était un pont, à plus d'un kilomètre et demi, bien trop loin pour qu'on prenne le risque de transporter un cadavre. Et pourquoi parcourir une telle distance pour l'immerger ?

La seule autre hypothèse était que l'Etrangleur était lui-même marinier. Elle plaisait beaucoup à Andy Dalziel, qui avait tendance à mettre dans le même sac tous ceux qui mènent une vie itinérante. Pascoe, qui avait travaillé sur la question à l'université, savait que la réalité était bien plus variée. En ce qui concerne l'éducation des enfants, par exemple, les forains et les gens du cirque accordent une grande importance à la scolarisation de leurs rejetons et, quand ils le peuvent, les envoient souvent dans de coûteuses pensions. Les Gitans, par contre, se méfient du « système » et veulent en être indépendants, ce qui rend l'intégration de leurs enfants dans une école ordinaire extrêmement difficile. Le problème s'était autrefois présenté de la même manière pour les enfants des mariniers, et n'avait disparu que le jour où le transport par péniches avait cessé d'être financièrement viable. Mais, pensait Pascoe, il allait ressurgir avec le renouveau de la batellerie.

Pascoe avait veillé à ce que tous ceux qui avaient passé la nuit sur le canal, quel que soit le type de leur bateau, soient dûment repérés et interrogés. Mais aucun ne s'était trouvé seul, tous avaient de solides alibis, et personne n'avait vu ou entendu quoi que ce soit. D'ailleurs, tout semblait en fait démontrer que le cadavre avait été immergé depuis la rive, et non d'un bateau. On avait retrouvé sur les vêtements de Brenda des traces de boue provenant sans conteste de la berge.

Pascoe jeta un coup d'œil à sa montre. Le temps de la flânerie est terminé, décida-t-il. Il avait du pain sur la planche. Il revint donc sur ses pas.

Le champ de foire était déjà plus animé. Certes, les manèges et les attractions n'ouvriraient pas avant la fin de la matinée, mais il fallait bien se livrer à d'indispensables préparatifs : retirer les bâches de protection, vérifier et graisser les machineries, polir les chromes. Dans les stands de tir, on avait à disposer les prix dérisoires qui seraient proposés aux amateurs de carabine, et à vérifier qu'il n'ait pas pris fantaisie aux viseurs de devenir précis...

Devant la tente de la diseuse de bonne aventure, une jeune femme, en jean et bustier jaune, discutait avec un homme vêtu d'une chemise à carreaux et d'un pantalon de velours marron enfoncé de manière toute militaire dans des rangers. Il avait la quarantaine, les sourcils en broussaille, et les traits taillés à coups de serpe.

Ils regardèrent passer Pascoe, et l'homme prononça quelques paroles.

Un instant plus tard, une voix féminine s'éleva :

– S'il vous plaît ! cria-t-elle en le rattrapant.

L'homme attendit quelques instants avant de se diriger vers les caravanes.

– Vous êtes un des policiers ? interrogea la jeune fille.

Toute femme de moins de vingt-cinq ans est aujourd'hui une jeune fille, pensa Pascoe. Dans le cas de celle-là, cela n'avait rien d'usurpé : une peau juvénile et fraîche, des yeux noisette, et une superbe chevelure rousse mal retenue par un foulard vert et blanc.

– C'est exact, répondit-il. Ça se voit tant que ça ?

– Je crois que je vous ai aperçu l'autre jour, reprit-elle, sans répondre à sa question.

Pascoe approuva de la tête. C'était probable. Il avait passé une bonne partie de la matinée du vendredi sur le champ de foire.

– Vous travaillez ici ? demanda-t-il.

– Oui. Vous avez une seconde ?

Sans attendre, elle se dirigea vers la tente, soulevant la portière.

Pascoe marqua un instant d'arrêt, à la fois pour rassembler ses esprits et pour lire la pancarte :

Madame Raschid, Interprète des Astres, Entrée 50 pence.

Les caractères en étaient pseudo-arabes, et de vagues formes colorées entouraient chaque mot.

– Le prix de l'avenir est en hausse, remarqua-t-il.

– Vous devriez vous faire faire votre thème astral, répliqua-t-elle avec sérieux. De toute façon, nous n'avons pas le droit de prédire l'avenir.

– Je sais.

– Bien sûr, que vous le savez. Vous voulez entrer ?

Le cadre lui parut un peu décevant. Il évoquait davantage un camp scout que les mystères de l'Orient. Cela sentait la toile humide et l'herbe piétinée. Le mobilier se limitait à une table à tréteaux et deux chaises pliantes.

Une valise était posée sur la table et, comme si elle avait perçu sa déception, elle précisa :

– C'est nettement mieux quand je sors tout l'attirail.

– Je le crois volontiers, approuva Pascoe. A quel sujet vouliez-vous me voir, miss... euh... Raschid.

Elle éclata de rire, d'une manière charmante :

– Non !... Je m'appelle Pauline Stanhope.

Ils se serrèrent la main. Ce nom lui disait quelque chose.

– Je suis l'inspecteur Pascoe, annonça-t-il.

– Je pensais bien que c'était vous. C'est à propos d'hier. Asseyez-vous, voulez-vous ?

Il déplia les chaises et ils s'installèrent de chaque côté de la table. Comme pour un interrogatoire. Ou comme pour une séance de voyance.

– A propos d'hier ?

– Oui. Tante Rose en a été malade, quand elle a lu le journal.

– Ah bon ? dit Pascoe.

Quelle tante Rose ? Mais Rosetta Stanhope, bien sûr. Et la jeune fille était sa nièce.

– Rosetta... Raschid..., murmura-t-il.

– C'est ça. Excusez-moi. Je pensais que vous le saviez... Après tous ces interrogatoires...

– Pensez seulement à toutes les réponses qu'il nous faut trier, lâcha-t-il, désabusé.

On avait bien évidemment interrogé tous ceux qui travaillaient à la foire. Et puis tous ceux qui avaient reconnu être allés à la foire le jeudi soir. Sans compter tous les habitants de la rue où vivaient les Sorby. Et même ceux des rues voisines. Et puis tous les collègues de travail de Brenda. Il fallait y ajouter tous les habitants des rues par lesquelles elle aurait pu passer pour rentrer chez elle après la panne de la voiture de Tommy. Et puis tous les propriétaires d'une péniche, d'une vedette ou de la moindre barque qui auraient pu se trouver ce soir-là sur cette partie du canal.

Les interrogatoires se poursuivaient. Et ça allait durer comme ça jusqu'à Noël. Ou jusqu'au prochain meurtre...

– Mon sergent me semble avoir entendu parler de votre tante, dit Pascoe avec prudence. Mais il ne m'avait pas dit qu'elle avait un emplacement à la foire.

– Vous voulez parler de Mr Wield. Il est adorable, n'est-ce pas ? En fait, c'est assez compliqué. Comme toutes les histoires de famille, j'imagine.

– Si vous pensez que cela peut m'aider, vous pourriez m'en faire un résumé, sans trop remonter au-delà de Guillaume le Conquérant.

Elle sourit :

– Je vois ce qui sert de modèle au culot de Mr Wield... En fait, ce qu'il faut comprendre, c'est que tante Rose est une Lee par son père, et une Petulengro par sa mère.

– Les clans gitans, vous voulez dire ?

– Vous y connaissez quelque chose ?

– J'ai potassé George Borrow, sourit-il.

– Un expert ! Ça doit rendre service quand il faut faire décamper les caravanes !

Pascoe haussa les sourcils, et elle eut le bon goût de paraître gênée avant de poursuivre ses explications.

Il en ressortait que des années plus tôt, Rosetta Lee, alors âgée de dix-neuf ans, avait rencontré, aimé et épousé Herbert Stanhope, ancien sergent des fusiliers du Yorkshire, qui venait tout juste d'être démobilisé et qui, après cinq années consacrées à la défense de la patrie, n'avait pas la moindre envie de tenir compte des remontrances de ses vieux parents. Le couple avait vécu heureux, et sans enfants, pendant douze ans. Jusqu'à ce que la sœur cadette de Stanhope ne tombe fièrement enceinte alors qu'elle était célibataire. La jeune femme, il est vrai, s'était rachetée de son péché dans un style très victorien en mourant en couches, laissant aux Stanhope Pauline sur les bras. Le couple n'en fut que plus heureux pendant douze ans de plus. Avant que l'ancien sergent ne trouve la mort dans un accident survenu à la gare de triage où il était cheminot.

– Tante Rose avait su que ça allait arriver, conclut Pauline.

– Pourquoi n'a-t-elle pas empêché votre oncle d'aller travailler ? demanda Pascoe en tâchant de ne pas paraître moqueur.

– Quand vous savez, c'est comme si c'était déjà arrivé, et il n'y a rien à faire, expliqua Pauline, comme si son propos relevait de la plus élémentaire logique.

– Et vous ? Vous avez le même... le même don ?

– Oh, non ! répliqua-t-elle, scandalisée. Je me débrouille très bien avec les horoscopes, et je suis assez bonne pour les lignes de la main, mais je n'ai aucune capacité de voyance. Tante Rose, c'est différent. Elle a toujours eu un vrai don. Sa grand-mère était une *chovihani*, c'est-à-dire une sorte de sorcière gitane. Elle en avait vraiment l'air, pas comme tante Rose. Mais tante

Rose a le grand don. C'est un vrai médium. Elle ne dit pas la bonne aventure. Elle établit réellement le contact avec l'au-delà. Enfin, vous savez ça depuis l'autre jour...

Pascoe hocha la tête, s'efforçant de paraître convaincu.

– Alors, votre tante est célèbre ?

– Oh ! non, corrigea Pauline. Mais elle est connue de ceux qui s'intéressent à ce problème. Vous savez, elle n'aime pas les histoires, mais elle a toujours été prête à rendre service.

– Gratuitement ?

– Oui, au début. Mais l'inflation n'a pas laissé grand-chose de la retraite d'oncle Bert, et il a bien fallu qu'elle demande des honoraires pour pouvoir joindre les deux bouts. Je vous garantis qu'elle fait très attention quand elle accepte de nouveaux clients.

« Elle vérifie s'ils sont crédules ? » se demanda Pascoe.

– En temps normal, tante Rose ne se serait pas mêlée d'une histoire comme celle de Mrs Sorby, reprit Pauline, mais Mrs Sorby est une vieille cliente, au moins depuis la mort de sa mère. Mr Sorby n'était pas d'accord, mais elle continuait à venir voir tante Rose. Naturellement, quand cette horrible affaire est arrivée, tante Rose s'est sentie obligée de donner un coup de main.

– Naturellement... Et vous, qu'est-ce que vous faites dans tout ça, miss Stanhope ?

Elle haussa les épaules.

– Je travaillais dans un bureau. Mais c'était vraiment mortel. J'avais appris plein de choses en voyant tante Rose. Elle m'a élevée, vous comprenez. Je ne suis pas gitane, et je n'ai pas son don, mais ça m'a beaucoup intéressée d'établir des horoscopes. C'est quelque chose d'assez scientifique, et ça ne demande pas une perception particulière. Pour les lignes de la main, c'est pareil. Alors je me suis entraînée, et j'ai laissé tomber mon job pour être à plein temps avec tante Rose. Mais c'est d'elle que je voulais vous parler, inspecteur. Cet article épouvantable dans le journal l'a vraiment rendue malade !...

Pascoe s'étonna. Le papier de l'*Evening Post* n'allait pas bien loin.

– Mon patron n'en a pas été ravi non plus, dit-il.

– Tante Rose n'a rien contre le fait d'aider la police, mais ça, ça fait franchement crasseux, grinça-t-elle en sortant un journal.

Pascoe comprit. Il ne s'agissait pas de l'*Evening Post*, mais de l'édition du matin du plus corsé des tabloïds de Londres. Selon toute apparence, un journaliste de la ville faisait des piges pour ce torchon et n'ignorait pas que la décence provinciale ne fait pas monter le tirage.

L'inspecteur parcourut l'article. Mrs Duxbury, la voisine de Mrs Sorby, avait tout raconté. Elle avait livré un compte rendu complet de ce qu'avait dit Mrs Stanhope pendant qu'elle était en transe. Le tout était largement arrangé à la sauce Fleet Street. On insistait lourdement sur le fait que Mrs Stanhope se trouvait également exercer sous le nom de Mme Raschid le métier de diseuse de bonne aventure sur le champ de foire à côté duquel le cadavre de Brenda avait été découvert. Celui qui avait rédigé l'article ignorait l'usage du conditionnel, nota Pascoe. Il se demanda si Dalziel en avait déjà pris connaissance.

– Tantine était vraiment bouleversée, ce matin, reprit la jeune fille. Trop bouleversée pour venir travailler. Et je vais être seule toute la journée.

– Vous m'en voyez désolé, dit Pascoe platement.

– Vous êtes stupide ! éclata-t-elle. Ce n'est pas de ça qu'il s'agit ! C'est de la réputation de tante Rose ! La police n'a pas le droit d'exploiter son nom de cette façon !

Pascoe sentit la moutarde lui monter au nez :

– Réputation ? Vous ne croyez pas que vous prenez tout votre micmac un petit peu trop au sérieux, miss Stanhope ? Vous avez bien regardé cette pancarte, dehors ? C'est vraiment le degré le plus bas dans l'industrie des loisirs !

Il avait essayé de maîtriser sa pulsion au sarcasme. La jeune fille dut en prendre conscience, car elle tenta elle aussi de ne pas répliquer de façon trop âpre :

– Tante Rose est une Gitane, inspecteur. Elle n'a jamais renié son peuple, toutes ces années pendant lesquelles elle a vécu au milieu des *gadjés*. Autrefois, cette foire était d'abord pour les romanis. Maintenant, après une chose et puis une autre, tout ce qui reste ici aux Gitans, c'est deux ou trois éventaires miteux et un peu de travail au noir ! Par exemple, le grand-père de Dave Lee...

– Qui est ce Dave Lee ? coupa Pascoe.

– C'est avec lui que je parlais tout à l'heure. Je crois que c'est un vague cousin de tante Rose. Eh bien, chaque année, son grand-père amenait ici deux ou trois douzaines de chevaux. C'était un gros bonnet. Dave, lui, il bricole vaguement pour les autos tamponneuses pendant que sa femme vend des fringues et des bouts de dentelle !... Il n'a même plus la permission d'amener près du parc les quelques poneys qu'il élève encore !... Cette tente, c'est le dernier lien entre ce que la foire a été pendant des siècles et ce qu'elle est devenue aujourd'hui !... Sur cette pelouse, il y a eu la tente d'une diseuse de bonne aventure bien avant que la police ne soit inventée !... Et même les gros forains, avec leurs manèges géants, n'osent pas l'interdire !... Pendant presque cinquante ans, c'est la grand-mère de tante Rose qui a tenu la boutique. Quand elle est morte, il y a quatre ans, on aurait pu croire que c'était la fin. Oh, il y avait plein de charlatans qui étaient prêts à reprendre le boulot !... Mais les Lee ont leur fierté !... C'est pour ça que tante Rose s'y est mise. Chaque année, pendant quelques semaines, elle reprend la tradition de la famille, du monde d'autrefois...

– Et dans quel monde vous situez-vous, miss Stanhope ?

– J'aide autant que je le peux. Je tiens la caisse, je m'occupe des accessoires, et je lis un peu les lignes de la main quand tante Rose a besoin de se reposer. Oui, j'ai bien dit les *accessoires* !... Ce n'était pas un lapsus, alors ne prenez pas l'air ahuri !... Bien sûr, la plupart des gens vont voir une diseuse de bonne aventure pour s'amuser. Mais l'important, c'est que *nous*, nous prenons ça au sérieux.

Elle le défiait.

– Je l'espère bien, miss Stanhope, dit-il froidement. Vous venez de parler de la nécessité de protéger votre tante contre l'exploitation. Moi aussi, je suis payé pour protéger les gens contre ceux qui exploitent leur crédulité...

Elle rougit de colère :

– Tante Rose essayait seulement d'apporter un peu de consolation à cette pauvre femme. Nous avons fermé boutique pour l'après-midi, et nous avons perdu plein d'argent !... Et tante Rose n'a rien demandé à Mrs Sorby !... Nous sommes les seules perdantes, n'est-ce pas, inspecteur ?

– On peut gagner sur plusieurs tableaux..., la provoqua-t-il. Dans votre métier, la mauvaise publicité, ça n'existe pas... Pas vrai ?...

Maintenant Pauline était furieuse. Sa voix vibrait, métallique :

– Dites-moi, inspecteur, je dirais que vous êtes un peu plus jeune que le sergent Wield, n'est-ce pas ?

– Oui, un peu.

– Pourtant, il est bien plus sympathique que vous. J'ai l'impression que, dans la police, plus vous êtes vicelard, plus vous avez de chance de grimper dans la hiérarchie. C'est pas vrai ?... Je parierais que j'ai raison !... Et, maintenant, au revoir, inspecteur !...

Attendez de voir mon patron !..., songea Pascoe en s'éloignant. Vous verrez à quel point vous avez raison !...

En partant, il distingua dans le rétroviseur de sa voiture le nommé Dave qui se dirigeait vers la tente.

Pressé de savoir sur quoi a porté la conversation ?..., se demanda-t-il.

Mais il est vrai que tout le monde est fasciné par ce qui a un lien avec un meurtre...

Il chassa tout cela de son esprit, et accéléra en direction du poste de police, pressé qu'il était d'annoncer au sergent Wield qu'il lui avait déniché une admiratrice...

4

Alistair Mulgan buvait son jus de tomate à petites gorgées. Il aurait évidemment préféré un grand verre de gin, autant parce qu'il ne payait pas les consommations que dans la mesure où, depuis quelque temps, son métabolisme paraissait réagir positivement aux grands verres de gin. Mais il est vrai que la Northern Bank n'appréciait guère que ses cadres exhalent des bouffées d'alcool au nez de leurs clients. Et depuis qu'il était devenu directeur par intérim de l'agence de Milhill, après le passage malencontreux du directeur en titre, trois semaines auparavant, sous un autobus – ce qui, bien sûr, n'avait rien à voir avec l'alcool –, Mulgan avait pris la décision de se comporter à la perfection.

Proche de la quarantaine, il avait parcouru un bon bout de chemin depuis ses humbles débuts dans la campagne du Derbyshire, mais, au cours des dernières années, il avait eu le sentiment que sa carrière s'enlisait. Chacune des semaines qu'il était en train de passer comme directeur par intérim lui donnait davantage l'espoir de se voir confirmé dans cette fonction à titre permanent. Et ses espérances se trouvèrent renforcées quand des clients commencèrent à l'inviter pour déjeuner. Il fallait bien reconnaître, toutefois, que le Destin n'accordait ses dons que d'une main parcimonieuse : au lieu de déguster, à la *Rose blanche,* le filet mignon qu'il aurait aimé, il n'avait pas eu d'autre choix que le poulet Marengo ou les scampis de l'aéro-club.

– C'est la première fois que vous venez ici, Mulgan ? demanda son hôte. Qu'est-ce que vous en pensez ?

Mulgan regarda tout autour de lui. Un groupe d'hommes jeunes buvaient des pintes de bière tout en discutant vol à voile. Dans un coin, trois femmes étaient assises sous une affiche qui annonçait, en lettres fluorescentes, que l'on dansait le vendredi et le samedi soir. Collés aux cloisons peintes en bleu ciel, des *Spitfires* de porcelaine, en formation, se dirigeaient, à travers des photos de jeunes gens en tenue de vol, vers une vieille pendule murale dont la face imitait la cocarde de la

Royal Air Force. Ses aiguilles, en forme de pales d'hélice, marquaient 12 h 15.

– C'est très agréable, répondit Mulgan avec politesse.

– Oui, j'ai pensé que ça valait la peine de se retrouver là. C'est commode pour nous deux, et je ne supporte pas les endroits prétentieux avec des prix à vous faire dresser les cheveux sur la tête... Et en plus, je dois voler un peu cet après-midi, et il fallait que je sois là de toute façon. Vous avez déjà essayé, Mulgan ?

L'hôte du banquier par intérim n'était autre que Bernard Middlefield qui possédait, avec son frère John, une petite usine d'assemblage électrique sur la zone industrielle Avro, et qui la dirigeait d'une main de fer. La Middlefield Electric subissait les effets des dernières restrictions de crédit, et Mulgan aurait été prêt à parier que les propos aimables de son patron n'étaient destinés qu'à l'amadouer. Il ne s'en sentait pas vexé. Malgré ses manières rudes et bruyantes, Middlefield était un chef d'entreprise plein d'astuce. Et le poulet Marengo d'aujourd'hui n'était peut-être que le prélude à un filet mignon un autre jour. C'était un point à porter à l'actif des gens du Yorkshire : avec la plupart d'entre eux, on savait toujours où on en était.

– Non, jamais, dit Mulgan. Vous volez sur quel genre d'avion ?

– D'avion ?... Pas d'avion, Mulgan. Vous ne levez jamais la tête de vos chiffres ? C'est sur des planeurs que nous volons ici. Encore que nous sachions que les avions atterrissent, eux aussi, n'est-ce pas, Austin ? Je te présente Alistair Mulgan. Et voici Austin Vernon, notre M.V.C., c'est-à-dire notre moniteur de vol en chef, qui est aussi notre secrétaire général, et, en gros, qui s'occupe de tout.

– Vous le voyez vous-même, expliqua le nouveau venu en prenant derrière le bar la place d'une femme d'un certain âge. Je m'occupe de tout. A part la cuisine. On manque de personnel, aujourd'hui. Le rhume des foins, je vous demande un peu !... Il faut que Jenny garde l'œil sur les fourneaux. Alors, si vous avez besoin de quoi que ce soit d'autre que le bar puisse vous fournir, je suis votre homme.

– Merci. Ce qu'on a fera l'affaire. Je vais voler, et Mr Mulgan doit garder la tête claire pour ne pas se mélanger les pinceaux dans ses comptes à la banque.

– Il me semblait bien vous reconnaître, dit Vernon. L'aéro-club a son compte chez vous.

– Surveillez-le, confia Middlefield à Mulgan. Il va essayer de vous extorquer de l'argent pour acheter deux ou trois nouveaux zincs, si il peut...

– Le club est déjà propriétaire de plusieurs appareils ? interrogea Mulgan.

– Un seul. Nous avons un *Pipercub* qui nous sert pour les remorquages, mais sa prime jeunesse est passée depuis longtemps. Et puis il y a un *Cherokee* qui appartient à un groupe d'hommes d'affaires, y compris Mr Middlefield. Non, c'est le vol à voile qui nous fait vivre. Enfin, tout juste...

– Mais ça ne serait pas comme ça si vous pouviez en faire à votre tête, hein, Austin ?... Il n'était pas là depuis cinq minutes qu'il aurait déjà voulu nous transformer en aéroport international !...

– Pas vraiment. Mais je crois qu'il y a beaucoup à faire pour améliorer nos installations et attirer de nouveaux membres.

– N'oubliez pas qu'on n'est pas dans le Surrey, ici. Nous savons ce que nous voulons, et nous en voulons pour notre argent. Où en sont nos assiettes ? Vous ne voulez pas aller jeter un coup d'œil ?

Vernon leur sourit aimablement et quitta le bar.

Dans le coin où elles étaient installées, Ellie Pascoe dit à Thelma Lacewing :

– Qu'est-ce qu'il attend, ton secrétaire général, pour lui casser une bouteille sur le crâne ?...

– Middlefield est membre du comité, et juge de paix, en plus, répondit Thelma. Mais c'est un sale réac. Par exemple, il essaie d'interdire les soirées disco du weekend, sous prétexte que c'est une source d'immoralité. Je peux te dire que je le tiens à l'œil, ce salopard.

Les deux femmes offraient un contraste frappant. Ellie avait de longues jambes et une allure féline, encore que sa grossesse ait quelque peu altéré sa sportive silhouette. Cheveux noirs, yeux gris, un menton volontaire parfaitement en accord avec sa personnalité, Ellie, à quelque trente ans passés, était plus belle que jolie. Le visage de Thelma, en comparaison, avait la beauté mélancolique qu'accompagnent en général une paire d'ailes et une robe blanche flottant à la brise. Un moine peut en rêver sans commettre de péché. Elle s'occupait d'hygiène dentaire.

– Parlons peu, parlons bien, ordonna-t-elle. Ellie, tu as l'intention de te confiner bovinement, ce qui enchante tant les hommes, dans le rôle de femme enceinte, ou bien peux-tu dissocier ta tête de ton ventre, et te mettre à un vrai boulot pour le G.A.D.F. ?

– Tout dépend de ce que tu entends par vrai boulot, dit Ellie.

La troisième convive prit la parole. C'était Lorraine Wildgoose, professeur de français dans un collège secondaire. On ne pouvait pas ne pas remarquer son visage aux hautes pommettes, ni son regard intense. Ses cheveux avaient été coupés longtemps auparavant, et un peu n'importe comment. Ses traits accusaient cette sorte de minceur qui doit plus à la nervosité qu'à un régime :

– Il y a des postes vacants dans tous les secteurs, annonça-t-elle. Taper à la machine, s'occuper du téléphone, faire du thé...

– Prendre en charge la propagande, l'agitation et les manifestations..., murmura Thelma.

– Sans oublier la subversion, la séduction et le sabotage, reprit Lorraine.

– Je préfère les attaques, les agressions et les assassinats, déclara Ellie, qui ne voulait pas demeurer en reste. Non, sérieusement, j'ai envie de vous aider, mais je veux aussi garder du temps pour écrire. Je me suis remise à un autre roman. J'ai finalement réussi à surmonter mon complexe d'échec au sujet du premier. J'ai admis que vingt-deux éditeurs qui disent la même chose ne peuvent pas se tromper !... Mais je veux réussir à accoucher de mon texte avant de pondre ça !...

Elle se tapota l'abdomen avec dégoût.

– Nous avons toutes des horaires très chargés, siffla

Lorraine. Deux gosses, un divorce en cours, et un mari à moitié dingue vous prennent un peu plus de temps que quelques paragraphes bien tournés !...

Cet éclat inattendu interrompit la conversation, ce que compensa l'arrivée à point nommé de Vernon qui apportait leurs déjeuners. Au bar aussi, la discussion s'échauffait :

– Bon... Je vous accorde que vous connaissez vos employés mieux que moi, insistait Middlefield. Mais, quand on a un peu siégé au tribunal, on apprend à lire entre les lignes... Je veux dire : les faits sont là !... Un pré derrière un pub !... Une resserre dans un lopin !... La berge du canal !... C'est quand même pas dans des endroits comme ça qu'on donne rendez-vous à la femme d'un pasteur !...

– Mais je vous assure !... Brenda Sorby était une fille aussi bien et aussi convenable que tout ce que vous pouvez souhaiter !..., protesta Mulgan, dont les joues rebondies s'empourpraient d'indignation, ou de gêne.

– Elles en ont toutes l'air, ricana Middlefield. Avec mon jeu, on voit un peu plus clair qu'avec le vôtre, je vous le certifie !...

– Vous ne voulez pas dire que ces pauvres femmes ont mérité ce qui leur est arrivé ?...

– Ne soyez pas ridicule !... Mais quand on prend des risques, on ne se plaint pas quand les choses tournent mal !...

– Ces femmes ne peuvent certainement plus se plaindre, n'est-ce pas ?..., jeta Thelma d'une voix coupante qui portait loin.

– De quoi ?..., lâcha Middlefield en se tournant sur sa chaise pour repérer l'auteur de l'apostrophe. Oh, c'est vous, miss Lacewing !...

– Je vais chercher la sauce tartare, souffla Vernon, battant en retraite.

– Je suppose qu'on peut dire à bon droit que des femmes seules qui se rendent dans des endroits comme celui-ci sont exposées à entendre l'expression de préjugés sexistes des plus primitifs dans la bouche d'hommes mal informés et mal embouchés, poursuivit Thelma.

– Je pense que j'en sais autant que vous sur le sujet, ma jeune dame, grimaça Middlefield.

– Vraiment ?... Alors, nous devrions peut-être vous mettre en contact avec la police. Par un heureux hasard, l'une de mes amies, ici présente, est mariée avec l'un des policiers qui s'occupent de cette affaire. Ellie, je crois que tu devrais dire à ton mari que Mr Middlefield en sait davantage qu'il n'a bien voulu le dire jusqu'à présent.

Ellie esquissa un pauvre sourire. Peu de gens étaient capables de la mettre dans l'embarras mais Thelma faisait partie de ceux-là. Voilà pourquoi, s'il fallait en croire la théorie échafaudée par Peter, elle l'avait laissée prendre de l'ascendant sur elle.

Vernon émergea de la cuisine avec deux plateaux qu'il posa devant les deux hommes assis au bar, confiant d'un ton joyeux :

– Et voilà !... Chaud devant !...

Pas démontée pour un sou, Thelma en revint à ses amies. C'est bien pour ça que je l'envie, pensa Ellie. Moi, je rougis et j'ai l'impression d'être mal embouchée.

– Ton mari est réellement sur l'enquête ? interrogea Lorraine Wildgoose.

Ellie approuva de la tête.

– Ils progressent ? demanda encore Lorraine d'un ton passionné.

– Je ne sais pas. J'espère, répondit Ellie sans s'engager.

On eût pu croire que Lorraine Wildgoose allait reprendre la parole, et Ellie se sentit faiblir à l'idée d'avoir à subir une attaque en règle contre la police, quelle que soit la forme qu'elle pût prendre. Mais Thelma, comme si elle avait deviné l'approche du danger, intervint :

– Qu'est-ce que c'est que cette histoire de voyante ?

– Tu as lu ça ? répondit Ellie, soulagée. Ecoutez. Moi, j'ai une hypothèse. J'ai piqué à Peter une transcription de ce que cette bonne femme a dit. Ça peut intéresser ton instinct d'archéologue.

Elle exhiba le papier et s'apprêtait à reprendre son discours quand Vernon arriva avec la sauce tartare.

– Désolé de vous interrompre, dit-il, en posant la sauce sur la feuille de papier, devant Thelma.

– Ne faites pas ça, Austin ! lui reprocha-t-elle. Vous risquez d'offenser les esprits.

– Allons bon, vous faites tourner les tables ?..., sourit Vernon. Faites gaffe !... C'est Mr Middlefield que vous allez offenser !...

– Pas de problème, rétorqua Thelma. C'est une affaire de police. Mon amie est la femme d'un inspecteur. Et ça, c'est un document officiel.

Vernon s'empara du papier, et fit semblant de l'essuyer avec sa manche, tout en murmurant :

– A propos, Middlefield menace de faire un saut à la soirée disco de vendredi pour traquer le péché...

– Ah bon ?... Je me joindrai peut-être à lui. Merci, Austin. Vous prenez un verre avec nous après ?

– Je voudrais bien, mais ce sera pour une autre fois. J'ai une montagne de choses à faire, et après son déjeuner, il faut que j'assure le lancement de Sa Seigneurie !... *Per ardua ad Astra* (1), comme on dit !...

Il les quitta, et Ellie regarda Thelma en fronçant les sourcils :

– Il paraît charmant, maintenant.

– Il est supportable, dit Thelma sans s'engager. Quand il est arrivé, il y a six mois, j'ai pensé : « Seigneur !... Encore un des anciens casseurs d'assiettes machos de la R.A.F. » Mais j'ai plutôt eu une bonne surprise. Je crois qu'il a vraiment de la sympathie pour la cause des femmes.

– Tu parles, Charles ! sourit Ellie.

– Ça, c'est le genre de réflexions provoquées par des relations trop étroites avec une police sexiste et raciste !...

– Tu crois ?... Et moi je me demande comment tu peux te vautrer avec un plaisir aussi évident dans cette porcherie de mâles chauvins !...

– Mais pour surmonter ma peur de voler, bien sûr ! expliqua Thelma, les yeux écarquillés de surprise. Man-

(1) *Per ardua ad Astra* (Jusqu'aux Astres à travers les difficultés) est la devise de la Royal Air Force. *(N.d.T.)*

geons, maintenant. Ellie, tu as presque fini ton verre. Tu veux quelque chose d'autre ? Un verre de lait chaud, je ne sais pas ?

Ellie eut un rire cristallin :

– Vous allez penser que je suis cinglée. Mais dans mon état, j'ai vraiment des envies bizarres – vous savez comment c'est quand on est enceinte – et quand je mange des scampis et que j'ai une engueulade en même temps, il faut que je boive quelques verres de Dom Pérignon !... Vous ne pouvez pas savoir comme ça me remet le moral en place !...

5

A en croire la plupart de ceux qui le connaissaient, Andy Dalziel considérait l'existence d'une manière extrêmement primaire. A ses yeux, disaient-ils, tout était noir, ou à la rigueur bleu foncé. En quoi ils se trompaient. Le gros Dédé estimait que la vie offrait une large palette de couleurs : les couleurs du vice et du crime, bien entendu, mais brossées sous les formes les plus variées, et composées des pigments les plus éclatants. En gros, il imaginait le monde comme une suite de scènes de genre de Hogarth tracées par le pinceau de Renoir...

Cela, Pascoe le savait : « Il piste avec ses couilles », avait-il, mi-figue mi-raisin, expliqué un soir à Ellie.

Dans l'esprit rationnel de Pascoe, un doute subsistait. Il n'était pas tout à fait convaincu que l'assassinat de Brenda Sorby fasse partie de la même série que les deux meurtres précédents.

– Son cadavre n'a pas été disposé de la même façon que les deux autres, avait-il fait remarquer. Et même, cette fois-ci, le corps était dissimulé, alors que les deux autres fois, le tueur a voulu ostensiblement que les cadavres soient découverts. En plus, pour que Brenda se laisse prendre en stop à cette heure si tardive – et il y a forcément une voiture. La petite n'a sûrement pas fait huit kilomètres *à pied* jusqu'au canal !... –, le meurtrier est, j'en mettrais ma main au feu, quelqu'un qu'elle connaissait.

Dalziel s'en fichait. Il *savait*, au fond de lui-même, que l'Etrangleur avait frappé trois fois. Mais il ne lui déplaisait pas de faire enrager un jeune subordonné.

– P'têt bien qu'elle s'est débattue et qu'elle est tombée à la baille. Il allait quand même pas lui plonger derrière, hein ?... Ou p'têt bien qu'il l'a laissée pour morte, bien arrangée, et qu'elle a juste repris assez de conscience pour rouler toute seule dans la flotte. Plouf !... Ou p'têt bien qu'il a été dérangé et qu'il l'a juste fait glisser dans le canal, parce qu'il ne voulait pas qu'on la trouve tant qu'il serait dans le voisinage... Quant à la bagnole, p'têt bien qu'il l'a fait monter de force, en la menaçant avec un couteau, ou même en l'assommant. Ou encore, p'têt bien que c'était quelqu'un qu'elle ne connaissait pas, mais qui inspirait confiance : un flic, pourquoi pas ?... Et, à propos, Peter, qu'est-ce que *vous* faisiez ce soir-là ?...

Dalziel avait ri. Tout seul. Et le débat avait tourné court.

A la surprise de Pascoe, le superintendant avait traité par-dessous la jambe le seul élément qui confirmait sa thèse d'une série de trois meurtres :

– N'importe qui peut passer un coup de fil, avait-il dit. Et tout le monde a les œuvres complètes de Shakespeare. Même *moi* j'ai les œuvres complètes de Shakespeare !...

Assis à son bureau, Pascoe s'était replongé dans la lecture du rapport du médecin légiste, qu'il connaissait pourtant par cœur. Les trois femmes avaient été étranglées par un individu qui s'était servi de ses mains, ce que démontraient les ecchymoses relevées sur leur cou. De même, à en croire les comptes rendus des autopsies, la force et la violence de l'étranglement s'étaient chaque fois traduites par la rupture des cartilages de la région du pharynx. Mais le légiste soutenait mordicus que Brenda Sorby n'était pas encore morte quand son corps avait pénétré dans l'eau... *autour de moi, toute cette eau qui m'étouffait, qui bouillonnait, qui s'agitait...* Pascoe s'efforça de chasser de son esprit la transcription des paroles de la voyante, et de se concentrer sur le rapport.

Toujours selon le légiste, la partie gauche du corps de Brenda présentait un aspect plus livide qu'on ne s'y serait attendu pour un cadavre ayant séjourné dans l'eau, mais cela pouvait provenir du fait qu'il avait été coincé dans la vase par la berge du canal, au lieu de dériver au fil du courant. On notait également – autre différence avec les deux cas précédents – quelques écorchures autour et en dessous des seins, ce qui pouvait être l'indice d'une tentative d'agression sexuelle, mais les très larges plaies causées par l'hélice de la péniche avaient singulièrement compliqué l'examen du thorax. Il n'y avait pas d'autre signe d'agression sexuelle.

Pascoe soupira. Ce légiste qui croyait qu'il était le seul à avoir des difficultés !...

Le sergent Wield fit son entrée :

– Je viens de demander à l'identité judiciaire de passer quelques-uns des gens de la foire dans leur ordinateur, annonça-t-il.

– Y compris miss Stanhope ? dit Pascoe avec un sourire.

Le matin, le visage plissé et grêlé du sergent n'avait pas trahi le moindre signe d'émotion quand l'inspecteur lui avait révélé l'intérêt que lui portait Pauline Stanhope. Mais, à cet instant précis, Wield élabora ce qui pouvait passer pour une grimace.

– On a pris leurs déclarations, à sa tante et à elle. Comme à tout le monde. Rien à en tirer. Mais ça, c'est peut-être intéressant...

L'ordinateur avait craché que David Lee avait eu de nombreuses fois affaire à la police. En 1974, il avait été placé en liberté surveillée pour avoir sévèrement battu sa concubine. Il avait tiré trois mois en 1976, à la suite d'une agression contre un fonctionnaire municipal chargé de faire déménager un campement de Gitans. La peine avait été doublée en 1978 : cette fois, il avait mis K.-O. un policier qui tentait de l'empêcher de battre comme plâtre une autre concubine. Il y avait même eu, en 1979, une inculpation pour viol, que le jury, à la majorité, n'avait pas retenue.

– Pourquoi vous êtes-vous intéressé à celui-là ? demanda Pascoe. Quand même pas parce que je l'ai vu bavarder avec miss Stanhope ?...

– Il y en a une bonne douzaine d'autres, grommela Wield. Si vous voulez vous donner la peine de regarder...

Pascoe resta un instant songeur :

– Je vais vous dire quelque chose. Mrs Sorby adore jeter un coup d'œil de l'Autre Côté, et si elle avait refilé son virus à Brenda...

– Qui aurait ainsi entendu parler de Madame Raschid...

– Ce qui, par son intermédiaire, lui aurait fait rencontrer David Lee ? (Pascoe secoua la tête avant même d'avoir achevé sa phrase, et reprit :) On pousse le bouchon un peu loin... Mais ça vaut quand même la peine de vérifier. Ça vous dirait de faire un tour à la foire pour vous faire dire la bonne aventure ?

Wield haussa les épaules avec indifférence :

– Je vais où on me dit d'aller.

– Parfait, approuva Pascoe. Il est midi. Allez donc déjeuner et, quand vous aurez reconstitué vos forces, vous irez glisser votre pièce d'argent dans la paume d'une de ces deux dames. N'importe laquelle des deux, selon que vous préférez la chair fraîche ou faisandée...

Il faut que j'arrête de me payer sa tête, se dit Pascoe en voyant sortir Wield. Je ressemble tous les jours davantage à Dalziel !

Quelques minutes plus tard, le sergent de garde annonça par téléphone :

– Monsieur, il y a là une dame qui souhaite parler avec quelqu'un du C.I.D. Une Mrs Rosetta Stanhope.

– Hein ? Eh bien, le sergent Wield voulait la voir de toute façon. Dites-lui de s'en occuper, voulez-vous ? Il va arriver d'un instant à l'autre.

– Il vient de partir, monsieur, et je ne crois pas qu'il ait remarqué cette dame. Il avait l'air pressé.

– Le salaud ! râla Pascoe. Il préfère la chair fraîche. Bon !... Faites-la monter !

Rosetta Stanhope s'était parfaitement adaptée au monde en faveur duquel elle avait opté. Proche de la soixantaine, les cheveux permanentés avec un soupçon de rinçage bleu, un tailleur gris assez chic et des chaussures et un sac assortis, elle aurait pu présider une réunion de l'Association féminine générale, ou inaugurer une exposition florale sans soulever le moindre étonnement. Seuls un port de tête d'une majesté un peu « exotique », et un teint mat et brun, qu'un maquillage parfait ne pouvait cacher, laissaient percer ses origines.

Elle s'exprimait d'une voix calme, un peu rauque, peut-être. Elle a dû forcer sur ses cordes vocales pour faire parler les esprits, pensa Pascoe.

– J'ai fait la connaissance de votre nièce ce matin, dit-il. Vous ne l'avez pas vue ?

– Vous ne vous trompez pas, Mr Pascoe, répondit-elle après une seconde de réflexion. Je ne vais pas jouer à Madame Raschid habillée comme ça. Et je ne suis pas femme à rentrer à la maison pour me changer dans le seul but d'impressionner un policier !...

Pascoe fut impressionné. Elle avait compris tout de suite ce que sous-entendait la question !... Certes, cela ne demandait pas un don de double vue, mais c'était habile !...

– Alors, vous avez laissé le soin de l'avenir à votre nièce ? reprit-il, avec une pointe d'envie à l'égard de Wield.

– Je ne me sentais pas en forme, aujourd'hui, répondit-elle. Vous savez, je ne fais pas de cinéma. Ça doit être bien.

– Et Pauline ?

Mrs Stanhope esquissa une moue qui n'avait rien de britannique.

– Elle fait les lignes de la main. C'est un métier... Ça s'apprend...

Pascoe décida de trancher dans le vif :

– Je crains bien que vous n'obteniez pas d'excuses de notre part, Mrs Stanhope. Nous n'y sommes pour rien. On rendra public un démenti, à la rigueur, mais j'ai déjà essayé ça hier, et vous avez vu l'article que ça a donné. Je suis désolé qu'il vous ait bouleversée à ce point...

– Mais je ne suis pas bouleversée, inspecteur. Il ne faut pas trop faire attention à ce que raconte Pauline.

J'imagine qu'elle vous a dit que je n'ai pas les pieds sur terre. Eh bien, faites-moi confiance, j'ai assez les pieds sur terre pour la laisser croire ça !... Elle a besoin de se faire du souci pour les autres, cette petite ! Ça vient probablement de ce qu'elle n'a jamais connu sa mère...

– Vous l'avez élevée depuis sa naissance, je crois. Et je suis étonnée qu'elle ne vous considère pas comme sa propre mère.

– C'était le cas quand elle était gamine, la pauvre chatte !... Mais il a bien fallu lui dire un jour la vérité. Je m'en rappelle bien. Elle avait douze ans, elle essayait de dresser son propre horoscope, et elle ne comprenait pas pourquoi ça ne marchait pas. Comment elle aurait pu savoir ?... De toute façon, Bert et moi, on avait décidé depuis toujours de tout lui raconter. D'une certaine façon, ç'a été un soulagement.

– Comment cela ?

– Pauline savait d'où je viens. J'en suis fière. Et pourquoi pas ?... Bert plaisantait toujours, en disant que, *lui*, il m'avait volée aux bohémiens !... Pauline et moi, nous étions très proches, mais je voyais bien que ce n'était pas commode pour une petite fille de penser que sa mère est une Gitane, et de ne pas se sentir gitane par le sang, si vous saisissez ce que je veux dire... Peut-être est-ce bizarre, mais quand nous le lui avons dit, ça nous a tous les trois rapprochés encore plus.

– Et elle a fini par reprendre la tradition des femmes de la famille ?

– Même avec ce que les femmes peuvent faire aujourd'hui, je ne la vois pas très bien conduire une locomotive !..., railla Rosetta Stanhope.

– Je crois que ce n'aurait pas été inconcevable, répliqua Pascoe, en imaginant soudain Thelma Lacewing, dans la cabine de la machine du « Flying Scotsman », le Londres-Edimbourg de la Belle Epoque, en train de s'essuyer le front avec un chiffon graisseux. Mais, dites-moi, Mrs Stanhope, si vous n'êtes pas venue ici pour porter plainte, nous menacer, ou nous jeter un sort, qu'est-ce que vous êtes venue faire, au juste ?...

Elle se pencha, et frappa quelques petits coups agacés

sur le bureau. A moins qu'elle ne voulût toucher du bois...

– J'étais bouleversée hier soir, inspecteur. Pas à cause de ce fichu papier, encore qu'il m'ait agacée. Non, j'étais bouleversée par le contact que j'avais établi avec cette malheureuse fille. Je ne suis pas arrivée à dormir. J'étais encore sous le choc de ce que j'avais ressenti. Cela n'a rien à voir avec des visions ou des mots... Rien de précis... Mais quelque chose comme des couleurs et des sensations... J'ai laissé Pauline croire que c'était cet article qui m'avait rendue malade. Mais, en fait, je voulais pouvoir réfléchir un peu tranquillement.

– Bien, Mrs Stanhope !... Mais qu'est-ce que vous *voulez* exactement ?...

La surprise se peignit sur les traits de Rosetta Stanhope, et elle ouvrit tout grand ses yeux noirs au regard clair et jeune :

– Moi ?... Mais je veux seulement confirmer ce que l'*Evening Post* a déjà proclamé à son de trompe. Je suis venue aider la police à faire son enquête !...

6

Quand le sergent Wield arriva à la foire, les affaires marchaient déjà fort. La journée était joliment ensoleillée, avec juste assez de vent pour répandre dans le ciel quelques nuages épars sur un fond de ciel bleu : un chromo parfait. Le vert de l'herbe et des arbres, les reflets sur la rivière, la musique tonitruante d'un limonaire, tout concourait à faire naître dans le cœur du sergent une agréable sensation de bien-être qu'il se permit d'extérioriser sous la forme d'un sifflotement presque inaudible.

Quand il parvint devant la tente de la diseuse de bonne aventure, il la trouva fermée, ce qu'expliquait un écriteau « Je reviens tout de suite ». Il fut déçu, mais sa déception n'avait rien que de professionnel. Les allusions moqueuses de Pascoe sur les sentiments de Pauline Stanhope étaient tombées dans l'oreille d'un sourd. Contrairement à ce qu'aurait pu penser un psychologue amateur, le côté réservé, fermé même, du sergent Wield n'avait rien à voir avec son visage repoussant. Il venait de la découverte précoce du fait que la meilleure façon de dissimuler *une* chose est de dissimuler *tout,* et d'avoir tant de secrets que nul ne soupçonne le seul qui compte. En ce qui concernait le sergent, il s'agissait d'une homosexualité sans compromission. Dans la police, le raisonnement en usage sur le sujet s'apparentait à un cercle vicieux : les homosexuels étaient mal vus parce qu'on risquait de les faire chanter, on risquait de les faire chanter parce qu'ils se dissimulaient, et ils se dissimulaient parce qu'ils étaient mal vus...

Dix années plus tôt, Wield était tombé follement amoureux d'un certain Maurice Eaton, cadre des Postes, qui, plus encore que lui, redoutait les dégâts qu'une liaison affichée pourrait causer à sa carrière. Ils en étaient quand même parvenus au point d'envisager de s'installer ensemble lorsque Eaton s'était vu offrir une promotion, dans le Nord-Est. A l'époque, Wield avait beaucoup souffert de la séparation, mais ils avaient tôt établi une routine à base de week-ends à Newcastle et de vacances à l'étranger qui, quoiqu'elle ne fût exempte ni de risques ni de tensions, s'était avérée satisfaisante pendant une décennie. Le sergent se jugeait bien protégé par l'éloignement à près de deux cents kilomètres du point focal de sa vie affective, mais son avancement en avait pâti. Les institutions établies n'apprécient pas ce qu'elles ne comprennent pas, et Wield était resté sergent pendant que des hommes plus jeunes comme Pascoe montaient en grade et le dépassaient.

Mais ça finirait par s'arranger. Wield en avait la certitude.

Le stand le plus voisin de la tente de Madame Raschid se trouvait être une sorte de jeu de tonneau à l'ancienne. Interrogé, le tenancier se borna à hausser les épaules, mais son assistante, aux traits aigus, croyait avoir vu Pauline s'éloigner vingt minutes plus tôt. Par conséquent, le « Je reviens tout de suite » pouvait vouloir dire plus ou moins une heure.

Wield n'avait plus qu'à retourner au poste de police. Il se sentait un peu coupable d'avoir fait semblant de ne pas voir Rosetta Stanhope quand il était parti, mais, sur le moment, il avait trouvé amusant de renforcer Pascoe dans l'idée qu'il s'intéressait davantage à la ravissante nièce qu'à la vieille tante. Mais c'était bien agréable de se balader au soleil, et il demanda à l'obligeante assistante du jeu de tonneau si elle savait où il pourrait bien trouver Dave Lee.

Elle lui lança un regard curieux avant de répondre :

– Il doit être aux autos tamponneuses, ou aux montagnes russes. Il prête la main quand ils ont trop de boulot.

– Tiens !... Il n'est pas propriétaire ?... De son propre stand, je veux dire...

– C'est pas un vrai forain, lui, ronchonna la femme. C'est un pur manouche... Ces gens-là ne veulent pas d'un travail honnête. Mais ils ont un stand, là-bas, près de la rivière. De la camelote de bohémiens, si vous voulez mon avis. Vous êtes flic, n'est-ce pas ?

– Non, répliqua froidement Wield. Je suis son oncle d'Amérique.

Dave Lee ne se trouvait pas plus aux autos tamponneuses qu'aux montagnes russes. C'est pourquoi le sergent se dirigea vers un stand qui ne donnait pas à penser que la femme du jeu de tonneau manquait d'objectivité. Même dans une foire vouée au clinquant, ce stand paraissait plus tape-à-l'œil qu'il n'était permis. La femme qui le tenait, peau sombre et hautes pommettes aristocratiques – l'une d'elles était plus pâle, et marquée d'une longue écorchure –, ne paraissait pas acharnée à attirer le chaland.

– Je cherche Dave Lee, dit Wield.

– C'est pourquoi ?... Vous venez arrêter ce salopard ?

– Juste pour lui parler.

– Dommage !... Pourquoi ne pas le mettre en taule pour un petit bout de temps ?...

Sa sincérité sautait aux yeux.

– Pourquoi ? Qu'est-ce qu'il a fait ? interrogea le sergent.

– Lui !... On se demande ce qu'il n'a pas fait !

Tout d'un coup, elle sembla lassée par la conversation, comme si même la haine et le ressentiment n'étaient même plus en mesure de stimuler son intérêt.

– Il est pas là, se borna-t-elle à dire, en haussant les épaules.

– Où est-ce qu'il peut bien être ?

Wield consulta ses notes :

– Vous n'avez pas de caravane, ici. Est-ce qu'il serait retourné au campement ?

Nouvel haussement d'épaules. Le sergent sentit sa patience s'épuiser :

– Très bien. Venez avec moi !

– Où ça donc ?

– Au poste.

– Moi ?... Qu'est-ce que j'ai fait ?...

Son intérêt était réveillé.

– Vous !... On se demande ce que vous n'avez pas fait !..., se moqua-t-il.

Elle jura. Wield ne comprenait pas le manouche, mais il ne douta pas qu'elle le qualifiait de divers noms d'oiseaux.

– Il est parti avec la camionnette, dit-elle en montrant de la main le parking proche. Au campement, peut-être. Vous croyez qu'il me dit où il va ?... Si vous le voyez, dites-lui qu'il peut...

– Qu'il peut quoi ?...

Les traits de la femme perdirent de nouveau toute expression. L'écorchure sur la pommette n'en était que plus visible :

– Rien, lâcha-t-elle.

Wield se dirigea vers le bord de la rivière. Un grand nombre de bateaux avaient été loués, et la longue langue de terre était pleine de monde. Pendant les deux jours où une douzaine de policiers, rampant sur les coudes et les genoux, avaient retourné chaque brin d'herbe, elle avait été interdite au public. Cela n'avait rien donné, sauf une opération de nettoyage comme la ville n'en avait jamais connu. Aujourd'hui, les pique-niqueurs étaient de retour. Et l'idée qu'une jeune femme avait peut-être été tuée à l'endroit même où ils saucissonnaient leur donnait sans doute plus d'appétit. Quand ils en auraient assez de penser à ça, ils pourraient toujours faire une centaine de mètres jusqu'au canal, et lancer des regards gourmands vers l'entrepôt de la Spink's Electrical où, la même nuit, on avait fracturé le crâne à un vigile pour s'emparer de quelques transistors à bon marché en provenance de Hong Kong.

Bien qu'il les garde pour lui, ce qui était dans ses habitudes, Wield nourrissait quelques idées longuement élaborées sur le crime et la répression. Cela consistait notamment à faire subir au coupable, par doses scientifiquement établies et mesurées avec le plus grand soin, le genre de souffrance qu'il avait infligée à sa victime. Rien à voir avec les procédés barbares où l'on ampute la main ou tranche les oreilles. Mais la souffrance, rien que la souffrance...

Il n'avait pas la moindre idée de la manière dont il était possible de mesurer l'angoisse que les femmes assassinées avaient pu ressentir. Mais il fallait trouver un système meilleur que celui qu'ordonnait la loi britannique...

La pancarte « Je reviens tout de suite » était toujours là quand il repassa devant la tente de Madame Raschid. Sa montre marquait 13 h 30. Retourner au poste, ce qui ne prendrait pas plus d'un quart d'heure ? Ou trouver une bonne raison de traquer Dave Lee ?

« Et puis, merde », murmura-t-il en se dirigeant vers sa voiture.

Il conduisait vite et bien, suivant approximativement le cours de la rivière qui le menait à l'aéro-club, au sud-est de la ville. Dans les années d'opulence du gouvernement Mac Millan, il s'en était fallu de peu que le terrain ne soit élevé à la dignité d'aéroport. Mais la période propice avait passé, les deux tiers de la surface se trouvaient sans emploi, et seul le tiers restant était utilisé par l'aéro-club. De temps en temps, de petits avions privés y atterrissaient, en particulier pendant la saison des courses sur l'hippodrome de la ville, mais, durant l'essentiel de l'année, seul le glissement discret des planeurs perturbait l'atmosphère. Quelques-uns étaient parqués devant le hangar. Wield les admira, sans pour autant céder à leur fascination. Lui, il était motard... Il aimait dévaler les autoroutes à près de deux cents à l'heure, vêtu d'une combinaison de cuir noir... Encore une chose que personne ne savait au poste de police.

La partie non utilisée du terrain, envahie d'herbes folles, avait offert aux Gitans un lieu de stationnement aussi officieux qu'officiel.

Officieux, dans la mesure où, depuis des années, les discussions allaient bon train au conseil municipal sur la nécessité d'attribuer aux gens du voyage un lieu de stationnement précis. Et officiel, parce que, durant les mois d'hiver, et pendant les deux semaines de la période de la foire, la police avait renoncé à harceler ceux qui y installaient leurs caravanes. Mais, dès la fin de l'hiver ou le démontage des manèges, les robinets étaient coupés et les gens du voyage fermement invités à reprendre la route... Parmi les fanas du vol à voile, un groupe particulièrement actif voulait les chasser à jamais, au motif qu'outre que leurs déchets polluaient la rivière, leurs poneys – ceux qui étaient déjà interdits de séjour au Charter Park – constituaient une menace permanente pour les planeurs et les petits avions qui se posaient à trois cents mètres de là. Le conseil municipal s'était donné la peine de faire ériger une barrière de barbelés pour interdire aux poneys de s'ébattre à leur guise sur les étendues herbeuses de l'aérodrome, mais ce n'était pas d'une efficacité totale, comme Wield s'en aperçut tout de suite en arrêtant sa voiture près des caravanes peintes de couleurs vives.

En temps normal, l'arrivée d'un inconnu aurait soulevé autant d'intérêt que de suspicion. Mais, à cet instant précis, l'attention de tous se concentrait sur un affrontement qui avait pour siège le centre du cercle des caravanes.

D'un côté, on trouvait Dave Lee, à la tête d'un groupe de Gitans. La partie adverse n'était composée que d'un homme mince et blond vêtu d'un pantalon et d'un polo, et d'un autre plus trapu qui transpirait sous un épais coupe-vent et un casque de vol. Autour des belligérants, à distance respectueuse, s'était formé un cercle d'enfants et de femmes.

Le trapu agitait en direction de Dave Lee un index

accusateur qui ne demandait qu'à se transformer en poing :

– Ecoutez-moi bien, grasseyait-il avec un fort accent du Yorkshire. Si je vois encore un de vos putains de poneys sur notre aérodrome, je le flingue !... Et je flinguerai aussi son enc... de propriétaire !

En un rictus, Dave Lee découvrit des dents tachées de nicotine et, d'une voix aiguë, se lança à toute vitesse dans une harangue dépourvue de toute ponctuation :

– Ecoutez-moi bien mon vieux qu'est-ce que vous venez foutre ici à nous menacer et à jacter de poney et d'abord quel poney tâchez voir une seconde à me montrer un putain de poney et primo et d'une les poneys ne sont pas assez cons pour aller se foutre sur le chemin de vos putains de machines et ils sont moins cons que certains crétins qui montent dedans !...

L'index accusateur se replia. Sous le casque de vol, Wield avait reconnu Bernard Middlefield, juge de paix. Le sergent ne l'aimait pas beaucoup, mais reconnaissait que, du point de vue de la police, il n'était pas mauvais magistrat : dur avec les délinquants primaires, tout prêt à accorder autant de valeur aux témoignages des policiers qu'aux Saintes Ecritures, et partant de l'idée fort utile que quatre-vingt-dix pour cent de tout ce que pouvaient raconter les travailleurs sociaux étaient des sornettes...

Wield jugea qu'il serait plein d'intérêt, mais inopportun, de regarder Middlefield taper sur le Gitan. L'homme blond paraissait tenté de se poser en médiateur, mais rien ne garantissait qu'il puisse réussir.

Le sergent s'avança, sa carte de police à la main, et s'adressa à Dave Lee :

– Mr Lee ? Pouvons-nous parler une minute ?

Le grand Gitan ricana, et, tourné vers Middlefield, cracha, méprisant :

– Pas étonnant qu'il veuille se battre !... Il avait déjà appelé les flics !...

– Vous êtes policier ? demanda Middlefield. Vous tombez à pic !...

Wield n'avait aucune envie d'être mêlé à l'incident, mais il dut tout de même subir le récit complet des événements. L'homme blond s'appelait Austin Vernon, moniteur en chef de l'aéro-club. Il manipulait le treuil de lancement pour faire décoller le planeur de Middlefield quand un poney s'était mis à folâtrer sur la piste. L'accident n'avait été évité que de justesse. Middlefield s'était précipité vers le campement, suivi par Vernon.

– En dernière analyse, monsieur, fit remarquer Wield, c'est au conseil municipal de prendre ses responsabilités. C'est lui qui est le propriétaire du terrain. Vous n'êtes que locataires, je crois ?... C'est au conseil de faire réparer les clôtures.

– Merci bien ! cracha Middlefield. Si je m'étais tué, vous auriez peut-être pu faire quelque chose, c'est ça ?... Mais laissez-moi vous dire un truc ! Il faut se débarrasser de ces salopards, et c'est moi qui vais m'en charger ! Des asociaux, repoussants de saleté, des voleurs !... Mon usine est sur la zone industrielle, à pas cinq cents mètres d'ici. Eh bien, quand ils sont là, je double le personnel de sécurité !... Je le double !... Et ça me coûte une fortune !...

– Je suis désolé, monsieur, répondit Wield. Mais tant qu'il n'y a pas violation de la loi...

Middlefield manifesta son indignation en reniflant, puis tourna les talons. Vernon, comme pour s'excuser, haussa les épaules à l'attention de Wield.

– Mr Lee, pour l'amour du Ciel, s'écria-t-il, surveillez un peu vos animaux !...

Et il s'élança à la poursuite de Middlefield.

– Ces gens du Yorkshire !..., dit Lee. Ils se prennent pour des durs !... Toujours prêts à se bagarrer !...

– Pas moi, rétorqua Wield. Je veux seulement vous parler.

Les deux hommes s'installèrent dans la voiture du sergent. Les Gitans n'invitent pas volontiers des étrangers – et surtout pas des policiers... – à pénétrer dans leur caravane. Et le sergent savait d'avance que s'il entreprenait Lee en plein air, ils seraient bientôt entourés d'un cercle de gosses dévorés de curiosité.

– Je voudrais qu'on parle de la soirée de jeudi dernier, annonça Wield.

– J'ai déjà tout dit.

– J'ai lu vos déclarations.

– Et alors ?...

– Vous avez déclaré que vous vous étiez trouvé à la foire de 20 heures à 23 heures, essentiellement aux autos tamponneuses.

– Ouais...

– Et, pendant tout ce laps de temps, vous n'avez vu personne qui ressemblait à la fille qui a été tuée.

– Ouais...

– Vous ne passez pas la nuit sur Charter Park, n'est-ce pas ?

– Non. Y a quelques années, ils ont interdit les poneys. Disaient qui-z-étaient dangereux. Comme ce vieux con...

– Donc vous êtes retourné à votre caravane pour dormir. Comment ?

– La camionnette. Celle-là... Immatriculée et assurée et tout...

– Je n'ai jamais insinué le contraire, souligna Wield. Mais j'ai vérifié. J'ai déjà procédé à des tas de vérifications à votre sujet, Mr Lee...

– Eh ben ?...

– Je sais tout sur vous. Vous avez vraiment très mauvais caractère.

Le Gitan se borna à hausser les épaules.

– Vous vous en prenez aussi aux femmes. J'en ai vu une tout à l'heure à votre stand. Elle a une sacrée éraflure...

– Une foutue maladroite !

– Admettons... Et puis il y a le viol : vous êtes même allé jusque-là, hein ?

Réflexion qui déclencha un torrent de paroles, dans une langue qui n'était pas de l'anglais. Wield y mit fin avec fermeté :

– Fermez-la, ou je vous arrache les couilles.

Lee se tut, puis éclata à nouveau :

– Y a pas eu de viol !... L'inculpation a pas tenu ! Violer cette pute ? Autant mettre des plumes à une poule !

– Bon, bon..., coupa Wield, impatient. Où était garée votre camionnette ?

– Derrière le stand, lâcha Lee, de mauvaise grâce.
– Et vous êtes seulement retourné au campement ? Directement ? A 23 heures ?...
– 23 heures, ou la demie... Je sais pas... Il commençait à vaser... On a remballé la marchandise du stand dans la camionnette, comme tous les soirs...
– On ?...
– Ma femme et moi... Vous dites que vous l'avez vue...
– Et, naturellement, elle va me confirmer tout ça... Que vous vous êtes couché et que vous avez dormi bien sagement toute la nuit ?...
Dave Lee ne se donna pas la peine de répondre.
– Parfait..., reprit le policier. Maintenant, parlez-moi un peu de Madame Raschid.
Pas un cil du Gitan ne bougea, mais Wield eut le sentiment qu'il avait touché un point sensible :
– Vous la connaissez ?
– Ouais...
– En réalité, c'est une de vos parentes, n'est-ce pas ?...
– Elle a marié un *gadjo*, siffla Lee. Y a des années...
– Et puis sa nièce... Vous la connaissez aussi...
– Je l'ai vue dans le parc...
Le sergent Wield marqua un temps d'arrêt. Il ne savait pas pourquoi il venait de poser toutes ces questions. Cela ne le menait nulle part. Il décida de brusquer la conclusion :
– O.K. !... C'est bon !...
– Alors quoi ?...
– Alors dehors !...
Le grand Gitan sortit du véhicule, dont il claqua la porte avec une force qui fit trembler Wield.
Un homme âgé, aux cheveux gris, qui n'avait pas cessé de tourner autour de la voiture, s'approcha de Dave Lee et échangea avec lui quelques mots rapides en manouche. Wield sortit la tête par la fenêtre et s'adressa au nouveau venu :
– Qui êtes-vous ?...
– Moi, mon pote ?... Je suis Silvester... Silvester Herne, pour vous servir, mon pote...

– C'est vous qui êtes le patron, ici ?... Le roi de la tribu, ou je ne sais pas comment vous appelez ça ?...

– Moi, mon pote ?..., dit l'homme, surpris. Mais j'suis qu'un vieux Gitan... Juste le vieux Silvester...

– Eh bien, vieux Silvester, tâchez donc de mettre un peu de plomb dans la cervelle de votre petit camarade. Je suis assez mécontent à son sujet ! Et je reviendrai !... En même temps, réparez cette clôture et empêchez vos poneys d'aller dans tous les sens. Sinon, vous aurez des ennuis... Compris ?...

– Parfaitement compris, mon pote ! confirma Herne, très coopératif. Pas plus tard que tout de suite !...

Voilà qui était parler, pensa Wield en reprenant le volant, mais ça ne servait à rien. Au cours des années, son expérience lui avait appris que donner une consigne à des Gitans est aussi efficace que de la donner à des arbres. Personnellement, le sergent n'avait rien contre les Gitans, quoiqu'il les jugeât d'une saleté répugnante. En fait, au fond de lui-même, il ressentait quelque chose comme de la sympathie pour eux en tant que parias, et même un peu d'envie pour leur faculté d'être ouvertement des parias. Peut-être, dans son attitude, entrait-il aussi un soupçon de la peur ancestrale qu'inspiraient les gens du voyage : la veille, la transe de Rosetta Stanhope l'avait bien plus impressionné qu'il ne l'aurait avoué.

Wield aurait dû regagner directement le poste, mais il fit un détour par son appartement où il se servit une tasse de thé. Quel endroit sinistre !... se dit-il tristement. Même par un jour radieux, les petites fenêtres orientées vers le nord ne laissaient filtrer qu'une pauvre lumière. En plus, c'était froid et impersonnel. Bien peu de gens lui rendaient visite, à l'exception de sa sœur mariée et du jeune neveu dont il avait utilisé le magnétophone à la séance chez Mrs Sorby. Mais il y avait son secret qu'il fallait préserver...

Pour combattre ces idées déprimantes, il attrapa le téléphone et composa le numéro professionnel de Maurice à Newcastle. Mais, dès le premier mot de réponse, il reposa le combiné sans prononcer la moindre parole. Maurice et lui avaient décidé que, sauf extrême urgence, ils n'auraient de contact qu'en tête à tête. Et, là, il n'y avait pas d'urgence. Pourtant, le sergent avait le sentiment qu'une crise se préparait. Comme quand on voit à la télé, sur la carte météo, une dépression se former sur l'Atlantique...

Quand il se décida à boire son thé, le breuvage était complètement froid. Ce qui l'amena à constater qu'il avait passé plus d'une heure totalement perdu dans ses pensées. Il était plus de 15 h 30.

Le sergent se hâta de quitter l'appartement. Pascoe lui demanderait sûrement ce qu'il avait bien pu faire de son temps. Et il ne serait pas content. Quant à Dalziel...

Il fallait au moins qu'il puisse dire qu'il avait parlé avec Pauline Stanhope...

Il retourna à Charter Park, et jura entre ses dents. L'écriteau « Je reviens tout de suite » se trouvait toujours sur la tente de Madame Raschid. Que diable signifiait « tout de suite » pour une diseuse de bonne aventure ?...

Cela devait avoir un sens.

Inquiet soudain, il écarta la toile et pénétra dans la tente.

A l'intérieur, tout était sombre. Et ça sentait le moisi. La lumière venant de la portière tombait droit sur la table à tréteaux.

– Seigneur, dit Wield.

Il fit deux pas en avant... baissa les yeux, puis battit en retraite... Il referma la toile au moment où deux filles très jeunes s'approchaient. L'une rit bêtement, pendant que l'autre demandait :

– C'est vous qui dites la bonne aventure, m'sieur ?

– Non, répondit Wield, ce n'est pas moi. Elle est partie.

– Quand est-ce qu'elle revient ?

Il leur montra du geste la pancarte, puis courut vers sa voiture demander du renfort par radio.

« Je reviens tout de suite... » Mais d'où ?...

Sur la table à tréteaux, les jambes ballantes, mais les bras soigneusement croisés sur la poitrine, reposait le corps de Pauline Stanhope.

Elle avait été étranglée.

7

– Ça, c'est vraiment pas de la bonne pub, commenta Dalziel. C'est comme un boucher qui aurait mangé de la viande avariée !...

– Oui, patron, approuva Pascoe, dont l'esprit rationnel jugeait cependant la comparaison inadéquate et, par conséquent, peu satisfaisante.

Il se garda toutefois de le dire, mais se demanda ce que les journalistes tireraient d'un meurtre commis dans la tente d'une diseuse de bonne aventure.

L'arrivée de la presse n'allait pas tarder, évidemment. La découverte d'un crime par un policier chevronné donne à la police une bonne avance pour lui permettre de commencer son enquête à l'abri du public ou des reporters. Mais quand la nouvelle se répand, elle file à la vitesse de l'éclair, même quand elle a son origine dans des lieux moins fréquentés qu'un champ de foire plein de monde.

Une corde avait été tirée tout autour de la tente pour empêcher la foule d'avancer. Le médecin légiste avait rapidement examiné le cadavre, et avait établi que la jeune fille était morte probablement par strangulation, et que le décès remontait à deux heures au moins et quatre heures au plus. Après quoi, sur la suggestion de Pascoe, un unique policier, vu l'exiguïté des lieux, avait été dépêché avec une puissante lampe torche et un sac de plastique pour ramasser le moindre débris avant que le photographe et les spécialistes de l'identité judiciaire ne piétinent l'herbe déjà abondamment foulée du sol de la tente. Quelques autres furent chargés de l'examen du gazon des environs, mais tant de pieds l'avaient foulé que ce n'était qu'une formalité.

Ensuite, on prit des photos sous tous les angles, on traça des croquis, on mesura des distances. Puis les spécialistes des empreintes digitales, qui s'étaient déjà occupés de la pancarte et de la chaise qui se trouvaient dehors, prirent possession de la table et de la chaise avec le cadavre encore *in situ*. Et, pour finir, Dalziel, ayant médité quelques minutes devant le corps, donna l'ordre de le placer dans une housse de plastique pour l'emmener à la morgue où les vêtements seraient enlevés avec le plus grand soin puis expédiés au labo.

A ce moment-là, les spécialistes en empreintes prirent soin de la partie de la table sur laquelle avait reposé le cadavre, avant qu'elle ne soit, elle aussi, de même que les deux chaises, envoyée au labo.

Et, pendant ce temps-là, une caravane de la police avait été amenée dans le parking et, pour la seconde fois en une semaine, on commençait déjà de recueillir les déclarations des forains, en s'attachant particulièrement à ceux dont le stand ou le manège se trouvaient à portée de vue de la tente.

Parmi ceux-là, la plus précise dans son témoignage se révéla être la tenancière du jeu de tonneau, Ena Cooper.

– Juste avant midi qu'elle est partie. J'l'ai dit au bonhomme si laid. Non, j'lui ai pas parlé. On se connaissait pas vraiment bien et puis on avait plein de boulot. Les affaires ne commencent vraiment que l'après-midi, mais y a toujours plein de gosses à la fin de la matinée, et les gosses adorent le tonneau. Non, j'l'ai pas vue revenir. J'étais allée faire un saut chez notre fille Ethel, celle qui tient un stand de hot-dogs près de la grande roue, pour casser une petite croûte, et c'est à ce moment-là qu'elle a dû revenir. Il était à peu près deux heures, juste après que le vilain bonhomme soit venu la première fois. Je suis restée partie à peu près quarante-cinq minutes. Non, c'est pas la peine de lui demander à *lui*. Il est tellement miro qu'il peut à peine voir les pièces. Quand je suis pas là, les gosses le roulent jusqu'à l'os !...

Cooper, le mari, hocha tristement la tête en signe d'agrément : il avait vu que dalle et entendu que dalle...

Par haut-parleur, on demanda à la foule que les personnes qui s'étaient rendues chez Madame Raschid plus tôt dans la journée se fassent connaître, mais sans succès.

L'absence de Dave Lee était à noter. Quand Wield eut narré leur entretien du début de l'après-midi, on l'envoya aussitôt le chercher pour interrogatoire. En même temps, Dalziel expédia un homme au garage Wheatsheaf pour vérifier les mouvements de Tommy Maggs.

Pascoe ne pouvait qu'approuver. Une enquête, il le savait, est faite de quatre-vingt-dix pour cent d'élimination. Dans son esprit, Maggs n'avait rien à voir avec la mort de Brenda Sorby, et il ne l'imaginait pas en assassin psychopathe. Mais les évidences devaient être corroborées. Quand il trouva le courage de confier ces idées au superintendant, le gros homme se contenta d'un « Ah... Ouais... ».

Le soin d'annoncer la tragique nouvelle à Rosetta Stanhope avait été confié à une femme policier. Pascoe, peu auparavant, avait fermement fait sortir la voyante du poste de police, en l'assurant que son aimable offre de services parapsychologiques serait certainement prise en considération.

Juste après, il avait été convoqué dans le bureau de Dalziel, qui était en conférence avec le superintendant George Headingley, chargé de l'agression commise aux entrepôts de la Spink's. Il s'agissait maintenant d'un meurtre : le veilleur de nuit était décédé à l'hôpital dans la matinée, et Headingley était en quête de renforts. Ils avaient tous trois examiné les tableaux de service et constaté à quel point ils souffraient d'une pénurie de personnel. En matière de plaisanterie, Pascoe avait fait part des propositions de Rosetta Stanhope en suggérant d'y donner suite.

– Ouais, avait répondu Dalziel. Pour commencer, elle pourrait essayer de communiquer avec le chef adjoint de la police du comté. Il y a des années que ce salopard fait le mort !...

Ils avaient bien ri. Et puis, juste après, Wield avait téléphoné...

Et maintenant, mal à l'aise, Pascoe attendait l'arrivée de la tante de la jeune morte. Il faudrait l'emmener à la morgue, pour l'identification formelle du cadavre. Ce n'était jamais une partie de plaisir. Et bien que Pascoe eût jugé Rosetta Stanhope comme une femme dotée d'une originale mais forte personnalité, l'expérience lui avait enseigné qu'on ne peut jamais prévoir les réactions des gens dans un tel cas.

Il se sentit presque soulagé quand la policière annonça que Mrs Stanhope n'était pas chez elle, et qu'elle se mettait en faction devant son appartement en attendant son retour.

Peu après, Wield revint pour dire que, dès la fin de leur entretien, Dave Lee avait démarré avec la camionnette. Personne ne savait – ou ne voulait dire – pour où il était parti.

Et, pour finir, le policier chargé de Tommy Maggs fit son apparition, seul également. Maggs n'avait pas repris le travail après la pause du déjeuner, et c'était en vain que l'on avait frappé à de nombreuses reprises à la porte du domicile paternel.

– Vérifiez avec les voisins, ordonna Dalziel. Voyez s'il a contacté ses parents à leur travail. Trouvez le nom de son médecin. Sergent Wield, vous avez le numéro de la bagnole de Lee ?... Parfait. Lancez un appel général. Peter, vous allez vous occuper de la presse, voulez-vous ? Vous savez vendre du vent mieux que personne !...

– Merci bien ! répliqua Pascoe. Qu'est-ce que je leur raconte ?

– Tout ce que vous savez. C'est-à-dire rien, sauf si vous avez gardé quelque chose pour vous...

– Ils vont absolument vouloir savoir si c'est de nouveau l'Etrangleur.

– On n'en saura rien avant l'autopsie. Et même alors, tout ce qu'on saura, c'est que c'est *un* étrangleur !...

– Pourtant, ce coup-ci, ça paraît clair, protesta Pascoe. Je veux dire... Si on compare avec Brenda Sorby...

– Vous croyez ?... Faudra voir..., lâcha Dalziel.

Ce vieux salaud croit qu'il a pigé un truc, pensa Pascoe. Ou bien il a seulement envie d'être contrariant...

Les journalistes qui s'étaient rassemblés sur le champ de foire n'appartenaient pas seulement à la presse locale. La nouvelle du quatrième crime avait fait tache d'huile. Quelques-uns, même, venaient de Londres. En fait, il apparaissait qu'ils étaient montés dans le Nord attirés par l'histoire de la police demandant l'assistance d'une voyante. Pour eux, la mort de Pauline Stanhope, c'était la cerise sur le gâteau... Dans le parking, une équipe de télévision déballait ses caméras. A défaut d'autre chose, ils pourront au moins faire de bons plans d'ambiance, se dit Pascoe. La fête, après une courte interruption, battait à nouveau son plein. Il se demanda si les rires, la musique, les cris ne dénotaient pas un peu plus d'excitation que de coutume. C'était à la limite de l'indécence, mais c'était inévitable : la mort avait attiré beaucoup de monde, et on pouvait compter sur les forains pour sauter sur l'occasion. En plus, Pauline Stanhope n'était pas des leurs. Ni Rosetta non plus, d'ailleurs : elle ne se joignait à eux qu'une fois par an, alors qu'ils formaient une communauté errante mais permanente.

Pascoe fit front aux questions pendant dix minutes. Comme il l'avait prévu, les journalistes voulaient absolument savoir si l'Etrangleur avait à nouveau frappé.

– Et les citations d'*Hamlet*, inspecteur ? demanda un des reporters. Est-ce qu'il y a eu un nouvel appel ?

– Je ne sais pas, sourit Pascoe. Vous feriez mieux d'interroger votre confrère de l'*Evening Post*. C'est son patron qui en a la primeur !...

A la fin de la conférence de presse improvisée, un des journalistes de télévision le prit par la manche pour lui demander s'il pourrait faire une interview télévisée dans cinq minutes.

– Je dois voir si c'est possible, dit Pascoe.

– En fait, ce ne serait pas avec vous. On aimerait bien avoir le superintendant Dalziel...

Piqué au vif, Pascoe retourna à la caravane :

– Ces messieurs de la télé souhaiteraient bénéficier de votre présence, patron.

– Vous êtes pas assez bien pour eux ?... Pas assez photogénique ?...

– Je ne remplis pas assez l'écran, répliqua Pascoe, sarcastique.

– Quoi ?... Vexé, mon garçon ?... J'ai quelque chose qui va vous remettre de bon poil. Je viens juste de parler avec Sammy Locke, du *Post*.

– Il y a eu un appel ?

– Je savais que ça vous ferait plaisir, Peter. Vous pensez qu'on coincera le salaud par ses appels ?... Eh bien, bonne chance ! On a deux de ces conneries, maintenant.

Dalziel se trompait.

Quand Pascoe rentra chez lui ce soir-là, il y avait eu quatre appels d'« Hamlet ».

Le premier, à 16 h 42 : « *Allez maintenant trouver madame dans sa chambre, et dites-lui qu'elle a beau se mettre un pouce de fard, il faudra qu'elle en vienne à cette figure-là.* »

Le second, à 17 h 23 : « *Un homme peut sourire, sourire, et n'être qu'un scélérat.* »

Le troisième, à 18 h 15 : « *Etre ou ne pas être, c'est la question.* »

Et, enfin, le quatrième, à 19 h 07 : « *Notre époque est détraquée. Maudite fatalité, que je sois né pour la remettre en ordre !* »

Pour changer, Ellie était d'excellente humeur, ce qui enchanta Pascoe au point qu'il se contenta de hausser les sourcils quand son épouse lui annonça qu'elle était désormais chargée du recrutement au G.A.D.F. De toute façon, elle semblait plutôt désireuse de parler de l'Etrangleur :

– Ces appels téléphoniques... Ça va vraiment vous servir ?...

– On n'a pas grand-chose d'autre, reconnut Pascoe en attaquant son bœuf réchauffé et son *pie* aux champignons. Mais ils peuvent ne pas tous venir de l'Etrangleur. Le souvenir qu'a Sammy Locke de la première voix est assez vague. Mais il estime que deux, peut-être trois, de ceux de cet après-midi, sont de la même veine.

– Tu dis que vous avez enregistré tous les appels d'aujourd'hui. Ce qu'il vous faut, c'est un spécialiste du langage pour les écouter.

– Bien vu, répondit Pascoe, qui avait déjà fait la même suggestion à Dalziel, mais ne voulait pas jouer au plus malin. Tu penses à quelqu'un ?

– Eh bien, au collège, il y a Dicky Gladmann et Drew Urquhart. Ils impressionnent les étudiants en trouvant les origines géographiques et sociales d'un individu par la seule analyse de sa voix.

– Et ça marche ?

– A cent pour cent, en général, je crois. Mais je pense qu'ils jettent d'abord en douce un coup d'œil sur les états civils... En tout cas, on a tellement de peine à comprendre ce qu'ils disent que ce sont certainement de bons linguistes !...

Pascoe termina son *pie*, reprit sa respiration, puis passa à la charlotte aux pommes, également réchauffée.

Elle veut que je grossisse, *moi aussi* ! pensa-t-il soudain.

– Eh bien, je vais leur faire faire un essai, dit-il. Encore que j'imagine qu'ils se coulent de douces vacances à Acapulco. A propos, tu ne m'as pas raconté comment la Lacewing a accueilli la théorie sur les messages médiumniques ?

– Elle a trouvé que c'était crétin.

– A la bonne heure !... Tu me rendras la transcription, n'est-ce pas ?

– Oui. Elle a failli me faire rougir en racontant à tout le monde que tu étais en charge de l'enquête.

– Ça te fait rougir ?

– Bien sûr que non ! Non, je voulais dire qu'elle essayait de fermer le bec à une grande gueule, un certain Middlefield, qui est juge de paix ou je ne sais trop quoi, qui pense que toutes ces femmes qui ont été tuées étaient *ipso facto* des putes. Mais ce qui est intéressant, c'est que le type avec lequel il était en train de parler, c'était le directeur de la banque où l'autre fille travaillait. Celle de l'enregistrement.

– Brenda Sorby... Ça, c'est intéressant, dit Pascoe.

A la fin de la soirée, quand ils se couchèrent, Ellie lâcha, d'une voix déjà endormie :

– Cette pauvre fille à la foire... Tu dis que c'était la nièce de Rosetta Stanhope ?

– Eh oui.

– Alors peut-être qu'elle entrera en communication avec elle. Je suis sûre qu'elles étaient très proches.

– Peut-être, répondit Pascoe. Je ne manquerai pas de faire appel à toi si ça arrive.

Elle lui donna un coup de coude, puis sa respiration ne tarda pas à prendre le rythme calme du sommeil.

Mais Pascoe, lui, eut de la peine à s'endormir, comme si Morphée lui avait réservé une litière de cailloux. Ellie en était en partie responsable, qui lui avait fait revenir à l'esprit la pensée de Pauline Stanhope, mais elle aurait de toute façon fini par s'y trouver. Il dormait toujours mal avant d'assister à une autopsie, et, le lendemain matin, à 9 heures, il était convoqué à la morgue pour les rites ultimes que les médecins légistes pratiqueraient sur le cadavre de Pauline Stanhope.

8

Le médecin légiste était un monsieur vif et efficace, qui ne se laissait jamais aller à la jovialité macabre qui sert de refuge à tant de ses collègues. Pascoe s'en réjouissait. Dans des occasions comme celle qui l'appelait ce matin-là, il aimait à revêtir une armure de détachement professionnel. Et il avait déjà vexé le responsable de la morgue et l'adjoint administratif du coroner, un nouveau un peu nerveux, en répondant avec froideur à leurs tentatives de plaisanterie.

Le légiste porta toute son attention sur le cou, puis demanda à l'homme de la morgue de retirer au cadavre ses vêtements qui furent emballés séparément en vue de leur étude au labo. Après quoi, il examina attentivement le corps dénudé avant de procéder à la première incision. Le crissement du scalpel sur la peau blanche provoqua un frissonnement chez l'adjoint du coroner. Pascoe avait compris que c'était sa première autopsie, et, sortant de sa poche son carnet de notes, il lui tapa sur l'épaule :

– Je peux vous emprunter votre stylo ?

– Oui, bien sûr.

Pascoe griffonna quelques mots, puis rendit l'objet :

– Merci. Il vaut mieux que je vous le rende. Vous en avez plus besoin que moi. Votre patron est un vrai maniaque pour toute la paperasserie, hein ?...

Le bonhomme esquissa un pâle sourire, et se mit à écrire à toute vitesse.

Après un court laps de temps, Pascoe prit dans son veston son propre stylo et poursuivit son procès-verbal.

Une demi-heure après, des voix de moins en moins

distantes se firent entendre. Informé par le concierge, le responsable de la morgue se pencha vers Pascoe :

– C'est une bonne femme, avec un bonhomme. Elle dit qu'elle est la tante de la morte, et elle fait toute une histoire pour voir le corps.

Pascoe eut un regard pour le cadavre : le sternum et une partie de la cage thoracique avaient été enlevés, et l'abdomen incisé, pour mettre en évidence le cœur, les poumons et les viscères.

– Je m'en occupe, dit Pascoe.

Il quitta la salle d'examen et s'en fut dans la petite pièce d'accueil où un employé s'efforçait de retenir Rosetta Stanhope.

Qui, à la grande surprise du policier, était accompagnée de Dave Lee.

– Mr Pascoe, dit-elle, c'est ma nièce qui est là. J'ai le droit de la voir, n'est-ce pas ?... Je veux la voir !...

L'émotion ramenait dans sa voix les rythmes et les accents de son enfance.

– Vous pouvez rien faire contre elle, m'sieur ! jeta Lee. C'est sa nièce !...

– Je suis désolé, Mrs Stanhope, intervint Pascoe avec calme. On est en train de l'examiner. Quand ce sera fini, nous prendrons toutes les dispositions, je vous le promets...

– Vous n'avez pas le droit de l'empêcher ! cria Lee. Elle vous l'a dit !... Elle a le droit !...

– Je suis sûr que vous n'auriez pas très envie de la revoir en ce moment, Mrs Stanhope..., reprit Pascoe. Je vous en prie... Plus tard... C'est mieux comme ça...

– Vous voulez dire qu'ils sont en train de la couper en petits morceaux ? demanda Rosetta Stanhope.

– Il fallait bien faire une autopsie, expliqua Pascoe avec douceur.

Elle hocha la tête. Le policier la prit par le bras, et la conduisit jusqu'au bureau du directeur de la morgue. La secrétaire parut juger que ce n'était pas très conforme au règlement, mais Pascoe était un maître ès rapports sociaux :

– Trouvez-nous un peu de thé, je vous prie.

La secrétaire jugea cette fois que sa fonction s'en trouvait confortée et obtempéra.

– Nous avons essayé de mettre la main sur vous hier soir, raconta Pascoe pendant que Rosetta Stanhope s'asseyait.

Dans la pièce, il n'y avait que deux chaises pour des visiteurs. Dave Lee en fut réduit, de mauvaise grâce, à rester debout près de la fenêtre.

– J'étais partie, lâcha-t-elle.

– Vous ne m'en aviez rien dit quand nous avons parlé hier, à l'heure du déjeuner, nota Pascoe. C'était tout à fait inattendu ?...

– Oui. Inattendu. J'avais laissé dans l'appartement un petit mot pour Pauline.

Sa voix se brisa quand elle prononça le nom de la jeune fille. Pascoe la scruta des pieds à la tête. Elle portait le même ensemble gris que la veille. Mais c'était bien moins élégant, un peu froissé, un peu défraîchi...

– Comment avez-vous su ?... A propos de votre nièce ?

– Ce matin... Les journaux...

– Bien sûr... Je vois.

Pascoe nota mentalement qu'il faudrait vérifier. Dans la majorité des cas, la presse se montrait coopérative, et ne publiait pas les noms des victimes avant que la proche famille ne soit avertie. Mais, à l'inverse, le lieu et les circonstances du crime étaient assez remarquables pour qu'il soit facile de faire des rapprochements.

– Bon... Où étiez-vous hier soir ? demanda Pascoe doucement.

– Elle était avec moi, cracha Dave Lee. On est montés vers le Nord. On a passé la soirée avec des amis !

– Vous vous êtes décidés vite... Je veux dire : tous les deux !...

Rosetta Stanhope et Dave Lee échangèrent quelques mots rapides. La connaissance toute scolaire que Pascoe avait des dialectes manouches de Grande-Bretagne ne lui permit pas de les comprendre.

– *Qu'est-ce que vous voulez cacher de moi ?* cria-t-il.

Il n'était pas très sûr de sa grammaire, mais à leurs

yeux écarquillés, il sut que cela n'avait aucune importance.

– C'est du français, reprit-il d'un ton ordinaire. Vous n'y comprenez rien ?... Alors vous pouvez trouver exaspérant, ou agressif, ou idiot, ou même suspect, que je me serve d'une langue que vous ne comprenez pas...

Dave Lee ne cillait toujours pas, mais Rosetta Stanhope esquissa un sourire d'excuse :

– C'est seulement une vieille habitude, expliqua-t-elle. Dave disait seulement que vous étiez un petit peu trop fouinard, c'est tout !...

– Et qu'est-ce que vous lui avez répondu ?

– Que tout ce que je voulais, c'était voir ma nièce !... Oui, ça a été très soudain. Après vous avoir vu, je suis rentrée à la maison. Dave est arrivé un petit peu plus tard. Pauline lui avait dit que je n'allais pas très bien, et il se faisait un peu de souci. Il a proposé qu'on fasse un petit tour, que ça me ferait du bien qu'on aille voir des amis d'autrefois. Et puis voilà !... J'ai dit oui !...

Pascoe, en son for intérieur, estima que ce portrait de Dave Lee en cousin attentionné offrant un dérivatif aux maux de sa vieille cousine faisait un tantinet trop petit-bourgeois pour être vraisemblable...

– Qu'est-ce qui s'est passé hier, Mr Pascoe ? reprit Rosetta Stanhope. Ça, au moins, vous pouvez nous le dire...

– L'autopsie nous apportera des confirmations, mais il paraît probable que quelqu'un a pénétré dans votre tente au tout début de l'après-midi, a étranglé votre nièce, et puis est parti en laissant la pancarte « Je reviens tout de suite », expliqua Pascoe en choisissant ses mots avec soin.

– Au tout début de l'après-midi, dites-vous ? interrogea-t-elle, incrédule. Et personne n'a rien vu, rien entendu ?...

– Il y a beaucoup de bruit à la foire, fit valoir Pascoe. Mais c'est vrai... Personne n'a rien remarqué d'anormal. Cela dit, nous sommes toujours en train de recueillir des témoignages. Et nous aimerions bien avoir le vôtre, Mr Lee...

– Moi ?... Pourquoi ?...

– Parce que vous travaillez à la foire ! Et parce que vous avez parlé avec miss Stanhope hier matin ! Je vous ai vu moi-même !

– J'étais reparti ! J'étais au campement ! Votre pote le salopard à l'air bizarre m'a vu !...

– Exact !... C'était vers 13 h 45. A quelle heure êtes-vous parti de la foire ?...

– J'sais pas ! Au moment du déjeuner... Quelque chose comme ça !

– Vous êtes retourné déjeuner au campement ?

– Ouais...

– Mais votre femme était restée au Charter Park. Vous avez préparé votre déjeuner vous-même ?...

– J'suis pas manchot ! siffla Dave Lee.

– Ah, bon... Et vous avez mangé tout seul ? Au camp, qui est-ce qui vous a vu ?...

– Si vous voulez le savoir, mon pote, j'ai bu une bière et j'ai bouffé un *pie* dans un pub sur mon chemin !... Alors j'ai des témoins !...

– Très bien... Quel pub ?...

– Quel pub ?...

Dave Lee semblait soudain hésitant, moins sûr de lui.

– Dites-moi le nom du pub, articula Pascoe, sans lâcher l'homme des yeux.

– Quelque chose en *Cheese*...

– Le *Cheshire Cheese* ?... Bien, bien...

Rosetta Stanhope jeta sur Dave Lee un regard intrigué.

– C'était pas vraiment votre route, fit remarquer Pascoe.

– C'est vachement commode, rétorqua Lee. J'y bois souvent un coup.

– Vraiment ? jeta Pascoe.

Cela sentait la diversion à plein nez. A voir plus tard...

La porte s'ouvrit et la secrétaire entra, apportant une tasse de thé, mais sans savoir à qui la donner. De la tête, Pascoe désigna Rosetta Stanhope, puis jeta un coup d'œil à sa montre :

– Si vous voulez bien m'excuser, il faut que j'y retourne. Vous pouvez attendre ici, ça va de soi, mais il faut comprendre que ça peut prendre encore un petit moment.

La secrétaire n'en avait pas l'air très persuadée, et Dave Lee ne cachait pas son mécontentement. Mais Mrs Stanhope marqua clairement son approbation.

– Très bien, conclut Pascoe.

Il passa dans la pièce voisine, ferma la porte derrière lui, et appela le poste de police. Dalziel n'était pas disponible, c'est pourquoi il demanda le sergent Wield, lui détailla en peu de mots ce qui venait de se passer, et lui suggéra de se rendre à la morgue le plus vite possible, en compagnie d'une femme policier.

Puis, traînant des pieds, il retourna à la salle d'examen.

Ellie Pascoe s'était étendue sur son large sofa moelleux. Quand ils l'avaient choisi, Peter et elle, ils avaient affiché une sensualité ostensible qui n'était destinée qu'à mettre dans ses petits souliers un vendeur par trop entreprenant. De ce côté-là, ils avaient échoué. Mais les autres objectifs visés en achetant le sofa avaient été atteints, pensait Ellie, en tournant les pages du best-seller auquel elle recourait pour trouver une bonne raison de ne pas travailler à son grand roman.

On sonna à la porte.

En parfaite banlieusarde, elle jeta un coup d'œil par la fenêtre du salon avant d'aller ouvrir. Une Ford *Marina* bleue était garée devant la maison. Ses occupants se composaient d'un homme, et de quelques enfants d'une dizaine d'années. Elle ne reconnaissait ni la voiture, ni ses passagers.

On sonna à nouveau.

Elle ouvrit.

– Salut ! proclama Lorraine Wildgoose.

La nouvelle venue portait un jean et une grande chemise. De dos, se dit Ellie, on l'aurait prise pour une adolescente. De face… Malgré le maquillage, la quarantaine était bien visible. Elle portait trois cartons à dossiers, épais et plutôt froissés.

– Je passais dans le coin, et j'ai pensé que ce serait bien de vous apporter tout ça.

– Super ! affirma Ellie sans enthousiasme. Entrez !

Elle emmena la visiteuse au salon, redressant au passage les coussins du sofa sous lesquels elle dissimula le best-seller...

– Ça a l'air foutoir, mais tout est en ordre, affirma Lorraine. Je pense que nous avons tout vu hier, mais s'il y a le moindre problème, passez-moi un coup de fil...

– Merci. Un café ?... Ou autre chose ?

A la surprise d'Ellie, Lorraine répondit :

– Oui, pourquoi pas ?...

Eh bien, parce que vous avez laissé une voiture pleine de gens en plein soleil, pensa Ellie. Lorraine la suivit à la cuisine et commenta :

– Alors, voilà à quoi ressemble la maison d'un flic... C'est bien...

– Les pots-de-vin, ça aide..., railla Ellie.

– Vous nous avez dit hier que votre mari est sur l'affaire de l'Etrangleur... Ça doit être un vrai plein-temps...

– Il ne fait pas que ça.

Ellie était du genre à réveiller son mari au milieu de la nuit pour lui démontrer que ses collègues et lui-même n'étaient que des brutes fascistes. Mais elle répugnait à entrer dans un débat public sur la relation particulière qu'elle entretenait avec la police. Au demeurant, Lorraine ne poursuivit pas le sujet, et se contenta de jeter un coup d'œil au contenu de placards qu'Ellie se maudissait de n'avoir pas fermés.

– Et vos... amis..., dit-elle, versant le Nescafé dans les tasses.

– Qui ?... Eux ?... Ce ne sont pas des amis ! C'est ma famille ! plaisanta Lorraine. Mes enfants et mon mari.

– Mais vous êtes séparés, non ?...

– Aussi séparés qu'on peut l'être quand on travaille dans la même école ! Mais, enfin, on est en vacances... Alors on peut vraiment se séparer... Dans huit jours, je pars passer trois semaines en Italie... Après ça, Mark partira pour pratiquement tout le reste des vacances... Et les enfants iront dans les collines, avec des amis qui y ont une maison.

– Vous ne vous verrez pas beaucoup...

– Non, le Ciel en soit loué !... C'est comme un rite

funèbre : nous partons pique-niquer au bord de la mer. On aurait tous envie de faire autre chose, mais même les enfants n'osent pas le dire !...

– Ils sont trop bien élevés, estima Ellie.

Elles retournèrent au salon. Ellie glissa un œil furtif par la fenêtre. L'homme était sorti de la voiture. Il était en short et en T-shirt imprimé.

– D'habitude, dit Lorraine sans préambule, on explique que les torts sont partagés. Mais cette fois, ce n'est pas vrai. Vous savez, j'ai adoré mon esclavage. Ça me plaisait beaucoup. Je faisais partie du G.A.D.F., mais à la maison, j'étais vraiment calme. Et puis ça a changé...

– Une autre femme ?..., demanda Ellie.

– Peut-être... Je ne sais pas... Ce salaud s'est mis à me détester... D'un coup, sans savoir pourquoi, j'ai compris qu'il me haïssait ! Alors je suis partie... On ne reste que si on est une pute, hein ?

– Mais où est-ce que vous vivez maintenant ? s'enquit Ellie.

– Eh bien, je suis revenue à la maison, et c'est lui qui est parti ! Je suis tout de suite allée voir Thelma, et elle a arrangé les choses en moins de deux ! Elle est formidable, hein ? Je dois rendre cette justice à Mark qu'il n'a pas fait d'histoires... Il faut croire que la banlieue n'est pas son style... C'est trop ouvert... Il y a trop d'yeux qui scrutent derrière des rideaux de dentelle !

Lorraine but son café, puis reprit, sans crier gare :

– Le gus que votre mari recherche... Hier, il y en a eu une autre... J'ai lu ça dans les journaux...

– Ils ne sont pas encore certains que c'est l'Etrangleur, souligna Ellie, prudente.

– Oui... Il doit sacrément haïr les femmes, confia Lorraine à sa tasse.

La sonnette retentit.

– Ça, c'est lui, affirma Lorraine. Il ne peut pas attendre... Nous les femmes, nous avons le droit de nous protéger, n'est-ce pas ?... Le devoir, je dirais...

– Oui, peut-être.

Ellie se leva.

– Ne le faites pas entrer, ordonna Lorraine, finissant son café. Quand vous le verrez, vous aurez un choc.

J'espère que ça ne fera pas de mal au bébé... Il est devenu dingue !... Vous savez ce qu'il fait de ses vacances ?... Il part en Arabie Séoudite en minibus avec un groupe !... Je suis sûre qu'il leur a menti sur son âge !... Qu'il leur a dit qu'il avait trente ans !... Les gosses ne savaient plus où se mettre. Et m... ! *Moi*, je ne savais plus où me mettre !...

Ellie ouvrit la porte. Mark Wildgoose était mollement appuyé contre le chambranle et ne se donna pas la peine de se redresser. Son visage fin et bronzé, aux traits mobiles, pouvait effectivement afficher une trentaine agitée. Sur son T-shirt, qui aurait mérité un passage à la machine à laver et qui sentait la transpiration, on lisait : « Je Suis Le Meilleur. »

– Les gosses en ont ras le bol, lâcha-t-il par-dessus l'épaule d'Ellie. Et moi aussi. Est-ce que ça va te prendre toute cette putain de journée ?...

– Vous voyez à quoi je faisais allusion, se plaignit Lorraine. Malgré son langage épouvantable, on le laisse encore enseigner l'anglais et le théâtre au collège secondaire de Bishop Crump. C'était mon mari... D'ailleurs, il connaît peut-être le vôtre...

– Salut, dit Ellie comme s'il s'agissait de présentations. Je suis Ellie Pascoe.

– Salut, répondit Wildgoose. Ecoutez, je suis désolé... Je ne voulais pas être grossier, mais elle avait dit une minute, et les gosses commencent à avoir vraiment chaud... Votre mari... Pascoe... Il travaille au conseil de l'éducation, non ?...

– Il est policier, coupa Lorraine. Avec un peu de chance, il t'a interrogé. Quand cette femme a été tuée, tu te souviens ?...

– Bien sûr que je m'en souviens. Mais je ne me rappelle pas du nom du flic... Bon, tu viens, ou non ?...

Il paraissait franchement exaspéré, mais, dans son expression, Ellie ne décelait pas la moindre trace de haine ou de quoi que ce soit d'approchant. Encore qu'il eut visiblement volontiers écrasé un demi-pamplemousse sur la figure de sa femme si, d'aventure, il avait eu un demi-pamplemousse à sa disposition...

– Oui, j'arrive, lâcha Lorraine. Merci pour le café, Ellie.

– Du café !..., cracha Mark Wildgoose en se dirigeant vers la voiture.

Lorraine prenait tout son temps.

– De quelle femme parliez-vous ? demanda Ellie.

– Je ne sais plus son nom. Celle qu'ils ont trouvée dans la cabane de jardinier. Ils ont interrogé tous ceux qui ont un jardinet.

– Et votre mari...

– Oui. L'année dernière, il s'est lancé dans l'autarcie... Faites pousser vos propres légumes... Comme je ne voulais pas le laisser labourer le gazon, il a demandé un jardinet. Je savais que ça ne serait qu'une foucade... Il n'y va quasiment plus...

– Pourquoi me racontez-vous tout ça, Lorraine ?

– Raconter quoi ?... Je ne fais que parler... Ma vie est dans un tel état que, la moitié du temps, je ne sais même plus ce que je fais... C'est pourquoi je suis contente que vous me remplaciez pour ce job... Prévenez-moi s'il y a quelque chose que vous ne comprenez pas.

– C'est plus que probable, dit Ellie.

– O.K...

On klaxonnait : une brève, deux longues...

– *Qu'il est triste le son du cor au fond du bois*, railla Lorraine. Cette Brenda Sorby... Elle avait été élève à Bishop Crump, vous savez...

Le moteur avait démarré et tournait à grand bruit.

– *Ciao*, conclut Lorraine. N'oubliez pas... Téléphonez si vous avez besoin de quoi que ce soit.

– Bien sûr, promit Ellie.

Quand elle se rallongea sur le sofa, il lui fallut un bon moment avant de retrouver quelque charme à son livre.

9

Le sergent Wield avait eu, à nouveau, un entretien infructueux avec Dave Lee. Le Gitan ne démordait pas de sa version selon laquelle il avait emmené Rosetta Stanhope revoir de vieux amis dans le Nord « pour lui changer un peu les idées ».

Pressé de fournir des détails, il s'était contenté de parler vaguement de « la région de Teesdale, quelque part près de Barnard Castle », et il avait ajouté que, puisque les mystérieux amis avaient repris la route, il n'avait pas la moindre idée de l'endroit où ils pouvaient bien se trouver maintenant. Pour le reste, il avait fait preuve d'une grossièreté de plus en plus énervée.

Il avait été tout aussi vague, et tout aussi grossier, quand on en était venu à son emploi du temps le jour de la mort de Pauline. Il ne se souvenait pas de la dernière fois où il l'avait vue : « tôt le matin... P'têt' vers 9 heures... ». Ni de ce dont ils avaient parlé : « l'autre flic, celui qu'est bizarre, venait juste d'passer... P'têt' bien qu'on a causé d'lui... ». Ni de l'heure exacte à laquelle il était parti de la foire : « à l'heure de la bouffe... Que'qu'chose comme ça... ».

Mais il était certain qu'il avait bu une pinte au *Cheshire Cheese* et qu'il était arrivé sur l'aérodrome pas plus tard qu'à 13 h 15, ce que tout le monde pourrait confirmer.

Wield n'en doutait pas une seconde, mais il estima judicieux de recourir au témoignage plus impartial du propriétaire du *Cheshire Cheese,* Wally Furniss, corpulent et rubicond, qui aurait pu, s'il s'était tourné vers la carrière d'acteur, accumuler de confortables cachets en interprétant des rôles de joviaux propriétaires terriens. Il avait choisi à la place de réaliser une petite fortune en jouant dans la vie un rôle de jovial propriétaire de pub. Il entretenait avec la mort une relation amicale. De son veuvage récent, il avait émergé plus rubicond et jovial que jamais. Quant au destin tragique que Mary Dinwoodie avait rencontré derrière son établissement, il avait eu pour effet d'élargir son sourire et d'accroître sa clientèle.

Wield, plus habitué à des tenanciers soit agressifs, soit obséquieux, se vit accueilli avec ce qui semblait être une vraie sympathie, et gratifié d'une grande vodka-tonic.

– Vous n'avez pas oublié, dit-il.

Furniss eut un sourire ravi :

– C'est le métier, affirma-t-il.

Ses souvenirs étaient tout aussi nets à propos de Dave Lee :

– Le romano ?... Vers midi 25... Une pinte de brune et un pâté en croûte... L'a dit que c'était pas frais et je lui ai demandé comment *lui* pouvait bien le savoir !... Il l'a quand même mangé... Oui, on en a deux ou trois qui viennent quand ils ont leur campement sur l'aérodrome... C'est juste de l'autre côté du carrefour... Moi, ça me dérange pas de les avoir chez moi, pourvu qu'ils aillent pas ailleurs que dans la salle de bar, ce qui est en général le cas...

– Est-ce qu'il y en avait le soir où Mrs Dinwoodie a été tuée ?

– Ça, je pourrais pas vous le dire... Sinon, je vous le dirais, hein ?

Wield convint de la justesse du raisonnement.

– Cela dit, ils étaient sûrement dans le coin, reprit Furniss. Je me rappelle bien d'avoir fait remarquer, juste avant, qu'il y en avait certains qui étaient arrivés cette année plus tôt que d'habitude. En général, c'est seulement une semaine avant la foire qu'ils commencent à se rassembler. Les pauvres bougres ont probablement été virés de leur dernier stationnement plus vite qu'ils l'auraient voulu...

– Ça, c'est intéressant, releva Wield. Est-ce que Dave Lee, le type dont nous parlions, était avec eux ?

– J'en sais trop rien, avoua Furniss avec regret. Vous croyez qu'ils ont quelque chose à voir avec cette histoire d'Etrangleur ?

– On se renseigne seulement, Mr Furniss, dit Wield en insistant sur chaque mot. Et je vous saurais gré de garder tout ça entre nous...

– J'ai la bouche cousue, affirma le tenancier, dont le large sourire démentait les paroles.

– Et vous êtes sûr qu'ils étaient arrivés avant la mort de Mrs Dinwoodie ?

– Sûr et certain ! Demandez à l'aéro-club si vous voulez savoir précisément quand ils sont arrivés. Ils les surveillent de près !... C'est qu'ils ont des trucs de valeur, sans parler de leur bar ! Croyez-moi, si j'en prends un ici à jouer à ces petits jeux, ils feront leurs bagages vite fait !... Les clients qui paient, c'est une chose... Ceux qui ont les doigts un peu trop agiles, c'en est une autre ! Un autre verre, sergent ?...

Wield secoua la tête :

– J'ai du boulot. Merci quand même !...

Furniss le raccompagna à la porte, et le regarda s'éloigner dans le soleil. Puis, rentré dans l'ombre rassurante du bar, il dit à Elsie, la serveuse qui comptait les bouteilles de bière :

– Putain de flics ! Ils boiraient toute la boutique si on les laissait faire !.. Elsie, faut avoir l'œil sur les manouches ! Les flics croient qu'ils sont pour quelque chose dans la mort de cette morue de Dinwoodie...

Pendant ce temps, Wield avait décidé d'emprunter un chemin plutôt détourné pour regagner le centre de la ville. Le vieil aérodrome n'était guère à plus de huit cents mètres du carrefour. Affectant grosso modo la forme d'un rectangle, il était bordé par la rivière et la campagne d'un côté, et par le carrefour lui-même d'un autre. Les deux autres côtés étaient délimités par la zone industrielle et par Milhill. Pendant la guerre, quand des *Wellington* et des *Lancaster* décollaient chaque nuit, le terrain se situait encore très à l'extérieur de la ville. Même si c'était encore trop près pour tous les mauvais patriotes qui souhaitaient mettre le plus de distance possible entre le conflit et eux... Mais la ville avait grandi. L'industrie et la banlieue s'étaient peu à peu infiltrées et, de plus en plus souvent, au conseil municipal, certains faisaient valoir qu'il y avait là une réserve foncière inestimable. Le bail concédé à l'aéro-club expirerait dans trois ans et Wield était convaincu que, pour faire face aux difficultés financières des collectivités locales, les spéculateurs seraient sous peu invités à accomplir le pire...

Cela laissait le sergent aussi indifférent qu'il l'avait été durant la bataille qui avait récemment opposé les ingénieurs qui déterminaient le tracé de l'autoroute et le comité du plus important club de golf de la ville. Wield avait, sur les loisirs, des idées orientales, à tous les sens du terme : judo, kung-fu, karaté... Sa passion pour les arts martiaux était bien vue en haut lieu. Tout bon policier doit être capable de se défendre tout seul.

Comme tout bon policier doit être capable de trouver des correspondances... Dave Lee était un habitué du *Cheshire Cheese*. Est-ce que c'était important ?

Wield gara la voiture sur le bord de la chaussée, à un endroit d'où il pouvait voir l'aérodrome dans toute son étendue. Orange vif, la manche à air flottait vaguement, flasque.

Il prit son plan de la ville et des environs et l'étudia pendant un bon moment. Puis, avec soin, il traça des cercles autour du *Cheshire Cheese*, du Charter Park et des jardinets de Pump Street. Puis, sur le plan, il marqua d'une croix le coin nord-est de l'aérodrome où les Gitans avaient établi leur campement. A part la relative proximité du *Cheshire Cheese*, rien de significatif ne se dégageait. Il dessina ensuite des carrés autour des domiciles des victimes. Rien de significatif non plus. Seule June McCarthy avait été assassinée près de chez elle.

Le front de Wield se marqua de quelques rides : s'il continuait ainsi, il allait manquer de formes géométriques... Par des triangles, il fit ressortir le lieu de travail de chacune des mortes.

C'était beaucoup mieux. Il avait eu raison de travailler les détails : deux des triangles, ceux qui désignaient l'usine où travaillait June McCarthy et la banque de Brenda Sorby, se trouvaient assez proches de l'aérodrome, l'un sur la zone industrielle, l'autre à Milhill. La jardinerie de Mrs Dinwoodie, par contre, était éloignée de la ville de plusieurs kilomètres. Quant à Pauline Stanhope, pour les besoins de la cause, il faudrait bien considérer qu'elle travaillait sur Charter Park. Mais une statistique qui donne cinquante pour cent de résultats positifs doit être regardée comme digne d'attention. Encore que les Gitans n'aient guère la réputation d'être clients des banques ou de rechercher du travail en usine...

Il fit redémarrer son moteur. Au même instant, il eut à répondre à un appel sur sa radio de bord : on lui demandait de prendre contact avec l'inspecteur Pascoe le plus rapidement possible. La première cabine téléphonique n'était pas à cent mètres.

– Sergent, où êtes-vous ?

Wield indiqua sa position, et fit un bref compte rendu de sa conversation avec Furniss et de ses études cartographiques.

– Ça veut peut-être dire quelque chose, concéda Pascoe, dubitatif. Je vais regarder ce que ça pourrait donner... En attendant, faites donc un détour par le garage Wheatsheaf. On vous dira probablement que Tommy Maggs n'a pas fait sa réapparition. Il n'est pas rentré chez lui hier soir et il n'est pas venu travailler ce matin. Voyez si personne ne pourrait nous filer un tuyau, en particulier le jeune Ludlam. Surveillez-le. S'il est en train d'essayer de couvrir Tommy, il va utiliser toutes les ficelles... Mais vous connaissez Ludlam, je crois ?...

– Oh oui..., répondit Wield avec sérieux. Je le connais...

Comme Maggs, Ludlam avait eu quelques problèmes de jeunesse avec la police, mais d'une nature nettement plus grave : vol à l'étalage, pillage d'une cabine de téléphone, « emprunt » de voiture... Sa mère était morte quand il avait dix-sept ans. Depuis, il vivait chez sa sœur Janey, qui avait été bien heureuse de sa compagnie pendant que son mari, Frankie Pickersgill, séjournait en prison pour attaque d'un magasin d'alcool. Frankie était un délinquant prudent et rusé, qui ne s'était alors encore jamais fait prendre. La police n'avait été que trop contente de pouvoir le coincer enfin, tout en regrettant que son étiquette de « jamais condamné » ne lui vaille qu'une peine légère.

Ce que la plupart des gens ignoraient, notamment Frankie et sa femme, c'est que, peu de jours avant l'arrestation, Ron Ludlam avait été interpellé en flagrant délit : il essayait de fourguer aux pubs du whisky à bon marché. Quelques heures de tête à tête avec Dalziel l'avaient convaincu d'apporter sa coopération à la police en échange d'un anonymat garanti.

En règle générale, une garantie fournie par Dalziel n'avait guère plus de solidité que des actions de la compagnie des Bulles de Savon de l'Eldorado. Mais, en l'occurrence, la police avait recueilli assez de preuves pour que Ron n'ait pas eu à comparaître en tant que témoin.

– D'un autre côté, reprit Pascoe, s'il sait quelque chose sur Tommy, il suffira de lui tordre un peu le bras pour qu'il parle... Nous le savons... Maintenant, essayons de faire d'une pierre deux coups. On a mis tant de monde sur l'histoire de l'Etrangleur que Mr Headingley n'a plus personne. Il a dressé une liste des suspects pour l'attaque de l'entrepôt de la Spink's et, naturellement, Frankie est du nombre... Il y a maintenant trois mois qu'il est sorti de taule. Il commence peut-être à tirer le diable par la queue... Encore que je ne reconnaisse pas son style... De toute façon, il affirme qu'il regardait la télé avec sa femme et son beau-frère.

– Nous savons que Ron était au *Bay Tree* à 20 h 30, intervint Wield.

– Je sais. C'est ce qui s'est passé après 22 heures qui nous intéresse... Et Janey et Ron, ça n'est quand même pas un alibi en acier chromé... Mr Headingley ne croit pas sérieusement que Frankie soit dans le coup, mais ça ne peut pas nous nuire de faire un peu pression sur Ron pendant que vous l'interrogez sur Tommy.

– Entendu, dit Wield.

Au garage Wheatsheaf, il tailla une bavette avec chacun et n'eut que la confirmation de ce qu'il savait déjà : Tommy avait travaillé normalement dans la matinée. Il avait peut-être moins d'entrain que de coutume, mais on pouvait mettre ça sur le compte des circonstances. A midi, il s'était lavé et changé, et était parti au volant de sa voiture.

Wield trouva Ludlam dans une Austin *Princess*, la tête et la moitié supérieure du corps sous le tableau de bord.

– Pas mal, dit Wield en prenant place sur le siège du passager.

– Vous trouvez ?... Moi, j'aime bien quand ça déménage un peu plus !...

Ludlam, à vingt ans, arborait des traits juvéniles et ses cheveux blonds qui descendaient sur ses épaules bénéficiaient à l'évidence des soins les plus attentifs. Il avait de grands yeux bleus et une superbe dentition. Sa joue portait une tache de graisse. Wield, qui contemplait le jeune avec un secret plaisir, fut tenté d'essuyer la tache, mais résista sans peine à la tentation.

– Tu habites toujours chez ta sœur, Ron ?

– Exact...

– Frankie est dehors, maintenant ?...

– Ouais. Il bosse comme chauffeur. Avec les remises de peine, il a tiré que seize mois.

– Seize mois seulement ?... Ça a quand même dû lui sembler long. Vous êtes bons copains, toi et lui, non ?...

Ludlam s'installa sur le siège du conducteur.

– Ouais... Copains... Pourquoi pas ?...

– Oh, moi je connais une bonne raison..., dit Wield, sévère. Frankie ne s'est jamais douté de rien ? Tant mieux ! Mais je crois quand même que tu as comme une dette envers lui. Même s'il n'a fait *que* seize mois, tu lui dois quelque chose, et aussi à ta sœur... Je crois que tu as une grosse dette envers Janey...

– Ça veut dire quoi, ça ?...

– Le soir où Brenda a disparu... Qu'est-ce que tu faisais, Ron ?

– Rien. J'suis rentré tôt à la maison. Et j'ai regardé la télé avec Janey et Frankie.

– Tu as quitté le *Bay Tree*, tu n'es pas allé à la discothèque, tu ne t'es pas levé une nana, tu es juste rentré à la maison pour une soirée dans les pantoufles ? Ça, c'est pas ton genre !

– J'avais envie de ça, répondit Ludlam, nerveux.

– Je vais te dire une bonne chose, mon petit Ron. Compte sur nous pour aller poser des questions au *Bay Tree.* Si on a le moindre soupçon que tu étais en train de te taper ta petite secousse habituelle dans l'arrière-cour à l'heure où tu nous as dit que tu étais à la maison, tu auras des ennuis vraiment sérieux... Tu connaissais bien Brenda Sorby ?

– Ouais, répondit Ludlam que le changement de sujet surprenait.

– Elle était déjà venue chez toi ?

– Ouais, mais avec Tommy. Et puis Janey était là !

– Mais elle te plaisait bien ? Je veux dire que tu aurais pas dit non.

– Ça va pas ! C'était la nana de Tommy ! On était juste copains !

– Copains ! Alors, si tu avais été au volant et que tu l'aies vue marcher seule, tu te serais arrêté et tu l'aurais embarquée ?...

– Oui ! Enfin, non ! Enfin, comment j'aurais pu ? Je vous ai dit que ce soir-là, j'étais à la maison, et en plus j'ai pas de bagnole !

Wield produisit ce que Pascoe avait une fois qualifié de ricanement éléphantesque et, d'un geste, désigna le garage bondé de véhicules :

– On se fait du souci au sujet de Tommy, déclara-t-il à brûle-pourpoint. Selon sa maman, ça ne lui ressemble pas de ficher le camp comme ça.

– Je m'inquiète aussi, répliqua Ludlam, sans qu'il soit possible de déterminer si son inquiétude s'appliquait uniquement à Tommy Maggs.

– Si tu sais quelque chose, tu ferais mieux de nous le dire. Il avait vraiment l'air secoué par la mort de Brenda. Et il n'est pas assez en forme pour courir les routes tout seul...

– Il ferait pas ça !

– Pas ça quoi ?...

– Se supprimer, je veux dire...

– Je suis content de l'entendre. Tu es son pote, tu dois savoir ce que tu dis... il avait l'air comment, hier matin ?

– Plutôt calme... Il était juste revenu bosser... Le patron lui avait dit qu'il pouvait encore prendre quelques jours, mais j'crois qu'il préférait avoir de l'occupation. Quand il est pas revenu après le déjeuner, on a tous pensé qu'il avait fait comme le patron lui avait proposé.

– En général, tu casses la croûte avec lui ?

– Ouais. En général, on se fait un *pie* au *Wheatsheaf*, de l'autre côté de la route. Mais là, à midi, il est parti...

Wield sortit de la voiture, et en fit le tour.

– Si tu entends quoi que ce soit, Ron, tu nous le dis tout de suite !... Tu te souviens d'un détail, tu nous téléphones illico !... D'accord ?...

– Ouais, bien sûr ! D'accord !

Il ne pouvait effacer l'expression de soulagement qui se peignait sur son jeune visage. Quel dommage d'être obligé de saccager une telle beauté, pensa Wield, mais le boulot, c'est de faire peur, pas de rassurer.

Il s'approcha encore plus près du garçon :

– N'oublie surtout pas ! On t'a aidé, une fois. Tu ne nous as pas encore renvoyé l'ascenseur. Et nous, on aime que les comptes soient en ordre ! D'une manière ou d'une autre !

La crainte posa en un instant cinq années de plus sur le visage de Ron. Wield, tout en partant, se dit que lui, au moins, avait des traits sur lesquels l'âge ou les émotions ne laissaient pas leurs stigmates...

Le sergent se sentait troublé, et ne savait pas pourquoi. Pascoe aurait certainement approuvé le côté retors de son interrogatoire, et Dalziel les menaces, mais il n'en était pas satisfait. Il jeta un coup d'œil à sa montre, et se demanda s'il aurait fini son travail assez tôt, à la fin de la journée, pour pouvoir aller jusqu'à Newcastle. C'était l'anniversaire de son ami, et il lui avait promis de venir. Mais il savait aussi que, quand on est dans la police, l'appel du devoir peut réduire à néant les promesses les plus sacrées. Il regarda son carnet : une dernière visite à faire, à Mrs Sorby, et il en aurait fini...

A tout hasard, il croisa les doigts.

En fait, ce soir-là, tout le monde partit tôt. Il ne se passait rien. L'enquête piétinait. Et Dalziel, à qui pourtant, en cas de nécessité, ça ne faisait ni froid ni chaud de tirer à minuit ses hommes des hôtels où ils coulaient de douces vacances, ne tarda pas à énoncer sa conclusion :

– Ça suffit comme ça ! On se tire tous, pour se reposer pendant qu'on peut !

Wield se lança plein pot sur l'autoroute A 1. Dalziel ouvrit une bouteille de *Glen Grant* et s'installa sans joie dans la lecture des rapports et des déclarations qu'il avait jusque-là superbement ignorés. Et Pascoe, rentré au foyer pour une soirée loin des contingences policières, y trouva une épouse qui ne parlait que de meurtre :

– Elle m'a quasiment dit qu'elle pensait que c'était lui, raconta-t-elle, tout excitée. Honnêtement, Peter, elle était à deux doigts de me dire : « Vous voulez l'Etrangleur ? Eh bien, il est là, dans la voiture, avec les enfants !... »

– Wildgoose, murmura Pascoe. Il me semble que j'ai vu son nom. C'est le sergent Brady qui a interrogé les locataires des jardinets. Juste une formalité pour savoir s'ils n'avaient rien remarqué dans les derniers jours...

– Il est professeur !... Anglais et théâtre, confia Ellie d'un air de triomphe.

– Et alors ?...

– Alors *Hamlet* !

– Oui, bien sûr... Le problème, c'est que c'est la pièce la plus connue de toute la littérature de langue anglaise ! Même Dalziel en a entendu parler !

– Et il est devenu bizarre...

– Qui ça ? Dalziel ?

– Mais non, crétin ! Mark Wildgoose ! Lorraine dit qu'il la hait. Elle a peur de lui !

– Moi, je trouve ça bizarre, grommela Pascoe, l'œil sur le programme de la télévision. Tiens, ce soir, il y a *L'Homme qui tua Liberty Valance.* Est-ce qu'on ne l'a pas vu au temps lointain où on était étudiants ?

– Tu crois ? demanda Ellie. Il y a des moments où j'oublie qu'on a été jeunes ensemble.

– Et qu'est-ce qu'on est maintenant ?

– *Tu* présentes la plupart des symptômes de la sénilité. Comme la surdité !... C'est de Mark Wildgoose que je te parle !... Il va partir en Arabie Séoudite en minibus... Il porte un T-shirt où il y a écrit *Je Suis Le Meilleur...* Et seul Dieu sait quand il s'est douché pour la dernière fois !

– Pour l'amour du Ciel, chérie, qu'est-ce que tu trimbales dans ton ventre ? Des jumeaux tories ?

– Qu'est-ce que ça veut dire, ça ?

– Tout d'un coup, tu te mets à parler comme une majorité électorale de conservateurs grand teint !

– Très drôle ! Et qu'est-ce que tu penses de ça : tu sais dans quelle école Brenda Sorby avait fait sa scolarité ?

– La fille aux ptérodactyles ?... Désolé... Je ne sais pas.

– Au collège secondaire de Bishop Crump !... Là où Wildgoose est enseignant !

– Il a été le prof de Brenda ?

– Je ne sais pas... Mais pourquoi pas ?...

– Il y a à peu près deux mille élèves dans cette école, fit remarquer Pascoe. Ces machins-là sont si grands qu'il y a des enfants qui ne découvrent jamais qui est le proviseur !

– Le principal, dit Ellie.

– Quoi ?

– Le principal ! Pas le proviseur !

– Très bien. Le principal... Je m'excuse... Demain matin, pour ma peine, j'irai voir Thelma et je lui demanderai de fraiser toutes mes dents sans anesthésie.

– Arrête de prendre tes fichus grands airs !..., cria Ellie.

Pascoe demeura stupéfait. Il y eut un silence.

– Je te demande pardon, dit-il. J'essayais seulement d'être sarcastique.

– Et moi, j'essayais seulement de t'aider, répliqua Ellie.

– Mais tu m'aides !... Et je te promets que je vais examiner tout ça... Mais j'essayais aussi de ne pas trop laisser mon travail envahir la maison, en particulier cette affaire...

– Un tueur de femmes ?... Celui-là, je veux que tu le coinces, lâcha-t-elle, sombre.

– Bien sûr... Toi et tout le monde !... Tiens, à propos d'aide, j'ai suivi ton conseil et j'ai contacté tes deux linguistes, Gladmann et Urquhart. Ils viennent demain.

– Tous les deux ? Tu vas bien t'amuser ! Ils ont décidé de n'être jamais d'accord l'un avec l'autre !

– Un amour véritable renverse tous les obstacles, comme nous en sommes la preuve, dit-il, solennel.
– Oui, grinça Ellie. C'est une façon de voir les choses.

10

Dalziel professait que les réunions de travail doivent être brèves. Toutefois, ce matin-là, après l'annonce des derniers développements et de la répartition des effectifs, il autorisa un échange d'idées, cependant que lui-même s'activait à gratter chaque espace de son corps que ses doigts mobiles pouvaient atteindre. Les conversations se turent quand l'opération de grattage s'acheva.
La nouvelle essentielle de ce vendredi résidait dans la découverte de la *Mini* multicolore de Tommy Maggs, privée de son capot, dans le parking de l'aire de service de Watford Gap, sur l'autoroute M 1, en direction du Sud.
– Il s'est probablement débrouillé pour se faire embarquer par un camion, dit le commissaire. A l'heure qu'il est, il peut être n'importe où. Les collègues du cru tâchent de savoir qui l'aurait remarqué à Watford Gap. Nous, il faudra qu'on voie avec la famille Maggs pour les contacts qu'il pourrait avoir à Londres, famille, amis, la routine...
Pascoe prit note. Il avait pour mission de tout noter. Dalziel estimait que cela lui évitait de laisser rouiller ce qu'il avait appris à l'Université.
Au sujet des linguistes, Dalziel exprima quelques sarcasmes :
– Nous avons enregistré quatre appels. Nous ne savons même pas s'il y en a un qui vient de l'Etrangleur... Alors, ça ne nous aidera probablement pas beaucoup de savoir de quelle rue de Pétaouchnok on a téléphoné quatre fois !... (Il marqua une pause, pour les rires obligatoires.) Mais, reprit-il, nous serions bien bêtes de nous priver de l'assistance de tous les experts que nous pourrons trouver. J'ai demandé au Dr Pottle, du service psychiatrique de l'hôpital central, de nous donner son avis.

On lui a donné tous les détails qu'on connaît. Mr Pascoe, ça serait peut-être bien de lui envoyer aussi les enregistrements.

Pascoe, dissimulant son étonnement, nota de nouveau. Sur une autre enquête, il avait fait la connaissance de Pottle, un petit homme irascible, à la moustache aussi broussailleuse que celle d'Einstein, qui fumait comme un pompier. Dalziel avait peu d'estime pour la psychologie et nourrissait pour les hommes de petite taille la méfiance qu'éprouvent les grands. « Il doit leur manquer quelque chose », disait-il. L'appel aux compétences du Dr Pottle signifiait qu'on avait fait pression sur le superintendant.

L'autopsie de Pauline Stanhope avait confirmé que l'heure de la mort se situait entre 11 h 30 et 13 h 30. La mort avait été causée par un étranglement à deux mains. Les marques sur le ventre provenaient probablement d'un coup violent destiné à prévenir toute velléité de résistance. Aucun signe de rapports sexuels. Et où qu'elle ait pu vouloir aller quand Mrs Ena Cooper, la femme du jeu de tonneau, l'avait vue partir avant midi, ce n'était pas pour déjeuner : on n'avait retrouvé dans l'estomac que les traces d'un petit déjeuner léger.

Le sergent Bob Brady coordonnait la collecte des déclarations des forains et des visiteurs de la foire. C'était un mâcheur de chewing-gum taciturne que Pascoe soupçonnait d'être moins intelligent qu'il ne le paraissait. Mais il avait la réputation d'être méthodique, et il s'était déjà occupé des déclarations des locataires de jardinets après la mort de June McCarthy.

En ce qui concernait le cas de Pauline Stanhope, la méthode Brady n'avait rapporté qu'un seul résultat : personne n'avait remarqué quoi que ce soit dans les alentours de la tente pendant la période cruciale et, après qu'elle eut été aperçue par Mrs Cooper, plus personne ne l'avait vue vivante.

– Comme pour Brenda Sorby, dit une voix.

– Elle peut être revenue avec quelqu'un... Ou bien quelqu'un est entré dans la tente pendant qu'elle n'était pas là et l'a attendue, estima Brady, dans ce qui était pour lui une phrase d'une longueur inaccoutumée.

– Ce qui veut dire qu'*il* est entré sans être vu, qu'*elle* est revenue sans qu'on la voie, et qu'*il* est reparti toujours sans être vu, commenta Dalziel.

– De toute façon, quel est le mobile de sa mort ? demanda Wield.

– Et pour les autres ?

– Je sais, patron. Mais là, pour la première fois, il y a une corrélation.

– Vous voulez dire la tante ? interrogea Dalziel. Pourtant, vous avez vérifié vous-même qu'elles ne s'étaient jamais rencontrées, non ?

– Oui, patron. J'ai pris contact avec Mrs Sorby. Elle m'a dit qu'elle allait toujours chez Rosetta Stanhope. A cause du mari, Rosetta Stanhope ne venait jamais chez elle. Enfin... Jusqu'à la dernière séance... Mrs Stanhope avait insisté... Pour l'ambiance.

– Et Brenda n'allait jamais avec sa mère ?

– Non. Ce genre de choses ne l'intéressait pas. C'était une fille pratique, les pieds sur terre, sportive... Plutôt du genre de son père...

Quand il devint évident que l'échange n'apporterait rien de plus, Pascoe s'adressa au sergent Brady :

– Est-ce qu'on pourrait en revenir au cas de June McCarthy ?... Vous avez interrogé un locataire de jardinet du nom de Mark Wildgoose.

– Oui, je m'en souviens.

– Quelque chose de particulier en ce qui le concerne ?

– Ça sera dans mon rapport.

– C'est comme pour les autres, en plus léger encore, reprit Pascoe. Il n'allait jardiner qu'une fois ou deux par semaine, et encore... Il ne connaissait pas June McCarthy et il n'a jamais rien remarqué de suspect dans le coin.

– Même chose pour tous : rien d'excitant, à part quelques carottes volées...

– Il y en a quand même deux qui se souviennent de June McCarthy, quand elle travaillait de jour. Y compris Dennis Ribble qui est le propriétaire de la cahute où on l'a trouvée...

– Exact ! Mais Ribble et l'autre ont passé quatre-vingts ans... A eux deux, ils ne pourraient certainement pas étrangler un pigeon mort, commenta Brady sous les rires.

– Vous vous intéressez pourquoi à Wildgoose ? intervint Dalziel. Vous avez eu un tuyau ?...

– Juste qu'il est bizarre... Potentiellement violent... Et puis il est prof d'anglais et de théâtre à l'école de Bishop Crump où, comme par hasard, Brenda Sorby a accompli sa scolarité...

– Je vois, dit Dalziel. C'est dans votre rapport, sergent Brady ?...

– Non, répliqua Brady, avec l'assurance de celui qu'on ne prend pas en défaut.

– Quelle est votre source, Peter ?

– Un informateur, lâcha Pascoe, gêné.

Il ne voyait aucun inconvénient à tout raconter à Dalziel en privé, mais il ne tenait pas à désigner Ellie comme une balance devant tout ce monde.

– Volonté de nuire ?...

– Peut-être... Mais du solide...

– Ouais... Sergent Brady ?

– Patron ?

– Allez, mon garçon !... Vous êtes le seul ici à avoir rencontré ce salopard... Soyez pas timide !...

Brady alluma une cigarette à celle qu'il avait dans la bouche.

– Il habite à Belle-Vue, sur Wordsworth Drive, à huit cents mètres de Pump Road. Un pavillon...

– Jardin ?...

– Du gazon, des roses, des plates-bandes... Pas de légumes...

– Et vous l'avez interrogé chez lui ?

– Oui.

Dalziel jeta à Pascoe un coup d'œil inquisiteur.

– On m'a dit qu'il ne vit pas avec sa femme... Qu'ils sont séparés..., reprit Pascoe.

– Ce soir-là, elle était là. Et je peux vous dire qu'elle a fait sortir les gosses vite fait quand je me suis présenté.

– Et sa réaction personnelle ?

Brady eut l'air étonné.

– Est-ce qu'elle a été choquée, furieuse, indignée, curieuse ? Quoi ? le pressa Pascoe.

– Pas grand-chose. Elle m'a juste fait entrer dans la pièce où il était avec les deux gosses et elle a dit : « C'est la police. Pour toi. Venez les enfants. » Et ça s'est arrêté là. Je ne l'ai pas revue.

Pascoe et Dalziel échangèrent un clin d'œil.

– Elle ne faisait qu'une visite, probablement, estima Pascoe. Et Wildgoose lui-même ?

– Un type ordinaire. Il a répondu aux questions... Rien de particulier.

– Vous avez une idée ? demanda Dalziel à Pascoe.

– On ferait bien de vérifier quand June McCarthy a travaillé de jour pour la dernière fois, et puis tâcher de voir si Wildgoose lui a parlé quand elle passait devant les jardinets.

– Il aurait eu besoin de discuter avec elle avant ?

– Il aurait bien fallu qu'il sache qu'elle passait par là tôt le matin...

– Exact. Faudra aussi vérifier son emploi du temps au moment des autres meurtres.

Pascoe prit note et dit :

– Il faudra se grouiller... Il va partir pour l'Arabie Séoudite.

– Seigneur !...

La réunion de travail continua. Wield fit son rapport sur son passage au *Cheshire Cheese*, et, timidement, se demanda si la proximité du campement des Gitans avec trois des endroits liés aux meurtres pouvait avoir un sens.

– Le théâtre d'un des meurtres... Deux des lieux de travail... Ça ne fait pas gras, n'est-ce pas ? dit Dalziel.

Wield, dans un souffle, fit allusion au denier de la veuve.

– Laissons la religion en dehors de tout ça, cracha Dalziel. Très bien !... Voilà ce que je pense !... Dans cette affaire, il y a des choses qu'on ne remarque pas. J'ai bien dit *cette affaire*, pas *ces affaires*. Parce que c'est comme ça, et que c'est bien là le problème. Il y a trop d'entre vous qui agissent comme si nous menions quatre enquêtes séparées. Eh bien, c'est pas le cas !... Il n'y en a qu'une !... Et quand vous posez des questions ou que vous recueillez des témoignages, je veux que vous vous en souveniez !... Dans le grade de chacun d'entre vous, il y a le mot *détective*. Mais d'après ce que j'ai vu et entendu, certains ne détecteraient même pas du pipi dans un pot de chambre !... Alors, secouez-vous !... Recommençons par le commencement. Tout ce qui arrive de nouveau change notre vision du passé. Et c'est comme ça que je veux que vous regardiez ce que vous avez déjà fait ! On va refaire tout le chemin qu'on a déjà parcouru, mais, cette fois, on va changer un peu... Regarder tout d'un œil neuf. Je veux que chacun de vous connaisse toute cette affaire sur le bout du doigt. Y a des gens qui croient qu'entrer à la Criminelle vous donne le droit de vous asseoir sur votre derrière et de boire des pintes chaque heure que le bon Dieu fait ! Il vaut mieux leur montrer qu'ils se gourent ! Allez, au boulot, nom de Dieu !

Jusque-là, la main droite du superintendant s'était furieusement agitée sous sa chemise, comme un furet coincé dans un sac. Elle émergea soudain, et s'en vint frapper le bureau avec violence : la réunion de travail était terminée.

– Sergent Wield ! appela Dalziel.

– Chef ?

– Vous croyez que Ludlam sait quelque chose ?

– Je le crois, chef. Mais est-ce que c'est à propos de Tommy, ou à propos de son beau-frère, je ne sais pas...

– J'ai discuté avec Mr Headingley. Il est aussi avancé que nous... Alors, si vous pensez que Ludlam nous cache un truc, maintenez la pression ! Allez chez les Pickersgill, et secouez-leur un peu le paletot ! Faut suivre Tommy Maggs, d'accord ? Mais tout ce que vous glanerez sur Frankie Pickersgill sera le bienvenu.

– Le pauvre mec... dit Wield.

– Pourquoi ?

– Eh bien, je suis en train de forcer Ron à me donner des tuyaux sur Frankie, en le menaçant de dire à Frankie qu'il m'a donné des tuyaux sur lui la dernière fois !...

Cela réjouit Dalziel, qui éclata de rire.

– Il n'y a aucune chance qu'ils aient été ensemble sur le coup de la Spink's ? demanda enfin le superintendant, après avoir ri tout son soûl.

– Je ne crois pas. Frankie s'accommode de Ron à cause de Janey. En réalité, il le prend un peu pour un débile, et il ne supporte pas les imbéciles.

– C'est ce que dit aussi Mr Headingley... Bon, faites ce que vous pouvez, mais n'y passez pas plus de temps que nécessaire. Autre chose... Vous ne vous êtes pas beaucoup occupé de la banque de Brenda Sorby, hein ?

– J'y suis allé, mais Mr Pascoe a fait pratiquement tout le travail.

– Très bien, sergent... Vous allez vous occuper de tout ça de nouveau. Prenez des photos de tous ceux qui sont mêlés à l'affaire, et voyez si elles disent quelque chose aux collègues de cette fille... Peter, ne prenez pas l'air vexé !... Je pensais vraiment ce que j'ai dit tout à l'heure... Un œil neuf... Vous, je veux que vous recommenciez à fouiller dans le passé de Mrs Dinwoodie !... Et ça, c'est *moi* qui m'en suis occupé le premier !

– Chef... dit Wield.

– Vous êtes encore là, sergent ?... Vous voulez peut-être un congé ? Remarquez, quand j'y réfléchis, vous avez l'air un peu crevé. Faudrait vous coucher à des heures plus décentes !

– Je me demandais seulement, patron... Je peux aller jusqu'où en mettant la pression sur Ron Ludlam ?

Dalziel parut surpris :

– Le bluff, c'est bon pour les escrocs et les flambeurs, énonça-t-il. Ma règle, c'est de ne jamais proférer une menace que je ne pourrais pas mettre à exécution...

Quand Wield fut parti, il se tourna vers Pascoe :

– Qu'est-ce qu'il y a derrière votre histoire Wildgoose, Peter ?...

Pascoe expliqua. Le superintendant hocha la tête d'un air sinistre :

– Sa femme, hein !... Les femmes peuvent devenir sacrément amères quand leur ménage craque... Ça leur fait voir tout de travers...

Il soupira. Sa propre femme l'avait quitté des années auparavant et, dans son souvenir, les raisons pour lesquelles elle l'avait fait se résumaient à un délire de femelle hystérique.

– Ça ne change rien, reprit-il. Faut avoir l'œil sur ce coco-là !... Le mieux, c'est que vous alliez le voir...

– Ce ne serait pas préférable d'envoyer Brady ?... Il n'a entendu parler de moi qu'hier, et ça va le mettre en alerte de me voir débarquer aussi vite...

– Si c'est notre homme, trancha Dalziel, le salopard est déjà en alerte !... Ce qui n'est pas exactement le cas de Brady... Non, allez-y, Peter. Et ne vous inquiétez pas de l'alerter si vous lui fichez une sacrée trouille en même temps !...

– C'est vraiment une bonne idée ?... Il vaudrait peut-être mieux attendre que le Dr Pottle nous ait sorti son profil du tueur...

– Ce connard ?... Mais j'aimerais encore mieux assister à une des séances de Rosetta Stanhope ! cracha Dalziel. Encore une idée à la con du chef de la police adjoint ! Je suis sûr que cette nullité est l'un des meilleurs patients de Pottle !

Le téléphone sonna. Dalziel prit le combiné et écouta longuement avant de raccrocher.

– Quand on parle du loup... siffla-t-il. Ce crétin est là !

– Pottle ?

– Oui. Accompagné d'une paire de linguistes. Faites-les rappliquer, Peter, ou, au moins, planquez-les ! On ne peut pas se permettre de laisser le public entrer dans un honnête poste de police, et découvrir que c'est devenu une p... de salle des profs !...

– Où allez-vous, chef ? cria Pascoe pendant que Dalziel se dirigeait vers la porte.

Le gros Dédé montra les dents :

– Là où on ne pourra pas me joindre ! Je mets mes sermons en pratique. Il y a eu un cambriolage à l'aéro-club, hier soir. On a seulement piqué quelques bouteilles, mais il y a pas mal de suspects... Par exemple cette tribu de Gitans, juste de l'autre côté de la barrière !... Moi, je n'ai pas encore rencontré un seul de ces connards, mais ils semblent avoir envie de passer aux actes. Ça me donne une bonne excuse pour aller faire leur connaissance.

11

Le sergent Wield n'était pas un intellectuel : sa bibliothèque se limitait aux œuvres complètes de H. Rider Haggard, qu'il lisait et relisait avec passion. Mais il savait reconnaître une allumeuse au premier regard.

Pour le moment, Janey Pickersgill s'évertuait à croiser et à décroiser ses longues jambes, pour lui en mettre le plus possible sous le nez. Sa jupe, conforme aux canons de la mode, était largement fendue sur le côté, ce qui permit à Wield de noter que les bas, longtemps éclipsés par les collants, faisaient un retour en force. Le regard observateur du sergent n'échappa pas à Janey, et elle se cambra pour tenter de mettre en valeur une poitrine assez pauvre.

Wield bâilla, et pas seulement par affectation. La nuit précédente, il avait peu dormi et beaucoup parlé. Maurice, son ami de Newcastle, s'était montré mal à l'aise et, pour tout dire, peu chaleureux. Ils n'étaient pas allés au fond des choses, mais le sergent soupçonnait le pire.

Comme maintenant.

– Janey, dit-il en souriant, pas la peine d'essayer de me distraire. J'ai déjà vu un lutteur turc qui avait les nénés plus gros que les tiens. Raconte-moi encore ce qui s'est passé jeudi soir.

– Vous n'avez pas le droit de me parler comme ça. Je le dirai à Frankie.

Mais elle tira sur sa jupe et alluma une cigarette, qu'elle tenait gauchement. Agée de vingt-cinq ans, elle avait encore quelque chose d'une débutante, dépourvue de cette patine de dureté ou de résignation qu'affichent ceux qui n'ont que des contacts défensifs avec l'autorité. Mais, se sachant totalement imperméable à ses charmes, il se mit en garde contre les pièges de sa naïveté.

Quand elle avait épousé Frankie Pickersgill, elle le connaissait parfaitement. Au cours de l'enquête sur l'attaque contre le magasin de vins et alcools, elle avait menti sans désemparer.

– Au dépôt, ils ne vous ont pas dit que Frankie avait

un chargement pour Manchester et qu'il ne rentrerait qu'à la fin de l'après-midi ?...

– Oui, je sais, répliqua Wield, tout en se carrant plus confortablement dans son fauteuil. Mais ce que je ne sais pas, c'est à quoi rime ton petit jeu de jambes... Je te l'ai dit, Janey, c'est Tommy Maggs qui m'intéresse... Reprenons depuis le début... Vous avez passé la soirée ici tous les trois... C'est bien ça ?

– Mais quelle soirée ?...

– La soirée où la petite amie du jeune Tommy Maggs a été assassinée, rappela Wield. Tu en vois une autre ?

– Oui, j'y suis... On est restés là tous les trois, devant la téloche... On vous l'a déjà dit cent fois ! Pourquoi vous nous cassez encore les pieds avec ça ?

– Tu sais, Janey, Tommy a disparu, trancha Wield froidement. Et nous, on se fait du souci à son sujet. Il est bouleversé, bien sûr... Et avec un garçon de son âge, perdu tout seul, dans un état pareil, n'importe quoi peut arriver... Tu comprends ça, hein ?

– Oui ! Mais je ne vois pas ce que j'ai à faire là-dedans !

– Toi, tu ne vois pas ?... Mais Ron ?... Tu connais les gamins... On cafte pas les petits camarades, mais on ne comprend pas toujours où se trouve leur véritable intérêt... Tout ça... Il y a une petite chance qu'il en sache plus que ce qu'il nous a raconté... Et je pensais que tu pourrais nous aider...

– Non ! Moi, je sais rien ! Il m'a rien raconté du tout.

– Tu en es bien sûre ? Rappelle-toi bien. Rappelle-toi cette soirée où vous êtes restés là tous les trois devant la télé !

– Je vois pas pourquoi il m'aurait dit quoi que ce soit, vu qu'il s'était encore rien passé, affirma Janey, avec la vanité candide de celle qui a découvert une oasis de logique au milieu du désert de l'intuition.

– C'est vrai... Tu as raison, concéda Wield. Mais il pourrait t'avoir dit quelque chose sur l'état d'esprit de Tommy quand ils s'étaient quittés au *Bay Tree*...

– Vous croyez quand même pas que Tommy a quoi que ce soit à voir avec l'assassinat de cette pauvre petite ? souffla-t-elle, inquiète. C'est un coup de l'Etrangleur, tout le monde le sait !

– Mais c'est qui, l'Etrangleur, Janey ? Qui est-ce qui le sait ? Tu connais Tommy ?

– Je l'ai vu souvent. Ron l'amenait à la maison.

– Un garçon sympathique ?

– Il avait l'air très sympa... Très convenable, insista-t-elle.

Un brin de tabac s'était collé à sa langue, et elle le recueillit délicatement, d'un ongle rouge vif. Elle ne le faisait plus exprès, mais c'était vraiment sexy.

– Et Brenda, tu l'avais rencontrée ?

– Une seule fois... Elle était dans la voiture quand Tommy s'est pointé... Alors je lui ai dit de la faire entrer... Une fille sympa, elle aussi... Bien élevée...

– Tu veux dire un peu trop chic pour Tommy ?...

– Non... Juste bien élevée.

– Et Frankie l'a rencontrée aussi ?

– Ils se sont juste dit bonjour...

– Et qu'est-ce qu'il a pensé d'elle ?

Maintenant, elle était *vraiment* inquiète :

– Ça veut dire quoi, ça ? Il a rien pensé d'elle. Ils se sont parlé trois secondes ! Où on va, comme ça ?

Wield la fixa avec une froideur parfaitement naturelle : il n'avait pas plus de chance de voir Frankie lui faire des confidences sur sa rencontre avec Brenda Sorby qu'admettre qu'il était mêlé à l'affaire de la Spink's. Mais, Janey, dans sa fureur, laisserait peut-être échapper un indice...

– Nous nous intéressons à tous ceux qui ont connu Brenda, dit-il, soudain très raide, de sa voix la plus officielle. Nous avons de bonnes raisons de croire que quelqu'un l'a embarquée en voiture, ce soir-là, après avoir quitté Tommy. Et nous pensons qu'elle aurait refusé de monter si ce n'était pas quelqu'un qu'elle connaissait.

Janey se dressa sur ses pieds, et s'approcha si près du sergent qu'il put sentir les petits postillons qu'elle envoyait.

– Espèces de salopards ! Vous êtes tellement dans la merde que vous êtes prêts à coller cette affaire sur le dos du premier venu ! Eh bien, si vous en avez après mon

Frankie, vous vous êtes gourés d'adresse ! Il a passé toute la nuit avec moi ! Et quand je dis toute la nuit, c'est toute la nuit ! Depuis le moment où il est rentré ici jusqu'à ce qu'il reparte au travail ! Et je dirai jamais le contraire, même si on m'envoie tout un bataillon d'affreux dans votre genre !

– Vous êtes allés au lit à quelle heure ? demanda Wield, très calme.

– Quoi ?

– Au lit ! Vous êtes bien allés au lit ? A quelle heure ?

– J'en sais rien ! 11 h 30... Minuit...

– Et Ron ?

– Quoi, Ron ?

– Il est monté se coucher le premier ? Ou bien il est resté quand vous êtes partis au lit ?

– Je sais pas. Il est allé se coucher le premier, je crois...

– Donc il y a eu un moment pendant lequel Frankie et toi vous êtes restés tout seuls en bas, entre onze heures et minuit ?...

– Mais j'en sais rien ! Qu'est-ce que ça peut faire ? P't'êt bien qu'on est montés les premiers...

– Et vous avez laissé Ron en bas...

– Mais non ! En fait, je crois qu'on est montés tous les trois ensemble...

– Je ne savais pas que vous formiez une famille aussi unie, remarqua-t-il.

Elle voulut le gifler, d'un mouvement de tout le bras, mais il porta tranquillement la parade, du tranchant de sa main ouverte comme en un geste d'apaisement.

– Bon Dieu ! jura-t-elle en se massant le poignet.

– Essaie avec quelqu'un de ta taille, conseilla-t-il.

Il se leva, et la força à se rasseoir, sur la chaise qu'il venait juste de quitter. Il y avait certainement quelque chose à creuser là ; il en était convaincu. Mais cela concernait davantage l'inspecteur-chef Headingley que lui, qui se reprochait d'avoir déjà trop perdu d'un temps qu'il n'aurait dû consacrer qu'à l'Etrangleur.

Pour un policier, semer le doute peut être, parfois, une bonne manière de s'en sortir. C'est souvent efficace, et souvent parfaitement déplaisant. Mais, comme le savent tous les lecteurs de Rider Haggard, chacun doit faire son devoir...

– Janey, énonça-t-il avec force, si ton Frankie compte sur Ron pour lui fournir un bon alibi, il ne doit pas dormir sur ses deux oreilles...

– Ça, ça veut dire quoi ?

– Allez, Janey, sois pas naïve ! Tu dois quand même bien connaître ton frère ! Quand Frankie s'est fait coincer, tu ne t'es jamais demandé comment nous étions arrivés à l'avoir ?

Elle répondit si vivement qu'il sut qu'il avait confirmé un soupçon inconscient.

– Vous mentez, cria-t-elle. Prouvez-le.

– Tu vois, Janey, dit-il avec mélancolie, les gens comme toi et moi ont quelque chose de commun : ils savent quand les autres mentent, et quand ils disent la vérité... Il n'y a que les jurys qui ont besoin de preuves.

Il se dirigea vers la porte. Pour le moment, il n'avait plus rien à faire là. Plus tard, peut-être...

Wield était conscient d'avoir pris un risque. Faire pression sur Ludlam, ça ne posait pas de problème. Vendre la mèche à Janey... Mais le sergent faisait confiance à son intuition. Il lui vint toutefois à l'esprit qu'à la dernière occasion, son intuition l'avait fait participer à une drôle de séance, avec un magnétophone en poche...

Il frémit à ce souvenir, et se mit en route vers la banque où travaillait Brenda Sorby.

Milhill pouvait passer pour le prototype de ce que les experts en sociologie et en urbanisme qualifient de « banlieue semi-résidentielle », avec, d'un côté de l'agglomération, près de la rivière, des cadres moyens ou supérieurs propriétaires de leur maison et, de l'autre côté, près de la zone industrielle, les rues commerçantes, et des H.L.M. La Northern Bank était installée dans un petit secteur voué aux services, à la jonction des deux parties de la ville. Le week-end précédent, après la découverte du corps de Brenda Sorby, Pascoe avait interrogé le personnel de la banque, cependant que Wield faisait le tour des magasins. Il n'avait recueilli de témoignage intéressant qu'au salon de coiffure : Brenda, lui avait-on dit, était arrivée à l'heure à son rendez-vous, en verve et en pleine forme, et était repartie juste après 18 h 15. Dans la mesure où on savait qu'elle avait retrouvé Tommy au *Bay Tree* à 20 heures, il paraissait peu probable que les gens de la banque ou les commerçants puissent raconter quoi que ce soit de bien palpitant. Mais Dalziel avait donné l'ordre de retourner à nouveau un champ déjà labouré. Et, pour Wield, ce qu'ordonnait Dalziel était parole d'Evangile...

Le sergent vérifia ses notes. C'était la fermeture annuelle de quelques-uns des magasins les plus petits. Chaque fois, on s'étonnait de constater le nombre de gens qui suivaient la tradition et prenaient leurs vacances pendant la durée de la foire.

Le rideau de fer était encore descendu sur la vitrine du premier qu'il tenta de visiter, *Conrad, horloger-bijoutier*. En revanche, c'était ouvert chez *Durdon, confiseur*. Mr et Mrs Durdon étaient rentrés le matin même d'une semaine de vacances en Espagne et s'affairaient déjà à accumuler du bénéfice pour rattraper les dépenses occasionnées.

Oui, affirmèrent-ils, ils étaient au courant du meurtre, puisqu'ils mettaient leur point d'honneur, lorsqu'ils étaient en vacances, à lire les journaux britanniques. Oui, ils étaient encore là le fameux jeudi soir, puisqu'ils n'étaient partis que tôt le vendredi matin. Oui, ils se souvenaient vaguement de la jeune fille...

Mais ils ne se rappelaient pas de l'avoir vue ce jour-là et non, vraiment, ils ne voyaient pas ce qu'ils pourraient dire de plus... Et, pourtant, Wield eut le sentiment que Mr et Mrs Durdon avaient tiré quelque célébrité, dans leur hôtel de la Costa Brava, des liens étroits qu'ils avaient avec l'affaire.

A la banque, on accueillit le sergent avec un enthousiasme moins marqué. S'il fallait en croire Pascoe, Mulgan, le directeur par intérim, avait été réellement touché par la mort de Brenda, mais s'était montré un peu trop inquiet de la portée de l'événement sur ses propres affaires.

Et maintenant, une semaine plus tard, ces craintes

personnelles semblaient avoir pris le dessus. Avec près d'un mètre quatre-vingts, et d'épais cheveux bruns, il avait la belle apparence d'un homme un peu sanguin. Rasées de près, ses joues brillaient d'un éclat rosé et dégageaient les fragrances d'une lotion après-rasage des plus masculines. Un souvenir revint à Wield : pour le dernier Noël, Maurice lui en avait offert un flacon, et il ne l'avait jamais utilisé...

Mulgan entraîna le sergent dans son bureau. Moins par politesse, pensa Wield, que par souci de dissimuler la présence d'un représentant de la police.

– Vous êtes très bien installé, monsieur, admira Wield en parcourant des yeux une pièce de proportions imposantes. Vous avez de grands locaux... Pour une banque de banlieue, je veux dire...

– C'est vrai... Ça a été construit au moment du développement de la zone industrielle. La maison mère s'attendait à de belles opportunités...

– Qui ne se sont pas concrétisées...

– Pardon ?

– A vous entendre, on pouvait avoir l'impression que ça n'avait pas marché aussi bien que prévu.

– Oh non ! Ça roule ! Ça roule très bien ! reprit Mulgan, dans un bel élan de loyauté indignée. (Puis, s'apaisant un peu, il expliqua :) Vous savez, dans notre Yorkshire, les patrons sont un petit peu vieux jeu... Si je vous disais combien d'entre eux ont maintenu mordicus leurs comptes à l'agence principale du centre-ville... Encore qu'il n'a sans doute manqué qu'une pointe de dynamisme pour les convaincre... Mais... Il n'est peut-être pas trop tard...

Selon les notes de Wield, Mulgan n'était à la tête de la banque que par intérim. Leur conversation touchait au cœur même de ses ambitions.

– Autrement dit, s'enquit le sergent, vous avez relativement peu de comptes d'entreprises locales ?

– Mais si ! rétorqua Mulgan, piqué. Pratiquement ceux de tous les commerces du coin !

– Et des entreprises de la zone industrielle ?

– Un ou deux...

Wield entrevit une possibilité...

– Y compris la conserverie d'Eden Park ?...

L'espoir du sergent fut déçu. Mulgan se contenta de secouer la tête et de pianoter des doigts sur son bureau, avant de demander :

– Eh bien, sergent, qu'y a-t-il à votre service ?

– On recommence, monsieur... La routine... Vous savez, il y a souvent des choses qu'on oublie sous le coup de l'émotion, et qui reviennent à l'esprit après le choc...

On frappait à la porte. Une jeune fille passa la tête :

– Désolée de vous déranger, mais Mrs Mulgan vient d'arriver, et elle voudrait vous parler deux minutes.

– Quoi ! râla Mulgan. Très bien ! J'arrive ! Excusez-moi.

– Mais non, concéda Wield qui se levait. Voyez votre femme ici. C'est bien naturel. Pendant ce temps, je vais bavarder avec ceux de vos employés qui ne sont pas trop occupés...

En sortant du bureau, il aperçut une femme au visage émacié, l'air abattue, qui paraissait dix bonnes années de plus que Mulgan.

– C'est très gentil à vous, disait-elle avec l'accent paysan marqué du Derbyshire. Soignez-vous bien... Je peux entrer maintenant, je pense.

Wield arrêta la jeune fille. Il se présenta et découvrit qu'il avait affaire à Mary Brighouse. Elle n'était pas laide, avec une silhouette agréable et de grands yeux noisette qui se mouillèrent dès qu'il commença de parler de Brenda Sorby.

– Vous étiez bonnes amies, dit Wield pour montrer sa sympathie.

– On ne se voyait pas beaucoup en dehors du travail, expliqua Mary, mais je l'aimais énormément... Sa mort m'a rendue malade... Il a fallu que je rentre chez moi... Je n'ai recommencé à travailler que mercredi.

Le sergent jeta un coup d'œil aux notes qu'il avait tirées du rapport de Pascoe : la jeune fille n'avait été d'aucun secours, et s'était effondrée dès le début de l'interrogatoire. Il pensa qu'il n'en tirerait pas grand-chose de plus cette fois-ci... Il la prit par le bras et, doucement, l'emmena aussi loin qu'il le put du bureau de Mulgan.

– C'était avec Mrs Mulgan que vous parliez, n'est-ce pas ? Elle étonne un peu quand on a vu votre patron...

– Elle est très gentille, plaida Mary Brighouse.

– Oh, je n'en doute pas ! Je voulais seulement dire...

– Oui, je sais, coupa-t-elle. Ils sont nés dans le même village...

– Mais lui a progressé tandis qu'elle... C'est ce que vous voulez dire ? Ces choses-là, c'est toujours triste...

Le sergent pratiquait très bien le papotage. Une fois, Dalziel l'avait traité de vieille commère. Il avait ri jaune...

– Oui, et pas seulement pour le travail... reprit Mary sur le ton de la confidence, les yeux à nouveau secs.

– Il est rare que ça s'arrête là, approuva Wield, sans avoir la moindre idée de ce qu'elle sous-entendait.

– Non... Il y a des hommes qui pensent que le pouvoir leur donne toutes sortes de droits... Et, pourtant, il n'est là que par intérim !

– Je vois. Ça peut être très gênant. Une plaisanterie déplacée peut être très désagréable. Ça vous a beaucoup embêtée ?

– Non, pas réellement. Ce n'est pas à moi qu'il en avait. Juste des mots, quelquefois... Il en avait plus...

Les yeux de la jeune fille étaient pleins de larmes. Mais la porte de Mulgan s'ouvrait et le temps de la sympathie était passé :

– Il en avait plus après Brenda ?

– Oh oui !... Je crois qu'il lui a demandé un tas de fois de sortir avec lui, et puis il l'appelait tout le temps dans son bureau, ou bien il se mettait derrière elle et lui soufflait dans le cou... Elle m'avait dit que maintenant qu'elle allait porter une bague de fiançailles, il lui ficherait peut-être...

Elle éclata en sanglots.

– Sergent Wield ! appela Mulgan.

– Mouchez-vous, mon petit, et allez vous laver la figure, dit Wield avec douceur. Vous êtes gentille.

Il lui tapota le bras avant de retourner dans le bureau directorial où il reconsulta ce qu'il avait retenu du rapport de Pascoe. C'était décevant. L'inspecteur n'avait pas flairé l'intérêt que Mulgan portait à Brenda, mais sa logique habituelle l'avait conduit à vérifier son emploi du temps entre 22 heures et minuit, ce soir-là : Mulgan s'était trouvé chez lui. Sa femme le confirmait.

Wield fronça les sourcils.

– J'espère que vous ne m'avez pas mis de nouveau Mary Brighouse sens dessus dessous, dit Mulgan. On a déjà dû se passer d'elle pendant trois jours !

– Elle m'a paru très sensible, dit Wield.

– Oui... Et maintenant, que puis-je d'autre pour vous, sergent ? Nous avons beaucoup de travail.

– Je suis désolé. J'aurais dû venir en dehors des heures d'ouverture.

– Pour nous, ce sont aussi des heures de travail !

– J'en suis convaincu. Je vais vous dire ce que vous pourriez faire pour nous... Est-il possible de vérifier de quoi Brenda s'était occupée ce jour-là ? Pendant qu'elle était au guichet, je veux dire...

– Ce n'est pas impossible... Mais pourquoi diable voulez-vous ça ?

Il ne fut pas difficile à Wield de borner sa réponse à un sourire mystérieux : il n'en savait rien lui-même... Mais il voulait gagner du temps. Mulgan lui en donna :

– Il va falloir que je demande l'autorisation au siège, dit-il. Nous pourrions être amenés à révéler des informations confidentielles...

– Pas de problème, monsieur. Ce n'est pas pressé. Je peux revenir plus tard. Ou bien mettez le tout dans votre serviette et j'enverrai quelqu'un le chercher chez vous...

Avant que Mulgan ait pu élever la moindre objection, Wield se leva et prit congé.

Dans sa voiture, il tenta d'envisager de quelle façon ce qu'il avait semé ce matin-là allait se développer. Mais il fut incapable de penser à quoi que ce soit d'autre qu'au parfum doux-amer de l'after-shave de Mulgan.

12

Le Dr Pottle et les deux linguistes écoutaient dans un silence religieux les enregistrements des quatre appels qui s'étaient succédé après la mort de Pauline Stanhope. Pascoe avait veillé à ce que chacun d'eux bénéficie d'une transcription et, pour faire bonne mesure, y avait ajouté les références tirées de *Hamlet* :

A. – *Allez maintenant trouver madame dans sa chambre, et dites-lui qu'elle a beau se mettre un pouce de fard, il faudra qu'elle en vienne à cette figure-là !* (Acte V, scène 1)

B. – *Un homme peut sourire, sourire, et n'être qu'un scélérat.* (Acte I, scène 5)

C. – *Etre ou ne pas être. Telle est la question.* (Acte III, scène 1)

D. – *Notre époque est détraquée. Maudite fatalité que je sois né pour la remettre en ordre !* (Acte I, scène 3)

Tel était l'ordre chronologique.

Sammy Locke, le rédacteur en chef de l'*Evening Post*, pensait pouvoir dire que les voix des appels A et D étaient les plus proches de celles qu'il avait entendues en deux précédentes occasions. Mais de laquelle des deux (à supposer qu'il s'agisse de deux voix différentes, ce dont Pascoe n'était nullement convaincu), il était bien incapable de le dire. Pascoe n'avait pas jugé utile de dévoiler ce détail aux experts en linguistique...

On avait fait passer la bande pour la cinquième fois. Un long silence tomba sur la salle de réunion. Pottle alluma une cigarette et griffonna quelques notes. Pascoe jeta un coup d'œil interrogateur aux deux linguistes, qui se regardaient mutuellement.

Ils formaient un couple mal assorti. Dicky Gladmann était un petit homme coquet, dans la quarantaine, avec de grands yeux bleus et des favoris en côtelettes. Il portait un vieux veston de tweed, orné d'une pochette rouge fatiguée et une tache de jus de viande maculait la cravate qui manifestait son appartenance on ne savait à quoi. Son compère, Drew Urquhart, était nettement plus jeune. Son petit visage rond s'extrayait avec peine d'une barbe broussailleuse, comme un rouge-gorge d'un buisson épais. Vêtu d'un jean et d'un T-shirt, il paraissait peu apprécier le cadre où il se trouvait.

– Bon... Eh bien, nous allons voir ce que nous pouvons faire, finit par conclure Gladmann, dans une savoureuse parodie de l'accent « upper-class ».

– Je ne vois pas ce qu'on pourrait dire d'autre, lui fit écho Urquhart, en roulant les « r » d'un accent, lui, très écossais, sans doute des environs de Glasgow.

Ils se levèrent. Gladmann éjecta la cassette du magnétophone et la glissa dans sa poche.

– Vous n'allez pas travailler ici ? interrogea Pascoe, surpris.

– Vous plaisantez, mon garçon ! répondit Gladmann. Non qu'ici ce ne soit charmant ! On ne voit pratiquement pas de sang sur les murs, n'est-ce pas, mon cher Drew ? Mais l'équipement remonte à l'âge de pierre ! Non, nous avons besoin du laboratoire de langues du collège et en cas de nécessité, nous pourrons même aller faire un tour à l'université et travailler sur leur sonographe.

– Bon... Comme vous voudrez, concéda Pascoe.

Après tout, la bande avait été copiée à plusieurs exemplaires.

– Inspecteur, intervint Urquhart, je voudrais être tout à fait sûr de vos intentions. Comment vous proposez-vous d'utiliser ce que nous pourrions vous apporter ?

– Avec méfiance, croyez-moi, sourit Pascoe.

Gladmann gloussa, mais Urquhart, derrière son buisson, restait de glace :

– Que ce soit bien clair ! jeta-t-il. Je n'ai aucune envie d'aider la police à se trouver un bouc émissaire !

Pascoe soupira. Ses antécédents le trouvaient bien mieux disposé que la plupart de ses collègues à l'égard du « gauchisme » universitaire, mais en même temps, il avait sympathisé avec Dalziel quand, une fois, le superintendant avait craché : « Si c'est ça les mecs intelligents, c'est pas étonnant que le crime paie ! »

– Croyez-moi, plaida Pascoe, nous n'avons pas besoin d'un bouc émissaire. L'homme que nous recherchons est un tueur psychopathe. Et ce n'est pas l'arrestation d'un faux coupable qui l'empêcherait de continuer à tuer !

Urquhart n'eut l'air qu'à moitié convaincu, mais il quitta la pièce sans plus de commentaires.

– Mes hommages à la délicieuse Ellie, lança Gladmann en lui emboîtant le pas. On se téléphone...

L'inspecteur referma la porte et, sans beaucoup d'espoir, se tourna vers Pottle, dont les premiers mots confortèrent son pessimisme :

– On n'a pas grand-chose pour démarrer, dit-il.

– Quatre meurtres ! explosa Pascoe. Pour un démarrage, ce n'est pas rien, non ?

– Calmez-vous, sourit Pottle. Quelle est votre meilleure chance d'attraper ce bonhomme ?

Pascoe réfléchit.

– Il nous faudrait un autre meurtre, reconnut-il à regret. Ou au moins une tentative... Le prendre en flagrant délit...

– Exactement... Eh bien, d'une façon différente, c'est pareil pour moi : plus j'ai de matériel, plus je peux espérer des résultats. Cela dit, pour commencer, je pars de deux hypothèses qui peuvent fort bien être fausses. La première, c'est que les quatre meurtres ont été commis par le même individu. La seconde, c'est que, dans chaque cas, le mobile a été le même ou, au moins, qu'il y a eu là un des aspects d'un même mobile. Je vous le répète, ces hypothèses peuvent être fausses. Et j'admets bien volontiers qu'une bonne partie de ce que vous m'avez raconté des faits conduit à penser qu'elles sont infondées.

– Par exemple ? intervint Pascoe.

– Nous avons affaire à un schéma baroque, expliqua Pottle. Toutes les victimes sont des jeunes femmes célibataires... Sauf Mrs Dinwoodie qui est veuve, et d'âge moyen. Elles sont toutes retrouvées les bras soigneusement croisés sur la poitrine... sauf Brenda Sorby qui a été balancée dans le canal... Tous les meurtres ont été commis dans des lieux isolés et à des heures tardives, sauf dans le cas de Pauline Stanhope qui a été tuée en plein jour, et au beau milieu d'une fête foraine ! En fait, je ne formule ces deux hypothèses que pour pouvoir commencer à faire semblant de croire que j'ai une base de travail... C'est pourquoi un nouveau meurtre nous serait bien utile !... Et deux, ce serait encore mieux ! On aurait enfin quelque chose à se mettre sous la dent !

Soupçonnant que cet humour macabre n'était que de la provocation, Pascoe évita de s'indigner.

– Docteur, affirma-t-il, vous serez la deuxième ou la troisième personne à être informée !... Mais continuez...

– Vous avez raison. Je me résume, naturellement. A mon avis, notre homme n'est plus tout à fait un gamin. Je dirais qu'il s'éloigne plus de la trentaine qu'il ne s'en rapproche... Il est bien entendu déséquilibré, mais pas de la manière courante chez les tueurs psychopathes qui – c'est comme ça... – tendent à contrôler de mieux en mieux leurs pulsions meurtrières avec l'âge. Je dirais que si on veut coincer un psychopathe, inspecteur, il faut le coincer jeune !... Non, en fait, les motivations de notre homme semblent reposer non pas sur la haine mais sur... je ne trouve pas de mot plus approprié... sur la compassion.

– La compassion ? Vous voulez dire qu'il tue par pitié ?

– D'une certaine façon, oui. Cas très intéressant, d'un point de vue juridique. La pulsion d'euthanasie est très forte dans les civilisations évoluées.

– Vous n'allez pas me dire que ces meurtres sont une forme d'euthanasie ?

– Si... mais de la même façon que les meurtres de Jack l'Eventreur constituaient une forme de protestation morale ! D'un certain point de vue, il est curieux de constater qu'il n'y a pas plus de crimes type Etrangleur que de crimes type Eventreur... Après tout, l'euthanasie est à moitié acceptée et, par définition, implique l'acte de tuer, alors que le châtiment pour immoralité sexuelle a fini par disparaître des sociétés évoluées et n'allait jusqu'à la mort que dans les sociétés primitives...

– L'Eglise vous faisait quand même bien rôtir pour sodomie... fit remarquer Pascoe.

– C'est exactement ce que je viens de vous dire, rétorqua Pottle, très froid. Ecoutez, inspecteur, il faut que j'y aille. J'ai du travail. Je vous enverrai un rapport écrit.

– Encore une minute. Ces messages, ces bandes... Qu'est-ce que vous en pensez ?

– A mon avis, il n'y a que le A et le D qui correspondent à l'homme que j'entrevois, avec une préférence pour le premier. Il me semble que la voix a des intonations de regret sincère qui collent avec mes idées... B et C me paraissent exprimer beaucoup trop de satisfaction... Mais c'est le tout premier des messages qui mérite vraiment d'être étudié de plus près.

– Vous voulez dire : *Je le déclare : Nous n'aurons plus de mariages* ?

– C'est cela. Vous vous souvenez de la suite : *Ceux qui sont mariés vivront tous, excepté un. Les autres resteront comme ils sont.*

– Oui, je sais... Pour le moment, nous avons une veuve et trois célibataires. Il nous manque encore une Mme Machin ! souligna Pascoe, qui, en matière d'humour macabre, avait quelques talents...

– C'est peut-être là qu'il faut chercher, inspecteur... Le mariage et les fiançailles sont de bien curieuses choses. Les fiançailles surtout... On les garde souvent secrètes. Je suppose que vous avez vérifié soigneusement si Pauline Stanhope n'était pas fiancée. Les deux autres l'étaient, et depuis peu.

– Vous pensez que...

– Je ne tire aucune conclusion, inspecteur... Mais, d'un certain point de vue, une veuve peut encore être considérée comme une femme mariée. Après tout, elle garde le nom de feu son mari... Si j'étais vous, je m'efforcerai activement de savoir pourquoi la pauvre Mrs Dinwoodie, de toutes les femmes mariées qui se trouvent sur la planète, a été la seule à être vouée au meurtre... Et, maintenant, je dois vous quitter.

Après son départ, Pascoe s'accorda un moment de réflexion. Un homme pouvait-il vraiment tuer par pitié ? Une seule personne, oui, certainement. Ça, il le comprenait... Oui, quelqu'un de proche et de cher, qui endurait de grandes souffrances... Mais des inconnues ?... Et par pitié pour quoi ?... C'est cette question qu'il aurait dû poser.

Mais il ne pouvait pas passer la journée perdu dans ses pensées. C'est en marchant sur ses deux jambes qu'on fait aboutir une enquête. Pas par des spéculations métaphysiques...

Il se dirigea d'abord vers la résidence de banlieue où vivait la famille Wildgoose. Il n'ignorait pas que Mark Wildgoose serait très probablement absent, mais ne disposait d'aucune autre adresse pour joindre le bonhomme. Il aurait pu, bien sûr, arriver jusqu'à lui en interrogeant la direction de son école, mais agir ainsi lui donnait un prétexte pour parler avec sa femme.

Il trouva Lorraine Wildgoose égalisant son gazon avec une petite tondeuse électrique. A sa vue, elle arrêta la machine. Elle hocha la tête quand il se présenta...

– Oui, je sais qui vous êtes, dit-elle.

– Ah ? On ne s'est pas rencontrés, je crois ?

– Non... Mais j'ai vu votre photo quand je suis passée chez Ellie, hier... Venez dans la maison.

Il la suivit. Elle ne portait qu'une petite jupe de coton et un haut succinct, ce qui permit à Pascoe de constater, quand elle se pencha pour débrancher la tondeuse, qu'elle pratiquait le bronzage intégral. Observation toute factuelle, car ces brefs aperçus mammaires n'éveillaient jamais rien chez Pascoe. L'expression intense qui se lisait sur le visage mince et légèrement grêlé de la jeune femme excluait toute idée de drague de sa part et laissait entendre que tout homme qui s'intéresserait à elle avait intérêt à utiliser sa tête plutôt que sa queue, pour parler cru.

– Mrs Wildgoose, j'aimerais bien m'entretenir avec votre mari. J'ai cru comprendre que vous ne vivez plus sous le même toit...

– Vous voulez boire quelque chose ? répondit-elle. Du café ? Ou quelque chose de plus fort ? Il y a quelques années, vous n'auriez eu ni l'un ni l'autre. Nous donnions à fond dans le macrobiotique. C'est ça qui l'a conduit à louer le jardinet... Et c'est de cela que vous voulez lui parler...

– Vous faites votre jardin vous-même, maintenant ? C'est un gros travail... répliqua Pascoe qui répondait toujours de manière biaisée quand on biaisait avec lui.

– Je l'ai toujours fait... Lui, ça ne l'intéressait pas, jusqu'à ce qu'il décide de patauger dans la glèbe pour planter des haricots et du ginseng. J'y ai mis le holà... Alors il a pris le jardinet. Vous savez, je me sens responsable de la mort de cette fille...

Elle allait trop vite en besogne pour Pascoe.

– Vous parliez de boire... C'est encore tôt, mais j'ai affreusement soif. Peut-être un beu de bière...

Elle alla à la cuisine, d'où elle rapporta une cannette et deux verres.

– Maintenant, confessa-t-elle, je bois n'importe quoi... Et si ça empoisonne l'organisme, eh bien, mon organisme est fichu !

Pascoe prit la cannette de ses mains nerveuses, l'ouvrit, les servit tous deux, et choisit ses mots avec soin :

– Mrs Wildgoose, si j'en crois ce que vous avez dit à Ellie hier et ce que vous venez de me dire, suis-je en droit d'estimer que vous croyez que votre mari pourrait savoir quelque chose sur les meurtres commis par le soi-disant Etrangleur ?

– Oui ! lâcha-t-elle, avant de crier « Non ! »... d'une voix si perçante que Pascoe faillit en renverser son verre.

– Comment pourrais-je dire une chose pareille ?..., interrogea-t-elle. Je ne sais pas... Il me paraît seulement si bizarre, si effrayant... Et si effrayé en même temps... Vous me suivez ?...

– Je crois que oui, admit Pascoe, sans savoir s'il s'agissait de son regard intense ou d'un raisonnement rationnel.

Il était temps pour lui de reprendre l'initiative. Mais, avant qu'il ait pu prononcer le moindre mot, la porte s'ouvrit, livrant passage à une adolescente de quelque treize ans, suivie de près par un garçon à peine plus jeune. A la vue de Pascoe, ils s'arrêtèrent net.

– Oh... Excusez-moi, dit la jeune fille.

– Voici ma fille, Sue. Et mon fils, Alan. Mes chéris, c'est l'inspecteur Pascoe. Nous ne serons pas longs... Et si vous vous ennuyez, vous pouvez toujours terminer le gazon pour me rendre service.

Sue exprima par sa mimique un complet manque d'enthousiasme, et sortit de la pièce. Ni elle ni son frère ne ressemblaient guère à leur mère dont ils avaient cependant hérité le teint mat. En tout cas, ils sont obéissants, pensa Pascoe en entendant presque immédiatement le ronronnement de la tondeuse. Chez les enfants, c'est une qualité bien souhaitable, qu'Ellie et lui essaieraient d'inculquer à leurs futurs rejetons... Enfin, il l'espérait...

– Mrs Wildgoose, reprit-il, l'état de santé mentale de votre mari peut avoir un intérêt, mais ce n'est pas primordial, du moins pas encore... Réfléchissez bien. Y a-t-il un lien quelconque... Un lien *tangible*, je veux dire, entre votre mari et June McCarthy ? Ou l'une des autres victimes ?..

De surprise, elle le fixa avec des yeux plus écarquillés encore. Je me demande s'il lui arrive de cligner, se dit Pascoe.

– Le jardinet, bien sûr !

– Pour le jardinet, nous sommes au courant, indiqua Pascoe avec patience. Mais a-t-il jamais parlé de June McCarthy ? Ou d'une jeune femme qu'il aurait vue ou rencontrée à Pump Street ?

– Pourquoi en aurait-il parlé ? Il aurait toutes les raisons de rester discret !...

– Comme pour une liaison, vous voulez dire ?... Est-ce que vous êtes en train de sous-entendre qu'il aurait eu une liaison avec cette fille ?...

– Ça n'aurait pas été la première fois, riposta-t-elle, amère. Il a une petite serre là-bas... Très pratique...

– Une serre n'est pas le lieu le plus discret pour mener une liaison, fit observer Pascoe d'un ton de technicien.

– Les carreaux des cloisons sont passés à la chaux et on ne peut pas voir à travers ! Une fois, les enfants y sont allés et il n'a pas voulu les laisser entrer.

L'espace d'une seconde, Pascoe eut devant les yeux

l'image de Wildgoose affairé à forniquer au milieu des plants de tomates.

– Et c'est tout ? demanda-t-il.

– Qu'est-ce qu'il vous faut de plus ? éclata-t-elle. Des photos ?

– Savez-vous par hasard s'il lui arrive de prendre un verre au *Cheshire Cheese* ?

– Ça nous est arrivé... Avant que nous ne renoncions à l'alcool.

– Votre mari s'était remis à boire avant votre rupture ?

– Oui... Je me rappelle qu'il est rentré un soir et que j'ai senti son haleine. C'est à peu près à ce moment-là que les choses ont vraiment commencé à mal tourner...

– Dans quel sens ?

– Cette haine dont je vous ai parlé. Cette rancœur. Il me semble que ça a éclaté à ce moment.

– C'est-à-dire quand précisément ?

– Au printemps... Vers la fin mai...

Pascoe sortit son agenda de sa poche et le parcourut :

– Et quand l'avez-vous quitté ?

– Le 14 juin. Je m'en souviens bien... C'était l'anniversaire d'Alan. Mark est arrivé en retard. Je lui ai fait une remarque. Nous avons eu une belle bagarre... Mark est parti... Il est rentré bien après minuit, d'humeur bien pire encore, et puant le gin... Cette nuit-là, j'ai dormi dans la chambre d'ami, et j'avais poussé le lit pour bloquer la porte... Le matin, à la première heure, j'ai embarqué les enfants et j'ai filé tout droit chez Thelma Lacewing... Je pense que vous devez la connaître.

– Oui.

– Elle est formidable, n'est-ce pas ?

– Oui, oui. Et votre mari...

– Il dormait encore ! Au moins un effet positif de l'alcool... Au moins... Oui, c'était le 14... Un mois déjà... Seigneur !

Pascoe la fixa intensément, et attendit.

Pour une femme soucieuse de faire passer l'idée que son mari pourrait bien être l'Etrangleur, elle avait manqué une occasion en or... Ou bien, au contraire, était-elle fine mouche au point de deviner qu'il est inutile de souligner certains points... Qu'elle pouvait faire confiance au plus obtus des flics pour se souvenir que c'était justement dans la soirée du 14 juin que Mary Dinwoodie avait été étranglée derrière le *Cheshire Cheese*...

Il se leva, inscrivit dans son calepin la nouvelle adresse de Mark Wildgoose, et posa une dernière question :

– Malgré les soupçons que vous nourrissez à l'encontre de votre mari, vous le voyez toujours. Pourquoi ?

– Il a le droit de voir les enfants. Et, de toute façon, la dernière chose dont j'ai envie, c'est qu'il pense que je le soupçonne, expliqua-t-elle d'un ton de défi, qui sonnait faux.

– Comment s'est passée votre balade d'hier ? s'enquit-il pendant qu'elle le raccompagnait à la porte.

Sue continuait à pousser la tondeuse. Elle ne paraissait pas avoir beaucoup avancé.

– Très bien, dit Lorraine. O.K... Ça a plu aux enfants. Excusez-moi...

Le téléphone sonnait. Elle s'en fut répondre, fermant soigneusement la porte derrière elle.

Pascoe descendit l'allée. Sue, immobile, l'observait. Les lames de la tondeuse émettaient un son différent quand elle était à l'arrêt. Pascoe sourit à la gamine :

– Ta mère est un peu bouleversée. Il ne faut pas trop faire attention à tout ce qu'elle raconte. Elle n'est pas dans une très bonne passe...

La fille ne lui retourna pas son sourire, mais ne fit aucun effort pour cacher qu'elle avait écouté aux portes :

– Vous allez arrêter papa ?

– Non. Pourquoi je l'arrêterais ? Mais je dois lui parler.

– C'est pas toujours de sa faute à lui. Hier, c'est elle qui a tout gâché.

– Hier ?

– Oui... Elle a commencé par aller dans la maison d'une bonne femme et elle y est restée des heures. Dans la voiture, c'était comme dans un four... Ensuite on est allés au bord de la mer et elle n'a pas arrêté de râler... Papa voulait qu'on prenne le thé ensemble et qu'on ne rentre pas avant le soir, mais elle s'est engueulée avec lui. Total, on était rentrés à l'heure du thé !

– Alors, ce n'était pas une très bonne journée ?

– Ça aurait pu l'être.

Pascoe fouilla dans sa poche et en sortit une pièce de cinquante pence. Non loin, un marchand de glaces ambulant faisait tinter sa clochette.

– Nous vivons dans un drôle de monde, sourit-il, mais ça n'empêche pas l'herbe de pousser... Avec ça, ton frère et toi vous pouvez vous acheter un cornet ou ce que vous voulez...

Il lui lança la pièce qu'elle attrapa entre ses deux paumes. Puis elle lui adressa un « merci » assorti d'un sourire charmeur, et se mit à courir.

La regardant, Pasco se sentit mal à l'aise à l'idée qu'il était peut-être bien proche de la fin de son enquête.

13

Dalziel prenait soin, en général, de ne pas montrer qu'il prêtait attention à la proposition ou à la suggestion d'un de ses subordonnés. Mais il la notait soigneusement. Il accordait la plus grande considération aux avis de Pascoe. Et aussi à ceux de Wield. Le superintendant n'avait pas encore complètement jaugé le sergent, mais l'homme lui paraissait avoir les pieds bien sur terre – la malheureuse séance de spiritisme mise à part.

C'est pourquoi, au volant, il tourna lentement autour des différents endroits intéressant l'enquête, et ne manqua pas de se demander s'il fallait considérer comme significative la relative proximité des lieux de travail de Brenda Sorby et de June McCarthy.

La voiture de Wield était garée devant la banque, et le superintendant ne s'arrêta pas. Mais il stationna suffisamment longtemps devant la grille d'entrée de la conserverie d'Eden Park pour attirer l'attention du vigile de garde.

– J'peux vous aider ? cracha l'homme, agressif.

– Qu'est-ce que vous croyez ? rétorqua Dalziel. Que je monte un casse ?

Le vigile resta de glace quand il produisit sa carte de police, mais se montra nettement plus amène dès l'instant où Dalziel sortit sa grande carcasse de la voiture.

– Vous connaissiez June McCarthy ? interrogea-t-il.

– Bien sûr...

Le vigile, proche de la soixantaine, avait les cheveux gris, un pli cynique à la commissure des lèvres, et le regard trop malin.

– Vous la connaissiez comment ? reprit le commissaire.

– Sûrement pas assez bien pour l'étrangler !

– Ça veut dire quoi, ça ?

– Avec certaines femmes, il suffit de les zyeuter une fois, et on sait où on va. Mais la petite avait l'air bien.

– Portée sur les garçons ?

– Je dirais pas ça. Y avait longtemps qu'elle était avec son soldat... C'était un grand balèze, qui règle ses comptes lui-même. C'est pour ça que les autres types se tenaient tranquilles quand il était pas là.

Grâce aux interrogatoires, Dalziel savait déjà tout cela.

– Vous entrez ? demanda le vigile.

Le superintendant hésitait. Arriva alors une Mercedes bleue dont la vitre s'ouvrit dans un ronronnement électrique.

– Andy !

Dalziel s'approcha de la voiture.

– Salut, dit-il.

Le nouveau venu n'était autre que Bernard Middlefield, juge de paix. Il ne l'aimait pas beaucoup, mais c'était un ami de la police, et la police, en ces temps difficiles, avait bien besoin d'amis...

– Je pensais bien que c'était vous, annonça Middlefield.

– Vous auriez eu de la peine à me prendre pour Fred Astaire, remarqua le gros Dédé.

– Qu'est-ce qui vous amène dans le coin ? L'histoire de cette pauvre fille, j'imagine...

– En quelque sorte. Et vous, Bernard ?

– Moi ? Mais mes usines sont juste à côté, expliqua Middlefield, un peu vexé.

– Ah, c'est donc ça... lâcha Dalziel, embrassant des yeux un long bâtiment bas de brique et de verre. Vous ne l'aviez jamais rencontrée, vous, par hasard ?

– Celle qui a été tuée ? Non ! Mais j'en ai vu assez comme elle... Croyez-moi, ici, on a un bel échantillon ! A l'heure de la sortie, on croirait assister à la fuite de Gomorrhe.

– Je vois... Ce n'est pas pareil chez vous ?

– Ah, non ! Moi, j'emploie de la main-d'œuvre qualifiée. Assembler des appareils électroniques, c'est quand même plus compliqué que de mettre des petits pois dans du fer-blanc ! Mais venez donc visiter mes installations... Vous prendrez une tasse de thé, et je vous ferai faire le tour du propriétaire...

– Merci, Bernard, mais j'ai trop de travail. Comment va Jack ? Et les affaires ?

– Ça va bien, des deux côtés. On vous voit à la mairie demain ?

La tradition voulait que la fin de la quinzaine de la Grande Foire soit célébrée, le dernier samedi, par un grand banquet municipal. Au vu du montant de leurs impôts locaux, certains contribuables estimaient que la tradition pourrait être interrompue sans dommages...

Dalziel fit non de la tête.

– Dommage, regretta Middlefield. En général, c'est très chouette... Dites donc, j'espère bien que, cette année, les gens de chez vous vont faire déguerpir tous ces va-nu-pieds vite fait !

– Va-nu-pieds ?

– Oui, les Gitans... C'est toujours la même chanson. Donnez-leur le petit doigt... Parce qu'ils viennent depuis des siècles, on leur permet de rester quelques semaines pendant la période de la foire. Vous croyez que ça leur suffirait ? J't'en fiche ! L'année dernière, ils n'ont décampé qu'à la mi-septembre, et la moitié étaient déjà revenus pour Noël ! Remarquez bien que dans cette ville, on ne manque pas de belles consciences qui les garderaient volontiers toute l'année !... Moi, je prétends que, puisqu'ils disent qu'ils sont les Gens du voyage, faut leur donner du mouvement ! Vous avez eu mon message ?

– Je ne crois pas... C'était quoi ?

– L'autre jour, un de leurs poneys s'était échappé, et j'ai failli me tuer au décollage. En plus, ce n'est pas la première fois ! J'ai demandé à un de vos hommes de vous prévenir... un type qui a une drôle de dégaine ! Il serait bien à sa place dans une roulotte, lui aussi...

– Oui, ça me rappelle quelque chose, dit Dalziel.

Il consulta sa montre. Il allait de toute façon se rendre au campement des Gitans, mais Middlefield l'ignorait, et c'était aussi bien : un jour viendrait peut-être où il aurait besoin de demander au juge de paix de lui rendre service...

– J'ai un peu de temps devant moi, reprit-il. Je vais y passer moi-même.

– Vraiment ? Vous êtes formidable ! Je savais bien que je pouvais compter sur vous ! Je le dis souvent : si ce pays était dirigé par des hommes comme vous et moi, tout marcherait comme sur des roulettes en moins de deux !

La Mercedes s'élança silencieusement.

Dalziel leva la main en guise de salut puis sourit. Diriger le pays, au volant d'une bagnole boche !... Il en fallait beaucoup pour qu'il se sente de gauche, mais Middlefield y parvenait...

– Va te faire foutre, articula-t-il.

– Pardon ? demanda le vigile.

– Pas vous, grommela Dalziel par-dessus son épaule, en remontant dans sa voiture. Oh, et puis après tout, pourquoi pas vous aussi ?

L'aéro-club paraissait désert. Dalziel essayait de regarder au travers de la fenêtre du bâtiment principal quand, derrière lui, une voix s'enquit poliment de ce qu'il désirait.

Dalziel avait horreur d'être pisté silencieusement et s'apprêtait à répondre vertement quand il vit que l'homme portait un survêtement et des chaussures de sport, ce qui expliquait qu'il ne l'ait pas entendu venir.

– Police, dit-il en montrant sa carte.

– Vous venez pour le cambriolage ? Je suis Arthur Vernon, M.V.C.

– Hein ?

– Moniteur de vol en chef. Pour dire la vérité, je suis le seul moniteur. J'ai bien un adjoint, Roger Minstrel. Mais il est en stage en ce moment, alors je fais tout. Je tiens même le bar quand la fille ne vient pas ou qu'il y a du monde. Vous voulez quelque chose pour vous rafraîchir ?

Tout en parlant, il avait conduit Dalziel jusqu'au bar. Sa cote remonta dans l'estime du gros commissaire qui affichait hautement son mépris pour les adeptes du jogging.

– C'est pas mal, dit-il en jetant à la pièce un regard circulaire, non sans avoir réduit de moitié le niveau de sa bière.

– Vous n'étiez jamais venu ?

– Dans notre coin, il n'y a pas un seul endroit où on puisse se faire servir à boire en dehors des heures d'ouverture que je ne connaisse pas ! Mais ça faisait des années que je n'étais plus venu. Et depuis, c'est devenu un peu tape-à-l'œil !

– Je dois bien le reconnaître... C'est à cause du commerce, admit Vernon à regret. Pour un club, quel qu'il soit, il n'y a que ce moyen pour survivre. Il faut être plein à craquer tous les soirs...

– Ça n'a pas l'air de vous réjouir ?

– Je suis pilote, expliqua Vernon. Je viens de la R.A.F., et je voulais rester dans l'aviation. Faire marcher une discothèque pour adolescents ne correspond pas exactement à l'idée que je me fais de l'aviation.

– Moi, je croyais que les gens comme vous finissaient comme pilotes de jumbo-jets, que vous gagniez des millions, et vous occupiez surtout de faire sourire les hôtesses qu'on voit sur les publicités !

– Je me suis fait coincer à mon dernier examen médical, expliqua Vernon en buvant un jus de pamplemousse. Et, dans les compagnies, ils sont tout aussi sévères. Je n'ai plus droit qu'aux avions légers et aux planeurs.

– Moi, je vous trouve très en forme, affirma Dalziel dont le regard embrassait le survêtement et le jus de pamplemousse.

– Je vis d'espoir... Un peu de jogging, un peu de squash. Avec de la chance, je pourrai retrouver les vrais avions un de ces jours...

– Les planeurs, ça ne vous dit rien ?

– Oh non, les planeurs c'est très bien. C'est tout à fait différent. Mais les petits zincs... C'est comme de se retrouver à la barre d'un canot pneumatique quand on a été le pacha d'un cuirassé !

– C'est vrai. Mais, au moins, vous volez assez lentement pour voir ce qui se passe...

– Je reconnais. Pour la police, c'est quelquefois utile... Encore que les hélicos soient mieux... Enfin, si vous voulez faire un tour là-haut, vous n'avez qu'à dire un mot...

C'était si peu probable que Dalziel se contenta de sourire. Puis il acheva sa bière.

– On va constater les dégâts ? proposa-t-il.

On avait pénétré dans la remise en forçant un petit vasistas.

– Sûrement des gosses, à en croire les gens de chez vous. Ils n'ont pris que quelques bouteilles... Ce que des enfants peuvent porter. Vos types sont allés jeter un coup d'œil au campement, mais, naturellement, ça ne les a menés nulle part.

– Naturellement ?...

– Eh bien, ils passent pour des experts quand il s'agit de cacher des choses...

– Je crois savoir que vous avez eu d'autres ennuis avec eux. Ou avec leurs animaux, plutôt.

Vernon passa la main dans ses cheveux blonds et parut tout à coup plus jeune que ses quarante ans.

– Vous avez entendu parler de l'histoire de Mr Middlefield ?... Il était très énervé. Il avait raison, remarquez. Ça aurait pu être vraiment dangereux ! C'est déjà arrivé plusieurs fois... Je veux dire des animaux qui vagabondent sur le terrain... Mais c'est la première fois que ça a failli provoquer un accident.

Ils sortirent tous deux et observèrent, au loin, le campement des Gitans.

– Je vais avoir une petite discussion avec eux, dit Dalziel. Je peux passer la barrière sans risquer de me casser la gueule ?...

– Il n'y a pas d'ouverture, si c'est ce que vous cherchez. Mais ça ne paraît pas poser de problèmes aux gosses et aux poneys...

De la main, Dalziel flatta son ample bedaine :

– C'est quand même pas le trou d'une aiguille ?

– Non. Mais, de l'autre côté, ce n'est pas non plus le royaume des cieux.

Pourtant, la scène se présentait de manière idyllique. Il y avait quelques verdines de bois traditionnelles aux couleurs pimpantes. Et, avec le soleil du matin qui se reflétait sur les chromes, même les caravanes modernes trouvaient le moyen d'offrir un charme inattendu. Tout était immobile. Un filet de fumée montait droit dans le ciel. Une demi-douzaine de chiens cherchaient l'ombre sous les roues des véhicules. Des poneys broutaient. Un trio de gamins se livraient aux joies de la lutte dans le gazon. De plus loin, hors de vue, parvenaient les voix d'autres enfants en plein jeu.

C'est seulement quand Dalziel et Vernon parvinrent à la rangée de barbelés qu'ils découvrirent les détritus et les ordures qui entouraient les roulottes.

– Nous y voici, dit Vernon, écartant le barbelé.

– Merci. Vous ne venez pas ?

– Je ne pense pas. Bien sûr, si vous trouvez quoi que ce soit, je vous apporterai toute ma coopération. Mais je ne veux pas qu'on croie que je suis toujours du côté de ceux qui se plaignent. Ils nous cassent les pieds, je le sais, mais ils ont quand même le droit d'exister, non ? Et eux, au moins, ils essaient de rester libres, et il faut les admirer pour ça.

– Libres ! s'exclama Dalziel. J'ai déjà vu des taules plus agréables.

Il s'élança, heureux de sentir que son équilibre politique intime, perturbé par l'extrémisme de Middlefield, avait été rétabli par la tolérance de Vernon.

Les enfants et les chiens ne le lâchèrent pas des yeux pendant qu'il s'approchait des roulottes, mais il ne discernait pas le moindre signe d'une présence adulte. Il ne faisait pas d'effort particulier pour passer inaperçu mais, malgré sa corpulence, il était capable de se déplacer avec infiniment de légèreté, et, se glissant entre deux caravanes, il s'amusa de penser qu'un flic des villes obèse pouvait, sans être vu, se glisser au milieu de ces enfants du grand air.

A cet instant, il fut ceinturé par-derrière, les bras collés au corps, et poussé avec une telle force contre une caravane que le véhicule trembla.

– Alors, on espionne ?... On joue à quoi, gros plein de soupe ? souffla une voix rauque à son oreille gauche.

Trop près de son oreille gauche...

Dalziel, d'une détente, projeta sa tête comme un boulet de canon. Les os et les cartilages produisirent un bruit mou. L'étreinte se desserra. Il se débarrassa de son agresseur, un homme trapu au teint mat.

– Je suis policier, annonça-t-il. Qui êtes-vous ?

L'homme fonça vers lui.

Bon, se dit Dalziel, il a été prévenu... Il le frappa au plexus solaire. Un seul coup aurait suffi, mais on n'est jamais trop prudent : il frappa une seconde fois, au même endroit.

Puis il se recula, et attendit que l'homme montre, de quelque façon que ce soit, qu'il était disposé à reprendre le dialogue.

– Je vous le demande encore une fois, aboya-t-il : qui êtes-vous ?...

– Vous m'avez fait éclater les tripes, hoqueta l'homme.

– *Ton nom !...*

– Lee... Dave Lee...

– J'aurais dû m'en douter... Attaquer les policiers, c'est un de tes passe-temps favoris...

– Je pouvais pas savoir qu'vous étiez flic... Je croyais qu'vous étiez encore un de ces fouilles-merde du conseil municipal !

– Et tu crois que c'est mieux d'attaquer un fonctionnaire du conseil ? Remarque, tu as peut-être raison. C'est ta caravane ? On va y jeter un coup d'œil.

Il grimpa les marches, poussa la porte et entra. Une femme en négligé se tenait dans l'étroit compartiment. Dalziel l'ignora et inspecta les lieux du regard. Cela sentait le tabac, la sueur et le sexe, mais c'était propre et rangé. Un tapis aux couleurs vives couvrait le plancher, et deux grands miroirs biseautés, très travaillés, donnaient une impression d'espace. L'une des cloisons était presque entièrement occupée par une vitrine d'acajou qui contenait un ensemble disparate de porcelaines traditionnelles, de coupes, de vases et de verres en cristal et d'objets plus petits qui paraissaient être d'argent.

– Putain, qui c'est celui-là ? demanda la femme.

– Mrs Lee ? interrogea Dalziel, lui prêtant pour la première fois attention.

Il remarqua les seins plutôt flasques, visibles sous le déshabillé, et le visage dont le côté gauche était marqué d'un hématome qui pâlissait.

– C'est parfait, remarqua-t-il. Vous formez un couple bien assorti.

Lee, en manouche, donna ce qui lui sembla être des ordres et sa femme passa dans la partie chambre à coucher pour s'habiller plus décemment.

Dalziel fit le tour de la caravane, ouvrant tiroirs et placards, regardant sous les coussins et derrière les rideaux.

– Vous jouez à quoi, m'sieur ? s'inquiéta Dave Lee.

– Je finissais par penser que tu ne me le demanderais jamais, Dave, se réjouit Dalziel. Je cherche des choses qui ont été volées. Je n'ai pas de mandat… Qu'est-ce qui t'empêche d'appeler ton avocat ?…

– Qu'est-ce qui a été volé ?

– Un cambriolage à l'aéro-club, hier soir. Des bouteilles d'alcool.

Lee eut un rire dur. Et soulagé ? se demanda Dalziel.

– Y a pas d'alcool volé ici, m'sieur. R'gardez c'que vous voulez.

Dalziel en revint à la vitrine :

– Je te crois, Dave. Tu es bien trop gros pour passer

par ce vasistas. Tu aurais dû voir ça. J'ai failli y perdre le poing, tout à l'heure... Ça, c'est superbe... On appelle ça la banque des Gitans, n'est-ce pas ?... Je parie que ça vaut une jolie somme... Et c'est un bel investissement qui regarde pas le percepteur...

Il ouvrit la vitrine et en sortit une assiette.

– Quel grade vous avez dit que vous êtes, m'sieur ? s'inquiéta soudain Dave Lee.

– Superintendant.

– Et vous cherchez des bouteilles ? dit-il, incrédule. Eh, attention !

Dalziel avait manqué laisser tomber une tasse.

– Pardon. Il faut être malin, Dave, pour remarquer ça... Et, dans ton métier, c'est bien utile. Dans le mien aussi. Pour repérer ce qui cloche. Et moi je dirais qu'il y a quelque chose qui cloche là-dedans, mais je ne suis pas un expert.

A l'extrémité de la plus haute des étagères, il s'était emparé d'un simple pot de grès.

– Hé, le flic, vous avez pas le droit, protesta Lee. Vous avez dit que vous aviez pas d'mandat !... Vous allez foutre le camp et revenir avec un avant d'toucher encore un truc d'chez moi !...

Dalziel ouvrit le pot.

– De la farine, constata-t-il. De la vraie... Pas de la saloperie moderne avec toutes ces saletés pour la rendre plus blanche.

Il en saisit une pleine poignée et la renifla.

– Eh oui, confia-t-il à la femme qui était maintenant habillée et le regardait avec la plus complète indifférence.

Il tendit la main vers elle, écarta les doigts, et laissa la farine s'écrouler sur le tapis.

– De la vraie, répéta-t-il. Mais, mon cher Dave, ça ne peut quand même pas avoir une telle valeur... Je veux dire que ça ne mérite pas de se trouver avec les souvenirs de famille...

Une seconde poignée suivit la première.

Il plongea encore sa main dans le pot.

– Tiens... Tiens... Tiens... On dirait qu'il y a des grumeaux...

Il retira sa main. Il tenait une montre digitale d'homme, plaquée or, avec un bracelet extensible. Il souffla avec soin la farine qui la recouvrait.

– Elle marche toujours, constata-t-il. C'est comme dans une pub de la télé !

Il explora le pot encore une fois.

Cette fois, il en sortit un rouleau de billets de cinq livres.

Il le déposa à côté de la montre.

Nouvelle exploration.

– Je crois que c'est tout... Mais non... Un peu plus, j'oubliais ça...

C'était une chevalière d'homme, en or. Il essaya de la glisser à son petit doigt boudiné et la contempla avec admiration.

– Nous y voilà, confia-t-il. Dave, mon ami, à un moment de ma carrière, je me suis occupé de la prévention de la criminalité. Dans mon boulot, je devais notamment convaincre les gens de ne pas laisser les objets de valeur dans des endroits saugrenus. Oh, ces petites choses sont bien à vous, n'est-ce pas ?

L'homme et la femme échangèrent un regard.

– Je les ai jamais vus de ma vie, dit-elle.

– Et toi, Dave ?

Lee jura d'abondance, puis se tut, et contempla le plafond d'un air de mépris.

– Bon, mon garçon, expliqua Dalziel avec jovialité, je suis seul et tu peux essayer de me casser la gueule mais je crois que nous avons déjà réglé cette question. Ou bien tu peux essayer de te tirer et, dans ce cas, il y a deux hypothèses : ou bien je t'attrape et je te casse une jambe, et tu ne pourras plus courir. Ou bien je fais appeler quelques-uns de mes gars qui t'attraperont et qui te casseront les *deux* jambes... Je crois que ce qu'il y a de mieux à faire, c'est que tu me suives bien gentiment jusqu'à l'aéro-club... Et, en chemin, tu me parleras un peu de tes poneys qui persistent à folâtrer.

– J'ai rien fait, dit le Gitan.

– Personne n'a rien fait, rétorqua Dalziel doucement, enveloppant les fruits de ses découvertes dans le gigantesque morceau de tissu kaki qui lui servait de mouchoir.

– On y va ! Toi aussi, ma belle.

Dehors, les enfants cessèrent leurs jeux pour regarder passer l'étrange trio.

Dalziel leur adressa une espèce de sourire, sortit de sa poche une poignée de menue monnaie, et la lança en l'air. Les enfants se précipitèrent, hurlant de joie. Un garçon qui avait une bonne tête de plus que ses camarades s'empara de la meilleure part du butin.

– C'est toujours comme ça que ça se passe, commenta Dalziel avec philosophie.

Vernon ne cacha pas sa surprise en voyant arriver à l'aéro-club Dalziel et ses compagnons :

– Ce sont ceux qui ont cambriolé le bar ?

– Peut-être bien...

– Vous êtes sûr ? Il n'a matériellement pas pu passer par le vasistas et, pour elle, c'est certainement très juste.

– Ils ont tous fait quelque chose, lâcha Dalziel en bâillant. Tous ces Gitans sont coupables de ceci ou de cela... Je peux téléphoner ?

Il ordonna aux Lee de l'attendre dans le bar pendant qu'il allait téléphoner dans le bureau.

Quand il revint, Vernon avait clairement l'air mal à l'aise.

– Qu'est-ce qui se passe ? interrogea-t-il.

– Est-ce que ça va être long ? s'inquiéta Vernon.

– Non. Pourquoi ?

– C'est qu'il va bientôt être midi... Et les membres vont commencer à arriver...

– Et alors ? Oh ! je vois... Mes Gitans... Je croyais que vous les aimiez bien, Mr Vernon. Vous avez dit quelque chose à propos de ces êtres libres...

– Pas très libres quand ils sont en garde à vue, superintendant, grinça Vernon.

– Ce n'est pas faux. Mais ne vous faites pas de souci. On vient les chercher dans une minute...

– Les chercher ? Vous ne les emmenez pas ?

– Pas question ! J'ai mieux à faire que de servir de chauffeur à un couple de va-nu-pieds. Non, non, on va les mettre bien au frais, et j'irai leur faire une petite visite de temps en temps...

– Mais vous ne pouvez pas faire ça ! s'indigna Vernon.

– Si, je le peux. Et je vais le faire. Ils n'iront certainement pas ameuter leurs avocats ! Et croyez-moi, avec les Gitans, quelques heures passées en cellule donnent autant de résultats que des jours d'interrogatoire.

Vernon lui jeta un regard de dégoût et passa son chemin.

Dalziel rejoignit les Lee au bar.

– Vous n'avez pas l'air bien gais, leur reprocha-t-il.

– Il dit que vous lui avez fait mal au ventre, se plaignit la femme.

– Tu parles !... C'est sûrement à force de bouffer des hérissons ! ricana Dalziel.

Mais il passa derrière le bar et servit à Dave Lee un grand verre de cognac.

Les voitures de police arrivèrent en même temps que Bernard Middlefield, dont l'indignation, en découvrant les deux Gitans dans son club, s'apaisa comme par magie quand on lui annonça qu'ils étaient en état d'arrestation.

– C'est pas trop tôt !... se félicita-t-il. Les cellules de la police sont vraiment le seul endroit de la ville où ces gens-là sont les bienvenus !...

Mrs Lee murmura quelques mots à l'oreille de son mari.

– Qu'est-ce qu'elle dit ? s'enquit Dalziel.

– Elle dit que cette grande gueule se balade le long de la rivière quand les gosses se baignent, et qu'il essaie de leur filer la pièce pour qu'ils lui fassent des trucs, répondit Dave Lee.

Middlefield devint écarlate à tel point que Dalziel ne put résister au plaisir de lui glisser :

– Si vous continuez comme ça, Bernard, vous serez obligé de démissionner du club de golf !

Il donna ses instructions aux hommes des deux voitures. Il confia à l'un un sac de plastique, emprunté à la cuisine de Vernon, qui contenait ses farineuses découvertes.

– Pour le labo, ordonna-t-il. Je veux qu'on fasse dire à ces machins tout ce qu'ils ont dans le buffet, et je le veux pour hier !

Comme l'autre policier emmenait les Lee jusqu'à son véhicule, une Lancia bleu pâle s'arrêta devant le bâtiment. Thelma Lacewing et Ellie Pascoe en descendirent.

Thelma était vêtue d'un ensemble de coton fin, crème avec des motifs gris. Cela n'aurait pas dû convenir à son teint, et pourtant cela lui allait. Elle fronça les sourcils à la vue des voitures de police et passa devant Dalziel sans lui accorder le moindre regard. De son côté, Ellie paraissait étouffer dans un jumper si tendu qu'on aurait pu croire que les coutures allaient céder d'un instant à l'autre.

– Salut, Andy, souffla-t-elle. Vous vérifiez les brevets de pilote ?

Dalziel sourit largement :

– Salut, Ellie. Vous êtes superbe... On dirait une de ces fleurs qui sont encore plus belles en gerbes. Encore un déjeuner de travail ?

– Encore quoi ?

– Peter m'a parlé de votre déjeuner d'hier... Vous avez eu raison de nous parler de Mrs Wildgoose. On fera de vous une informatrice un de ces jours !

Mal à l'aise, Ellie regarda autour d'elle, mais Thelma était hors de portée de voix et s'était engagée dans une discussion sérieuse avec Vernon.

– Non, on ne discutera pas boulot cette fois, expliqua-t-elle. Thelma a débarqué à l'improviste. Elle a son après-midi libre et elle pense qu'elle pourrait voler un peu.

– Ah bon ? Et vous, ça ne vous tente pas ?

– Je pourrais... Pourquoi pas ?

– Dans votre état ? Peter est au courant ?

– Ecoutez, Andy, s'indigna Ellie, ce que je fais, c'est mon problème ! Je prends mes décisions toute seule ! Je suis une grande fille.

– C'est bien ce que je voulais dire...

Le débat tourna court avec le retour de Thelma.

– Superintendant, ces personnes que vous venez de

faire emmener ont-elles été inculpées ? interrogea-t-elle de sa voix calme et tranchante.

Dalziel se gratta le cou, adressa un clin d'œil à Ellie, et lâcha :

– Non, Mrs Lacewing, pas encore.

– Mais elles vont être inculpées ?

– Pour le moment, répondit Dalziel dans une parodie très réussie des déclarations officielles, elles vont être entendues comme témoins. A ce stade de l'enquête, je ne suis pas en mesure de dire quelle pourra être la position que nous prendrons à l'issue de leurs témoignages.

– Ce qui sous-entend qu'elles n'ont pas encore été interrogées ?

– Exact.

– Par vous ?

– Encore exact.

– Et vous commencez quand ?

– Après le déjeuner. On mange comment, ici ?

– Pas de diversion. A quel sujet avez-vous l'intention d'interroger ces gens ?

– Il y a eu un cambriolage ici, hier soir. Votre ami Vernon ne vous l'a pas dit ?

– Si. Il m'a parlé de quelques bouteilles... Je n'aurais pas cru que ça puisse mobiliser un homme de votre grade !

– Moi, je fourre mon nez dans le crime, vous, dans les mollards. Ni vous ni moi ne pouvons nous permettre de choisir, dit-il, rayonnant. Et qu'est-ce que ça peut vous foutre, de toute façon ? Les Lee ne sont que des Gitans. Vous ne m'avez pas l'air du genre à aimer l'amour vache...

Ellie frissonna. Peter ne la croirait pas quand elle lui raconterait ça. Enfin si... A y bien réfléchir, il la croirait.

– Je n'aime pas les abus de pouvoir, en particulier envers les femmes, dit Thelma. Ce que vous êtes en train de faire est fasciste, raciste et sexiste.

– Pas sexiste, la corrigea Dalziel. Ils sont traités sur un pied d'égalité.

– J'ai une amie avocate, Adrienne Pritchard. Vous la connaissez peut-être... Je vais lui demander de se rendre au poste de police aussitôt que possible pour déterminer la situation juridique créée par la détention illégale de Mr et Mrs Lee et pour défendre leurs intérêts s'ils le souhaitent.

– Voilà une affaire réglée, s'écria Dalziel, jovial. Formidable ! Je pense que je vais rester ici pour déjeuner !... Charmant petit endroit, n'est-ce pas ? Mesdames, puis-je vous offrir un verre ?

– En tant qu'officier de police, trancha Thelma, vous devriez savoir que les personnes qui n'appartiennent pas à un club n'ont pas le droit d'acheter des boissons alcoolisées dans ses locaux.

Dalziel plaça ses mains en battoir contre le dos des deux femmes, et les poussa en avant.

– Si c'est vrai, c'est vous qui payez la tournée, ma belle ! Pour moi, ce sera une pinte !...

14

L'appartement de Mark Wildgoose se situait dans un quartier de longues rangées de maisons victoriennes où l'on s'attendait davantage à trouver des colonies d'étudiants que des professeurs solitaires.

Non pas que Mark Wildgoose fût solitaire au moment de l'arrivée de Pascoe... Guidé jusqu'au premier étage par les instructions d'un barbu au sourire béat, l'inspecteur déboucha sur le palier à l'instant même où une porte s'ouvrait pour laisser sortir une très jeune fille qui ne paraissait pas avoir quitté l'adolescence. Un homme la suivait, et elle se retourna pour un baiser d'adieu, passionné à la limite de l'exhibitionnisme. Mais l'homme garda les yeux ouverts et ne cessa de fixer Pascoe qu'un bref coup d'œil aux deux autres portes avait convaincu qu'il se trouvait devant celle qu'il cherchait.

Ayant achevé ce qu'elle avait entrepris, la jeune fille frôla Pascoe et descendit l'escalier quatre à quatre, avec la légèreté de la jeunesse et de l'allégresse.

L'homme commençait de fermer la porte.

– Mr Wildgoose ? demanda Pascoe.

L'homme acquiesça de la tête.

– Pascoe, inspecteur Pascoe. Voici ma carte. Puis-je vous dire un mot ?

Wildgoose examina la carte avec soin, avant de le faire entrer dans ce qui avait été autrefois un petit salon. Comme un squelette costaud, la pièce avait vaillamment supporté les ravages de l'âge, de la négligence et même du mauvais goût des étudiants. Le mobilier se composait d'un lit défait, d'une armoire d'acajou qui avait connu des jours meilleurs, de deux fauteuils défoncés, d'une table sur laquelle subsistaient les vestiges d'un petit déjeuner, de trois chaises pliantes, d'un évier et d'une plaque chauffante. Des bibliothèques improvisées – de simples planches posées sur des piles de briques – menaçaient de s'écrouler à tout instant. Une pyramide de livres s'élevait dans un coin.

Pas facile à chauffer en hiver, pensa Pascoe, observant le plafond aux moulures de feuilles d'acanthe. Mais, en août, il y faisait plus que chaud, dans une touffeur d'odeurs mélangées : café, tabac, transpiration.

– Ça sent un peu le vieux Romain, concéda Wildgoose en ouvrant les fenêtres.

La fille devait guetter d'en bas, car Pascoe le vit se pencher pour lui envoyer un baiser.

– Il s'agit de votre jardinet, Mr Wildgoose, commença-t-il.

Il s'attendait à voir une certaine tension marquer les traits de Mark Wildgoose, mais, quand ce dernier se retourna, il n'y lut qu'une franchise en éveil. Il avait un visage mince, bronzé, aux expressions changeantes et aux yeux pleins d'acuité. Un visage qui aurait convenu à l'un de ces chanteurs français qui savent si bien exprimer dans leurs ballades une désillusion pleine d'espérance... Les enfants Wildgoose ressemblaient plus à leur père qu'à leur mère.

– J'ai l'impression que j'ai fait la connaissance de votre femme, hier, dit Wildgoose.

– C'est bien possible.

– Quelle coïncidence...

Mark Wildgoose fronçait haut les sourcils, en point d'interrogation.

– Coïncidence... reprit Pascoe en écho. C'est curieux, les coïncidences, parce que c'est bien moins rare que les gens ne le croient. Ce qui est rare, c'est de les remarquer.

– Je ne comprends pas.

– Par exemple, vous êtes professeur d'anglais. Et, par pure coïncidence, vous avez justement été le professeur de Brenda Sorby, n'est-ce pas ?

– Brenda ?

– Brenda Sorby. La troisième victime de l'Etrangleur. La fille trouvée dans votre jardinet était la deuxième.

– Ce n'était pas dans *mon* jardinet, inspecteur. Et je ne me souviens vraiment pas d'avoir eu une Brenda Sorby parmi mes élèves, encore que je sois prêt à le croire si vous le dites... C'est ça, les coïncidences dont vous parlez ?...

– Pas seulement... Vous êtes aussi un habitué du *Cheshire Cheese*...

Mark Wildgoose s'enfonça plus profondément dans son fauteuil et, pensif, alluma une cigarette, comme si la fumée pouvait lui servir de camouflage.

– *J'étais* un habitué, corrigea-t-il.

– Et la foire, Mr Wildgoose ? Vous êtes allé à la foire, cette année ?

– Oui, bien sûr. J'y vais tous les ans... J'ai toujours aimé ça.

– Et vous y êtes allé quand ?

– La semaine dernière... Jeudi soir, si vous voulez.

Son sourire agaçait Pascoe. Mais le policier admettait *in petto* qu'il avait lui-même commencé la partie, et qu'il ne pouvait reprocher à son interlocuteur de jouer le jeu selon la règle...

– Et à l'heure du déjeuner, il y a deux jours ? C'est-à-dire mercredi ?

– Il me semble que je suis allé faire un tour, répondit Wildgoose après réflexion.

– Tout seul ?

– Il me semble bien...

– Et où êtes-vous allé ?

– A droite et à gauche, je crois... Je pense m'être baladé le long de la rivière... C'est charmant, là-bas, vous ne trouvez pas ?

– Le long de la rivière, en passant par Charter Park ?

– C'est par là que la rivière passe, inspecteur. Et côté coïncidences, nous en sommes où ?

Il s'en fout, pensa Pascoe. Il se paie ma tête. Et, pourtant, il y a eu quelque chose quand nous avons commencé... Commencé quoi ?

– Si cela ne vous fait rien, je voudrais bien voir votre jardinet, Mr Wildgoose, dit-il brusquement.

La tension revint, imperceptible.

– Ça n'est qu'un bout de terrain vague, inspecteur. Je ne m'en suis pas beaucoup occupé cette année... Je ne suis même pas sûr d'en être encore officiellement locataire... Vous comprenez, le loyer...

– Peu importe. Je voudrais bien y jeter un coup d'œil... Vous venez avec moi ?

Wildgoose se dressa. Son corps tout entier rayonnait d'agressivité.

– Qui est-ce qui vous a donné mon adresse, Pascoe ?... Vous avez parlé avec mon ex-femme ?...

– Votre femme, je crois ?... Vous n'êtes pas encore divorcés...

– Nous le sommes presque... Et ça arrivera, quoi qu'elle pense... De nos jours, le délai de la loi ne dure pas une éternité !

– Le délai de la loi... C'est dans *Hamlet*, n'est-ce pas ?

– Peut-être, oui. Pourquoi ?

– Une coïncidence, c'est tout.

Wildgoose, détendu, éclata de rire et enfila une veste de toile sur son T-shirt qui n'était pas celui dont Ellie avait fait la description – à moins qu'il ne soit porté à l'envers.

– Dans notre langue, sourit-il, la moitié des clichés proviennent de Shakespeare, et l'essentiel du reste de Pope. Ça ne vous fait pas une coïncidence très intéressante...

– C'est bien ce que je vous disais depuis le début, non ?

Pascoe avait choisi le plus court chemin pour Pump Street. Il demanda tout à trac :

– Mr Wildgoose, comment se fait-il que vous ne hurliez pas votre indignation ?

– Je devrais m'indigner ?

– Eh bien, pour commencer, vous avez sûrement compris que j'ai parlé de vous avec les membres de votre famille. Cela rendrait furieux la plupart des hommes... Et je crois vraiment qu'il n'y a pas beaucoup d'hommes non plus qui supporteraient allégrement de constater que la police essaie de les impliquer dans l'affaire de l'Etrangleur...

– Vous mettez l'Etrangleur dans le lot ?

– Surtout l'Etrangleur, je crois...

– Alors, admettons que je m'affaire à établir mon innocence, inspecteur, trancha Wildgoose. Tournez là, vous éviterez les feux rouges.

Pump Street se composait de deux longues rangées de maisons basses. La première avait été construite au milieu du XIXe siècle pour les cheminots. Celle d'en face, quasiment identique, avait été bâtie dix années plus tard par des spéculateurs qui tablaient sur l'expansion de la demande de logements à bas loyers. Ce qui donnait à Pump Street un certain cachet – et même une certaine beauté – était la structure du terrain qui avait conduit à tracer la rue en courbe comme si John Nash avait dressé le plan d'urbanisme du quartier. Les jardinets se trouvaient dans une brèche ouverte dans la rangée de gauche par un Dornier, un bombardier de la Luftwaffe, qui s'y était écrasé avec tout son chargement de bombes par une belle nuit de 1941. Sur une centaine de mètres, les habitations avaient été réduites à l'état de gravats. On avait compté trente-neuf morts – hommes, femmes et enfants. A l'époque, il ne pouvait être question de reconstruction, mais le site avait été peu à peu déblayé, puis quelques-uns s'étaient enhardis à y semer des légumes pour enrichir un régime limité par le rationnement. Naturellement, il y avait eu des plaintes pour occupation illicite et spoliation, mais le conseil municipal avait finalement décidé de régulariser les choses. Et, trente ans après, il en était encore allé ainsi. Jusqu'à ce matin de juin où le nombre des morts du cru était passé à quarante...

Deux ou trois hommes âgés s'affairaient au milieu de leurs salades et de leurs radis, et ils observèrent avec curiosité Pascoe et Wildgoose se frayer un chemin jusqu'à son jardinet qui, c'était vrai, avait été quelque peu laissé à l'abandon, mais pas plus que quelques autres.

– On y est, dit Wildgoose. Si vous recherchez des vestiges de ma présence, regardez autour de vous.

Pascoe se pencha pour examiner le sol. On y distinguait encore des pommes de terre, des fanes de carottes flétries, et ce qui paraissait être des restes de semis d'épinards.

– Qu'est-ce qui s'est passé ? demanda-t-il.

– Il y a quelques années, on trouvait que c'était une idée super... Se suffire à soi-même. Un effet de la ménopause masculine...

– Vous me paraissez un peu jeune pour ça, non ?...

– J'ai quarante ans, mais un bon tailleur... Et la ménopause masculine n'a rien à voir avec l'âge ou le vieillissement... Ça se passe dans la tête.

– Et vous avez trouvé quelque chose de plus passionnant ?

– Je cherche encore, inspecteur.

Pascoe aussi cherchait. La resserre décatie dans laquelle on avait découvert le cadavre de June McCarthy se trouvait à vingt-cinq mètres environ du terrain de Mark Wildgoose. Un homme en sortit, portant un seau d'une main et de l'autre une binette. Soigneusement, avec l'économie de mouvement que dictent l'âge et l'expérience, il se mit en devoir de déterrer ses patates. Pascoe reconnut Mr Dennis Ribble, le propriétaire de la resserre et le seul des locataires de jardinets qu'il ait interrogé personnellement. Mr Ribble avait largement passé la soixantaine et avait considéré la découverte d'un cadavre dans sa cabane avec un calme que Pascoe avait fini par trouver tout naturel quand il avait appris qu'il souffrait d'un cancer de l'intestin et avait déjà survécu dix-huit mois aux pronostics les plus optimistes de son chirurgien.

Pascoe observa Wildgoose et se demanda froidement dans quelle mesure un pronostic de ce genre influerait sur sa recherche de quelque chose de passionnant.

– Je vois que votre serre est fermée, dit-il. Vous craignez pour vos tomates ?

– Non, mais c'est là que je laisse mes outils... Je n'y fais pas pousser grand-chose. Ça faisait partie du terrain... Le locataire précédent était mort, et j'ai pensé que ce serait sympa pour sa vieille bourgeoise si je lui filais quelques livres pour ce machin. Vous voulez jeter un coup d'œil ?

Mark Wildgoose chercha la clé dans sa poche pendant que Pascoe examinait la serre de l'extérieur. A dire vrai, plus qu'une serre, c'était un abri de jardin amélioré. Elle était éclairée par des panneaux de plastique translucide, bien moins fragile que du verre : en plusieurs endroits, on voyait que des enfants avaient lancé des cailloux, sans autre résultat que de provoquer des fêlures ou de petits trous auxquels il avait été facile de remédier avec des pansements de papier collant.

Ayant débloqué le cadenas qui fermait la porte, Wildgoose laissa Pascoe pénétrer le premier. Lorraine Wildgoose s'était trompée : s'il n'était pas possible de distinguer clairement au travers du plastique, les silhouettes étaient nettes et il eût fallu à un couple une passion inextinguible – ou un exhibitionnisme flamboyant – pour se laisser aller à forniquer là. Pascoe n'en excluait toutefois pas l'éventualité, mais pensa qu'il était plus que probable que l'un des jardiniers amateurs, si cela s'était produit, en aurait confié tous les détails au sergent Brady.

A l'intérieur de la serre, on étouffait et cela sentait le renfermé. Dans un coin traînait une bêche rouillée, dans un autre un sarcloir cassé. Quelques pots avaient trouvé refuge sur une étagère branlante. En fait, rien ne poussait, même si les restes desséchés de plantes inidentifiables apparaissaient encore dans des casiers. Des sachets de protection subsistaient dans une zone particulièrement abandonnée. Il y avait aussi un sac de plastique presque vide, qui avait dû contenir un engrais quelconque, et qui éveilla l'attention de Pascoe : entre autres choses, l'examen en laboratoire des vêtements de June McCarthy avait mis en évidence des traces de tourbe et d'autres matières fibro-organiques, précisément ce que l'on s'attend à trouver dans une resserre de jardinier.

Mais il se demanda si quelqu'un avait pris la peine de vérifier que ces composants se trouvaient bien dans la resserre de Mr Ribble.

En ce qui concernait Wildgoose, on avait peine à imaginer qu'il ait pu tuer June McCarthy dans la resserre et la transporter vingt-cinq mètres plus loin en traversant plusieurs lopins. C'était tôt le matin, il est vrai, mais il faisait déjà grand jour...

Pourtant, quand on n'a rien à se mettre sous la dent, un petit quelque chose vaut mieux que rien : Pascoe se pencha pour se saisir du sac d'engrais. Son visage s'éclaira d'un sourire de satisfaction quand il remarqua la petite étiquette adhésive qui collait encore au plastique : *Linden Garden Center*.

Il s'en empara avec précaution.

– Vous vous êtes beaucoup servi de ce truc-là ? demanda-t-il à Wildgoose.

– Dans les feux de l'enthousiasme, je me suis servi de n'importe quoi. De la suie. Du sang séché. Du crottin de cheval. Des algues... Pourquoi ?

– Et où achetiez-vous vos produits de jardinage, Mr Wildgoose ?

– Où ? Mais n'importe où, grands dieux ! Des magasins spécialisés, des commerçants sur les marchés... Même chez Woolworth. Ils se débrouillent très bien chez Woolworth, maintenant...

– Et des jardineries ? Cette étiquette provient du *Linden Garden Center*.

– Je ne me rappelle pas. C'est important ?

– C'est sur la route de la côte Est, à sept ou huit kilomètres.

– Désolé. Je ne me souviens pas. Mais, pour autant que je me rappelle, ce truc-là se trouvait déjà ici quand j'ai pris le jardinet... Ne me dites pas que c'est un indice !

Pour quelqu'un de si intelligent, et de si sensible au

moindre sous-entendu, je le trouve bien calme, pensa Pascoe.

– Je voudrais bien emporter ce sac, dit-il.

– Il me faudra un reçu, plaisanta Wildgoose. Qu'est-ce que vous diriez d'emporter aussi quelques pots pour faire un lot ?

Pascoe découvrit que le sac fuyait et que l'engrais se répandait. Il trouva le remède en l'enfournant dans un autre sac qui traînait par terre.

– Allons-y, commanda-t-il.

– Où ça ?

– Mais, à votre appartement, Mr Wildgoose, naturellement. A moins que vous ne vouliez que je vous dépose ailleurs...

– Non, non. Ce sera parfait.

Sur le chemin du retour, Pascoe s'arrêta à une cabine téléphonique, « pour savoir ce que veut mon patron », comme il l'expliqua en grommelant à Wildgoose. Il s'arrêta encore, un peu plus tard, pour acheter des cigarettes, et se trouva ensuite bloqué derrière un bus à impériale qui n'en finissait pas de ne pas avancer.

– Pardon d'avoir tellement abusé de votre temps, dit l'inspecteur à Wildgoose en le déposant devant chez lui.

– Tout le plaisir a été pour moi... On se reverra ?

– Qui sait ? En matière de coïncidences, rien n'est impossible...

Pascoe regarda Wildgoose escalader avec entrain les marches du perron. Puis il jeta un coup d'œil sur le trottoir d'en face pour s'assurer qu'on avait eu le temps d'exécuter les instructions qu'il venait de téléphoner : assis au volant d'une VW *Coccinelle* qui n'était plus de la première jeunesse, l'agent Preece leva une main molle. Il semblait à moitié endormi. Pascoe espéra qu'il se contentait de faire semblant...

Il tourna le coin et attendit. Après quelques minutes, la porte de la voiture s'ouvrit et Preece monta. Il avait encore l'air fatigué.

– O.K. ? interrogea Pascoe.

Preece lui tendit un rouleau de pellicule.

– J'en ai pris une demi-douzaine. Il y en a une qui

doit être bonne... Vous voulez que je continue à planquer, patron ?

– Oui, s'il vous plaît. Je veux savoir où il va, et avec qui il parle.

– Il y a une allée derrière toutes ces maisons, fit remarquer Preece.

– On n'y peut rien. Vous êtes tout seul. Il faut donc espérer qu'il sortira par-devant, ou que vous vous découvrirez un don d'ubiquité. Faites pour le mieux mais, pour l'amour de Dieu, ne le perdez pas de vue ! Et puis, Preece, si vous avez des insomnies, ça m'est égal, mais tâchez un peu de ne pas dormir pendant les heures de service, d'accord ? Amusez-vous bien !

Preece, de la tête, approuva et s'en fut, tout en se disant : « Seigneur... Il est plus aimable que Dalziel, mais tout aussi emmerdant ! »

Pascoe prit la décision de court-circuiter les liaisons normales et de se rendre par lui-même au laboratoire de police scientifique. Il avait été tout récemment construit, et le chef de la police du comté en tirait une telle vanité qu'il en négligeait aisément le fait que, faute de terrain disponible dans le centre-ville surpeuplé, il avait fallu accepter de bâtir à une distance assez considérable du poste de police principal. Mais un service de navettes tout à fait efficace avait été mis sur pied, et des ordres très stricts avaient été donnés pour qu'on y ait exclusivement recours.

C'est pourquoi Pascoe fut accueilli fraîchement par le fonctionnaire de service, un homme corpulent, et, en général, plutôt amène, du nom de Harry Hopper.

– Vous savez bien que c'est contraire au règlement !

– Seigneur ! Je vous demande pardon, Harry. Je suis bon comme la romaine. Il faudra vous plaindre à mon patron, Andy Dalziel... J'accepterai mon juste châtiment !

– Inutile de me menacer, gronda Hopper. Ça va comme ça... Qu'est-ce que je peux faire pour vous ?

– Me faire développer ça. Quelques exemplaires de chaque. Et puis ça, vous me le faites analyser. Pour les photos, si ça n'est pas trop long, et je suis sûr que ça ira vite, je vais attendre. Et si vous pouviez me dégotter une copie des rapports du labo sur June McCarthy et sur la resserre où on l'a trouvée, ça me donnera de quoi m'occuper et ça m'empêchera de m'impatienter !

Quelques minutes plus tard, Hopper revint avec les rapports demandés, tout sourires :

– Tout le monde est très occupé, dit-il. Votre Mr Dalziel vient juste de nous envoyer des trucs à examiner... Très urgent, c'était marqué... Mais j'ai dit que s'il perd patience, il faudra lui expliquer que vous avez la priorité ! Ça va comme ça ?

– Salaud ! jeta Pascoe.

Il se plongea dans la lecture des rapports. Au premier abord, ils paraissaient prometteurs : les traces d'engrais relevées dans les vêtements de June McCarthy ne pouvaient être attribuées qu'à trois marques différentes, et le produit de l'une d'entre elles avait été découvert dans la serre de Wildgoose. Mais le rapport concernant la resserre de Mr Ribble indiquait qu'un sac de la même marque y était entreposé. Il était aussi rassurant que décevant de voir que les rapports n'avaient rien laissé passer. Il aurait vraiment fallu que le diable s'en mêle pour qu'un détail de ce genre passe inaperçu, mais de telles occurrences se produisent parfois...

Et pourtant, réfléchissait Pascoe qui tentait de conforter ses hypothèses, les rapports *ne prouvent pas* que June McCarthy n'a pas été dans la serre. Et, en plus, on avait l'impression étrange que la serre avait été nettoyée il y avait peu... Est-ce que ça valait la peine d'y envoyer une équipe au grand complet pour un examen approfondi ?... Il y fallait le feu vert de Dalziel, décida Pascoe : la presse ne manquerait pas de débarquer à toute allure, et Dieu seul savait le genre d'enquiquinements que Wildgoose pourrait être poussé à faire...

On lui apporta les photos. L'une, de profil, et l'autre, de face, étaient suffisamment bonnes pour permettre l'identification de Mark Wildgoose.

– Comment ça se passe ? s'enquit Hopper. Vous arrivez à quelque chose ?

– Si on est arrivés, on ne s'en est pas encore aperçus... Merci, Harry.

– Je vous en prie... Mais c'est comme le sexe à mon

âge, il vaut mieux ne pas faire ça trop souvent... Et puis prenez donc ce machin qui vous est destiné. C'est le rapport final sur l'examen des fringues de Pauline Stanhope.

Pascoe s'empara du rapport et le parcourut.

– Il y a quelque chose ? demanda-t-il.

– Que dalle ! On a tout emballé pour le rendre à la famille dès que vous voudrez.

– Ecoutez, dit Pascoe après un instant de réflexion, il vaut mieux que j'aille moi-même voir sa tante. Ce sera mieux que si c'est un flic anonyme qui lui colle ça dans les bras.

Il signa un reçu pour le petit ballot de vêtements et la boîte de carton renfermant la montre et les objets personnels de Pauline Stanhope.

– Pauvre gosse, lâcha Hopper. Moi aussi, j'en ai une. Vingt ans tout juste. A cet âge, elles croient qu'elles savent tout... Comment ouvrir la porte, comment trouver du boulot, comment se fiancer en un mois. Mais ce ne sont encore que des gosses... Je me garderais bien de le lui dire, mais elle est vraiment sans défense... Je veux dire... Elles ont besoin qu'on les protège, Peter... Faites-moi le plaisir de coincer ce salopard, et de le coincer vite, s'il vous plaît !

– On va essayer... On va essayer... répondit Pascoe. (Il regarda sa montre et reprit :) Mais pas avant le déjeuner...

En partant, il médita sur le temps que le vrai cynisme met pour atteindre le fond du cœur...

15

Pascoe fut franchement déçu de son déjeuner.

Prenant prétexte du fait qu'au prix d'un détour de près de dix kilomètres, on pouvait, à la rigueur, considérer que la route de Shafton, le village à l'extérieur duquel se trouvait le *Linden Garden Center*, passait par chez lui, il avait décidé de faire une surprise à Ellie en venant partager son repas de midi.

Quand il découvrit qu'elle était sortie, il se sentit offensé. Et encore davantage offensé quand le réfrigérateur se révéla presque vide.

Avant de reprendre son chemin, il se contenta d'un morceau d'un fromage qui n'était plus très jeune et d'une pomme toute fripée. Et l'aspect désertique du *Garden Center* n'améliora pas son moral.

C'était une jardinerie de moyenne importance. Une vieille ferme de pierre, qui semblait nécessiter d'urgence quelques travaux de restauration, en occupait le centre. Deux longues serres s'appuyaient sur ce qui avait été autrefois une étable à vaches avant d'être convertie en magasin. Il y avait un hectare, peut être un hectare et demi, de cultures, essentiellement des rosiers, mais aussi quelques arbres fruitiers et des plantes d'agrément. Même le soleil resplendissant ne pouvait dissimuler que les lieux étaient quelque peu à l'abandon.

Pascoe aperçut une ombre derrière la maison et s'avança dans cette direction. Il tomba sur un vieux paysan qui poussait un sac dans une brouette. De la poudre d'os, probablement. Le vieil homme passa lentement devant Pascoe, et se contenta de jeter, du coin de la bouche :

– C'est fermé.

– C'est ce que je vois, dit Pascoe, lui emboîtant le pas. Qui êtes-vous ?

Le bonhomme ne prit pas la peine de répondre tout de suite. Sa peau était aussi brune, aussi dure et aussi craquelée que la terre brûlée par la sécheresse. Ses yeux, d'un bleu fané, ne quittaient pas son chargement, tout comme s'il avait été en train d'exécuter avec lui un numéro de funambule.

Impatient, Pascoe produisit sa carte et la mit sous le nez de l'homme.

– Police, expliqua-t-il.

– Je sais.

– Vous voulez dire que vous me connaissez ? demanda Pascoe, ahuri.

– Vot'façon d'marcher... D'parler... J'connais...

– Ça ne vous dérangerait pas de me dire qui vous êtes, s'il vous plaît ?

Le vieillard s'arrêta et s'assit sur le rebord de la brouette, entre les deux manches.

– Agar, finit-il par dire. Ted Agar.

– Et qu'est-ce qui s'est passé ici, Mr Agar ?

– Depuis qu'elle s'est fait tuer, v'voulez dire ?

– Oui, depuis ça.

Pascoe s'installa sur un tas de dalles à paver les allées et réalisa, avec un amusement qui contribua à dissiper sa mauvaise humeur, qu'il se mettait ainsi dans la position classique de l'homme soumis à interrogatoire : nettement plus bas qu'Agar, et le soleil dans les yeux...

– S'est rien passé d'bien bon... commenta Ted Agar. Des histoires d'avocats... Rien d'autre...

– Il y a des problèmes ?...

– Primo et d'une, y a pas d'testament... Deuxio, y a plus d'proche parent pour hériter, quoiqu'y aura toujours deux pelés et trois tondus pour dire qu'y-z-ont droit à qué'qu'chose... L'était veuve, v'comprenez, Mrs Dinwoodie... Son défunt, l'était mort l'an dernier, à l'exposition agricole... S'avez dû l'voir dans les journaux... Ecrasé par une locomobile, qu'il a été... Ensuite la gamine. Alison, qu'elle s'appelait... Juste quelqu'mois plus tard... Accident d'bagnole... L'était si jeune... N'avait pas d'pot, pour sûr, Mrs Dinwoodie.

Naturellement, Pascoe savait déjà tout cela. Les amis de Mary Dinwoodie avaient été interrogés en priorité après le meurtre. Mais la famille était demeurée introuvable et elle-même, de son côté, s'en était délibérément coupée. Elle s'était murée dans son chagrin, rejetant toute consolation, toute amitié. Par une tragique ironie, son premier pas pour réintégrer le monde des vivants l'avait menée tout droit dans les mains de l'Etrangleur.

Les membres du groupe de théâtre amateur de Shafton avaient fait, eux aussi, l'objet d'enquêtes si poussées que Pascoe pensait qu'il en savait sur eux plus que leurs propres conjoints. L'hypothèse d'un lien entre le groupe et les appels téléphoniques citant *Hamlet* avait été bien évidemment envisagée, mais cela n'avait conduit nulle part. Individuellement, aucun des membres du groupe n'avait de mobile. Et le groupe lui-même n'avait jamais monté *Hamlet*. En fait, tout donnait à penser que Mary Dinwoodie n'avait eu que la malchance que son chemin croise celui du tueur. Pourtant, Pascoe se souvenait de l'insistance de Pottle, qui pensait que sa mort était la clé de toute l'affaire.

– Depuis combien de temps travaillez-vous ici, Mr Agar ?

– Six ans. Depuis qu'j'ai quitté la ferme...

– Il y avait d'autres employés ?

– Personne. Sauf que j'ai pris un gamin pour me donner un coup d'main quand la patronne est partie, après la mort d'la gamine... J'pouvais pas tout faire tout seul. Même à deux, on pouvait pas. Avant, moi et Mr Dinwoodie, on s'occupait des arbres et d'tout ça... Les planter, les tailler... Mrs Dinwoodie, elle, c'étaient les serres, et puis l'magasin... Institutrice qu'elle avait été, ou quelque chose comme ça... Alors, la paperasse, c'était son rayon... Et puis la gamine, elle travaillait aussi... L'avait juste quitté l'école, et voulait rien faire d'autre, employée ou je n'sais quoi... Préférait le grand air. Et son homme, y voulait aussi travailler dans l'jardinage...

– Son homme ?

– Ouais... Vous saviez pas ? Elle venait juste de l'marier quand y s'sont tués... Le jour même ! Oh, j'veux pas y r'penser... Alors après, forcément, Mrs Dinwoodie, elle a plus pu t'nir l'coup. L'est partie... M'a juste demandé d'continuer à faire tourner la boutique et puis l'est partie... Au début, ça allait... Mais quand le printemps est arrivé, j'ai eu trop d'boulot, alors j'ai pris le gamin pour m'aider et puis ma belle-fille est v'nue tenir le magasin... Avant, j'étais allé voir l'patron d'la banque... Au début, l'était pas chaud... Mais j'lui ai dit qu'l'affaire allait foirer si qu'j'avais pas d'aide, alors il a causé sur un aut' ton.. Même à ce moment-là, on n'était ouverts que le week-end... Mais on a t'nu l'coup... Et puis la patronne est rev'nue... Là, j'étais ben content !... Mais elle aurait p'têt ben mieux fait d'rester loin pour toujours !...

Un sanglot le secoua.

Il est vraiment bouleversé, pensa Pascoe.

– Vous aimiez bien Mrs Dinwoodie ? demanda-t-il.

– Oh, je les aimais tous bien, mais elle encore plus... L'était une gentille femme. Pensait qu'tout était d'sa faute, qu'elle était responsable qu'y s'soient trouvés si près de cette fichue machine à l'exposition agricole... Puis elle se r'prochait d'avoir laissé la gamine partir en Ecosse pour se marier... R'marquez, c'était pas malin, et la gamine, l'aurait mieux fait de rester avec sa mère qu'était tout juste veuve.. Mais n'avait qu'dix-sept ans... Normal qu'elle pense aux garçons et tout ça... J'aurais jamais cru qu'j'en verrais un d'mort, et surtout pas trois ! C'était impensable ! Impensable, non ?

– Vous avez raison. Et, maintenant, vous êtes tout seul, alors ?

– Eh ouais... Les avocats, y m'ont d'mandé d'rester... Y a deux parents éloignés, des cousins, là-bas dans le Sud... Probab' qu'y vont hériter... Moi, tout ce que j'peux encore faire, c'est les rosiers et les arbres fruitiers... Tout c'qu'y avait dans les serres, y l'ont fourgué... A des grossistes ou je n'sais quoi... Leur ont fait un prix... Mais, moi, j'pouvais pas m'en charger et y voulaient plus que j'prenne quelqu'un... Voulez voir la maison ?

– Oui, s'il vous plaît, répondit Pascoe, sans savoir pourquoi. Mais avant, je voudrais vous demander si vous avez déjà vu ce type dans le coin ?

Il montra les deux photos de Wildgoose au vieil homme, qui les regarda attentivement.

– Non... Je me rappelle pas d'lui. Mais ça veut pas dire que j'l'ai jamais vu...

– Vous diriez que vous pourriez l'avoir vu ?

– J'dirais jamais ça, même si y avait d'l'argent à la clef, précisa nettement Ted Agar. Et y doit y avoir bien plus que d'l'argent hein ?

– Bien plus, oui...

Le vieil homme ouvrit la porte de la maison, puis retourna à son travail. Pascoe entra. La maison sentait déjà le vide et l'inhabité. L'une des pièces du rez-de-chaussée avait été aménagée en bureau. Il fouilla, sans résultat, dans un amas de papiers à l'abandon. En fait, il ne savait pas ce qu'il recherchait, mais il avait le sentiment qu'il le saurait quand il aurait trouvé...

Il monta à l'étage. La chambre de la jeune fille était encore en désordre. Mais c'était le désordre de l'adolescence, comme si elle devait revenir d'un instant à l'autre.

Il passa ensuite à la plus grande des chambres. Et là, enfin, il fit une découverte.

C'était une boîte de carton, enfouie au plus profond d'une penderie débordante. Elle contenait des souvenirs qui ne diraient plus jamais rien à personne : des cartes de Noël ou d'anniversaire sur lesquelles on pouvait lire « Pour Maman, avec toute la tendresse d'Alison », dans une écriture ronde, encore enfantine, avec des fautes d'orthographe. Il y avait aussi des bulletins scolaires : Alison avait fait ses études secondaires à l'école de Bishop Crump...

Comme des milliers d'autres enfants. Et la mort d'Alison n'avait rien à voir avec l'Etrangleur, elle avait été victime d'un accident de voiture dans le sud de l'Ecosse...

Sur les bulletins, les initiales griffonnées à la suite des notes d'anglais et de théâtre ne permettaient pas de deviner le nom du professeur. Bien sûr, se dit Pascoe, si Wildgoose a été le professeur de cette petite, il y a des chances pour qu'il ait rencontré Mary Dinwoodie... Aux réunions de parents, par exemple.

Il fouilla encore, et une nouvelle découverte récompensa sa patience.

C'était un programme, en épais papier brun, dont les bords avaient été découpés pour imiter le parchemin. Sur la couverture, en caractères gothiques, un titre annonçait :

Musik-und-Drama-Fest, Linden, mai 1973.

Linden : une petite ville en Allemagne, dont la jardinerie tirait son nom. L'allemand scolaire de Pascoe était encore suffisamment présent à son esprit pour qu'il puisse comprendre qu'il s'agissait du programme d'un festival amateur de musique et de théâtre et en deviner le contenu. Une ligne attira son attention : *Scènes tirées de Shakespeare,* arriva-t-il à traduire, *par le groupe de théâtre amateur et des professeurs de la Devon School.* Le texte donnait les noms des deux directeurs. L'un était allemand. L'autre était qualifié de *Herr* Peter Dinwoodie...

On y arrivait. Pas à *Hamlet*, certes, mais à Shakespeare. *Unser Shakespeare...* Notre Shakespeare... Les Allemands, il le savait, admiraient le dramaturge jusqu'au point de se l'approprier. La *Devon School* ? Une école en voyage linguistique ? Très peu probable. Il s'agissait plus vraisemblablement d'une des écoles destinées aux enfants des personnels des forces britanniques en Allemagne... Pascoe avait connu une jeune femme qui y était partie comme enseignante, et il croyait se souvenir que les écoles de ce genre portaient souvent des noms typiques : *Gloucester, Cornwall, Windsor...*

Il croyait se souvenir aussi que la ville de Linden se trouvait dans les environs de Hanovre. Les bases militaires britanniques étaient nombreuses dans la région. Tout cela tenait debout.

Il redescendit, et demanda à Ted Agar si, à sa connaissance, Mary Dinwoodie et son mari avaient été professeurs ou instituteurs en Allemagne.

– Ça, j'en sais trop rien, répondit le vieux.

Pascoe mit le programme dans sa poche, et pensa qu'il ne serait pas trop difficile de vérifier. Pas plus qu'il ne serait compliqué d'établir si, au cours de sa carrière, Mark Wildgoose avait occupé un poste à l'étranger.

Quand Pascoe arriva chez Rosetta Stanhope, elle le fit entrer immédiatement. « Comme si j'avais été attendu », se dit-il, en se morigénant de se laisser aller à croire à des pouvoirs surnaturels...

La pièce où la voyante le reçut n'avait rien que de très ordinaire. Les murs étaient tapissés de papier à fleurs. Le mobilier se composait d'un canapé et de deux fauteuils en cuir synthétique, d'un grand poste de télévision, et d'un petit buffet de chêne avec les tables gigognes assorties. Seule une grande vitrine emplie de porcelaines de qualité qui, à elle seule, mobilisait toute une cloison, rappelait les origines de la maîtresse de maison.

Rosetta Stanhope elle-même était vêtue comme n'importe quelle ménagère vaquant à son ménage : une blouse de coton bleu, des ballerines, et un ruban de soie rouge pour retenir ses cheveux. Mais, sur son visage fin, la peau semblait plus tendue encore que de coutume.

– Puis-je vous offrir une tasse de thé ? demanda-t-elle, avec une politesse très formelle. Je ne peux rien vous proposer de plus fort. Il n'y en a pas dans la maison.

– Je n'aurais pas pu l'accepter, répondit Pascoe, formaliste lui aussi, quoique probablement pas tout à fait sincère. Vous ne buvez pas d'alcool, Mrs Stanhope ?

– Je peux pas me permettre d'avoir les idées embrouillées, Mr Pascoe...

– Et votre nièce ? Il lui arrivait de boire ?

– Ici, jamais !

– Mais ailleurs ? Je veux dire, un verre avec des amis, par exemple ?

Elle le fixait avec sérieux, mais demeurait très calme. Pascoe se vota des félicitations pour l'adresse avec laquelle il avait abordé ce sujet délicat.

– Vous pensez au *Cheshire Cheese* ? demanda-t-elle.

Pascoe renonça à se féliciter.

– Ça pourrait être important, concéda-t-il. C'était le cas ?

– Non. Pas que je sache. Et je crois que je l'aurais su. C'est curieux, vous savez : elle n'était pas de moi, mais, en grandissant, elle était vraiment devenue ma fille. Encore plus proche, peut-être... Les filles, ça grandit, ça veut autre chose, quelquefois même ça méprise ses parents, je l'ai vu bien souvent... Les problèmes, les malentendus, les ruptures... Comme cette pauvre Brenda Sorby et son père. Mais, en devenant adulte, Pauline s'était encore plus rapprochée de moi. Et quand le moment est venu pour elle de choisir sa vie, au lieu de s'en aller, c'est vers moi qu'elle s'est tournée... Personne ne sait qui était son père, mais je pense quelquefois que ce n'était sûrement pas un *gadjo !*.

Elle eut un hochement de tête plein d'emphase, qui la transforma l'espace d'un instant en reine des Gitans.

– Mais elle avait certainement des amis de son âge, une vie personnelle, insista Pascoe.

– Bien sûr. Pauline était aussi une jeune fille normale et séduisante. Elle se faisait facilement des amis...

La voix de Rosetta Stanhope se brisa. Elle n'était plus une reine des Gitans, et pour la seconde fois en une heure, Pascoe ressentit l'embarras que l'on éprouve devant le chagrin d'autrui...

– Vous êtes sur la mauvaise voie, finit-elle par dire. Ce n'est pas quelqu'un qui connaissait Pauline qui a fait ça.

– Comment pouvez-vous en être aussi certaine ? demanda-t-il, dubitatif.

– Elle me l'a dit, confia-t-elle avec sérieux. Hier soir...

Pascoe fit un effort pour ne pas avoir l'air désorienté. La pièce, tout à coup, paraissait moins banale, moins conventionnelle, et le soleil qui l'envahissait par la large fenêtre semblait épaissir et figer l'atmosphère.

– Vous êtes entrée en communication avec elle ?

Elle sourit. Ce n'était pas un sourire moqueur. Plutôt celui d'une mère pour un enfant naïf. Un sourire qui n'était exempt ni d'agacement, ni de pitié.

– Nous ne nous sommes pas assises pour faire la causette, expliqua-t-elle patiemment. Mais elle était là, j'ai senti sa présence... Et si elle connaissait celui qui l'a tuée, elle me l'aurait désigné.

– Admettons qu'elle ne le connaissait pas *alors*... Mais elle le connaît sûrement *maintenant*, fit-il remarquer.

– Les *alors* et les *maintenant*, c'est seulement pour les vivants, dit-elle d'un ton sec. De toute façon, je ne crois pas qu'elle m'aurait donné un nom. Encore que ce ne soit pas impossible... Mais ce que je veux dire, c'est qu'elle était bien là, et qu'elle était désorientée, incertaine, pas comme si elle avait su qui et pourquoi... Su au moment où ça s'est passé, bien sûr...

Cette vision d'un au-delà rempli de questions déprima Pascoe. Une vie de policier, c'était déjà dur, mais imaginer une éternité... Dalziel avec des ailes bleues et une matraque dorée !

– Pour une Gitane, dit-il enfin, c'est assez rare d'être

médium, non ! Chez vous, on fait plutôt les tarots, ou la boule de cristal...

– C'est comme ça que les *gadjés* nous voient. Mais, moi, j'ai connu très peu de *chovihanis* pour qui la boule de cristal était autre chose qu'un accessoire, ou un truc pour faciliter la concentration. Oh, mais je lis les journaux spécialisés, Mr Pascoe ! Je n'ai pas fait d'études, mais j'ai vécu assez longtemps au milieu des *gadjés* pour acquérir tout de même un peu de leur science.

– *Chovihani*... C'est une sorte de sorcière, non ?

– Vous savez beaucoup de choses sur notre peuple, inspecteur. Je l'ai senti la première fois que je vous ai vu.

– J'ai un peu travaillé là-dessus à l'université, admit Pascoe. Mais c'était surtout d'un point de vue social. L'éducation, l'intégration dans la communauté, des problèmes de ce genre....

– Vous aussi vous vouliez nous changer, faire que nous soyons comme vous ! dit-elle avec mépris.

– Non, je ne crois pas, rétorqua Pascoe. Encore qu'il y ait des Gitans qui changent. Vous, par exemple. Vous vous êtes mise au moule...

Il n'avait aucune intention d'engager une polémique avec elle, mais, en même temps, il voulait savoir s'il y avait en elle autre chose qu'un syndrome d'auto-hallucination et un fatras de superstitions.

Il ne fut pas long à savoir.

– Me mettre au moule ! Moi ! Vous n'êtes qu'un fichu crétin arrogant, comme les autres ! Vous croyez vraiment que je me suis mise au moule ? J'ai abandonné ma famille, abandonné mon peuple, laissé toute ma vraie vie derrière moi, et vous appelez ça se mettre au moule ? Se mettre au moule, ça veut dire être aussi médiocre, ennuyeux et stupide que vous ?

Sa colère la rendait effrayante. Pascoe capitula :

– Je vous demande pardon, concéda-t-il. C'était stupide de ma part. Vous avez raison.

Cela suffit pour qu'elle s'apaise.

– N'en parlons plus. De toute façon, ça n'a pas été très difficile. Vous savez, chez nous, on n'attend pas des *chovihanis* qu'elles se conduisent comme tout le monde. Elles font des choses bizarres et elles sont asociales. Ma grand-mère était une *chovihani*, elle aussi. Ma mère semble y avoir échappé, je ne sais pas pourquoi.. Enfin, quand j'étais encore dans les langes, ma grand-mère avait prédit que j'épouserais un *gadjo*. Alors, en un sens, c'est ce qu'on attendait de moi. Tout le monde connaissait la prédiction. Ça compensait la solitude, parce que vous comprenez, à partir de quatorze ans, les garçons ne se sont intéressés à moi que parce qu'ils avaient envie de moi. Vous ne le croirez pas, mais j'étais jolie.

– Je le crois volontiers.

– Mais c'était pour s'amuser. Pas pour m'épouser. Voyez-vous, si quelqu'un de la tribu m'avait épousée, il aurait fallu qu'il meure pour que la prédiction puisse se réaliser ! Alors j'ai attendu Stanhope... (Elle sourit à ce souvenir, et reprit :) Il valait la peine que je l'attende. Maintenant, je pense que vous voudriez voir la chambre de Pauline...

Elle se leva, d'un mouvement soudain. Pascoe l'imita plus lentement, impressionné une fois de plus par sa capacité à anticiper ses pensées.

Elle le conduisit à une petite chambre. A la vue du spectacle, Pascoe se sentit catastrophé. On aurait pu croire qu'un cambrioleur débutant était passé par là. La coiffeuse et la commode exhibaient leurs tiroirs vides. Vides aussi les cintres de la penderie. Leur contenu semblait avoir été enfourné dans des sacs à ordures qui jonchaient le plancher.

Rosetta Stanhope se mit en devoir d'enlever du lit draps et couvertures et de les bourrer dans un autre sac.

– Mais, pour l'amour de Dieu, qu'est-ce que vous êtes en train de faire ? cria-t-il.

– Je croyais que vous aviez étudié nos coutumes : tout ce qui était à ma nièce doit être détruit. C'est la tradition.

– Mais Pauline n'était pas gitane, protesta Pascoe.

– Pauline était ma nièce. Elle vivait ici. Elle est morte, expliqua-t-elle d'un ton de pédagogue. Tant que ses affaires restent là, elle doit rester là, elle aussi. J'ai fait la même chose quand mon Bert de mari est mort...

Même une *chovihani* a le droit de vivre avec les vivants. Hier soir, j'ai encore senti sa présence. Elle était perdue, et malheureuse... Je pourrais essayer de l'aider, peut-être, mais elle ne tarderait pas à devenir méchante, triste, rancunière. Un esprit troublé n'est pas une bonne compagnie... Nous, les Gitans, nous essayons de donner la paix aux morts et aux vivants...

A cela, il n'y avait rien à répondre.

– Vous paraissez avoir deviné que nous voudrions regarder les affaires de Pauline, finit par dire Pascoe. Alors... Est-ce que ce que vous faites n'est pas un peu hâtif ?

Elle saisit une boîte à chaussures posée sur la table de nuit.

– Tout ce qui peut vous intéresser est là-dedans... Ses lettres, son agenda, son carnet d'adresses. Mais vous n'en tirerez rien, je peux vous le dire : Prenez-les quand même. Faites des copies, et puis rendez-les moi, s'il vous plaît... Ça aussi doit être détruit. Comme les affaires qu'elle portait quand elle est morte... Ça tout spécialement. Vous savez quand je pourrai les avoir ?

– Elles sont dans ma voiture, se souvint Pascoe. Je vais les chercher tout de suite.

Il revint un moment plus tard avec le paquet qui contenait les vêtements de Pauline et ses objets personnels.

– Merci, dit-elle.

Puis, tout à trac, elle lança, après quelque hésitation :

– Je veux toujours vous aider, vous savez, comme je vous l'ai proposé. Mais, maintenant, c'est plus difficile...

– Parce que cela concerne les vôtres, n'est-ce pas ?

Elle réfléchit un instant.

– Oui, c'est ça. Parce que cela concerne les miens.

En descendant l'escalier pour rejoindre sa voiture, Pascoe s'étonna de cette remarque. Il lui semblait qu'elle y avait mis une étrange insistance, et, en même temps, il se méfiait de l'ambiance de cette maison qui portait trop au surnaturel.

Elle était des miens... D'un certain point de vue, c'était faux, bien sûr. Car ceux que Rosetta Stanhope pouvait appeler *les miens*, c'étaient les Gitans, en particulier les Lee. Et c'est avec Dave Lee qu'elle s'était rendue à une peu crédible réunion de famille après la mort de Pauline...

Fallait-il imaginer que la loyauté à l'égard de sa famille – ou bien la peur – puisse la conduire à cacher l'implication de Dave Lee dans la mort de sa nièce ? On avait peine à le croire. Mais Pascoe était tout de même convaincu qu'il y avait anguille sous roche...

Alors qu'il ouvrait la porte de sa voiture, il entendit qu'elle l'appelait. Elle arriva hors d'haleine, en proie à une vive agitation.

– Qu'est-ce qui se passe ? demanda-t-il.

– Où est le reste ?

– Le reste ? Le reste de quoi ?

– Le reste de ses affaires ! Les vêtements dans lesquels elle est morte ! Ceux-là, il faut que je les aie ! C'est le plus important de tout !

– Mais on vous a tout rendu, affirma Pascoe. Son jean, son bustier, sa lingerie et ses sandales... J'ai vérifié moi-même avant de signer la décharge...

– Pas ceux-là, imbécile ! cracha-t-elle, de nouveau totalement gitane. Mais son foulard, son châle, sa jupe longue ! Qu'est-ce que vous en avez fait ?

– Bon Dieu ! s'écria Pascoe, en se frappant le front de la paume ouverte. (Et, pour lui seul, il ajouta :) Quel imbécile je fais ! Quel imbécile !

16

Le sergent Wield était expert en dactylographie, mais avait grand soin de cacher son savoir-faire à ses collègues moins talentueux qui auraient pu être tentés d'en abuser. Seul dans les locaux du C.I.D., il parvint à terminer son rapport sur ses visites à la banque et chez les Pickersgill en un temps record, ce qui lui permit de penser à loisir à Newcastle et à Maurice. Il y avait quelqu'un d'autre, il en avait la certitude. Il lui était souvent arrivé, auparavant, de soupçonner que son ami s'offrait de brèves rencontres. En ce qui le concernait, il préférait les éviter, mais il les tolérait chez Maurice, puisqu'il le savait incapable de respecter la discipline quasi monastique qu'il avait lui-même choisie. Mais la veille, il avait ressenti l'entrée en jeu de quelqu'un de dangereux, de permanent...

Il buvait à petites gorgées une tasse de café déjà froid, et se demandait ce qu'il allait faire. Quelque chose, sûrement. Il n'était pas homme à s'asseoir et à attendre que ça se passe.

– Je donnerais bien un penny pour connaître vos pensées ! tonitrua Dalziel qui était entré sans que le sergent s'en rende compte. Avec la tête que vous faites, je suis sûr que vous êtes en train de résoudre six des dix grands mystères des cent dernières années ! Qu'est-ce que vous avez décidé ? Que Jack l'Eventreur avait pris la fuite sur la *Marie-Céleste* ?

Le téléphone sonna. Wield se contenta de soulever le combiné.

– Quelque chose d'intéressant ? demanda Dalziel.

– Pas vraiment, chef. Lee a essayé de provoquer une émeute quand on l'a amené. On l'entendait de la rue... Il disait qu'il avait été agressé. Par vous !

– Ouais, je vois... Vous ne vous êtes pas approché de lui ?

– Non, chef. Le gus qui l'a conduit a été très clair sur vos ordres. D'ailleurs, au bout d'un moment, il a fermé sa gueule !

– Très bien... J'irai lui faire une petite visite un de ces jours, concéda Dalziel avec un rot généreux. Répondez au téléphone, mon garçon ! Il ne faut pas faire attendre le public...

Au bout du fil, c'était Mulgan, de la Northern Bank :

– Sergent Wield ? J'ai reçu l'autorisation de faire les vérifications que vous aviez demandées.

– C'est parfait... Mais je devais vous rappeler plus tard.

– Oui, je sais... Mais on s'est aperçus de quelque chose, et j'ai pensé que vous voudriez le savoir tout de suite. Est-ce qu'on a trouvé de l'argent sur le cadavre de Brenda Sorby ?

– Ne quittez pas.

Wield quitta son bureau, alla consulter un dossier, puis revint s'asseoir, ignorant le haussement de sourcils interrogateur de Dalziel.

– Un petit peu dans son porte-monnaie, reprit-il. Trois billets d'une livre, et des pièces. Pourquoi ?

– Eh bien, parmi les opérations qu'elle a faites ce jour-là, elle a tiré un chèque sur son propre compte...

– Oh... C'est anormal ?

– Ce n'est pas contraire au règlement, si c'est à ça que vous pensez... En tout cas dans la mesure où le compte est approvisionné... Mais, normalement, je préfère que mes employés fassent faire leurs opérations personnelles par quelqu'un d'autre... C'est plus sûr, si vous voyez ce que je veux dire.

– Je crois que oui... Et Brenda Sorby avait assez d'argent sur son compte ?

– Oh oui. C'était une fille très prévoyante. Non, c'est le montant qui a attiré mon attention, en particulier parce que je ne me souvenais pas avoir vu quoi que ce soit à propos d'argent dans les journaux... Voyez-vous, ce matin-là, elle a retiré deux cents livres... En billets de cinq livres...

Wield informa aussitôt Dalziel, qui s'empara du combiné :

– Mr Mulgan, ici le superintendant Dalziel. Ecoutez, vous n'auriez pas, par hasard, les numéros de ces billets ?

– Non, je suis désolé. Il est impossible de...

– Oui, oui, je comprends. Mais il peut y avoir des marques sur ces billets... Je veux dire, moi, quand je vais à ma banque, j'ai souvent l'impression que les billets qu'on me donne sont passés dans les mains de tout un jardin d'enfants !

– Tout ce qu'il pourrait y avoir, dit Mulgan, très sec, ce serait une marque de stylo à bille laissée par le caissier qui a compté les liasses.

– Et on pourrait identifier ces marques comme venant de quelqu'un de votre banque ?

– Peut-être. Pas nécessairement.

– Très bien. Merci beaucoup, Mr Mulgan. Nous vous rappellerons.

Il reposa le combiné avec fracas.

– Vieux con ! s'exclama-t-il.

– Vous le connaissez, chef ?

– A peine... Mais il a l'air d'un vieux con !... On dirait qu'il mâche des roulements à billes pour se donner l'accent d'un jeune homme de bonne famille... Deux cents livres, sergent ! On aurait dû savoir ça plus tôt !... C'est une riche idée que j'ai eue de vous envoyer là-bas ce matin !...

– Oui, patron. Riche idée de votre part de vérifier toutes les opérations faites par cette petite !

– Epargnez-moi vos sarcasmes, voulez-vous. On n'oubliera pas vos mérites. La question est simple : où est passé l'argent ?

– Vous pensez qu'après tout, c'est un simple vol qui serait le mobile ?

– Je pense que dalle ! Tout ce que je sais, c'est que ce matin, j'ai trouvé cent cinq livres dans la caravane de Dave Lee, et qu'il n'a pas été fichu de me dire d'où ça venait !

Il écrasa son énorme poing droit dans la paume de son énorme main gauche. Il y eut comme un bruit d'os brisé.

– Allons faire un brin de causette à Mr Lee.

C'était l'avant-dernier jour de la Grande Foire et, en arrivant à Charter Park, Pascoe constata que, partout, les affaires marchaient très fort. Sauf dans la caravane de la police où le sergent Brady, s'efforçant de dissimuler l'exemplaire de *Penthouse* dont il faisait ses choux gras, lui apprit que le public semblait à court d'informations, même sans intérêt.

– Depuis que je suis arrivé après le déjeuner, c'est aussi désert que le Sahara, dit le sergent. Rien à se mettre sous la dent.

– Allons, ne vous laissez pas abattre, l'encouragea Pascoe.

L'inspecteur se dirigea vers le champ de foire, avec l'intention d'interroger à nouveau Ena Cooper. Mais en s'approchant du jeu de tonneau, il eut le sentiment que quelque chose clochait. Il lui fallut une seconde ou deux pour comprendre ce qui n'allait pas : la tente de la diseuse de bonne aventure avait disparu !

– Ils sont venus et ils l'ont emportée ce matin, expliqua Ena Cooper. Trois ou quatre Gitans. Vous saviez pas ?

Pascoe évita de s'engager sur ce point, ce qui amena sur les lèvres de Mrs Ena Cooper un sourire malicieux, qui disparut quand il lui posa à nouveau des questions à propos de Pauline Stanhope.

Non, reconnut-elle, elle n'avait pas dit quels vêtements la jeune femme portait quand elle avait quitté la tente juste avant midi. Mais pourquoi en aurait-elle parlé ? Personne ne lui avait rien demandé là-dessus !... Oui, « Pauline » portait bien le foulard, le châle et la longue jupe qui étaient, en quelque sorte, ses instruments de travail. Non, sa démarche n'avait rien d'anormal.

En ce qui concernait les gens qui avaient pénétré dans la tente avant que Pauline ne parte, oui, comme elle l'avait déjà dit, il y en avait eu quelques-uns, mais elle ne pourrait pas dire combien...

Pascoe savait, en fait, que la tente avait au moins reçu quatre visiteuses qui, spontanément, s'étaient mises sur les rangs pour le titre de « dernier témoin à avoir consulté Pauline Stanhope ». Le concours avait été remporté par deux adolescentes qui avaient recouru aux services de Madame Raschid vers 11 h 15, et avaient été vivement impressionnées par sa précision et son optimisme...

Pascoe remercia Mrs Cooper et s'en fut, jetant au passage un coup d'œil mélancolique au cercle d'herbe anémiée qui marquait l'emplacement de la tente. Par romantisme, il aurait voulu qu'il s'agisse d'un cercle magique, hanté par un fantôme qui crierait vengeance pour trouver enfin le repos. Malheureusement, cela ressemblait davantage à un green sur un golf miniature... Les gens y passaient, indifférents, sans penser que, là et dans un autre monde, se revivaient peut-être les derniers instants d'une jeune femme assassinée. Mais on pouvait espérer qu'un passant aurait une vision, comme ces femmes qui croisaient régulièrement la reine Marie-Antoinette, la tête sous le bras, dans les jardins du Trianon.

Pascoe commençait de plus en plus à croire que seul le recours au surnaturel pourrait permettre à l'enquête de progresser. Mais pouvait-on raisonnablement espérer convaincre Dalziel de faire appel à Rosetta Stanhope ?

De retour à la caravane de police, il mit à mal le calme du sergent Brady en lui demandant aigrement s'il avait remarqué par hasard que les lieux du crime avaient disparu. Puis il lui confia la mission de réunir quelques agents pour fouiller le champ de foire à la recherche des vêtements disparus. Non qu'il eût grand espoir : l'Etrangleur n'avait sans doute eu besoin que de quelques secondes pour dépouiller sa victime de ses accessoires. Roulé, le fin coton se réduisait à peu de chose. Après quoi, s'il n'était pas idiot – et, en un sens, il avait montré qu'il ne l'était pas –, il avait probablement emporté son butin loin du parc avant de s'en débarrasser ou de le brûler.

Et, à en croire Brady, l'espoir était vraiment ténu : les poubelles avaient été vidées la veille par les soins du département d'hygiène publique.

– Bon, eh bien, quand vous en aurez terminé ici, vous devriez aller faire un tour à la décharge, lui suggéra Pascoe en souriant de toutes ses dents. Par une chaude journée comme aujourd'hui, ce sera un travail délicieux !

En arrivant au poste de police, une ambulance qui en sortait retarda son entrée dans le parking. Il nota qu'elle roulait sans bruit et que le gyrophare et la sirène ne furent pas mis en route quand le véhicule se fut engagé franchement dans le flot de la circulation.

Il se dirigea tout droit vers le bureau de Dalziel.

– Où diable étiez-vous encore ? gronda le gros Dédé.

– Qu'est-ce qui se passe ? Je viens de voir une ambulance.

– Evidemment, vous ne savez pas ! Sainte Nitouche, comme d'habitude ! Ils sont en train de voiturer Lee à l'hôpital !

Malgré le ton agressif, Pascoe ne se sentit pas offensé. Il avait fini par s'habituer au style de son supérieur et, en outre, il voyait bien que le superintendant était soucieux.

– Qu'est-ce qui est arrivé ?

– Rien du tout. Je discutais avec lui. Il n'arrêtait pas de gémir, en disant qu'il avait mal. J'ai pensé qu'il se foutait de ma gueule, alors...

– Oui, chef ?

– Alors j'ai poussé une gueulante ! Qu'est-ce que vous croyez ? Une seconde plus tard, il était par terre... Alors, j'ai appelé le toubib. Il a dit que c'était sans doute une appendicite, mais il n'était pas sûr ! Peuvent jamais être sûrs, ces enfoirés ! Enfin, on a fait venir l'ambulance.

– Vous étiez seul quand vous l'interrogiez, patron ?

– Oui... lâcha Dalziel.

Pascoe réfléchit. Il ne se souvenait pas d'avoir vu son supérieur autant dans ses petits souliers.

– Patron, vous avez prévenu le chef de la police adjoint ?

– Ce connard ! Pourquoi voulez-vous que je lui téléphone ?

– Parce qu'il vaut mieux le faire avant quelqu'un d'autre, si je peux me permettre.

Pascoe descendit au rez-de-chaussée. Wield l'y avait précédé et regardait sur la main courante les notations concernant la garde à vue de Lee.

– Des problèmes ? demanda le sergent.

– Si nous faisons tout ce que nous avons à faire, il ne peut rien nous arriver de terrible, commenta Pascoe. Voyons un peu la main courante.

Il siffla à la vue du procès-verbal.

– Ça fait un bon bout de temps.

– Et il se plaignait depuis son arrivée. Disait qu'il avait été frappé, surenchérit Wield.

– La femme, demanda Pascoe, elle est encore là ? Seigneur ! Sortez-la du trou et emmenez-la à l'hôpital ! Et n'en bougez pas !... Prenez une femme flic pour avoir l'œil sur *elle* ! Vous, vous vous occupez de *lui* ! Ils sont toujours en garde à vue, tous les deux, compris ?

Il retourna dans le bureau de Dalziel, qu'il trouva au téléphone.

– Oui, monsieur, disait-il. Tous les deux... Elle pourrait bien être dans le coup...

Pascoe griffonna un petit message et le passa à son chef qui, l'ayant parcouru, prit le ton d'un homme que l'on a gravement atteint dans son honneur :

– Naturellement, monsieur. Elle est maintenant à l'hôpital. Avec un de mes sergents et une policière. Nous avons du cœur, quand même !

Dalziel adressa un clin d'œil complice à Pascoe, qui se sentit à la fois soulagé et mal à l'aise : faire preuve de solidarité allait de soi, mais il était hors de question que sa loyauté à l'égard de son chef l'emporte sur la légalité. Ce qui était bon pour les anciens élèves des *public schools* n'était pas forcément bon pour le service public.

– C'est parfait comme ça, approuva Dalziel en reposant le combiné. Merci, Peter.

– A quel sujet ? J'ai juste fait un peu le ménage.

– Ce qui ne veut pas dire me couvrir ? Ne vous inquiétez pas, mon garçon, je ne vous entraînerai pas sur l'échafaud avec moi ! Et puis peut-être que ce salaud de Lee ne résistera pas à l'anesthésie, hein ?... Là-bas, à l'hôpital, y a plein de médecins qui sont des moricauds... Ils opèrent avec des sagaies ! (Sa plaisanterie le fit rugir de rire.) Ou peut-être bien, reprit-il, qu'il sera trop occupé à se défendre pour nous accuser !

– Chef, j'espère que vous ne l'avez pas inculpé pour le meurtre de Pauline Stanhope, intervint Pascoe, heureux d'en revenir à l'essentiel. Il est trop grand de vingt centimètres.

– Hein ?

Pascoe fit un bref récit de son passage chez Rosetta Stanhope.

– Bon Dieu, s'écria Dalziel, on aurait pu s'en apercevoir plus tôt ! Y a des gens qui ont flemmassé... Et ça n'est pas tout !

A son tour, il résuma les informations concernant l'argent de Brenda Sorby, et le lien qu'il fallait peut-être établir avec les billets découverts dans la caravane de Dave Lee.

– Comment avez-vous eu l'idée de regarder dans ce pot de farine, chef ?

– Ça n'avait rien à voir avec les objets de valeur. Je pense que ce fichu crétin ne voulait pas laisser ce truc dans la cuisine où il serait passé inaperçu, mais où il aurait pu tenter sa bourgeoise !

– Vous pensez qu'elle n'était pas au courant ?

– Qui peut savoir ? Ce serait bien intéressant qu'on nous dise à qui sont les empreintes qu'il y a sur les billets, si ces enfoirés du labo arrivent à les repérer ! Et qu'elle soit au courant ou non, Lee a sa méthode à lui pour qu'elle la ferme. Vous avez vu sa tête ? A propos de femmes battues, j'ai déjeuné avec la vôtre, à midi. Elle a des copines bizarres...

– Il semble bien, oui.

– Cette Lacewing... C'était à l'aéro-club... Le gars qui fait tourner la boutique... Vernon, il s'appelle... Vous savez quelque chose sur lui ?

– Jamais entendu parler. Pourquoi ?

– Une impression... Il y a eu tout un tas de connards qui se sont étonnés de voir un type aussi important que moi se mêler en personne d'un cambriolage de quatre sous, mais lui, ce Vernon, il a eu l'air de trouver ça tout naturel... Mais je reconnais que la planète est pleine de drôles de paroissiens et qu'en plus il n'est pas regardant sur le scotch. Bon, à part ça, Peter, qu'est-ce qu'il y a encore, que je devrais absolument savoir ?...

Pascoe lui parla de Mark Wildgoose et de sa visite au *Linden Garden Center*.

– Bref, un mec bizarre, conclut Dalziel.

– Pas selon les critères actuels, protesta Pascoe. En fait, dans son genre, il est assez conventionnel.

– Il abandonne sa famille, saute des greluches mineures, s'habille comme un adolescent, et passe ses vacances sur la putain de route de Samarcande ! Et c'est ça que vous appelez conventionnel ? aboya Dalziel. Seigneur ! Je préfère cent fois un Dave Lee ! Au moins, lui, il est *né* comme ça !

La discussion fut interrompue par l'intrusion du sergent de service.

– Désolé de vous déranger, chef, mais il y a une

dame en bas. Une Mrs Pritchard... Elle est avocate, patron. Elle dit qu'elle vient pour Mr et Mrs Lee.

– Cette salope de Lacewing ! hurla Dalziel. Dites-lui... Non, dites-lui seulement que les Lee ne sont plus ici. Et si elle ne veut pas s'en aller gentiment, demandez-lui de vous montrer son mandat de représentation. Et si elle ne peut pas vous le montrer, ce qui sera le cas, foutez-la dehors !

– Alors, je ne parle pas de l'hôpital, patron ?

Dalziel se prit la tête à deux mains.

– Seigneur !... Y a pas de quoi s'étonner qu'il y ait des assassinats ! Parlez-lui de l'hôpital, sergent, et c'est moi qui vous y envoie ! Disposez !

Ses grondements couvraient presque la sonnerie du téléphone. Pascoe prit le récepteur. C'était Harry Hopper, du labo.

– Cet engrais que vous nous avez apporté. Oui, c'est bien de l'engrais. Comme c'est écrit sur le sac. Pas d'empreintes utilisables. Oui, c'est le même truc qu'on a trouvé dans les vêtements de June McCarthy... Mais comme nous le savons, ça ne veut rien dire, parce qu'il y a avait aussi de ce machin-là dans la resserre de Mr Ribble...

– Merci Harry, dit Pascoe, je n'espérais rien de plus.

– C'est Hopper ? intervint Dalziel. Demandez-lui s'il a déjà quelque chose pour moi.

– J'ai entendu, reprit Hopper avant même que Pascoe eût pu transmettre le message. Dites-lui que mon rapport est en route. Rien de bien passionnant, sauf que les billets ont été complètement trempés, puis séchés.

– Trempés ? coupa Dalziel qui avait approché son oreille du combiné. Comment ça, trempés ?

– Les billets ont été immergés, dans de l'eau, et ensuite on les a séchés. C'est aussi simple que ça. Tout est dans mon rapport.

Dalziel et Pascoe se regardaient, interloqués. Le gros Dédé adressa au téléphone un geste d'adieu.

– Merci, Harry, dit Pascoe.

– Eh, ne quittez pas, continua Hopper. Je n'avais pas encore fini ce que j'avais à vous dire quand un grossier personnage nous a interrompus. On a aussi examiné l'autre sac.

– L'autre sac ?

– Oui, le sac dans lequel vous aviez glissé le sac d'engrais. Notre travail n'est pas toujours apprécié autant qu'il le mérite, mais on le fait à fond...

– Et ? demanda Pascoe, conscient que Dalziel commençait à s'énerver.

– Bien plus intéressant. De la poussière, de la terre, ce à quoi on pouvait s'attendre. Plus quelques fibres souples, et un ramassis de petits akènes. Votre bonhomme, il n'élève pas des canaris, je pense ?

– Comment ça ? C'est quoi, les akènes ?

– De petites graines dures. Dans le cas qui nous intéresse, il s'agit de graines de *cannabis sativa*. Ce sont des akènes qu'on trouve souvent dans la nourriture des oiseaux. Mais, mon garçon, si vous n'avez pas affaire à un ornithologue amateur, votre client est très probablement amateur de hasch. Quelqu'un a fait pousser du chanvre indien dans vos plates-bandes !

17

Ce vendredi n'en finissait pas de finir. Et il était loin d'être terminé.

Dalziel se mit en route vers le labo. Il préférait toujours discuter face à face avec ceux qui pouvaient avoir des choses d'importance à lui dire, et il estimait que le rapport qui allait lui parvenir sur l'argent trouvé chez Dave Lee était tout simplement fondamental. Et rien, même pas l'étonnante remarque de Pascoe qui avait estimé que le fait que les billets aient été mouillés prouverait plus certainement l'innocence de Dave Lee que sa culpabilité, n'avait pu le faire renoncer.

– Cette nana a été noyée, hein ? avait souligné le gros Dédé. Près du champ de foire, là précisément où Pauline Stanhope a été assassinée... Peter, votre idée sur la disparition des fringues est bonne, mais ça relève de l'hypothèse. D'une façon ou d'une autre, Dave Lee est impliqué dans cette histoire. Y a quand même beaucoup de coïncidences... Ça fait trop !

– Trop ? avait demandé Pascoe.

– Comme je vous l'ai déjà dit, tout ça se passe sur ou près du champ de foire. Et puis n'oubliez pas que Lee et la petite Stanhope étaient parents !

– Seulement par alliance, et de très loin ! avait protesté Pascoe.

– Les parents lointains, ça n'existe pas, avait affirmé froidement Dalziel. Si vous ne les connaissez pas, ce sont quand même des proches... Et quand vous les connaissez, ils sont encore plus proches.

Et il s'en était allé, laissant Pascoe méditer sur la *Wildgoose Connection.* Lorsqu'il en arriva au point d'imaginer que le *Linden Garden Center* tout entier avait été voué à la culture du cannabis, et que les meurtres en série n'étaient que des règlements de comptes orchestrés par la Mafia pour donner un peu plus de mordant aux rackets de la région, il secoua la tête, éprouva le besoin de boire une tasse de café – la science ne connaît pas d'antihallucinogène plus puissant – et demanda au standard d'appeler la voiture de l'agent Preece.

– Au rapport, ordonna-t-il.

Wildgoose, raconta Preece, avait quitté son domicile peu après le départ de Pascoe. Il avait fait à pied cinq cents mètres environ jusqu'à Danby Row, une rue composée de maisons edwardiennes. Il était entré au numéro 73 et y avait passé environ quarante-cinq minutes avant de rentrer chez lui.

– Est-ce qu'il portait quelque chose ? demanda Pascoe.

– Oui, un sac en plastique, qu'il tenait encore en repartant de Danby Row. Sur le chemin du retour, il s'était arrêté chez un boulanger pour y faire l'emplette d'un pain.

– C'est parfait, Preece, le félicita Pascoe. Mais nous ne pouvons pas nous permettre de nous priver de votre précieuse personne pour l'éternité. Laissez tomber. Mais sur le chemin du retour, allez donc voir qui peut bien habiter au 73 de Danby Row. Faites-vous passer pour un missionnaire mormon, ou ce que vous voudrez... Enfin, quand j'y pense, avec votre dégaine, je crois qu'un apprenti laveur de carreaux cherchant du boulot serait ce qu'il pourrait y avoir de plus convaincant. Venez me voir en rentrant.

Je couvre mes supérieurs, se dit Pascoe, j'écrase mes subordonnés... Ai-je enfin rejoint l'establishment ?

Il attrapa son téléphone, et appela le sergent Wield à l'hôpital :

– Quoi de neuf sur notre ami Lee ?

– Ils croient à un ulcère perforé. Sa femme dit qu'il souffrait de l'estomac depuis des mois. Ils vont ouvrir et jeter un coup d'œil sur ses boyaux, mais pas avant la soirée... Ce grand connard a trouvé moyen d'avaler une pleine carafe de flotte. Alors ils préfèrent attendre que tout ça se soit évacué tranquillement.

– Il continue à prétendre qu'il a été agressé ?

– Je ne sais pas. On ne me laisse pas l'approcher... Vous voulez que je reste ?

– Je crois que ça vaut mieux, répondit Pascoe après un instant de réflexion. Je sais bien que c'est la barbe, mais vu les circonstances... Et voyez si vous pouvez tirer quelque chose de sa femme...

Il fit à Wield un résumé du rapport du labo.

– Trempés ? Mais pourquoi l'argent aurait-il été mouillé ?

– Vous en savez autant que moi, répondit Pascoe. Et, en plus, ce ne sont peut-être pas les billets de Brenda Sorby.

– Peut-être pas, effectivement... Mais, chef, j'ai eu une idée, à propos des autres trucs, la bague et la montre. Il y a un bijoutier, près de la banque. *Conrad*, ça s'appelle, je crois. C'est fermé pour les vacances, mais ils pourraient avoir été encore ouverts ce jeudi-là...

– Bien vu, le complimenta Pascoe. Bon, tenez-moi au courant... Et si une avocate, une certaine Pritchard se pointe, soyez courtois, mais ferme ! Officiellement, on ne la connaît pas ! Vu ?

– Il n'y aura pas plus courtois et plus ferme que moi.

Ensuite, Pascoe appela le ministère de l'Education et des Sciences, à Londres, où, après avoir longuement attendu et parlé avec différents interlocuteurs, il apprit enfin qu'il y avait bien, près de Linden, une *Devon School* pour les enfants des militaires britanniques. Il fut également informé que, pour ce qui touchait aux questions de personnel, il fallait qu'il entre en contact avec le service de l'Education des enfants de militaires, à l'institut d'enseignement de l'armée.

Pascoe soupira.

Là, ce ne fut pas mieux. Il dut répéter à plusieurs reprises l'objet de sa requête – et se demander à haute et intelligible voix si la loi sur les secrets officiels couvrait aussi l'enseignement pour les enfants de militaires... – pour qu'il tombe enfin sur quelqu'un qui préférait demeurer dans l'anonymat, mais paraissait compréhensif, et promit de le rappeler dès que possible.

– Mais ce ne sera peut-être que lundi matin, conclut l'anonyme.

– Je croyais qu'à l'armée, les week-ends n'existaient pas.

– Tout a changé ! Maintenant, à Sandhurst, il y a un cours spécial sur les week-ends. A bientôt...

Au moment même où Pascoe reposait le combiné, Dicky Gladmann entra après n'avoir frappé à la porte que pour la forme.

– En bas, ils ont tous l'air très occupés. Alors je suis monté sans faire d'histoires.

Le professeur tordait légèrement la bouche au-dessus d'un nœud papillon à pois, et ses yeux injectés de sang jetaient sur le bureau un regard inquisiteur.

– Eh bien, bravo pour la sécurité ! déplora Pascoe.

– Vous voulez dire que j'aurais dû me faire annoncer ? Je suis désolé, mentit joyeusement Gladmann. Mais j'apporte de quoi me faire pardonner.

Il tendit à l'inspecteur un sac en plastique.

– Les bandes ? Excellent ! Et nous attendons aussi Mr Urquhart ?

– Je ne pense pas, dit Gladmann en prenant un siège. Nous avons fait un saut sur le campus à l'heure du déjeuner...

– Sur le campus ? Je croyais que vous disposiez de tout ce qu'il vous fallait.

– Pas tout à fait... Notre laboratoire de langues n'est pas mal, mais nous avons pensé que nous avions besoin de sonogrammes des bandes et...

– Des sonogrammes ?

– Oui, des sonogrammes. Oh, pardon ! Moi qui pensais que la police maîtrise aujourd'hui toutes les techniques. En deux mots, un sonogramme est un graphique établi par une machine appelée sonographe, qui montre les variations de modulation sur le spectre des fréquences qui correspondent à chaque son.

– Si vous le dites... Et il y a une de ces machines sur le campus ?

– Oui, chez les physiciens. Et il y a en plus une délicieuse assistante qui trouve irrésistibles l'arrogance intellectuelle de Drew, sa maladresse dans les rapports humains et sa forte odeur corporelle ! Dieu seul sait quel genre de bruits ils étudient ensemble, mais c'est un miracle qu'ils n'aient pas fait exploser la machine ! Et pendant que je venais chez vous en toute hâte, il est resté sur place, dans l'intérêt de la science, naturellement...

– Naturellement... Qu'est-ce que vous avez *d'intéressant* à nous raconter, Mr Gladmann ?

– J'y viens, répondit le linguiste, vidant le contenu de son sac sur le bureau de Pascoe, qui se trouva jonché de bandes et de papiers.

– Ça, c'est notre rapport, dit-il, brandissant quelques feuillets agrafés. Il est très clair, j'ose le dire... Je peux vous le résumer, si vous voulez.

– Je vous en serais reconnaissant.

– Très bien. Premièrement, nous sommes tombés d'accord pour penser que nous avons affaire à quatre personnes différentes... Ou à un imitateur très doué pour contrefaire les voix ! Il y a un certain nombre de corrélations de rythme et de gamme des fréquences entre A et D, c'est-à-dire *Allez maintenant trouver madame dans sa chambre*, etc. et *Notre époque est détraquée*, etc. Mais il y a aussi pas mal de différences significatives. A et D utilisent tous les deux la P.A., c'est-à-dire la prononciation acceptée, mais il est tout à fait évident qu'ils ne l'ont pas acceptée de la même façon, ha, ha !

– Ha, ha ! reprit Pascoe en écho. Expliquez-moi ça.

– C'est simple. Quand nous nous penchons sur la réalisation phonétique des phonèmes que nous traitons, nous trouvons des différences dans les deux cas. Pour le mot *du*, par exemple, A utilise la voyelle normale, avec les lèvres en avant, alors que D a un *u* qui lui sort de la gorge.

Gladmann fit la démonstration de ce qu'il voulait dire. Pascoe restait dubitatif. Gladmann démontra une fois encore et Pascoe tâcha de l'imiter, d'abord de manière hésitante, puis, ensuite, avec plus d'assurance.

– Bon Dieu, s'écria-t-il, vous y êtes ! Je suis sûr que vous y êtes !

– J'aurais pu danser toute la nuit, répondit Pascoe pour compléter la référence à *My fair lady*.

– Considérez aussi la prononciation de *maintenant* par A et par D. D distingue très nettement les diphtongues *ain* et *an*, alors que chez A, elles sont assez semblables, ce qui indique un positionnement du maxillaire inférieur mal maîtrisé.

Nouvelle démonstration.

– Enfin, veuillez noter, reprit Gladmann, que quand un mot commence par une consonne explosive, chez D, il y a aspiration et pas chez A.

– Une seconde ! Qu'est-ce que ça veut dire ?

– Eh bien, quand les consonnes sont aspirées, elles sont articulées avec relâchement d'une certaine quantité d'air et...

– Je sais ce que signifie *aspiré*. Et je sais aussi ce que signifie *exaspéré*. Mais qu'est-ce que tout cela a de *significatif* ?

– C'est toujours le flic qui revient à la surface... déplora Gladmann. Eh bien, disons que l'aspiration fait partie des normes de la prononciation acceptée, alors qu'elle est souvent absente dans les accents des régions du Nord. De même, D, très correctement, ne marque pas les *e* muets alors que A les souligne presque tous.

– Et vous en concluez ?

– Si vous y tenez absolument, soupira Gladmann, je dirais que le cas de D est très simple. Il emploie le type de P.A. qu'il a appris dans une famille des classes moyennes, puis tout au long d'une éducation de bon niveau, probablement dans le sud du pays. Sa prononciation contient assez d'aspects traditionnels pour appuyer ces conclusions.

– Et A ?

– Là, je dirais qu'il y avait au départ un fort accent régional qui, pour une raison ou pour une autre, a évolué vers une P.A. assez modifiée. Mais des traces régionales demeurent. Du Nord, à coup sûr... L'été dernier, Drew Urquhart a pas mal travaillé sur les aspects dialectaux dans le parler du nord du Derbyshire, et il affirme qu'il en retrouve comme un écho chez A... Mais il faut bien reconnaître qu'il est souvent obsédé par ses centres d'intérêt.

– O.K., dit Pascoe. Et les autres ?

– Ils n'ont pas dit grand-chose, mais, en termes de prononciation, c'est très révélateur. B, à n'en pas douter, vient de l'ouest des Midlands, assez probablement de Birmingham. Quant à C, je suis sûr que même vous, inspecteur, avez compris qu'il est écossais : ses *r* et ses *o* n'ont rien à voir avec ceux d'un Anglais.

– Tout cela est excellent, affirma Pascoe sans en être convaincu. Ça, je suppose que ce sont les sonogrammes... Qu'est-ce qu'ils nous disent ?

– Ils nous confirment que ce sont bien quatre personnes différentes qui ont parlé. Si vous avez la chance – ou peut-être la malchance – d'enregistrer un autre appel, ils nous aideront à savoir duquel des quatre il vient. Vous pensez vraiment que l'un d'eux est notre ami l'Etrangleur ?

– C'est très probable.

– Bon... Eh bien, j'espère que vous allez le coincer. Oh, à propos, le jeune Drew m'a prié avec insistance de vous rappeler sa répugnance à voir nos travaux utilisés à des fins purement policières.

– Vraiment ? Vous lui transmettrez tout de même nos remerciements, et vous lui direz que nous nous garderons bien de toute précipitation, encore que nous nous attendions à ce que nos soupçons nous conduisent, le mois prochain, à mettre sous clé l'ensemble de la population de l'Ecosse et des Midlands de l'Ouest !

Pascoe se leva et tendit la main à Gladmann, qui la

garda un peu plus que ne l'exige la politesse. L'inspecteur nota que quelques taches souillaient son nœud papillon, et il eut le sentiment que le linguiste était un homme assez seul, trop heureux des contacts humains qu'impliquait sa collaboration à l'enquête.

– De quelle partie du monde êtes-vous originaire, Mr Gladmann ? demanda-t-il malgré lui.

Même un esprit moins agile que celui du professeur aurait compris que la question n'était pas formulée en termes tout à fait diplomatiques...

– Du Surrey, sourit Gladmann. Des racines bourgeoises tout ce qu'il y a de solide. Un bon vieux collège, le genre bon élève... J'ai passé une licence de littérature anglaise, option théâtre de la Renaissance... Bien le bonjour, inspecteur, et n'oubliez pas : vous pouvez faire appel à moi à tout moment.

Pascoe se rassit et médita longuement les conclusions de Gladmann, avant de mettre le rapport des deux scientifiques et les bandes dans un classeur, et de se plonger dans la paperasse en retard. Il était de congé le lendemain samedi, et il voulait être aussi à jour que possible.

Ses travaux d'écriture furent interrompus au bout d'une demi-heure par le retour de l'agent Preece, qui l'informa que le numéro 73 de Danby Row était la propriété d'un certain Hubert Valentine, fonctionnaire au service des impôts locaux du conseil municipal, qui se trouvait présentement en vacances aux Baléares en compagnie de son épouse. Leur fille de dix-sept ans, Andrea, était seule à la maison.

– Très consommable, confia Preece, l'œil égrillard. Je lui ai dit que je faisais une étude de marché pour une grande maison de disques... Qu'est-ce qu'elle préférait ? Qu'est-ce que ses parents achetaient ? Elle m'a tout raconté. Une fille vraiment charmante...

Mais il apparaissait aussi que la jeune Andrea était en terminale au collège secondaire de Bishop Crump. Et le signalement de la demoiselle, tel que l'établissait Preece, correspondait à celui de la fille que Pascoe avait vue sortir de chez Mark Wildgoose le matin même...

Preece repartit et Pascoe se remit au travail. A peine quelques minutes plus tard, Dalziel fit irruption.

– Ces connards du labo ! Quelques traces, rien du tout, quoi ! La montre est toute neuve, et étanche, ce qui fait qu'ils peuvent pas dire si elle a été à la flotte ou non ! Et pas moyen de savoir où elle a été achetée. La chevalière, c'est de l'or neuf carats, avec une inscription gravée à l'intérieur. « Tout mon amour pour toute la vie »... Et puis y a des initiales sur le chaton. Trop mal foutues, avec plein de fioritures, pour qu'on les déchiffre, mais c'est quelque chose comme MLA ou WTA. Et personne n'a signalé la perte ou la disparition de ces trucs...

Pascoe regarda dans un dossier.

– Et si c'était TAM ? suggéra-t-il.

– Pourquoi ?

– Le second prénom de Tommy Maggs est Arthur.

L'inspecteur fit part au superintendant de l'hypothèse de Wield à propos du bijoutier en vacances.

– C'est possible, réfléchit Dalziel. Ça expliquerait bien des choses. Derrière son masque d'épouvante, notre sergent cache un vrai cerveau. On attend le retour de ce bijoutier pour quand ?

– Selon Wield, il y a une affichette sur la porte qui dit qu'il rentre demain.

– Très bien, on va l'attendre... Entre-temps, supposons que ce soit lui le fournisseur de la montre et de la chevalière. Bon... Brenda retire le liquide, en dépense une partie pour la toquante et la bague : elle les a commandées d'avance, évidemment, pour faire graver l'inscription ... Et tout ça finit on ne sait trop comment dans la caravane de Dave Lee ! Ce salopard nous doit quelques explications !

– Ce ne sera pas pour tout de suite, dit Pascoe, en donnant au commissaire les dernières nouvelles médicales.

– Eh bien, se félicita Dalziel, nous savons au moins où le trouver ! Savez-vous l'heure qu'il est, mon garçon ?

– Tard, répondit Pascoe.

– Mais pour les *pubs*, c'est encore très tôt. Allons arroser notre journée !

Pascoe rechignait, mais Dalziel n'était pas d'humeur à supporter un refus.

– C'est votre jour de congé, demain ? Ellie aura toute la journée pour vous voir. Vous savez bien qu'il faut se faire rare pour se faire désirer !...

– Bon... Mais vite, alors...

Tout en rangeant son bureau, Pascoe fit part à Dalziel des conclusions de Gladmann. Le gros Dédé refusa d'y prêter attention.

– Linguistes, psychiatres, tous des marchands de vent !

– Peut-être. Mais en tout cas, Dave Lee ne cadre pas avec ces appels téléphoniques...

– Alors, peut-être qu'ils n'ont aucune importance...

– Et le profil de l'Etrangleur selon Pottle ne colle pas avec Dave Lee non plus.

– Pottle ! Qu'est-ce qu'il en sait ?

– Il lui est déjà arrivé de voir juste...

– Ponce Pilate aussi ! Bon, vous avez l'intention de passer la nuit ici ?

Dalziel descendit quatre à quatre les escaliers devant Pascoe, mais s'arrêta devant les portes battantes qui donnaient accès à la salle principale du poste, et regarda prudemment par l'entrebâillement. Quand Pascoe arriva à sa hauteur, il posa un doigt sur ses lèvres pour lui ordonner le silence et lui fit signe de jeter un coup d'œil à l'intérieur.

Devant le comptoir se tenait une assez jeune femme, vêtue d'un tailleur gris, qui s'adressait d'une voix pleine de colère au sergent de garde :

– Si vous refusez de me laisser entrer en contact avec Mr et Mrs Lee, où qu'ils puissent se trouver, j'insiste pour rencontrer l'officier de police chargé de cette affaire.

– Je ne suis pas sûr qu'il soit là, miss Pritchard, mentit le sergent.

– Alors il vaudrait mieux que vous le trouviez, menaça-t-elle.

Le sergent ne mit aucune bonne grâce à se saisir de son téléphone.

– C'est la copine avocate de Lacewing ? interrogea Pascoe.

– Oui... Grouillons-nous, mon garçon, avant qu'elle n'entreprenne de fouiller le bâtiment !

Et, gloussant de plaisir, Dalziel entama un mouvement de retraite en direction de la porte de derrière.

18

Peu avant 19 heures, un chariot emporta Dave Lee à la salle d'opération.

La surveillante glissa à Wield que le Gitan avait bien failli être mis en liste d'attente jusqu'au lendemain matin, mais on était vendredi soir et le chirurgien tenait par-dessus tout à sa partie de golf rituelle du samedi... Le sergent se félicita de savoir son client bientôt sous anesthésie. Il pourrait ainsi relâcher sa vigilance. Il descendit à la cafétéria de l'hôpital, mais changea d'avis quand il eut aperçu Mrs Lee et la policière qui lui tenait compagnie attablées devant de confortables portions de *pie*, de petits pois et de frites. Il décida de faire un tour dehors pour chasser de ses narines l'odeur des médicaments et de la maladie.

Ses pas le menèrent devant l'entrée des urgences au moment même où arrivait une ambulance. Il s'arrêta pour observer, avec un intérêt tout professionnel, la rapidité sans hâte avec laquelle les infirmiers sortaient le patient du véhicule et déployaient leur brancard roulant. Le sergent ne manqua pas de jeter un coup d'œil au visage du malade quand il passa devant lui. Il constata, non sans un certain choc, qu'il portait les traces d'une très grande violence. L'un des yeux était clos par un large hématome écarlate, les lèvres aux commissures déchirées saignaient, il était probable que le nez était cassé, et la bouche ouverte, d'où s'échappaient des bulles d'une mousse rosâtre, révélait deux dents brisées au moins.

L'œil encore en état de fonctionner se fixa sur les traits de Wield, et le sergent y lut autre chose que de la douleur. Ce fut soudain comme si le visage abîmé se reconstituait. Et Wield éprouva un second choc, plus fort que le premier.

C'était Ron Ludlam.

Wield suivit le brancard jusqu'à la réception, où l'un des ambulanciers discutait avec l'employée.

– Excusez-moi, dit-il. Qu'est-ce qui lui est arrivé ?

Il fallut qu'il répète sa question et produise sa carte de police pour que l'homme consente à répondre :

– L'est tombé dans les escaliers.

– Hein ?

– Enfin, c'est ce qu'il dit, mon pote. Et c'est ce que sa sœur dit aussi. Moi, j'me suis contenté de le transporter...

– Sa sœur... Une Mrs Pickersgill, n'est-ce pas ? Où est-ce qu'elle est ?

– Elle viendra plus tard, qu'elle a dit. C'est elle qui nous a appelés. L'était sacrément s'couée...

– Mais pas suffisamment secouée pour l'accompagner ?

– Elle avait peut-être aut' chose à faire. Nourrir son mouflet ou torcher sa vieille mère... Comme j'le disais, j'me suis contenté de le transporter.

Wield se mit à la recherche de Ron Ludlam, qu'il finit par retrouver dans l'un des cabinets d'examen. Une infirmière était en conversation avec le second ambulancier et notait des détails. Le sergent jugea que, dans cet hôpital, on passait beaucoup de temps à noter des détails, mais, à la réflexion, c'était peut-être nécessaire pour qu'on sache à qui et à quoi on avait affaire.

Pour la seconde fois, sa carte de police produisit l'effet recherché, et il put s'approcher du blessé.

– Ron, dit-il doucement.

L'œil unique montra qu'il était reconnu, pas qu'il était le bienvenu...

– Ron, qu'est-ce qui s'est passé ?

Comme un animal aveugle, la langue s'agita dans la bouche en ruine et le sergent entendit *scaliers...*

– Allez, Ron ! C'est Frankie, hein ?

Ron Ludlam secoua fortement la tête, ce qui dut lui causer une douleur très vive, et il parvint même à s'appuyer sur un coude pour articuler laborieusement...

– J'suis tombé dans les escaliers...

– Très bien. Ne t'agite pas... Ils vont t'examiner.

Le médecin de garde arriva, et le sergent se retrouva courtoisement repoussé dans le couloir. Il se laissa faire sans protester. Si Ron, dans l'état où il était, avait décidé de ne pas dénoncer son beau-frère, il était inutile d'insister. Janey avait sans doute révélé à son mari le tuyau que Wield lui avait confié le matin même. Et Frankie, sans doute, avait pris un coup de sang. Et c'était sans doute par crainte d'une nouvelle correction que Ron préférait se taire...

Ce qui faisait beaucoup de « sans doute ».

Wield ressentait une impression qui ne lui plaisait pas. Si Ron avait d'abord choisi de la fermer, puis changé d'avis en reprenant conscience, cela aurait été cohérent. Mais, pour qu'il persiste à se taire, c'est qu'il y avait quelque chose d'autre. Une pression extérieure. Quelque chose...

Il songea un instant à appeler George Headingley pour lui suggérer d'envoyer un de ses hommes faire une petite visite à Frankie Pickersgill. Après tout, c'était sans doute l'histoire de la Spink's que tout ça concernait.

Au lieu de cela, sachant qu'il ne s'agissait que d'un prétexte pour quitter l'hôpital, mais incapable de résister à la tentation, il s'enquit de Dave Lee, qui était vivant et aussi bien que possible, mais dans les vapes, et se dirigea vers le parking. A l'instant où il démarrait, il croisa un taxi. A l'arrière, il crut reconnaître Janey Pickersgill. Tant mieux, le terrain serait libre...

Il lui fallut sonner longtemps à la porte avant que Frankie n'apparaisse, entrouvrant à peine.

– Qu'est-ce que vous voulez ? jappa-t-il.

– C'est toi que je veux ! Tu ferais mieux de me laisser entrer, Frankie...

Pickersgill s'exécuta sans la moindre bonne grâce.

C'était un garçon long et vigoureux, au visage mince et aux yeux mobiles. Il portait encore ses vêtements de travail, un jean et un chandail blanc. Wield imagina qu'il était rentré à la maison au moment où Janey reprochait à son frère d'avoir trahi son mari dans l'affaire du magasin d'alcool. Avec un peu de temps devant elle, elle aurait probablement décidé de ne rien dire à Frankie, mais elle avait été incapable de ne pas commencer par engueuler son frère. Et quand Frankie avait compris de quoi il retournait, il n'y avait plus eu moyen de l'arrêter...

– Je viens juste de parler à Ron, lâcha Wield. Eh oui, pas la peine de prendre l'air étonné... Ils nous ont téléphoné tout de suite quand ils ont su ce qui lui était arrivé...

– *Su ?* Su quoi ?

– Tu m'as bien entendu, Frankie... J'ai dit *su*. Ton beau-frangin a jacté autant qu'il le pouvait avec ses dents cassées...

– Et qu'est-ce qu'il a bien pu raconter ?

Il y avait du défi dans le ton de Pickersgill. Pour toute réponse, Wield lui attrapa les poignets, et les tordit, cognant l'une contre l'autre les phalanges meurtries à la peau éclatée.

– Tu vas avoir du mal à tenir un volant, grinça Wield. Encore que ça risque de ne pas t'arriver pendant un bon bout de temps...

– Mais qu'est-ce que vous me voulez, à la fin ? Et qu'est-ce que c'est que cette histoire avec Ron ? Je rentre à la minute, moi ! Et puis, je me suis fait mal aux mains, c'est tout !

– Tu es aussi tombé dans les escaliers, sans doute ? De toute façon, Frankie, ça n'a pas beaucoup d'importance. Dans le papier qu'on va te faire, mon garçon, les coups et blessures ne seront qu'un petit morceau.

Pickersgill tenta de libérer ses poignets, mais Wield le serrait comme dans un étau.

– Eh oui, Frankie, Ron s'est mis à table. Tu ne pensais quand même pas qu'il n'allait pas le faire ? Je veux dire que ça lui était déjà arrivé, et comme il n'y a que le premier pas qui coûte. Maintenant, tu n'as plus que la douce Janey comme alibi, et tu sais comme moi ce que ça vaut !

La réaction de Pickersgill ne fut pas celle à laquelle le sergent s'était attendu : d'abord l'incrédulité, puis la surprise, et enfin une sorte d'amusement...

– Vous êtes en train d'me dire qu'il a dit que j'étais dans le coup de la Spink's ? Vous voulez que je croie qu'il a pas eu le trac de me mettre dans le bain ?... Vous auriez dû essayer aut' chose, Mr Wield !

Oui, j'aurais dû, pensa Wield, s'efforçant désespérément d'interpréter cette péripétie imprévue. J'aurais dû...

Et il y parvint. C'était d'une simplicité enfantine...

– J'y suis, Frankie. C'est tout le contraire, hein ? C'est pas *lui* qui pouvait te fournir un alibi... C'est *toi* qui lui en fournissais un !

Il lâcha Pickersgill. Ce n'était plus la peine de le tenir physiquement, maintenant. Puisqu'il le *tenait*...

– Tu nous as menti sur sa présence ici ce soir-là. Ça, Frankie, c'est de l'obstruction à la bonne marche de la justice... Et ça, c'est une inculpation cousue main...

Le long visage mince de Pickersgill se ferma. Il semblait incertain.

– J'comprends pas c'que vous cherchez, souffla-t-il.

C'est Janey, pensa Wield. Janey lui a dit que c'était suffisant d'avoir tapé sur Ron. Mais, pour Frankie, c'était bien loin d'être assez...

– Ça va comme ça, trancha Wield. Tu vas m'accompagner bien gentiment jusqu'au poste.

– Et pour quoi foutre ?...

– D'abord pour te garer des voitures. Et puis ça nous donnera le temps de réfléchir à quelque chose de mieux pour ton avocat. Parce que tu auras besoin d'un avocat... Tu vois, mon petit Frankie, dès que je t'aurais bouclé, je vais aller à l'hôpital raconter à Ron que tu lui as mis l'histoire de la Spink's sur les bretelles... Et là, tu vois, je crois qu'il me dira qui était le deuxième type qui a fait le coup !

– Moi ? Monter sur un travail avec ce cinglé ? Vous savez bien que c'est pas vrai, Mr Wield !

– Peut-être bien que oui, peut-être bien que non !

Alors, c'était qui, le numéro deux, Frankie ? Allez, mon garçon, déballe tout ! Tu sais que le veilleur de nuit est mort, et tu n'as sûrement pas envie d'être mouillé davantage que tu l'es. Alors, c'était qui ?

Une fois encore, Pickersgill eut une réaction imprévue. Une espèce d'amusement triomphant qui déclencha un rire qui couvrit presque le bruit d'une porte qui s'ouvrait.

Presque.

Wield pivota et se rua dans le long couloir étroit qui servait de vestibule. La porte d'entrée était fermée, mais de l'autre côté, celle de la cuisine était grande ouverte. Une silhouette s'affairait devant la porte donnant accès à l'arrière-cour.

Elle était sans doute verrouillée. Et elle n'était qu'à demi ouverte quand Wield y parvint, mains tendues et raides comme des couperets de boucher. L'inconnu se retourna, mains levées, lui aussi. D'un seul regard sur le visage pâle et envahi par la peur, Wield sut que ce n'était qu'une velléité de défense.

Abaissant les bras, le sergent sourit, et son sourire voltigea sur ses traits ravagés comme un papillon sur un tas de gravats.

L'autre se détendit aussi et laissa retomber lentement les bras qui protégeaient sa jeune figure craintive.

– Salut, Tommy, dit Wield.

19

Déposition de Thomas Arthur Maggs, faite au poste de police du centre-Yorkshire, en présence du détective-sergent V. K. Wield.

« Je regrette d'avoir causé tant de soucis. Je n'en avais pas l'intention, mais je ne voyais pas quoi faire d'autre. J'avais tout sur le dos et Ron disait que je le mettrais dans la merde si je disais la vérité, mais je l'aurais pas fait si le veilleur de nuit n'était pas mort. Je veux absolument qu'on coince celui qui a tué Brenda, même si je sais bien que tout ce qu'on pourra lui faire ne sera jamais suffisant pour le faire payer. Mais je ne voulais pas aller en prison pour meurtre, même si je savais que c'était ce qu'on allait me coller, alors que je n'ai jamais touché à un cheveu de ce bonhomme. C'était Ron. Je sais que ça ne fait pas une grande différence parce que j'étais présent, mais c'est Ron qui l'a frappé, et pas moi.

» Tout ça, c'était l'idée de Ron. On devait se retrouver à 8 heures avec Brenda au *Bay Tree*, mais voilà, elle est pas venue. Ça ne m'a pas vraiment étonné parce qu'on s'était beaucoup disputés le soir d'avant. C'était au sujet de jusqu'où on pouvait aller maintenant qu'on était fiancés. On était juste fiancés et je pensais qu'on pouvait le faire, je veux dire aller jusqu'au bout, maintenant qu'on avait décidé de se marier, mais elle était pas d'accord. Rien dans son machin, qu'elle disait. Tout, sauf dans son machin. Mais elle était plutôt fâchée et moi aussi. Alors quand elle est pas venue au *Bay Tree*, j'ai pensé qu'elle était encore fâchée.

» Ron était là aussi et on a bu des coups jusque vers 9 heures. Il y avait plein de monde et j'en avais ras le bol d'attendre, alors on s'est tirés pour une virée et voir ce qu'on pourrait bien faire. Ron avait une bouteille de whisky, alors on a pensé qu'on pourrait en trouver une autre, et puis en avant pour notre virée. On est passés par tout un tas de coins, mais c'était pas trop passionnant, alors on a fini par se garer près de l'entrepôt de la Spink's et on a bu des coups quand Ron a dit "Et pourquoi qu'on tenterait pas le coup ?" Et c'est ce qu'on a fait. On s'est bien marrés jusqu'à ce que le veilleur de nuit débarque. Ç'avait été sacrément facile d'entrer, et on avait trouvé un carton plein de petits transistors, jusqu'à ce que le vieux arrive avec sa lampe à la main. Ron lui a sauté dessus et il l'a poussé et on a cavalé. On avait juste pu prendre quelques transistors, mais c'était pas grave parce que, comme je l'ai dit, tout ça c'était seulement pour se marrer.

» Mais quand la bagnole est tombée en panne pendant qu'on rentrait chez nous, on a commencé à se faire des cheveux. Alors Ron a planqué les transistors dans son blouson, et il s'est tiré avec, au cas où quelqu'un voudrait nous poser trop de questions. Les flics se sont pointés juste quelques minutes plus tard, alors je leur ai dit que j'avais fait un tour avec ma copine et qu'elle était rentrée toute seule à la maison quand la bagnole était tombée en panne. Alors ils m'ont fait souffler dans le ballon, et puis ils m'ont embarqué pour une prise de sang, ce qui fait que j'ai dû continuer à raconter des craques, spécialement parce que j'ai compris qu'ils avaient découvert notre casse, et que le veilleur de nuit, il était gravement blessé.

» Le matin d'après, j'ai essayé d'appeler Brenda à la banque pour mettre les choses au point avec elle, mais elle était pas là. Et quand la police est venue au garage après, et qu'ils m'ont dit que Brenda, elle avait disparu, j'étais fou d'inquiétude. Ron m'a dit comme ça, que ça valait mieux que je continue mon histoire. Ça aurait pas été très malin de dire des trucs qui auraient pu nous mettre dans le pétrin, et puis que Brenda rapplique en disant juste qu'elle avait fait la gueule. Mais moi, personnellement, je croyais pas qu'elle faisait la gueule. C'était pas son genre. Puis quand ils sont revenus et qu'ils m'ont dit qu'ils l'avaient trouvée, ça m'a rendu si malade que j'ai bien cru que j'allais claquer. Je savais plus quoi faire. En fait, je pensais plus à rien. Je voulais juste rester tranquille dans mon coin. Ron avait dit qu'il fallait qu'on se tienne à carreau parce que le veilleur de nuit était vraiment pas bien. Mais y avait pas que ça. Je pouvais pas penser à faire quoi que ce soit parce que je pensais qu'à Brenda.

» Et puis le veilleur de nuit est mort, mais j'étais un peu mieux et je me demandais ce que je devais faire. Mais c'était encore pire qu'avant, alors j'ai pris la bagnole et j'ai filé. Ça a marché jusqu'à Watford Gap et puis ma tire, elle est tombée en rideau. Je suis resté là-bas un moment, à boire du thé et à penser faire du stop pour Londres. Mais en fin de compte, j'ai seulement traversé l'autoroute et j'ai fait du stop vers le nord. Et depuis ça, je vis avec Ron chez sa sœur. Je savais pas trop quoi faire après la bagarre entre Ron et Frankie, mais Janey a dit que ça allait se tasser. Ron, il en avait pris plein la gueule mais c'était fini maintenant, et il se passerait plus rien. Et puis Mr Wield, je veux dire le sergent Wield, il s'est pointé, et j'écoutais, et j'ai compris qu'il en avait après nous, et j'ai pensé que ça valait mieux que je me tire de nouveau.

» Je regrette beaucoup tout ça et que le veilleur de nuit, il soit mort et je voudrais qu'il soit encore vivant, mais je veux faire tout ce que je peux pour aider la police à découvrir le salaud qui a tué ma Brenda. »

– Ça fera un tabac dans le public, commenta Dalziel. Les jurés vont pleurer comme des madeleines.

– J'ai de la peine pour ce garçon, dit froidement Wield.

– Ça, sergent, c'est mauvais signe ! Encore un peu, et vous allez cotiser aux orphelins de la police !

Dalziel bâilla. Il était 8 h 30, ce samedi matin. Après la déposition de Tommy Maggs, la veille au soir, le superintendant s'était entretenu pendant près de deux heures avec le jeune homme, revenant sans cesse sur tous les points. Son instinct lui dictait d'explorer illico les espaces ouverts par les révélations du petit ami de Brenda, mais, en fin de compte, il avait décidé qu'une bonne nuit de sommeil ne lui ferait pas de mal. Une demi-bouteille de scotch lui avait tenu lieu de somnifères.

Et maintenant le gros Dédé s'étirait, prêt à bondir.

Par l'hôpital, on savait que Dave Lee avait passé une nuit paisible. Mieux encore, du point de vue de Dalziel, l'intervention chirurgicale avait permis de confirmer le diagnostic d'ulcère perforé, ce qui sous-entendait qu'un coup à l'estomac n'avait sûrement pas arrangé les choses. Ron Ludlam, lui aussi, allait bien. Il s'était refusé à dire le moindre mot après la déposition de Tommy Maggs, et l'interne de service avait insisté pour que l'interrogatoire soit reporté au lendemain. Frankie Pickersgill avait parlé d'abondance jusqu'à l'arrivée de Janey qui, partagée entre sa passion pour son mari et ses sentiments pour son frère, avait trouvé refuge dans une crise d'hystérie.

– Vous comprenez bien où cela nous amène, sergent, reprit le superintendant.

Wield avait compris dès que Tommy avait ouvert la bouche, mais se réjouissait par avance des conclusions qu'en allait tirer son patron.

– Ça nous amène, continua Dalziel, à ceci que nous n'avons pas le moindre témoignage sur ce que Brenda a fait après être partie de la banque. Tant que nous pensions qu'elle avait retrouvé Tommy à 8 heures et demie, ça nous était égal. Mais c'est plus pareil maintenant ! Retour à la case départ. Je veux qu'on revérifie l'emploi du temps du moindre poilu à être dans le coup. Avant, on se demandait seulement ce que tout ce joli monde fricotait vers 11 heures du soir : maintenant, il faut savoir ce qu'ils fabriquaient à partir de 6 heures ! Le directeur de la banque, par exemple, ce Mulgan. Vous m'avez dit que, selon vos témoins, il avait un petit faible pour Brenda... Peut-être qu'il lui a proposé de l'emmener en ville après le boulot. Et puis le prof... Et Dave Lee, bien sûr. Tous ces cocos-là, faut qu'on les passe au scanner ! Je crois que je m'en vais donner un petit coup de fil à Mr Pascoe.

– Je pensais que c'était son jour de congé, patron, fit valoir Wield sans s'engager plus avant. Et maintenant que l'histoire de la Spink's a été tirée au clair, on va peut-être pouvoir utiliser certains des agents de Mr Headingley.

– Y a encore deux ou trois trucs qui ne collent pas dans cette histoire-là, s'énerva le superintendant. Et puis, hein, qu'est-ce qu'ils savent de *notre* histoire ? Non, ce qu'il nous faut, c'est des types qui possèdent le dossier sur le bout des doigts !

Et il se saisit du combiné.

– Oui ? se contenta de répondre Pascoe, sans changer de ton quand il comprit que son supérieur était au bout du fil.

Il écouta, sans commentaire ni question, le résumé que Dalziel lui fit de la déposition de Tommy Maggs, et de ce que cela impliquait.

– Ça n'a pas l'air de vous intéresser beaucoup, Peter...

– Ah bon, chef ? Je m'excuse. Je ne suis pas très en forme. Ellie ne se sent pas très bien, et nous avons passé une nuit assez agitée...

– Rien de sérieux, j'espère ! s'alarma Dalziel.

– Je ne crois pas. Mais il vaut certainement mieux qu'elle reste au lit...

– Elle y sera mieux qu'ailleurs, affirma doctement le superintendant. Ces choses-là, ça arrive toujours pendant le week-end.

– Quelles choses ?

– Les choses... Mais je suis heureux que ça ne soit pas sérieux. Ecoutez, mon vieux, je sais bien que c'est votre jour de congé. Mais si vraiment Ellie doit rester au pieu toute la journée, ça me ferait plaisir que vous fassiez un saut et que vous nous donniez un coup de main pendant quelques heures. Mais vous avez tout le temps de prendre votre petit déjeuner, naturellement.

– Ça, c'est généreux de votre part, s'interposa Ellie.

– Ellie ! J'espère que vous ne vous êtes pas levée !

– Non, non !... J'écoutais seulement la conversation sur notre deuxième poste. Quand on nous téléphone tôt le matin les jours où Peter est de repos, je me méfie !

– Ça va vraiment bien, ma petite fille ? Je vous l'ai dit hier, c'était de la folie de voler dans votre état !

– Voler ? coupa Pascoe.

– Mais je n'ai pas volé ! s'insurgea Ellie. Ecoutez, Andy, je vous propose un marché : Peter vient aujourd'hui, mais il ne travaillera ni vendredi ni samedi prochains. Et c'est sans réserve et sans condition ! Tremblements de terre et incendies inclus !

– Vous avez ma parole, dit Dalziel.

– Ecoutez... tenta de glisser Pascoe.

– Vous, vous venez aussi vite que possible, le coupa Dalziel. Ellie, ma petite fille, écoutez l'avis d'un expert : c'est du cognac qu'il vous faut...

– Du cognac ? Pour quoi ?

– Pour tout ce que le whisky ne soigne pas ! Portez-vous bien !

Pascoe monta à la chambre à pas lents.

– Tu écoutes mes conversations, maintenant ?

– Absolument.

– Qu'est-ce que c'est que cette histoire de vendredi prochain ?...

– Eh bien, franchement, on a un peu besoin de souffler, et puis il faut quand même voir ma mère de temps en temps, et j'ai pensé que ça serait bien de passer la nuit chez elle.

– Seigneur ! Et c'est pour ça que tu veux que je renonce à ce samedi ?

– Je peux lui dire de venir faire un petit séjour ici.

– C'est bon ! Tu as gagné ! Mais, réellement, tu es sûre que tu te sens bien ?

– Sans problème ! Je passerai peut-être un coup de fil à Thelma. A propos, j'ai cru t'entendre parler de petit déjeuner...

Plus tard, en remportant le plateau, Pascoe lui demanda :

– Tu ne veux vraiment rien d'autre ?

Ellie eut un regard sinistre pour ses seins gonflés et son ventre proéminent.

– Ce serait vraiment chouette si nous avions un gros œuf tout luisant qu'on couverait à tour de rôle. Et quand la coquille se briserait, il en sortirait un moutard tout habillé d'environ six ans qui aurait tes yeux et mon nez, qui parlerait, et qui serait prêt pour l'école !

Il eut un sourire si incertain qu'elle éclata de rire, l'attira à elle, et l'embrassa sur la bouche.

– Allez... dit-elle. Je ne peux quand même pas dire tout le temps des choses convenables ou fondre en larmes ! Et quoi que je ponde, je te promets que je l'élèverai pour en faire un travesti !

– Avant qu'il soit assez grand pour en profiter, il n'y aura plus que des travelos ! Tu vois, moi, j'aimerais bien passer mes samedis au lit et contribuer à la propagation de l'espèce !

– Tu n'as pas le choix, mon vieux, souligna-t-elle avec douceur. Tu t'es marié avec la police ! Maintenant, va-t'en, parce que tu vas rater le prochain meurtre, et ça ne va pas te plaire !

Il était sur le palier quand il l'entendit l'appeler.

Anxieux, il se précipita.

– Oui ? Qu'est-ce qu'il y a ?

– Mais rien. Ne sois pas si nerveux ! Tu ne tiendras jamais encore quatre mois ! Non, c'était juste ce qu'Andy disait sur la déposition de ce gosse. J'y ai repensé...

– Parfait, Sherlock, accouche !

– Eh bien... dit Ellie en se passant la main dans les cheveux. Tu te rappelles que tu t'es payé ma tête quand je te disais que ce que cette voyante a raconté pendant sa transe venait peut-être d'une remontée dans le temps provoquée par la violence de la mort ?

– Oui, je m'en souviens.

– Bon... Mais, maintenant, on n'a plus besoin d'une remontée dans le temps ? Je veux dire, si elle n'est pas venue retrouver son petit copain, qui sait à quelle heure elle a été tuée ? Peut-être bien que le soleil brillait encore, à ce moment-là... Et peut-être que ta médium a assez bien vu les choses...

Le sergent Wield pensait avoir trouvé un prétexte inattaquable pour se présenter un samedi matin chez Mulgan : il avait promis de venir chercher la liste des opérations effectuées par Brenda Sorby le jour de sa mort, mais l'évolution de l'enquête lui avait interdit de le faire la veille au soir...

A son arrivée, Mrs Mulgan parut saisie de panique. Elle le fit entrer d'abord dans le vestibule du hideux pavillon qu'elle habitait avec son mari. Il y tint avec elle un long conciliabule. Puis il fut admis au salon où Mulgan, en bras de chemise, occupé à déchiffrer le *Daily Mail,* ne cacha pas son mécontentement, et fit clairement comprendre qu'il aurait préféré s'entretenir avec le policier sur le pas de la porte. Sans se laisser démonter, Wield accepta le café que lui offrait Mrs Mulgan.

– Je me demande bien à quoi tout ça pourra bien vous servir, siffla Mulgan quand sa femme se fut retirée.

– Vous oubliez que l'information que vous nous avez donnée sur l'argent de miss Sorby nous a été très utile, monsieur.

– Oui, mais ce n'était pas pareil. Je ne crois pas que les autres opérations puissent vous être d'une utilité quelconque. Et j'espère bien que vous n'allez pas vous mettre à casser les pieds à mes clients...

– Je crois, monsieur, qu'il n'y en a pas un seul qui ne voudrait nous aider à trouver celui que nous recherchons... Et puis tout est utile... Il y a sûrement, quelque part, quelqu'un qui sait quelque chose.

– Vous ne voulez quand même pas dire qu'il y a des gens pour protéger ce dingue ?

– Si, peut-être... Ou alors il y a des gens qui ne saisissent pas l'importance de ce qu'ils savent. Vous en faites peut-être partie, monsieur.

– Moi ! s'écria Mulgan, la bouche pincée. Ça m'étonnerait ! Je vous ai fait une déposition en long et en large !

– C'est vrai, monsieur. Mais une première déposition ne répond pas toujours à ce qu'il nous faut. D'ailleurs, ce n'est pas possible.

– Une *première* déposition ?

– Bien sûr, monsieur. En général, une seule suffit. Mais quand il nous arrive de nager, on essaie de mettre les points sur les *i*. On reprend tout depuis le début, avec tout le monde... Et vous, monsieur, par exemple, nous savons tout ce que vous avez fait jusqu'à la fermeture de la banque. Mais après ça...

– Oh, mais si ! Vous vous êtes assurés, sans montrer, je dois le dire, beaucoup de subtilité, que j'étais bien chez moi ce soir-là, à l'heure où cette pauvre Brenda a été tuée !

– A quelle heure, monsieur ?

– Les journaux disaient entre 11 heures et minuit. Pendant l'orage.

– C'est vrai, monsieur, glissa Wield, ambigu. Nous avons quelquefois la main un peu lourde, je le regrette. Mais nous devons tout vérifier, sur tout un chacun. Non, en fait, ce qui m'intéresse, c'est la première partie de la soirée. Nous essayons encore de trouver quelqu'un qui aurait vu Brenda plus tôt... C'est pourquoi ceux qui l'auraient reconnue nous intéressent tout particulièrement. Vous êtes rentré directement de votre banque ?

– Oh ! oui, je pense... Je me suis peut-être arrêté dans

une des boutiques du boulevard. Elles sont très chouettes... Enfin, c'est ce que dit ma femme.

Mulgan eut un rire bref, et se mit à tripatouiller les lunettes à monture carrée d'écaille noire qu'il utilisait pour lire son journal.

– C'était un jeudi, monsieur, rappelez-vous, intervint Wield. Les boutiques de ce coin-là sont fermées après l'heure du déjeuner... Mais dans le centre-ville, c'est le jour de l'ouverture nocturne... Vous n'y êtes pas allé, hein ?

– Non... Je n'y vais pas souvent... Et puis, jeudi ou pas jeudi, Jenning, mon marchand de journaux, est toujours ouvert. C'est là que j'achète mon journal du soir.

– Et puis vous rentrez ?

– Oui.

– A quelle heure ?

– 6 heures au plus tard. Souvent plus tôt.

– Vous avez bien de la chance d'avoir des heures régulières, commenta Wield, un peu jaloux. Ça doit plaire aussi à Mrs Mulgan. Vous dînez en général à la même heure ?

– Oui, le plus souvent à 6 heures et demie. C'est notre repas principal. Et si vous voulez des détails, sergent, je vous dirai que, d'habitude, ma femme et moi, on s'assied d'abord pour prendre un verre de xérès et se raconter notre journée, et puis on dîne, on se change, et on va faire une petite promenade ou bien on soigne notre jardin. On regarde un peu la télé et puis au lit. Il n'y a pas grand-chose d'autre à dire...

– Et c'était pareil, cette fameuse soirée ?

– Toutes les soirées, ou presque, sont pareilles, sergent. Et si ça n'avait pas été le cas, je m'en souviendrais...

Mulgan remit ses lunettes et regarda ostensiblement son journal, comme pour signifier que la conversation avait atteint son terme.

Wield lui laissa quinze secondes de délai.

– Monsieur, vous oubliez que c'était un jeudi.

– Et alors ?

– Alors, votre femme m'a expliqué que, le jeudi, elle

va en général passer l'après-midi chez sa mère. Et qu'elle ne rentre pas avant 8 heures, ou même plus tard.

Mulgan regarda le sergent bien en face.

– Vous avez raison. Comme c'était un jeudi, il est probable qu'elle n'était pas là quand je suis rentré et qu'elle est revenue elle-même assez tard. Mais qu'est-ce que vous voulez me faire dire, sergent ?... Et pourquoi ne m'avez-vous pas dit que vous aviez aussi interrogé ma femme ?

– Je suis confus, honnêtement... dit Wield, dont les traits ravagés arborèrent une expression qui – bien qu'indéchiffrable pour les profanes – était chez lui une sorte de signal de détresse. Mais je me demandais si vous ne vous étiez pas arrêté quelque part ce soir-là... pour prendre un verre, par exemple. Je veux dire, vous n'étiez pas pressé de rentrer, n'est-ce pas ? Et, si ça avait été le cas, vous auriez pu avoir vu Brenda, comme ça, en passant, ou parlant avec quelqu'un...

Wield pensa que l'hameçon était par trop visible. Innocent ou coupable, Mulgan ne pourrait pas ne pas le repérer.

– Sergent, je vais vous dire quelque chose... soupira Mulgan. Après ça, peut-être que vous ficherez le camp, et que vous me laisserez profiter de mon week-end. Et si vous vous servez de ce que j'ai l'intention de vous dire, je démentirai des deux mains et je dirai partout que vous n'êtes qu'un foutu menteur ! Brenda me plaisait beaucoup. Il est évident qu'il y a eu quelqu'un pour vous le souffler dans l'oreille. Et c'est vrai... C'était une chouette nana... Avec elle, j'étais détendu et on pouvait rire un peu ensemble. Si seulement elle m'avait donné le moindre signe d'encouragement. Et Dieu seul sait ce que chacun d'entre nous ferait sur un signe d'encouragement. Mais ça ne s'est pas passé, et quand j'ai compris que notre autre débutante, miss Brighouse – qui, j'en suis sûr, est la source de vos informations – s'apprêtait à se payer ma tête, je suis devenu la rigueur personnifiée ! Sergent, je n'avais pas vraiment envie d'être la risée d'adolescentes pas très douées ! Et quand j'ai vu qu'elle portait une bague de fiançailles, je me suis débrouillé pour que mes félicitations soient aussi courtoises que sincères, ce qui était le cas. Je ne l'ai pas revue après qu'elle nous eut dit au revoir ce soir-là. Maintenant, il serait bon que vous satisfassiez votre curiosité en jetant un coup d'œil au relevé de ses opérations, au cas où vous auriez encore des questions à poser. Parce que je préférerais jouir d'un week-end tranquille...

Il y avait un élément qui ne collait pas dans la longue confession, ponctuée de sarcasmes, de Mulgan, mais ça n'avait peut-être rien à voir avec l'affaire, réfléchit le sergent.

En homme habitué à tendre des rideaux de fumée, Wield avait appris à repérer toutes les équivoques. Il décida qu'il valait mieux croire que, pour Mulgan, *être* directeur par intérim signifiait se conduire aussi *comme* un directeur. Et il était sûr de ne pas se tromper. Quand on était dans la police, on avait un tas de rôles à jouer : Pascoe avait dit ça un jour. Pas trop débile, ce salaud-là... Trop intelligent, en fait, s'il fallait en croire le Dalziel des jours de déprime...

Wield se dit qu'il les avait bien cernés tous les deux. Il fallait payer tribut à ce que disait Pascoe, mais ne faire que ce qu'ordonnait Dalziel... Et qu'est-ce que ferait Dalziel maintenant ?... Il y avait de bonnes raisons de penser que le gros Dédé rapprocherait sa gueule de requin de l'oreille en forme d'huître de ce pauvre Mulgan et, d'une voix qui semblerait surgie d'une tempête force dix, lui demanderait combien de ses employées – en moyenne – un directeur par intérim peut espérer baiser par semaine.

Mais Wield se contenta de parcourir les états qui lui avaient été remis, et de dire :

– Ça me paraît parfait, monsieur... J'espère que nous n'aurons plus à vous déranger. Enfin, plus à vous déranger ce matin...

Quand, de sa voiture, il signala qu'il en avait fini avec Mulgan, il nota qu'un message attendait son retour.

Il eut un pauvre sourire en écoutant les instructions qui lui ordonnaient de retrouver l'inspecteur Pascoe, à l'aéro-club, dans le quart d'heure qui suivait.

Décidément, il n'y avait rien de sacré. Même pas le jour de repos d'un policier.

Mais la règle d'or était plus que simpliste : faire ce que fait Dalziel...

Et que faisait Dalziel ?

Dalziel ne faisait que ce qui lui passait par la tête !

20

Pascoe se détestait pour ce qu'il était en train de faire. Il finissait par croire que, pour Dalziel, Dave Lee était devenu une véritable obsession.

– On n'a vraiment pas de preuve solide, avait-il protesté. D'accord, on est en droit d'attendre qu'il nous donne des explications pour le fric, la montre et la bague. Mais nous n'avons pas de lien avec Brenda Sorby...

– C'est Michael Conrad, horloger-bijoutier, qui va nous le donner, répondit Dalziel, plein de confiance. Il rentrera de la Méditerranée ensoleillée cet après-midi même.

– Alors pourquoi ne pas attendre ?

– Pourquoi ? Qu'est-ce que vous préféreriez faire ?

Tondre mon gazon, et boire une bonne boîte de bière, pensa Pascoe.

– Et Wildgoose ? On ne devra pas lui faire une petite visite ?

– Il n'est pas chez lui, coupa Dalziel. J'ai envoyé Preece y faire un tour ce matin. Les journaux et le lait sont restés devant la porte. Pas de Wildgoose... Probablement en train de tirer la petite nénette dont vous m'avez parlé, cette Andrea Valentine... Je suppose qu'on pourrait perquisitionner chez elle...

– Quoi ?

– Vous savez, Wildgoose peut avoir planqué là son hasch pour le mettre à l'abri, vous ne croyez pas ? Présomption de possession de stupéfiants ; on n'aura aucune peine à se faire donner un mandat.

– Non, mais..., commença Pascoe.

– Vous avez bien raison, mon garçon, on ne peut pas faire un truc comme ça. La petite demoiselle toute seule pendant que ses parents sont partis... Ça la foutrait mal. Et, de toute façon, pas question de discuter avec la petite Andrea tant que Wildgoose est dans les parages pour lui souffler son texte... Et puis, si c'est elle qui planque le hasch, ça nous permettra de lui presser le bout du nez pour qu'elle nous crache tout ce qu'elle sait sur son jules !

Dalziel s'en frottait les mains. Cela faisait comme un bruit de papier de verre.

– Bon, reprit Pascoe, mais qu'est-ce que vous espérez trouver en faisant fouiller le campement des Gitans ?

– Probablement assez de camelote volée pour envoyer à l'ombre toute leur sacrée tribu ! Je ne sais pas, Peter... Mais il y a sûrement quelque chose, là... Peut-être des petits machins qu'on n'a pas retrouvés après les autres meurtres et dont nous n'avons jamais entendu parler... Bon, écoutez, cette garce de Pritchard, l'avocate, elle a finalement réussi à contacter la femme de Lee. On l'avait laissée à l'hôpital cette nuit. Une sorte de garde à vue, mais ça n'a pas duré. On n'avait pas grand-chose pour la maintenir au frais et cette Pritchard semait le bordel ! Mais dès que cette dame sera de retour au campement, tout ce qui pourrait réellement constituer un élément de preuve va disparaître, vous pouvez le parier en toute sécurité !

– Autrement dit, vous voulez que je fouille la caravane de Dave Lee, comme vous l'avez déjà fait, mais cette fois avec un mandat ?

– Pas seulement la caravane de Lee ! rugit Dalziel. Ce putain de campement tout entier !

– Mais on ne peut pas faire ça ! C'est de la provocation ! Ces gens-là ont des droits, eux aussi ! Ce serait comme faire fouiller tout un immeuble parce qu'un des locataires est suspect ! Et, en plus, avec ce qu'on a, vous ne trouverez jamais un juge pour vous accorder un mandat aussi général !

Un rictus éclaira le visage de Dalziel, et il fouilla dans la poche intérieure de son veston.

– Tout dépend du juge auquel vous vous adressez... Bernard Middlefield n'a fait ni une ni deux !

Et, comme un prestidigitateur sort un lapin de son chapeau, il produisit le document.

– Vous venez avec nous, patron ? demanda Pascoe, mal à l'aise.

– Moi ? Non, je ne pense pas, Peter. Vous avez sacrément raison... Ces gens-là sont peut-être des Gitanos pouilleux, mais ils ont droit à la protection que la loi accorde à tous. Vous êtes l'homme qu'il faut pour que les choses se passent correctement... Moi, je crois que je suis trop de la vieille école. Mais, vieille école ou pas, je sais parfaitement quand il vaut mieux que je m'assoie sur mon derrière et que je laisse un type plus jeune que moi et plus à gauche se taper le boulot !

Hypocrite vieille crapule ! l'insulta mentalement Pascoe.

Quand l'inspecteur quitta le bureau, le gros Dédé souriait aux anges...

Pascoe était un chaud partisan de l'axiome selon lequel quand on a un travail à faire, il faut le faire à fond. Dans une perquisition, le facteur surprise est fondamental. C'est pour cette raison qu'il avait mis au point une stratégie qui l'avait conduit à diviser son équipe. Il avait envoyé quatre hommes prendre position près de l'entrée du campement, tandis que lui-même, avec deux agents, se dirigeaient vers le parking de l'aéro-club où Wield les attendait !

Un homme blond, à l'air étonné, se tenait en compagnie du sergent qui le présenta comme Austin Vernon, secrétaire du club. Lui-même et Wield observaient la partie de l'ancien aérodrome où les Gitans étaient installés. Juste à côté des barbelés, un grand feu avait été allumé. Les flammes n'étaient guère plus qu'une sorte de vibration violette dans la lumière du soleil, mais un panache de fumée s'inclinait jusqu'au bâtiment de l'aéro-club.

– Qu'est-ce qui se passe ? demanda Pascoe.

– Ils sont peut-être frileux, suggéra le sergent qui, pour sa part, était en manches de chemise.

Pascoe regarda le ciel où cinq ou six planeurs évoluaient avec lenteur et se tourna vers Vernon :

– Est-ce que ça n'est pas dangereux ?

– Non, la fumée n'est pas assez dense... En fait, c'est même utile... Ça montre bien la force et la direction du vent...

– Alors, vous n'avez aucune plainte à formuler ?

Vernon scruta Pascoe avec curiosité :

– Vous voudriez que je dépose plainte ? Vous voulez me dire que vous avez besoin d'un prétexte pour faire un tour là-bas ?

– On n'a pas besoin de prétexte si on a un mandat, coupa Wield.

– Et nous l'avons, dit Pascoe.

Il se mit à parler dans son talkie-walkie.

– Preece, vous êtes prêts, vous et les autres ? Okay... Attendez de nous voir passer la barrière et, après, foncez !

– Vous pensez que quelqu'un peut essayer de se tirer, l'interrogea Wield pendant qu'ils arpentaient l'herbe grasse.

– Pas vraiment. Mais si quelqu'un essaie de prendre la poudre d'escampette, je ne veux pas que Mr Dalziel me demande pourquoi, moi, je n'avais pas pris mes précautions.

En réalité, si quelqu'un avait voulu fuir le campement, il aurait eu tout le temps qu'il fallait. Les barbelés avaient été si bien réparés que les policiers durent les escalader, exercice périlleux et assez peu digne, qui ne manqua pas d'attirer bientôt l'attention du groupe de Gitans qui attendaient en cercle autour du brasier d'où émergeait un piquet de bois, comme du bûcher d'un martyr.

– C'est la tente, s'écria Pascoe.

Son idée fut confirmée par l'apparition de Rosetta Stanhope, gitane des pieds à la tête : elle portait une longue jupe et une blouse rouge et bleu. Un foulard vert et jaune retenait ses cheveux. Il y avait de la cendre sur son front, par accident, ou par observance d'un rituel.

– Mrs Stanhope, commença Pascoe, je suis désolé si nous troublons une cérémonie...

– Que ça ne vous dérange pas, trancha-t-elle. Pauline aura droit à un véritable enterrement de l'Eglise d'Angleterre. Cela, c'est seulement du nettoyage par le vide, surtout pour mon bien... Pour la plupart de ces gens, elle n'était qu'une *gadjo*, qui méritait à peine qu'on lui serre la main.

– Mais ils vous aident, pourtant... Ce sont eux qui ont enlevé la tente.

– Vous savez, grimaça-t-elle, chez nous, quand une *chovihani* vous demande l'heure, vous courez acheter une montre... Vous m'apportez les vêtements dans lesquels elle est morte ?

– Non, je suis désolé... On ne les a pas encore retrouvés.

– C'est vraiment embêtant... Ceux-là, il faut absolument qu'ils soient brûlés !

– Je ne serais pas étonné qu'ils le soient déjà...

– C'est vrai ? J'espère bien que vous avez raison... Alors, qu'est-ce que vous cherchez ici ?

– Est-ce qu'il y a ici un chef ? Un responsable ?

Elle s'en alla parler un moment avec le principal groupe de Gitans. Elle en revint avec un gros petit bonhomme auquel on pouvait donner aussi bien cinquante que soixante-dix ans, qu'elle présenta sous le nom de Silvester Herne.

– Comment que j'peux vous aider, mon pote ? demanda-t-il aimablement.

Pascoe l'observa, hésitant, cherchant ce qui faisait de lui un chef. Il n'avait pas le moins du monde l'air du roi d'une tribu gitane. En fait, il avait probablement été choisi comme porte-parole en raison de son bagout et de son habileté... Mais c'était leur affaire...

Il expliqua en peu de mots que ses hommes et lui-même voulaient examiner le campement et interroger ceux qui s'y trouvaient, que leur mandat leur donnait le droit de pénétrer dans les caravanes et d'y perquisitionner, mais que cela pouvait ne pas être nécessaire.

Herne se gratta le nez, en signe d'intense réflexion.

– Vous cherchez quelque chose de spécial, mon pote ?

Pascoe, à son tour, réfléchit un moment, avant d'articulier de manière très délibérée.

– Je travaille sur l'affaire de l'Etrangleur, Mr Herne... Et je recherche tout ce qui a un rapport avec cette affaire. Le reste ne m'intéresse pas. Vous pouvez dire ça à vos gens...

– Okay, se borna à répondre Herne avant de rejoindre le groupe.

– Vous essayez de maintenir la paix, inspecteur ? souffla Rosetta Stanhope.

– C'est pour ça qu'on me paye. Dites-moi, Mrs Stanhope, si l'un d'eux sait quoi que ce soit sur l'Etrangleur, vous croyez qu'il continuera à se taire ? La loi du silence, je veux dire...

– Peut-être, ou peut-être pas. Mais ce n'est pas à moi qu'il faut poser cette question. Je fais partie de la tribu, rappelez-vous...

– Oh ! je m'en souviens. Je me souviens aussi que, mercredi matin, vous êtes venue me proposer vos services, mais ça a moins l'air de vous intéresser, maintenant...

Il y a un temps pour la ruse, et un temps pour la force. Et Dalziel avait choisi de forcer... Pascoe croyait savoir où voulait en venir le superintendant et il lui fallait accélérer pour y parvenir avant lui.

– Depuis, ma nièce a été assassinée, dit aigrement Rosetta Stanhope. Vous l'avez déjà oublié ?

– Non... Mais j'aurais pensé que ça vous donnerait encore davantage la volonté de nous aider, riposta Pascoe. Vous savez que Dave Lee a des problèmes ?

– Je sais qu'il est à l'hôpital. C'est sa femme qui me l'a dit.

Pritchard a cavalé plus vite encore que Dalziel ne le prévoyait, se dit Pascoe. Ça ne va pas faciliter notre travail.

– Par ici, patron, le guida Wield.

Pascoe vit une femme mince, pas laide, dont la joue gauche était marquée d'une blessure qui pâlissait, accroupie au milieu d'une nuée d'enfants avec lesquels elle parlait. Voyant qu'on l'observait, elle se leva, et les enfants se dispersèrent comme une volée de moineaux, poussant des cris, et se courant les uns après les autres autour du feu.

L'inspecteur essaya de prendre ses repères. L'aéro-club était au sud. Au nord-ouest, il y avait la grande artère au-delà de laquelle s'étalait la zone industrielle. Milhill se situait au nord-est. Et, plein est, coulait la rivière, invisible derrière les taillis qui s'étendaient à quelque cinquante mètres de la limite de l'aérodrome. C'était dans cette direction que les enfants se dirigeaient maintenant. Pascoe les envia. La chaleur du soleil et celle du feu le faisaient transpirer...

– Allez, on y va ! ordonna-t-il.

De la tête, Wield acquiesça et répartit les tâches entre les agents.

Il est vraiment bien, pensa Pascoe. Et, pas pour la première fois, il se demanda pourquoi il n'avait pas encore dépassé le grade de sergent.

Les Gitans contemplaient la perquisition avec indifférence. Mais ils avaient soin, tout de même, qu'un représentant de chaque famille soit présent lorsque les caravanes, l'une après l'autre, étaient fouillées.

Silvester Herne lui-même allait d'une roulotte à l'autre, puis venait trouver Pascoe pour des propositions d'aide si obséquieuses qu'elles frisaient la parodie.

Pascoe était persuadé que tout cela ne mènerait à rien. Dalziel avait eu beaucoup de chance parce qu'il avait pris Dave Lee par surprise, et qu'il se souciait comme d'une guigne du respect de la lettre de la loi. Enfin, c'était peut-être une façon trop primaire de voir les choses. Dalziel, comme tout bon flic, savait que la chance se mérite et qu'il faut la saisir aux cheveux, même si elle vous entraîne dans une direction inattendue...

L'inspecteur, soudain, se trouva face à face avec Mrs Lee qui se tenait debout, bras croisés, et arborait un sourire qui n'était pas exempt de cynisme. Il se présenta :

– Eh ben, vous au moins, vous me changez de tous ces gros vieux voyeurs qu'arrêtent pas d'me causer, cracha-t-elle, en feignant de le regarder avec admiration. Enfin, un beau mec. Ils essaient vraiment n'importe quoi !

– Je suis heureux de savoir que votre mari est hors de danger, Mrs Lee, dit-il.

Elle le fixait avec une indifférence proche du mépris.

– Malheureusement, il n'est pas sorti de l'auberge, continua Pascoe. En tout cas, pas tant qu'il ne nous explique pas comment il est entré en possession de tout cet argent, de la montre et de la bague...

– Quel fric ? Quelle montre ? Quelle bague ?

– Allons, Mrs Lee, soupira-t-il, il n'y a personne qui puisse nous entendre. Dave n'est pas un très bon mari, n'est-ce pas ? Je ne peux pas croire qu'une belle femme comme vous aime se faire taper dessus. Vous me dites trois mots, vous me mettez sur une piste, et nous le fourrons à l'ombre pour un bon bout de temps. Et ne vous faites pas de souci pour l'argent : en tant que femme mariée, avec des enfants et un mari en taule, les Allocations familiales vous fileront certainement plus que ce que Dave rapporte chaque semaine. On s'occupera nous-mêmes de la paperasse. Aujourd'hui, il n'y a plus de souffrances inutiles !

Elle ne répondait pas, mais regardait derrière lui. Il se retourna et aperçut Rosetta Stanhope, en conversation avec une femme qui ne semblait pas être une Gitane.

– Qu'est-ce qui se passe ? interrogea l'inspecteur. Vous avez peur de Mrs Stanhope, parce que c'est une *chovihani* ?

– *Chovihani ?* Elle ? aboya la femme. Mais c'est qu'une *didikoi* ! Une *posh-ratt* !... Elle débarque de sa petite maison et elle voudrait qu'on la traite encore comme une nomade... Après cinquante ans ! Maintenant, elle pue le *gadjo* !

Pascoe avait reconnu au passage les mots insultants qui stigmatisent les sangs-mêlés. Mais il n'était pas vraiment convaincu de la sincérité de cette explosion de mépris. Il avait l'impression qu'il y avait là plus de ressentiment que de haine.

– Mrs Lee ?

Pascoe se retourna et ne put retenir un grognement

quand il reconnut la femme qui venait de les rejoindre. Adrienne Pritchard, l'avocate. Pour mener à bien perquisition et interrogatoires, il n'avait vraiment pas besoin d'une conscience juridique sourcilleuse qui regarderait par-dessus son épaule…

– Vous n'êtes pas obligée de parler à ce monsieur, reprit-elle d'une voix claironnante qui véhiculait l'assurance innée de la haute bourgeoisie. Et vous n'avez pas à répondre à ses questions tant qu'il ne vous a pas permis de bénéficier de l'appui d'un conseil !

– Je croyais que le barreau interdisait aux avocats de racoler leurs clients ! dit Pascoe à voix haute.

– Vous êtes l'inspecteur Pascoe, n'est-ce pas ? J'ai entendu parler de vous. Si c'est faire du racolage que de protéger des femmes contre les abus de la police, eh bien oui, je racole ! Et si le barreau n'est pas d'accord, qu'il aille se faire foutre.

– C'est votre problème, ironisa Pascoe. Excusez-moi.

Il s'en fut demander à Wield et à ses hommes d'accélérer le mouvement, pour que la perquisition soit achevée avant que maître Pritchard n'entame une croisade à leur encontre. Le sergent estima qu'il lui fallait encore une demi-heure. Pascoe, montrant l'avocate du doigt, répondit à Wield qu'il partait faire une promenade du côté de la rivière et que, si elle commençait à fourrer son nez là où elle n'aurait pas dû, il fallait répondre que c'étaient les ordres et la lui envoyer. Et, avec un peu de chance, tout serait terminé avant qu'elle n'ait pu le retrouver.

Pascoe n'eut aucune peine à trouver une brèche dans la clôture. Avec la sécheresse de l'été, les pieds des enfants avaient tracé comme un sentier. Tirant sur le barbelé, il se glissa dessous et, en quelques pas, se trouva hors de vue du campement. Il pouvait entendre les enfants jouer, leurs cris de plaisir ou d'excitation, ou l'éclat de leurs disputes, sur un fond sonore d'éclaboussures. Taillant son chemin à travers un épais bouquet de saules, il atteignit enfin la rive.

C'était bien une rivière et non un fleuve. Elle ne dépassait guère la quinzaine de mètres aux endroits les plus larges. Pourtant, le fermier qui exploitait le grand champ de navets qui se trouvait sur l'autre rive devait s'estimer heureux d'avoir cette barrière naturelle entre le campement des Gitans et sa propriété : un enfant qui nage n'est pas susceptible d'emporter beaucoup de navets...

Pascoe s'assit à un endroit où le courant avait affouillé la berge, créant ainsi un golfe modèle réduit, ou une piscine en eau profonde. Les enfants s'étaient installés un peu plus en amont, bien trop absorbés par leurs jeux pour le remarquer. Mais lui se réjouit d'observer les petits corps cuivrés aux mouvements souples et leur vivacité de jeunes animaux. Il essaya de se souvenir de la dernière fois où il avait été capable, en dehors du sexe, de s'immerger à tel point dans les joies de l'instant... Et même dans le sexe, même au plus fort du plaisir, il y avait toujours la petite voix intérieure qui rappelait : « N'oublie pas que tu es toi. »

Deux petits garçons abandonnèrent les autres enfants et coururent sur la berge pour venir examiner pensivement le petit golfe au bord duquel Pascoe s'était assis. Ils étaient encore assez jeunes pour pouvoir être complètement nus – les Gitans ont des vues très strictes sur la nudité – et se défiaient l'un l'autre de piquer une tête.

L'un des deux aperçut Pascoe et en parla à son compagnon. L'inspecteur leur adressa son meilleur sourire et, convaincus que l'intrus ne présentait pas de danger particulier, ils en revinrent à leurs défis jusqu'à ce qu'un autre garçon, plus âgé, les voyant de la rivière, arrive en nageant sur le dos pour crier de colère. Pascoe entendit le mot *mokadi* répété à plusieurs reprises. Il savait que c'est le terme manouche pour désigner ce qui est malpropre ou tabou. Il crut tout d'abord, et cela le blessa, que c'était lui que l'épithète désignait.

Mais, à voir les deux petits garçons, il comprit son erreur. Ce n'était pas lui qu'ils fuyaient avec une expression de crainte et d'angoisse. C'était le bord de l'eau. Leur retraite, en fait, les amena à proximité immédiate de Pascoe.

– Eh bien, les enfants, dit-il gentiment, qu'est-ce qui se passe ? Vous n'aimez pas nager ? Tenez, je donne ça à celui qui fera les plus belles éclaboussures.

Il brandissait dans le soleil une pièce de cinquante pence.

Les deux enfants échangèrent des mots rapides, puis remontèrent le long de l'eau.

– Non ! Ici ! leur ordonna Pascoe.

Ils secouèrent la tête avec ensemble.

– Bon, très bien... Là où vous êtes, ça fera l'affaire... dit-il se levant et allant s'accroupir à côté d'eux.

– Pourquoi est-ce que c'est *mokadi* là-bas ? demanda-t-il. C'est un bon endroit pour nager. Pourquoi c'est *mokadi*, hein ?

Il continuait de brandir sa pièce. L'un des deux garçons, le plus petit, recula d'un pas en arrière, puis fit demi-tour et courut rejoindre ses camarades. L'autre paraissait sur le point de prendre le même chemin.

D'instinct, Pascoe se pencha et saisit doucement son bras.

– Tu ne veux pas d'argent, mon garçon ?

Il perçut un mouvement derrière lui.

– *Chikli muskra !* hurla une voix furieuse. Espèce de sale vieille tantouse !

Pascoe se retourna. C'était Mrs Lee, suivie de miss Pritchard et du sergent Wield. Il lâcha l'enfant et commença de se lever, mais il avait encore les jambes à moitié fléchies, en position de déséquilibre, quand la Gitane le frappa. Ce n'était pas un coup à proprement parler, plutôt une forte poussée des deux bras.

Mais c'était bien suffisant pour le faire chanceler jusqu'à l'extrême bord de l'eau, et une seconde poussée, pas plus forte que la précédente, le fit tomber dans la rivière.

Si près de la rive, l'eau était verte et profonde. Il émergea et vit les visages des enfants, penchés sur le bord pour ne rien perdre de ce fascinant spectacle. Il s'accrocha au bord, mais ses doigts glissèrent sur les herbes humides et il retomba.

Cette fois, en remontant à la surface, il fit la planche et se laissa dériver. Les petits visages bruns étaient toujours là, les yeux tout grands ouverts. Et au-dessus d'eux, haut dans le ciel bleu de l'été, évoluant lentement comme de grands espaces, croix noires à l'auréole de soleil, il vit les planeurs.

L'eau alourdissait peu à peu ses vêtements, l'attirant vers le fond. Mais il ne risquait rien. La poigne de fer du sergent Wield tenait solidement son avant-bras. Quand il fut enfin arraché à cette eau *mokadi*, il se retrouva face à Rosetta Stanhope. Et il se demanda comment réagirait un juge britannique si, au cours d'un procès pour meurtre, on faisait comparaître à la barre, par procuration, un témoin mort.

21

Michael Conrad fut d'abord surpris, puis ensuite assez inquiet, quand, rentrant chez lui ce samedi à l'heure du déjeuner, il découvrit qu'un policier montait la garde devant sa boutique. Et il ne cacha pas son soulagement quand il comprit que cette présence policière ne devait rien à un cambriolage, pas plus qu'aux trois litres de cognac qu'il avait rapportés de Corfou sans les déclarer à la douane.

Mais il éprouva un vrai choc en apprenant la mort de Brenda Sorby. Il n'avait pas écouté les nouvelles le vendredi de son départ et, quand il était en vacances à l'étranger, il mettait son point d'honneur à ignorer la presse britannique.

Oui, confia-t-il sans réticence, il la connaissait bien. Il avait souvent affaire à elle au guichet de la banque. Oui, il l'avait vue ce jeudi-là, à l'heure du déjeuner, juste avant la fermeture. Elle était venue chercher, et payer la chevalière qui, sans doute possible, se trouvait maintenant sur le bureau du commissaire. Et puis la montre aussi. Pour son prix, c'était une bonne montre, et il avait consenti à la jeune fille une remise substantielle, parce qu'il l'aimait bien. Et puis il lui avait fait de grands compliments de sa bague de fiançailles... Evidemment, une pierre à bon marché. Quant à la monture... En ce qui le concernait, il aurait eu vergogne à vendre une monture pareille... Mais, enfin, ce n'était quand même pas à lui de porter ombrage au bonheur d'une jeune personne. C'est pourquoi il lui avait dit que sa bague était la perfection même. Et puis il l'avait raccompagnée jusqu'à la porte de son magasin et lui avait dit au revoir.

Et il ne la reverrait plus jamais.

Mr Conrad avait les yeux pleins de larmes, et dut se moucher avant d'être en mesure de signer sa déposition.

– C'est parfait, jubila Dalziel en se frottant les mains. Et, maintenant, au tour de Lee ! Peter, on devrait bien vous remettre sur le turf ! J'avais oublié à quel point vous portez bien l'uniforme !

Effectivement, pendant que ses affaires séchaient, Pascoe avait été pourvu d'une chemise bleue et d'un pantalon réglementaire. Il sortait tout juste d'une salle d'interrogatoire que la femme de Lee, ses quatre enfants, Silvester Herne, et Me Pritchard, avaient transformée en pandémonium.

– Moi, dit Pascoe, j'avais oublié à quel point ces pantalons peuvent vous gratter ! Ecoutez, patron, il n'y a vraiment rien à tirer de toute cette bande ! Chaque fois que j'ai l'impression de progresser, ils se mettent tous à baragouiner en manouche. Mais, enfin, je crois que...

Posant un doigt boudiné sur ses lèvres épaisses, le gros Dédé lui intima de ne pas ajouter un mot de plus.

– Ça peut attendre, dit-il. Lee va tout nous dire, ou bien c'est moi qui m'occuperai personnellement de lui ôter ses points de suture. La Pritchard est encore là, n'est-ce pas ? Très bien ! Nous allons expédier Wield dans ce merdier, en lui demandant d'être plutôt agressif envers la femme et les gosses... Ça donnera à notre avocassière de quoi passer le temps pendant que nous ferons notre petite visite à l'hôpital.

En chemin, Pascoe redit encore une fois sa conviction à Dalziel :

– Je ne pense pas qu'il soit coupable, chef.

Le superintendant lui ordonna une fois encore de se taire, mais avec tant de jovialité qu'il crut qu'ils étaient en plein accord. Jusqu'à ce qu'ils se trouvent au pied du lit de Dave Lee, et que Dalziel attaque, sans le moindre préambule :

– Lee, nous sommes ici pour vous inculper de meurtre.

– Vous êtes cinglé ?... Qui c'est qu'a dit que j'avais tué quelqu'un ?

– Personne, concéda Dalziel. Ni ta femme, ni tes gosses, ni les autres Gitans, ne nous ont dit quoi que ce soit ! Mais c'est pas bon pour toi, ça, mon garçon. Parce que, pour te tirer de ta mélasse, tu vas avoir besoin que tout le monde parle : à décharge, s'entend ! Nous sommes en mesure de prouver que l'argent, la montre et la chevalière se trouvaient dans le sac de Brenda Sorby quand elle a quitté la banque cet après-midi-là. Et ils ont échoué dans ta caravane ! Et c'est ça, mon garçon, qui nous dit que tu l'as tuée ! On a besoin de rien d'autre !

Lee, inquiet, se tortilla dans son lit.

– Ecoutez, si j'vous disais ce qui s'est passé pour de vrai, vous pourriez m'aider ?

Dalziel attrapa l'homme par les revers de la veste de son pyjama d'hôpital et l'arracha à l'oreiller.

– Ecoute-moi bien ! siffla-t-il. Moi, je crois que je sais ce qui s'est passé ! Tu l'as tuée. Et si tu veux qu'on croie autre chose, tu as intérêt à ouvrir ta grande gueule vite fait, et à te mettre à chanter comme un canari !

Une infirmière entra dans la chambre. Interloquée, elle s'arrêta sur le seuil pour observer cette scène qui sortait de l'ordinaire.

– J'arrangeais seulement les oreillers, mademoiselle, affirma Dalziel. Nous y sommes, Dave... C'est mieux comme ça ? Très bien... Maintenant, laissez-nous, miss... Nous avons un entretien privé.

L'infirmière sortit.

– Je l'ai pas tuée, commença Lee. Elle était morte...

– Si tu veux nous raconter une petite histoire, mon garçon, il faudrait au moins commencer par le commencement, dit Dalziel, sur le ton de la lassitude.

Il y avait un fauteuil près du lit. Le gros Dédé s'y laissa choir, tandis que Pascoe se perchait inconfortablement sur une chaise de plastique dur, son carnet de notes sur les genoux.

– C'est les gosses, reprit Lee. C'est les gosses qui l'ont vue.

Ça se passait vers les 7 heures du soir, expliqua-t-il. Il s'était isolé près de la clôture pour satisfaire un besoin naturel quand il avait entendu ses quatre enfants, qui venaient juste de partir pour la rivière piquer une tête, revenir à toute vitesse, très excités, et criant à tue-tête qu'il y avait une femme dans l'eau.

Lee était allé jusqu'à la berge pour voir de quoi il retournait. Et c'est là qu'elle était, Brenda Sorby (il avait découvert son nom plus tard), flottant les yeux au ciel. Il l'avait sortie de la baille, et avait essayé le peu qu'il savait de respiration artificielle, mais ça n'avait servi à rien. Et puis il avait remarqué les marques sur son cou, et il avait compris que ce n'était pas un accident...

Il avait aussitôt envoyé son fils aîné chercher Silvester Herne, poursuivit-il, avec l'ordre formel de ne rien dire à qui que ce soit d'autre. Herne, comme Pascoe l'avait subodoré, n'était pas vraiment le chef des Gitans, mais plutôt leur spécialiste ès-magouilles... Celui qui savait monter les combines. Lee était retourné dans l'eau, et c'est là qu'il avait trouvé le sac de la femme. Il l'avait repêché et l'avait ouvert au moment où Herne arrivait. Ensemble, ils avaient découvert la montre, la chevalière, la liasse de billets.

Et ça, ça avait tout changé...

La première réaction de Herne avait été de dire qu'il fallait remettre la jeune femme à l'eau : c'était une *gadjo*, fallait laisser les *gadjés* s'en débrouiller... D'être le moins du monde mêlés à cette histoire ne ferait aucun bien aux Gitans en général, et surtout pas à Lee, avec son casier chargé comme un poids lourd... Encore que, de toute façon, remettre le corps à l'eau ne les empêcherait pas d'être mis dans le coup... Des siècles d'expérience avaient enseigné aux Gitans que la proximité entraîne la présomption de culpabilité...

C'est pourquoi, à y repenser, Herne avait suggéré que ce serait bien de la remettre à l'eau, mais beaucoup plus loin...

Pour le bien de tous. Sans compter que, comme ça, ils pourraient garder leur butin en toute impunité...

Lee avait amené sa camionnette jusqu'à la brèche de la clôture et lui et Herne y avaient chargé le cadavre. La peur superstitieuse venue des croyances romanis avait réduit les gosses au silence... Lee avait conduit la camionnette sur le champ de foire où il travaillait ce soir-là.

Le plan était qu'à la nuit venue, ce qui est tard en juillet, ils remettraient le cadavre dans la rivière, mais bien en aval au-delà de Charter Park. Et puis l'orage avait éclaté et la foule avait déserté le champ de foire. Alors, Herne avait proposé d'améliorer le plan. On allait traverser la rivière, et balancer le cadavre dans le canal ; comme ça, on ferait d'une pierre deux coups : on éviterait de souiller encore une fois la rivière qui, il ne fallait pas l'oublier, jouxtait le campement, et on aurait une chance de retarder le moment où le corps serait retrouvé, parce que le canal était bien plus profond et tout envasé.

Et puis, en plus, on allait avoir des gens tout trouvés pour porter le chapeau... C'est-à-dire les mariniers qui, de l'avis de Herne, étaient capables de tous les méfaits que des hommes peuvent commettre, et de quelques autres connus seulement de la faune aquatique.

Et c'est ce qu'ils avaient fait, continua Lee. Le cadenas du loueur de bateaux n'avait pas résisté longtemps à Herne qui, au fil du récit, apparaissait de plus en plus comme l'élément agissant dans la séquence des événements.

C'est seulement quand il fut question de l'argent que Lee se mit en avant. *Il* l'avait trouvé... Et c'était à *lui* de le garder jusqu'au moment où les temps seraient favorables à un partage.

– Et ça, c'était mieux pour nous, dit Dalziel. Herne ne l'aurait jamais planqué dans un endroit aussi facile à repérer !

– Alors, vous croyez ce qu'il nous a dit, patron ?

– Pourquoi pas ?

Les deux policiers arpentaient le couloir. Le chirurgien chef de service était arrivé quelques instants plus tôt, tout plein encore du bon résultat de sa partie de golf. Dalziel, après avoir tenté, sans beaucoup de conviction, une épreuve de force, avait battu en retraite : il n'ignorait pas qu'il faut être fou, ou héros, pour défier un grand patron dans son propre service...

– Mais nous ne savons pas encore ce qui s'est passé le mercredi, quand il a disparu avec Rosetta Stanhope, fit remarquer Pascoe.

– C'est simple... Il a lu dans le journal – si il sait lire – ou on lui a raconté, cette putain d'histoire de message de l'au-delà.

– Qui s'est révélé sacrément exact...

– Et, dans la matinée, il a vérifié le truc avec la fille. Pauline, je veux dire. D'ailleurs vous les avez vus parler ensemble... Et comme il n'est qu'un païen superstitieux, comme toute la sacrée tribu, il a pensé que les esprits n'allaient pas attendre bien longtemps pour préciser les heures et les lieux et les tribulations du cadavre, et il est allé voir Rosetta.

La porte de la chambre de Lee s'ouvrit, et le chirurgien en sortit, entraînant avec lui une cohorte d'internes et d'externes. Il adressa à Dalziel un signe de tête distrait, et passa son chemin.

– Très grand seigneur..., remarqua Pascoe.

– Ouais... Mais, si un de ces quatre matins, on retrouve ce salopard complètement bourré au volant de sa Daimler, ça sera des « Salut, Andy !... » longs comme le bras, lâcha Dalziel avec infiniment de philosophie. Allez, on y retourne !

Le superintendant avait vu juste en imaginant l'emploi du temps de Lee le mercredi.

On fit venir Rosetta Stanhope, qui sentait encore la fumée. Elle confirma l'essentiel du récit, quoique, dans sa version, il apparaissait qu'elle avait été plus ou moins enlevée. Lee l'avait fait monter dans sa camionnette au moment où elle sortait de chez elle et il avait roulé vers le nord, pendant qu'avec toutes sortes de circonlocutions il expliquait comment il se trouvait impliqué dans la mort de Brenda Sorby. Au début, elle avait cru qu'il reconnaissait être le meurtrier, et elle s'était tenue coite. Ils avaient vraiment fini par échouer dans un camp de Gitans, du côté de Teesdale, ou la présence de quelques cousins âgés, et quelques petits problèmes mécaniques sur la camionnette, l'avaient convaincue de passer la nuit. Elle avait téléphoné à son appartement, et, au début, elle ne s'était pas inquiétée de ne pas y trouver Pauline. Elle avait encore essayé plus tard, et c'est à ce moment qu'elle avait commencé de se faire du souci... Et le lendemain matin, elle s'était réveillée pour apprendre par la radio la mort de sa nièce.

Par loyauté à l'égard de Lee, elle avait renoncé à mettre ses dons au service de la police, comme elle l'avait proposé auparavant. Mais, maintenant que la vérité sur le sort de Brenda Sorby était dûment établie, elle réitérait son offre, avec beaucoup de chaleur...

Quand Pascoe le lui apprit, Dalziel haussa les épaules.

– Si vous voulez lui filer la pièce pour un coup de bonne ferte, c'est votre affaire, mon garçon ! Mais pas de fuite aux canards ! Et ne mettez *rien* sur votre note de frais !

Les enfants Lee, relevés de leur vœu de silence par leur père qui, maintenant, ne désirait rien tant que de les voir parler, s'étaient entretenus joyeusement et d'abondance avec Wield qui s'efforçait de prévenir toute déshydratation de leurs cordes vocales à grand renfort de petits gâteaux à la crème et de boissons gazeuses en provenance de la cantine. Ils avaient raconté qu'ils avaient entendu quelqu'un marcher à travers les saules juste avant qu'ils ne trouvent la jeune fille. Quand plus de détails leur avaient été demandés, ils avaient confié à Wield, devenu leur policier préféré, qu'ils étaient disposés à avoir vu tout ce qu'il voulait : grand, petit, blond, brun, homme, femme ou orang-outan... Mrs Lee et Me Pritchard avaient assisté à l'interrogatoire du début à la fin. La première, avec une indifférence totale, puisque les hommes avaient donné leur bénédiction. Quant à la seconde, elle avait fait preuve d'une vigilance sourcilleuse vis-à-vis de tout ce qui pourrait ressembler à une trace de pression policière.

Finalement, Wield, la désignant du doigt, demanda aux enfants :

– Est-ce que la personne dont vous parlez ressemblait à cette dame ?

– Oui, répondit l'aîné après mûr examen. Je pense que c'était elle, m'sieur...

– Non ! cria le plus jeune, emporté par son imagination. C'est elle, la dame qu'était dans l'eau !

Il éclata en sanglots contagieux qu'on ne put apaiser avant que miss Pritchard, de très mauvaise grâce, ne quitte les lieux...

De son côté, Silvester Herne corrobora le récit de Lee, mais de telle façon que son propre rôle soit ramené à celui d'une dupe innocente qu'une amitié mal placée avait conduit à se trouver impliqué bien malgré lui...

Et, pour finir, le légiste, avec toute l'assurance que donne, après coup, la connaissance des faits, confirma que la version de Lee correspondait très exactement à l'état du corps tel qu'il avait été décrit dans son rapport. Il en vint même à essayer d'accréditer l'idée que ses conclusions étaient d'une telle clarté qu'il était difficile de comprendre comment elles avaient pu échapper à la sagacité de ces messieurs de la police...

– Et tout ça nous mène où ? se demanda Wield à haute voix.

– Droit dans la merde, répondit Dalziel.

– Pas du tout ! s'insurgea Pascoe. Nous avons bien progressé. Nous savons maintenant avec précision où et quand Brenda Sorby a été tuée. Quelqu'un l'a étranglée au bord de la rivière et s'apprêtait sans doute à la laisser bien en ordre, comme les autres, quand il a entendu les enfants arriver. Alors il l'a jetée à l'eau, pas encore tout à fait morte comme nous le savons, et il s'est tiré. Donc, question : a-t-il forcé Brenda à l'accompagner ? Réponse : il y a très peu de chances, et l'agression doit avoir été si inattendue qu'elle n'a même pas trouvé le temps de crier, puisque les enfants l'auraient entendue... Conclusion : elle connaissait bien l'homme en question et elle ne se méfiait pas de lui.

– Autre question, dit Wield. Même si elle connaissait le bonhomme et qu'elle ne se méfiait pas de lui, qu'est-ce qu'elle faisait à se balader au bord de l'eau, alors qu'elle aurait dû être en ville à faire des courses avant d'aller retrouver Tommy ?

– Il y a une réponse évidente, dit Dalziel.

– Sûrement pas ! s'écria Pascoe. Elle n'était pas du genre à tromper son petit copain. Et, en plus, elle venait juste de se fiancer et d'acheter la chevalière pour Tommy, sans parler de la montre !

– Mais qui est-ce qui a dit que la montre était pour Tommy ? insinua Dalziel, cynique. Elle n'aurait quand même pas été la première greluche à avoir deux types dans sa vie en même temps. Un de son âge, et un autre un peu plus mûr, peut-être, un peu plus différent...

– Vous pensez à un beau et grand Gitan au teint cuivré, patron ? demanda Wield.

– Et pourquoi pas ?

Pascoe en renifla de dégoût, comme il l'avait appris auprès d'Ellie.

– On ne va pas en revenir à Lee ? Il n'est quand même pas tordu à ce point ?...

– Eh oui, ça serait bigrement rusé... dit Dalziel. Le double alibi, je veux dire. Et tous ces salopards sont bigrement rusés. Ils sont nés comme ça... Et si c'est pas Lee, il y en a plein d'autres que lui dans la tribu ! Quand c'est la période de la foire, il y a assez de gus avec un anneau d'or à l'oreille pour suspendre le rideau du grand théâtre !

– Non, trancha Pascoe avec fermeté. Je n'y crois pas. Pas cette fille, et pas à ce moment-là.

– Admettons... concéda Dalziel. Mais si vous mettez de côté la raison la plus banale pour se promener le long de la rivière par une belle soirée d'été... Et si vous pensez qu'elle n'était pas du genre à donner un coup de canif dans le contrat... Qu'est-ce que vous penseriez de son légitime ?

– Maggs, vous voulez dire, chef ! s'exclama Wield, incrédule.

– Pourquoi pas lui ? Personne ne lui a demandé ce qu'il faisait précisément entre 6 et 7 ce soir-là !

– Non, cria Pascoe. Je croirais plus facilement à l'histoire de Lee qu'au fait que Tommy soit capable de monter un truc pareil !

– Ça, c'est du racisme, souligna Dalziel.

– Pas du tout, sourit Pascoe. Quelques-uns de mes meilleurs amis sont du Yorkshire ! Mais ce n'est pas parce que nous regardons les rapports personnels que nous devons les confondre avec des mobiles personnels. On peut imaginer que Tommy, ou un jules caché, pouvaient tous les deux avoir de bons mobiles pour tuer Brenda. La jalousie, ou la peur d'être découvert... Mais ce ne sont pas les mobiles de l'Etrangleur. Vous me suivez ?

– C'est quoi, le mobile de l'Etrangleur ? Qu'est-ce qu'il a dit, ce psy de... Comment il s'appelle ?... Pot de chambre ?

– Pottle, corrigea Pascoe. Peut-être. Quelque chose comme ça. Mais ce n'est pas personnel, au sens moral du mot. Vous savez très bien ce que je veux dire, chef.

– Vraiment ?

– Oh oui ! Je me souviens que vous étiez absolument sûr que c'était l'Etrangleur qui avait tué Brenda, même si on l'avait retrouvée dans l'eau, alors que vous aviez des doutes pour Pauline, qui avait pourtant été arrangée dans le style habituel !

– Je peux changer d'avis, non ? C'est exaspérant d'avoir raison tout le temps !

– Oui, ça doit être très pénible, concéda Pascoe qui s'efforça de ne pas répondre au sourire de Wield derrière le dos de Dalziel. Mais je me demandais si vous aviez pensé, vous aussi, ce à quoi j'avais pensé : que Dave Lee n'avait pas été le seul à s'inquiéter de voir que Rosetta Stanhope s'approchait si bien de la vérité. Et que, peut-être, quelqu'un s'est pointé à la foire ce mercredi pour clore le bec à Madame Raschid, mais il ne pouvait pas savoir qu'il avait affaire à Pauline, et pas à Rosetta...

– Peut-être, peut-être, s'emporta Dalziel. Mais qui pourrait bien se faire des cheveux pour un tel ramassis de sornettes, à part un Gitan analphabète ? Voyons, qu'est-ce qu'il disait, ce journal ?

Les trois hommes se saisirent du quotidien en question.

– Le ciel bleu... le grand soleil... des oiseaux... des visages bronzés... résuma Dalziel. On dirait un dépliant touristique !

– C'est ce que je pensais, dit Pascoe.

– Ben alors, il n'y a pas de raison de s'inquiéter ! Et la voisine, cette Mrs Duxbury ? Ah oui, on en parle. Selon elle, c'était absolument la voix même de la nénette...

– La mère le pensait aussi, fit valoir Pascoe. Mais, bien sûr, l'ambiance devait être un peu à l'hystérie.

– Ouais... Et je parie que notre ami Wield en pissait de rire !

– On devrait peut-être demander à nos amis les linguistes d'écouter aussi cet enregistrement-là, suggéra Pascoe.

– Et puis quoi encore ? aboya Dalziel. Tous ces experts, j'en ai plein le cul ! Qu'est-ce qu'ils ont fait d'utile, jusqu'à présent, hein ?

– Ils ont analysé les voix des appels téléphoniques... On pourrait aussi enregistrer les voix de tous les bonshommes qui sont mêlés à cette histoire, et faire des comparaisons...

– Ouais... Mais ça suppose que, petit *a*, vous faites confiance à cette paire de cauchemars ambulants et, petit *b*, que vous avez la certitude que l'Etrangleur a fait au moins un de ces appels... Et tout ça ne fait pas une preuve qui se tienne !

– Non, mais ça vaut sûrement la peine d'essayer, insista Pascoe.

Dalziel persistait à afficher ses doutes. Il regarda sa montre.

– Bon Dieu ! 2 heures passées ! Et j'ai même pas encore bouffé ! Peter, je crois qu'on est allés aussi loin qu'on pouvait pour aujourd'hui. Vous devriez rentrer chez vous, et vous mettre en congé comme c'était prévu.

– Pas question, coupa Pascoe. On a fait un marché : j'ai mon vendredi et mon samedi la semaine prochaine, vous l'avez promis. Essayez de faire une entourloupette, et Ellie va vous arracher les yeux ! Tiens, à propos, je vais lui passer un coup de fil pour savoir comment elle va...

A cet instant, le téléphone sonna.

Il s'empara du combiné.

– C'est pour vous, dit-il en le tendant à Dalziel.

– Mais bien sûr que je vais pas vous faire des entourloupettes ! lui répondit Dalziel, chagrin. Non, cet après-midi, ç'aurait été en plus... Comme qui dirait un bonus... Mais comme je vois que vous n'en voulez pas... Allô, oui ?

Il beuglait tandis qu'une voix métallique lâchait dans le combiné :

– Vous feriez mieux de faire un tour dehors et d'oublier le téléphone...

– Qui est à l'appareil ? demanda Dalziel.

– Sammy Locke, de l'*Evening Post*. Comment vont les affaires ?

– Comme ci, comme ça... Et vous, quoi de neuf ?

– Eh bien, un de nos pigistes vient de nous passer un bon papier sur des choses bizarres au campement des Gitans : descentes de police, brutalités, interruption de rites funéraires traditionnels...

– Quoi ! Qu'est-ce que vous me racontez ? Imprimez ça, mon petit père, et vous aurez plus jamais un fait divers à vous mettre sous la dent !

– On verra bien, dit Locke avec indifférence. Et, à part ça, il ne se passe rien d'autre ?

– Non... Pourquoi ? Il devrait ?

– C'est à vous de me le dire... Mais écoutez-moi donc ça...

Au bout du fil, il y eut une pause, puis un cliquetis mécanique, et une voix lasse annonça :

– *Ô Dieu ! Je pourrais être enfermé dans une coquille de noix, et me regarder comme le roi d'un espace infini, si je n'avais pas de mauvais rêves.*

– Eh bien, voilà, conclut Sammy Locke. Je crois que vous pouvez vous mettre à la recherche de votre prochain cadavre !

22

Curieusement, Dalziel semblait s'intéresser davantage à un message sans cadavre qu'à un message avec cadavre à la clé.

– Ces linguistes, vous avez réussi à me les trouver ? demanda-t-il à Pascoe pour la troisième fois.

– J'ai envoyé des voitures, et j'ai dit aux gars de nous les amener dès qu'ils pointeront le nez chez eux, répéta Pascoe. Mais il ne faut pas se faire trop d'illusions. Tout ce qu'ils pourront nous dire, c'est duquel des quatre il s'agit. Mais, pour moi, on dirait bien A.

– Je le crois aussi, intervint Wield. Mais c'est pas commode d'en être certain. Ça sonnait pas de la même façon. Pas aussi sûr de lui, vous voyez... Malheureux, je dirais.

– Cornes du diable ! trancha Dalziel. *Lui*, malheureux ! Attendez un peu que ça paraisse dans les canards ! On va se faire taper sur les doigts ! Remarquez bien que, moi, qui n'ai pas été élevé dans un collège de rupins, les coups sur les doigts, je m'en fous !

– Non, patron. Mais le sergent a raison. J'ai aussi envoyé chercher le Dr Pottle, et nous verrons bien ce qu'il va nous dire...

Dalziel, comme Atlas frappé par la fatigue, se secoua les épaules, marquant ainsi le peu de cas qu'il faisait des avis du Dr Pottle.

Le sergent Brady fit son entrée. Il avait collationné les avis concernant les personnes disparues : il n'était pas de nuit de week-end qui n'apporte son lot de jeunes portés manquants.

– Sept nanas... annonça Brady. Y en a trois qui sont finalement rentrées aux petites heures. Puis y en a deux autres qui sont revenues, elles aussi, mais là, les parents n'ont pas pris la peine de nous informer. Ça nous en laisse deux. On dirait qu'elles se sont évanouies dans le brouillard. Des pedigrees bien banals, comme dirait Mr Pascoe...

– Ça ne fait rien... Suivez les dossiers ! ordonna Dalziel.

Puis quand le sergent eut quitté les lieux, il ajouta :

– Peter, qu'est-ce que vous avez fait à Brady ?... *Des pedigrees bien banals !...* Alors qu'il est tout juste capable d'épeler psychologie avec deux *p* et un *k* !...

Sur ces entrefaites, le sergent Brady revint pour annoncer l'arrivée du Dr Pottle.

– Il pourrait pas avoir sa partie de golf comme tout le monde, hein ? grogna Dalziel.

Mais quelles que soient les activités auxquelles le Dr Pottle consacrait l'après-midi du samedi, il était évident qu'il n'était que trop heureux d'y échapper. Il s'installa dans une pièce voisine avec le nouvel enregistrement qu'il fit défiler à de nombreuses reprises.

– Vous n'avez pas de cadavre ? s'enquit-il quand il en eut terminé.

– Non..., répliqua Dalziel. Vous croyez qu'on a des chances d'en trouver un ?...

– Je ne pourrais pas le dire... Mais que ce bonhomme soit votre Etrangleur ou non, il me paraît franchement perturbé !... Et si nous acceptons l'hypothèse qu'il est le A des bandes précédentes, il y a un gros changement !...

– C'est bien ce que je pensais, dit Wield. Encore plus malheureux, on dirait...

De la tête, le Dr Pottle marqua son approbation.

– Vous, vous avez l'oreille absolue !...

Presque sans bruit, le sergent toussa dans son poing fermé. Et Pascoe, qui se piquait de devenir l'un des grands pontes de ce qu'il appelait la Wieldologie, nota que c'était l'équivalent des joues roses de satisfaction chez un homme ordinaire.

– La dernière fois, continua Pottle, son ton était celui d'un homme plein de remords, mais cependant résolu, comme s'il devait accomplir un pénible devoir...

– Le genre « Ça me fait plus mal qu'à vous »... intervint Dalziel. A l'école, quand j'étais gosse, on avait un vieil instit qui disait toujours ça avant de nous taper dessus !

– C'est tout à fait ça, au moins pour une part... Une sorte de pitié... Je l'ai expliqué dans mon rapport... Ce ne sont que des impressions, mais elles sont confirmées, me semble-t-il, par la manière dont il traite ses victimes, et puis par le ton et le contenu des appels téléphoniques. Là, aujourd'hui, nous avons deux changements très nets. D'abord, il y a bien plus d'angoisse dans sa voix, bien moins d'assurance... Et puis la citation qu'il a choisie le concerne lui, pas sa victime : *Ô Dieu ! Je pourrais être enfermé dans une coquille de noix, et me regarder comme le roi d'un espace infini, si je n'avais pas de mauvais rêves...* Il commence à ne plus très bien se supporter, à mon avis...

– Et ça pourrait transparaître dans son comportement ? demanda Pascoe.

– Pas obligatoirement... Et en tout cas pas jusqu'à présent...

– Ce que je veux vous demander est plus important... Ça veut dire qu'il est plus ou moins, dangereux ? interrogea Dalziel.

– Je ne peux pas répondre à votre question, lâcha le psychiatre.

Dalziel se composa une moue très expressive et, glissant les mains sous sa ceinture, commença de se gratter l'estomac à grand bruit.

– Un dernier point, reprit Pascoe. Supposons que son dernier meurtre – je veux dire le dernier dont nous ayons connaissance – n'a pas eu pour mobile ce qui le tarabuste, quoi que cela puisse être, mais par le désir tout simple de ne pas se faire prendre... Vous ne croyez pas que ça pourrait changer son état d'esprit ?

Pottle alluma une nouvelle cigarette au mégot qu'il avait entre les lèvres.

– C'est une hypothèse ? Ou bien vous savez quelque chose de plus ?

– Disons que c'est une conjecture fondée sur de bonnes bases... répondit Pascoe.

– Eh bien moi, pour ma part, je conjecturerais volontiers qu'à ses yeux sa propre survie n'est pas une justification suffisante pour tuer. Sauf si c'était vraiment une dernière fois pour toutes...

– Autrement dit, il pourrait encore tuer s'il avait décidé qu'après il n'y aurait plus d'autres meurtres...

– Oui...

– Mais s'il pressentait qu'il y allait en avoir d'autres... Que sa pulsion l'entraînait de nouveau...

– Je vois où vous voulez en venir, Mr Pascoe... Oui... Ça pourrait expliquer le changement de ton de son message... Si sa pulsion l'a encore amené à tuer, il sait maintenant qu'il peut être conduit à tuer encore pour se protéger. Et ça, il a de la peine à l'assumer...

– Une seconde ! coupa Dalziel. S'il a tué Pauline Stanhope seulement pour se protéger, alors c'est l'appel qui a suivi ce meurtre qui est plein de ce malheur que vos oreilles sensibles n'arrêtent pas de détecter !...

– Oh non ! estima le Dr Pottle. A ce moment-là, ses mobiles étaient bien suffisants pour qu'il se sente totalement justifié !... Et c'est pour ça qu'il a apporté tant de soins à se camoufler...

– Se camoufler ?

– Absolument ! En laissant la fille bien en ordre, et en continuant à appeler au téléphone dans le même ton, et avec le même genre de citation qu'avant, il tentait de vous fourvoyer... De vous remettre sur la piste d'un Etrangleur psychopathe !

– C'était votre toute première hypothèse, patron..., rappela Pascoe.

– Ouais... je vois... grommela Dalziel. Mais je me méfie toujours de mes propres idées quand je vois qu'il y a des putains d'intellos pour les partager !... Eh bien, merci, docteur... Vous nous avez bien aidés !

Pottle referma son carnet avec une telle force qu'il en sortit un nuage de poussière aussi dense que les vapeurs d'un encensoir.

Tout bien considéré, se dit Pascoe, dans notre société, Pottle est une sorte de grand prêtre...

Mais Dalziel, en bon agnostique, n'avait pas voulu l'écouter.

– Je vois qu'il n'est pas très porté sur les intellos... susurra le Dr Pottle. Mais... Est-ce qu'il est vraiment intelligent lui-même ?... En ce qui concerne l'autre, je n'ai pas de doutes...

– Le surintendant distingue une falaise d'un malaise, si c'est ce à quoi vous pensez, docteur... le rassura

Pascoe. Mais vous, vous avez réfléchi au pourquoi d'*Hamlet* ?...

– Je continue de croire que c'est la première de ces dames qui est la clé de notre mystère. Si elle avait été un peu plus âgée, et si elle s'était remariée après la mort de son mari, et si elle avait un fils de trente-cinq ans qui se comporte comme un adolescent...

– Elle n'avait qu'une fille, coupa Pascoe. Qui s'est tuée dans un accident...

– Ce peut être significatif... Mais il n'est pas en mon pouvoir d'établir *ce* lien-là... Je vous tire ma révérence, inspecteur.

– Inspecteur Pascoe ! aboya Dalziel au moment où la porte se refermait derrière le psychiatre.

Pascoe s'approcha du bureau couvert de paperasses que le surintendant contemplait avec répugnance.

– Y a vraiment trop de gens qui baguenaudent ici ! grogna Dalziel. On se croirait dans un claque après la fermeture des *pubs* !...

– Drôle de claque ! commenta Pascoe. Parce que la fille que nous attendons tous est morte !

– J'y croirai quand je le verrai, reprit Dalziel. Mais, en attendant, y a plein de choses à faire ! La foire se termine ce soir, et ils vont démonter demain matin... Alors je vais y envoyer une équipe. En cas que la mémoire revienne à un brave bougre au dernier moment... Ou bien qu'on découvre un indice quand on commencera à faire le ménage... Et puis j'en ai plein le cul de tous ces olibrius qui débitent des conneries sur les enregistrements ! Nous, on va essayer d'en tirer quelque chose d'utile. Je veux que vous enregistriez les voix de tous les zigotos qui sont mêlés à notre histoire !... Qu'ils soient d'accord ou que vous le fassiez en douce, je m'en fous ! Le sergent Wield a des doigts de fée pour manipuler un magnétophone, n'est-ce pas, sergent ? Et peut-être que, comme ça, il y aura un de ces enfoirés d'experts qui pourra nous dire enfin si c'était un mec de la bande qui jacassait dans le téléphone ! Vu ?

Il fixait Pascoe, comme pour le défier de lui rappeler que c'était lui qui avait proposé cette marche à suivre une heure auparavant.

– C'est une excellente idée, chef, sourit Pascoe. Je vais me charger de Wildgoose. De toute façon, je voulais le revoir.

– Et moi, je m'en vais avoir une autre petite conversation avec Mr Mulgan, ajouta Wield qui avait porté le plus vif intérêt au rapport des linguistes.

– A propos de Mulgan, intervint Dalziel, y avait quelque chose à tirer de la liste des opérations effectuées par Brenda Sorby ?

– J'avais complètement oublié, confessa le sergent en lui tendant le papier. Avec la perquisition au campement et tout...

Le superintendant émit un grognement et parcourut la liste. A cause de la demi-journée de fermeture, un grand nombre des commerçants du voisinage, y compris Mr Conrad, l'horloger-bijoutier, avaient profité de l'après-midi pour apporter leur recette à la banque. On pouvait aussi remarquer qu'il y avait eu un dépôt au nom de l'aéro-club, et qu'une somme importante avait été tirée sur le compte de la Middlefied Electronic.

Il fronça les sourcils.

– Elle portait bien sa bague de fiançailles, ce jour-là ?

Pascoe et Wield se regardèrent.

– Je crois que oui, confirma Wield. Pourquoi, chef ?

– Pour rien ! Vous me rendez tous aussi cinglé que vous ! Allez, foutez-moi le camp, et tâchez-moi voir d'en mettre un coup !

Avant de quitter le poste de police, Pascoe mit sous enveloppe une copie du dernier enregistrement destinée à Gladmann et à Urquhart, pour le cas où ils se manifesteraient avant son retour. Au dernier moment, comme pour être sûr de n'avoir rien à regretter, il y ajouta la cassette de la transe de Rosetta Stanhope, à laquelle il joignit la transcription qu'en avait faite Wield, et un petit mot dubitatif : « Qu'est-ce que vous pensez de ça ?... »

Chez Mark Wildgoose, on n'avait toujours pas ramassé le lait et les journaux. Pascoe envisagea un instant de forcer la porte, mais il en fut dissuadé par l'apparition d'un voisin, un jeune homme chevelu apparemment parvenu au stade ultime de la tuberculose, qui, sifflant plutôt que parlant, l'informa que Wildgoose avait quitté la maison la nuit dernière et qu'il n'était pas encore revenu. Sur ce, Pascoe s'en alla.

Il pensa passer chez Lorraine Wildgoose. Mais, à la réflexion, il paraissait peu probable que Mark Wildgoose s'y trouverait. En outre, il n'était pas nécessaire d'apporter de l'eau au moulin des obsessions de sa femme...

Non, décidément, c'était chez la gamine, Andrea Valentine, qu'il fallait aller. Preece avait entendu dire que ses parents rentreraient pendant le week-end. Alors peut-être bien que Mark Wildgoose y tirait une dernière fois sa crampe avant leur retour. Pascoe se mit au volant et fit route vers Danby Row.

Repérant la maison, il passa devant la façade à petite allure. Aucun signe de vie. Là aussi, le lait était resté devant la porte, ce qui signifiait à coup sûr que les parents n'étaient pas encore revenus et que les tourtereaux – s'ils étaient bien là – n'avaient pas achevé leurs effusions...

Il fit demi-tour au bout de la rue et revint sur ses pas. Dalziel, pensa-t-il, ne se serait pas astreint à ce premier passage. Il aurait foncé dans le tas. Parce qu'il aurait jugé scandaleux qu'une mineure se fasse sauter par un prof d'âge mûr, et marié de surcroît. Parce que ses parents étaient en droit de savoir. De l'avis du commissaire, Pascoe agissait avec bien trop de doigté, ce qui ne faisait de bien à personne, et moins encore à la demoiselle.

En fait, jusqu'à un certain point, Pascoe était d'accord avec cette vision des choses. Il s'était comporté, reconnaissait-il, avec une douceur quasi évangélique... En théorie, puisqu'il soupçonnait Wildgoose d'avoir dissimulé à Danby Row ce qui restait de sa récolte de cannabis, il aurait dû faire irruption la veille, entreprendre une perquisition en règle, et flanquer à la petite une telle inculpation pour possession de stupéfiants qu'elle n'aurait pas eu d'autre ressource que de témoigner contre Wildgoose... Qu'on aurait pu inculper, lui, de production et de vente de substances prohibées...

C'est ce que Pascoe aurait dû faire. Et c'est ce qu'il

n'avait pas fait. « Ne te casse pas la tête », se dit-il avec résignation en appuyant sur le bouton de la sonnette. On ne pouvait pas être un bon flic et s'en tenir à la lettre du règlement. Et puis, à considérer l'ensemble du problème, peut-être bien que son laxisme à propos du hasch compensait l'ardeur que mettaient certains de ses collègues à faire valoir leur point de vue aux suspects à grand renfort de coups de poing à l'estomac...

Pas de réponse à la sonnerie... Pascoe n'avait pas l'intention d'attirer l'attention du voisinage, et décida de faire le tour de la maison. Devant, il n'y avait pas de jardin, seulement un rectangle pavé, au milieu duquel un magnolia mélancolique s'efforçait de pousser. Derrière, au contraire, s'étendait un jardin tout en longueur, protégé des regards par une profusion de plantes de toutes sortes, qui s'achevait par un mur où l'on avait ménagé une porte noyée dans la verdure, vraisemblablement pour donner accès à l'allée courant à l'arrière de la rangée de maisons.

Pascoe, sans résultat, frappa à la porte de derrière. Il essaya la poignée. Le vantail, pas verrouillé, s'ouvrit en grinçant.

Il pénétra ainsi dans une cuisine à l'ancienne : évier de marbre, fourneau à charbon, séchoir à linge suspendu au plafond, carreaux de céramique bleue et blanche. Les parents Valentine, à l'évidence, ne consacraient pas leur argent à la modernisation de leur logement... Et si leur manière de voir était aussi démodée que leur cuisine, ils risquaient l'attaque cérébrale quand ils apprendraient à quoi leur petite Andrea chérie avait passé son temps...

– Ho ! Il y a quelqu'un ? appela Pascoe en ouvrant une autre porte.

Sa voix résonna dans l'escalier, peint d'un marron lugubre qui jurait avec le papier vert sombre qui tapissait les murs.

– Ho ! cria-t-il encore une fois.

Mais plus doucement, car il n'attendait plus de réponse...

Et pourtant, il le sentait, il y avait quelqu'un, ou quelque chose, dans la maison... Et la peur, soudain, accéléra les battements de son cœur. En un éclair, il pensa à ce qu'avait pu ressentir Wield en s'introduisant dans la tente de Madame Raschid... Le sergent avait été pris au dépourvu par sa découverte. Mais peut-être que c'était pire quand l'horreur était prévue...

Curieusement, ce ne fut pas horrible. En un sens, ce fut à la fois une déception et un soulagement.

Pascoe poussa une porte qui conduisait dans un petit boudoir. Andrea Valentine s'y trouvait, allongée sur une vieille chaise longue. Elle n'était vêtue que d'une serviette de bain, mais arrangée avec un souci de décence, de manière à couvrir le plus possible de peau nue. Ses pieds chaussés de mules étaient serrés l'un contre l'autre, et sur sa poitrine, ses bras étaient croisés. Au majeur de sa main gauche brillait une pierre rouge montée sur un anneau d'argent.

La main, quand l'inspecteur la toucha, était déjà froide. Il regarda longuement le visage aux vaisseaux bleuis, et il ressentit tout le poids du remords.

Mais ce n'était pas le moment.

Ignorant le téléphone installé dans le vestibule, il se rua jusqu'à sa voiture et, au micro de sa radio de bord, lança quelques instructions urgentes.

Puis il retourna à l'intérieur de la maison, et attendit.

23

L'histoire se répétait.

Andrea Valentine avait été étranglée, puis l'assassin avait soigneusement disposé son cadavre de façon à occulter autant que possible la violence de la mort. Elle avait été tuée entre minuit et 2 heures du matin.

Ce qui changeait, c'est qu'elle avait eu un rapport sexuel peu de temps avant de mourir. Mais il n'y avait pas de signe de viol.

Dans une boîte à chaussures, au fond de la penderie, les policiers découvrirent ce qu'ils considérèrent comme les restes de la moisson de chanvre indien de Mark Wildgoose.

Dans toutes les pièces de la maison, ils trouvèrent aussi ses empreintes ou, plus exactement, des empreintes semblables à celles qui avaient été relevées dans l'appartement qu'il habitait.

Mais Mark Wildgoose lui-même avait disparu.

Pascoe fit un saut chez Lorraine Wildgoose.

– Qu'est-ce qui s'est passé ? demanda-t-elle.

Il essaya d'éluder la question, mais elle n'était pas femme à se laisser embobiner, et il choisit de tout lui dire.

– Vous allez vouloir fouiner dans tous les coins pour être sûr que je ne le cache pas ici ! Seigneur !

Se sentant parfaitement ridicule, Pascoe, par acquit de conscience, jeta un coup d'œil. Par chance, les deux enfants n'étaient pas là.

– Vous n'avez pas l'air étonnée, choquée, insinua-t-il.

– Qu'est-ce qu'il vous faut ? Vous préférez l'hypocrisie ? rétorqua-t-elle. Je crois avoir été la première à vous parler de lui...

– Pour l'instant, dit doucement l'inspecteur, nous n'en sommes qu'aux soupçons... Et nous voulons lui parler...

– Soupçons ? Qu'est-ce que ça veut dire ?

– Je reconnais que nos indices nous mènent à lui, mais il faut d'abord qu'on l'interroge. S'il vous contacte, vous nous préviendrez ?

– Si j'y arrive, je briserai le crâne de ce salaud et je vous l'amènerai après !

Pascoe, la fixa, mal à l'aise. Est-ce qu'on pouvait vraiment la laisser seule ?

– Il n'y a pas d'endroit où vous pourriez aller ? Vos parents, peut-être... Vous et les enfants ?

– Partir ? Pourquoi ?

– Pour les enfants... Quand les journalistes vont être au courant, ils débarqueront ici en rangs serrés ! Et ils ont autant de tact qu'une meute de loups !...

– Je ne fais pas dans la sensiblerie, Mr Pascoe...

– Mais les enfants ?

– Vous avez sans doute raison... Merci de ce conseil...

– Si vous partez, conclut Pascoe, laissez-nous votre adresse... Au revoir, Mrs Wildgoose.

A la quitter, il éprouva un soulagement qui dura peu : retournant à Danby Row, il trouva les Valentine à peine revenus de leurs vacances. A eux deux, ils formaient un petit couple, d'abord écrasés de chagrin, puis écumant de colère, et commençant à réagir comme si les policiers étaient les auteurs du crime, et non des enquêteurs. On fit appel à des voisins pour les calmer. Les voisins en question avaient déjà été interrogés et n'avaient rien remarqué d'inhabituel. Une voisine, cependant, croyait avoir entendu une galopade dans le jardin peu après minuit, à l'heure où elle faisait rentrer son chat dans sa maison.

Elle indiqua qu'elle avait souvent vu Wildgoose pénétrer dans la maison, mais toujours dans la journée. Et qu'il n'était jamais resté assez longtemps « pour qu'il puisse se passer quelque chose »... Elle croyait, à l'évidence, que le péché demande du temps.

Cela démontrait, au moins, que Wildgoose avait fait preuve de discrétion, ce qui était raisonnable pour un homme exerçant sa profession... Calmés, les Valentine déclarèrent qu'ils ne le connaissaient que comme l'un des professeurs d'Andrea. Et quand on leur expliqua, avec ménagements, qu'il pourrait avoir eu une liaison avec leur fille, ils en furent presque aussi choqués que du meurtre lui-même...

Pascoe s'éclipsa pour téléphoner à Ellie. Il était déjà 18 heures, et la nuit s'annonçait longue.

Il s'inquiéta qu'elle mette autant de temps à répondre, mais elle le rassura : elle se faisait bronzer dans le jardin.

– Autrefois, ironisa-t-elle, il y avait des gens qui louaient des avions pour venir me reluquer quand j'étais à poil dans la verdure. Maintenant, ils mettent leurs radars en route pour m'éviter !... Et de ton côté, quoi de neuf, chéri ?...

Il hésitait un peu à gâcher sa bonne humeur, mais il

savait qu'il ne pouvait l'empêcher d'écouter les informations à la radio.

– Oh, Peter, souffla-t-elle. Elle avait quel âge ? Et tu crois vraiment que c'est Mark Wildgoose ?

– Pour le moment, c'est lui qui tient le pompon !

– Pauvre Lorraine... Je vais lui passer un coup de fil...

– N'en rajoute pas trop... Je viens de la voir. Elle est très Madame Je-vous-l'avais-bien-dit...

– Il faut bien qu'elle se défende. Ecoute, Peter, je ne sais pas si vous le savez déjà, ou si ça vous est utile, mais je sais où Mark Wildgoose était hier soir. Et probablement cette pauvre petite aussi...

– Tu sais ça ? Eh bien, vas-y, Sherlock !

– C'est Thelma. Elle est passée tout à l'heure... On parlait de Lorraine, toutes les deux, et elle m'a dit qu'hier soir, elle avait vu son mari à la soirée disco de l'aéro-club... Il y en a une tous les vendredis et tous les samedis.

– Thelma va dans des soirées disco ! Eh bien...

Pascoe n'en croyait pas ses oreilles.

– Pourquoi pas ? Mais, en réalité, ce n'est pas vraiment ça... Ils ont eu quelques problèmes, ces temps derniers... On disait qu'il y avait des petits jeunes qui buvaient de l'alcool... Tu vois le genre... Enfin, Bernard Middlefield – je pense que tu le connais –, il est membre du comité, et il a décidé de mener son enquête... Thelma en a eu vent, et comme elle n'aime pas beaucoup ce Middlefield, ni ses opinions, elle a pensé qu'il valait mieux qu'elle vienne aussi, et qu'elle ramène les conclusions du bonhomme à un peu plus d'objectivité...

– Objectivité ! Et Wildgoose ?

– Elle ne l'a remarqué que tard... Il n'a pas beaucoup dansé. En fait, à ce qu'elle m'a dit, il n'avait pas l'air trop content. Mais, évidemment, entouré comme il l'était de gamins de seize ans qui sont pour la plupart ses élèves...

– Il aurait bien mieux fait de rester chez lui avec un bon livre ! En tout cas, merci, chérie. On aurait bien fini par le savoir, mais ça nous évite tout un tas de boulot casse-pieds... Ecoute, tu me prendras comme je serai,

O.K. ? Ne m'attends pas si tu es fatiguée... Tu es sûre que ça va, maintenant ?

– Mais oui ! s'agaça-t-elle. Fais attention, Peter... Si tu veux taper sur quelqu'un, assure-toi que c'est quelqu'un que je taperais moi-même...

– Ha, ha, ricana Pascoe. Au revoir...

Les techniciens de l'identité judiciaire en avaient fini avec la maison de Danby Row, qui fut abandonnée au silence et au chagrin. Les policiers appréciaient de retrouver les locaux du C.I.D.

Dalziel avait mis en branle tout l'appareil national de la police. Dans la région, tout était passé au peigne fin : stations d'autobus et de cars, gares, taxis, loueurs de voitures, sans parler des hôtels et des meublés... Le signalement fut communiqué aux médias et, quoique le passeport de Wildgoose, dûment muni de tous les visas nécessaires à son prochain voyage en Asie, ait été retrouvé dans son appartement, on alerta aussi les ports et les aéroports...

– Vous croyez vraiment que c'est notre homme ? demanda Pascoe au superintendant.

– Je crois vraiment que je veux le voir en tête à tête ! râla Dalziel. Nom de Dieu ! Il est 8 heures passées, et je n'ai pas encore trouvé le temps d'avoir un repas correct aujourd'hui ! Et pourquoi ça ne serait pas notre homme, hein ?

– Je ne vois pas de raison... Sauf le sexe, peut-être... Auparavant, il n'y avait jamais eu...

– Auparavant, il n'avait jamais tué quelqu'un qu'il s'enfilait ! coupa Dalziel. Non, je sais, c'est pas le sexe qui le motive... Chez lui, baiser et tuer ne vont pas ensemble. Mais ça ne l'empêche pas de prendre son pied ! Ce que je veux dire, c'est qu'il avait une liaison avec cette petite, et pas avec les autres !

– Alors, pourquoi la tuer maintenant ?

– Bordel de merde, Peter ! Si vous voyez un moment plus approprié faites-moi signe !

– Mais il y avait la bague, intervint Wield.

– La bague ?

– Oui, chef. Comme une bague de fiançailles... Mr Pascoe a dit que le Dr Pottle a dit que...

– Ce Pottle de mes deux ! aboya Dalziel. Qu'est-ce qu'une putain de bague a à voir là-dedans ? Ecoutez, trouvez-moi ce connard, et faites-en de la chair à pâté jusqu'à ce qu'il parle !

– Ne vous inquiétez pas, confia Pascoe à Wield en quittant le bureau du superintendant. Il a ses règles !

– Ou peut-être qu'il n'est pas sûr...

– Pour la bague, il a raison, je crois... Voyons, si c'est Wildgoose qui la lui a donnée, il n'a pas de raison de l'avoir tuée parce qu'elle la portait !

– Mais, s'il la lui a donnée, il forçait un peu la cadence, hein ?

– On saura probablement ça à l'aéro-club, conclut Pascoe. Preece !... Venez par ici ! Je vais vous emmener en boîte !

Comme il l'expliqua plus tard dans la voiture qui les emmenait, Pascoe avait choisi Preece parce que, dans la pénombre de la salle, à peine brisée par les éclairs du stroboscope, le jeune agent pouvait passer pour un adolescent en pleine crise de puberté.

Mais, en l'occurrence, cette précaution se révéla inutile.

Pascoe avait déjà observé que la jeune génération, censée nourrir à l'égard de la police des sentiments de crainte et d'hostilité, avait d'étranges façons d'en faire preuve. Il était encore tôt, mais le local de l'aéro-club avait fait le plein. On avait tiré les rideaux, pour que la lumière du crépuscule ne nuise pas aux luminescences électroniques, et les haut-parleurs, à pleine gomme, déversaient leurs rythmes. Quand les trois hommes furent dûment identifiés comme des flics, ils furent rapidement cernés par une horde de témoins potentiels qui ne manifestaient ni crainte ni hostilité.

– Sergent, Preece et vous, vous vous débrouillez avec toute cette marmaille ! ordonna Pascoe. Moi, je vais retrouver les gens de ma génération !

– O.K., chef ! dit Preece qui se frottait paisiblement à une paire de seins de quatorze ans, dont la fermeté montrait à quel point le Service national de santé avait soin de ses bénéficiaires.

La « génération » de Pascoe se limitait à Bernard Middlefield, à Thelma Lacewing, et à Austin Vernon, le secrétaire de l'aéro-club, qui, agglutinés tous trois, semblaient bien plus tristes que les contemporains de la jeune morte. Les deux premiers avaient appris sa mort par la radio, compris qu'elle avait un rapport avec leurs activités de la soirée précédente, et étaient revenus assister à la soirée disco suivante, pour des motifs qui manquaient encore de clarté...

– Vous connaissiez Mark Wildgoose, monsieur ? demanda Pascoe à Bernard Middlefield.

– Pas le moins du monde, mais je l'avais remarqué, hier soir. C'était vraiment le plus vieux du lot, et j'ai demandé qui c'était...

– Et vous, monsieur, vous le connaissiez ? demanda ensuite l'inspecteur à Vernon.

– Non, il n'était jamais venu avant. Mais Thelma, enfin, miss Lacewing... Elle le connaissait.

– Je suis une amie de sa femme, coupa Thelma Lacewing. Comme vous le savez sans doute...

– Oui, je sais, dit Pascoe. Il se comportait comment ? Rien de bizarre ?

– Tout est bizarre dans un endroit comme ça, intervint Middlefield. Je m'en vais suggérer au comité de mettre le holà à ces petites sauteries ! Nous sommes un aéro-club, pas un club de rencontres pour jeunes maniaques sexuels !

– Les parents de la plupart de ces gosses sont membres du club, et ce sont *tous* de futurs membres, riposta Thelma Lacewing. Et leurs soirées vous permettent de payer des clopinettes vos gins tonic le restant de la semaine !

– Il y avait quand même quelque chose d'étonnant, intervint Austin Vernon, comme s'il ignorait ses deux compagnons. De temps en temps, nous avons comme ça un adulte qui débarque. En général, il essaie de faire comme s'il était encore jeune. Mais Wildgoose n'a pratiquement pas dansé... D'ailleurs, ils étaient arrivés tard... J'ai eu l'impression que c'est la fille qui avait eu l'idée de venir ici, et que, lui, il a été un peu secoué en découvrant notre public... J'ai entendu deux ou trois des gamins l'appeler « monsieur »... Je pense que c'étaient des élèves de l'école où il est prof...

– Et la bague ?

– La bague ?

– La fille portait une bague de fiançailles. Avec une grosse pierre rouge...

– Ça, je ne l'ai pas remarqué, dit Vernon. Mais excusez-moi... Je crois que notre barman est en pleine panique... Avec les jeunes, c'est toujours un peu difficile... Il vaut mieux que j'aille à la rescousse !

– Un peu difficile ! s'exclama Middlefield. Inspecteur, vous devriez venir ici un de ces prochains week-ends avec une bonne équipe et me passer au crible tout ce petit monde !

– Nous le ferons peut-être, répondit calmement Pascoe. Mais, comme vous le savez, si nous trouvons quoi que ce soit d'illégal, ça peut entraîner l'annulation définitive de votre licence...

– Moi, j'ai remarqué la bague, se souvint soudain Thelma Lacewing. On aurait dit un bijou de théâtre... Et je me rappelle que cette jeune fille la montrait à un groupe de copines...

– Wildgoose était avec elle ?

– Non. Il était au bar. On avait l'impression qu'il ne voulait pas le savoir...

Le tableau qui se dessinait peu à peu d'après les impressions de Thelma Lacewing se trouva confirmé par ce qu'avaient recueilli Preece et Wield.

Depuis un certain temps, Andrea Valentine avait laissé entendre à ses petites camarades qu'elle avait fait la conquête de Mark Wildgoose. Plus récemment, elle avait parlé d'un lien durable, dès que le professeur aurait réussi à se débarrasser de sa femme... Et, ce vendredi soir, elle avait bien évidemment décidé de démontrer à tous que ce qu'elle racontait était vrai...

– Ouais, avait dit à Preece l'une de ces demoiselles, je crois qu'elle essayait seulement de nous le faire croire... La bague, après tout, p'tête bien qu'elle l'avait achetée elle-même... Et Wildgoose, je peux bien vous le dire, il avait pas l'air trop jouasse.

– Peut-être bien que c'est pour ça qu'il l'a tuée, avait avancé une autre.

– Ouais, avait repris la première, en se serrant contre Preece avec de grands yeux pleins d'appétit. C'est pour ça qu'il l'a tuée, m'sieur ?... Et comment qu'il la tuée, m'sieur ? Qu'est-ce qu'il lui a fait ?

Preece, très inquiet, avait battu en retraite...

Avant de quitter l'aéro-club, Pascoe prit à part Thelma Lacewing et lui demanda :

– Pourquoi êtes-vous revenue ici ce soir ?

– Une autre femme a été tuée, Peter. Ici, c'est probablement le dernier endroit où on l'a vue vivante. Vous ne pensiez quand même pas que je pourrais aller ailleurs. Mais c'est à *lui* que j'aurais dû parler, hier soir... Peut-être, si j'avais...

– N'y pensez plus, lui conseilla doucement Pascoe. Vous avez déjà assez de choses sur vos épaules, Thelma, ça suffit... Et, à propos, merci de vous occuper d'Ellie. Je crois qu'elle a besoin de compagnie, et, en ce moment, je suis un peu retenu...

– Elle aussi, dit Thelma Lacewing. Elle aussi...

A minuit, Mark Wildgoose n'avait toujours pas réapparu. Dans les locaux du C.I.D., on passait le temps en faisant de mauvaises plaisanteries.

– Laissons tomber, finit par dire Dalziel, d'une voix pleine de lassitude. On va le voir bientôt sortir de son trou. Je vous parie un penny contre une livre qu'il sera repéré demain matin...

Personne ne paria. Ce qui valait mieux, car le parieur aurait perdu son penny.

Encore que Dalziel n'ait pas eu franchement raison : on repéra Wildgoose, mais, à coup sûr, pas dans les circonstances que le commissaire avait prévues.

Tôt le dimanche matin, Ted Agar, en bicyclette, pénétra de son train de sénateur dans la cour d'entrée du *Linden Garden Center*. La rosée s'accrochait encore aux rosiers, et la cloche de l'église n'avait pas eu le temps d'appeler les bonnes gens de Shafton à l'accomplissement de leurs devoirs dominicaux : lavage des voitures, tonte des gazons, et ainsi de suite...

En vertu des arrangements décidés par les hommes de loi qui réglaient la succession de Mary Dinwoodie, Agar n'était plus payé que pour faire fonctionner la jardinerie, au ralenti, cinq demi-journées par semaine. Mais, conscience professionnelle oblige, il préférait surveiller les choses de près, en particulier pendant les week-ends. Car il était arrivé que des gens aient découvert que la boutique était fermée, et n'aient pas hésité pour autant à déraciner quelques plants, et à les enfourner dans le coffre de leur voiture avant de s'éloigner à toute vitesse... La veille, le samedi, Ted Agar avait été trop occupé à suivre les progrès de l'équipe de cricket du Yorkshire, qui jouait un match de championnat difficile, pour veiller à ses précieuses cultures. Mais, ce dimanche, il n'y avait plus que des rencontres de troisième catégorie. Et Agar était fermement persuadé que, si le Bon Dieu avait voulu faire du cricket son jeu de prédilection, il se serait reposé le mardi au lieu d'attendre la fin de la semaine...

Il déposa son vélo contre le mur de la maison, tout en commençant d'observer ses chers rosiers. Il connaissait si bien leurs rangées par cœur qu'il remarqua tout de suite qu'il y avait quelque chose de pas catholique. Rien ne manquait, certes, mais là-bas, quelque part au milieu de ses plants, à l'endroit précis où les Superstars mêlaient leur pourpre au safran des Ors de Sutter, ce n'était pas normal... L'alignement n'était plus droit...

On pouvait toujours penser que des chiens avaient trouvé que la place était bonne pour y enterrer leurs os.

Mais les chiens, quand ils ont creusé leur garde-manger, n'ont pas pour habitude de remettre la terre au même endroit.. Et c'est bien rare qu'ils la ratissent avec soin dans les alentours pour répartir le surplus...

Quatre des rosiers Superstars avaient l'air plus mal en point que leurs voisins... Un peu fanés...

Ted Agar se mit en devoir de creuser le sol avec la bêche, dont, instinctivement, il s'était emparé dans la cahute qui jouxtait la maison. Entre deux plants, il distingua quelque chose de petit et de blanc... Comme un surgeon que l'on vient d'émonder...

Il se pencha et examina la chose de plus près. Un bon moment. Il la toucha... Et sa respiration se bloqua.

C'était un petit doigt.

Le vieil Agar recula d'une bonne dizaine de pas avant de faire demi-tour, et de se mettre à boitiller à toutes jambes vers la maison.

24

L'identification du corps ne prit guère de temps.

Les papiers contenus dans le portefeuille portaient tous le nom de Wildgoose, et Pascoe reconnut sur-le-champ le visage du mort. Et puis, finalement, par respect pour la lettre de la loi, on fit venir Lorraine Wildgoose pour qu'elle procède à la reconnaissance officielle du cadavre.

– C'est un suicide ? demanda-t-elle après les formalités, du ton le plus ordinaire.

Non, faillit lui dire Pascoe. A moins qu'il n'ait réussi à s'assommer, à s'étrangler, et à s'enterrer lui-même.

Mais au lieu de quoi, il secoua la tête et se contenta de dire :

– Non.

Puis, voyant qu'elle ne réagissait pas, il poursuivit :

– Je crains bien qu'il n'ait été tué, Mrs Wildgoose. Mais cela signifie que ce n'était très probablement pas lui, l'Etrangleur.

– Ah bon, fit-elle, indifférente. Je ne comprends pas pourquoi.

Et puis, comme si elle avait fait un effort pour trouver une réponse plus convenable, elle ajouta :

– Mais, en tout cas, ça me fait plaisir pour les enfants...

– Eh bien, commenta Dalziel, quand une policière eut ramené Lorraine Wildgoose à une voiture qui attendait, on voit tout de suite qu'elle ne va pas se jeter sur le bûcher funèbre de son mari !

– Je crois qu'en elle-même, elle est très émue, répliqua Pascoe.

– Et moi, j'ai les tripes en révolution ! rota le commissaire tout en se grattant le ventre. Par hasard, vous ne savez pas ce qu'elle a fait dans la nuit d'hier ? Disons entre minuit et 4 heures du matin ?

– Non… Vous ne croyez tout de même pas que… Non, chef, je suis désolé, je n'ai pas pensé à vérifier son emploi du temps à elle.

– Vous avez probablement eu raison. De toute façon, j'ai dit à la fille qui l'accompagne de vérifier tout ce qu'elle peut, de parler avec les gosses… Enfin tout ça, quoi… Deux précautions valent mieux qu'une. Mais elle le haïssait franchement, le pauvre bougre, et elle me fait l'effet d'être une dure ! Pourtant, pour nous, ce serait la solution idéale : Wildgoose est l'Etrangleur, il rentre au foyer pour trouver un peu de réconfort après avoir tué la petite Andrea, sa femme explose de colère, le liquide, et enterre le cadavre… Et l'action de la justice est éteinte illico !…

– Oui… lâcha Pascoe. Mais, dans ce cas, qui est-ce qui a téléphoné samedi après-midi à l'*Evening Post* ?

– Qui sait ? Peut-être bien qu'on a sur les bras un Farceur en plus d'un Etrangleur ! Pour l'instant, on a au moins quatre voix différentes sur les enregistrements, si j'en crois vos amis Laurel et Hardy !

– Gladmann et Urquhart, corrigea Pascoe. Mais, hier après-midi, il n'y avait que l'Etrangleur qui pouvait savoir que la fille était morte…

– L'Etrangleur, et tous ceux auxquels Wildgoose aurait bien pu parler avant de se faire descendre lui-même, rappela doucement Dalziel. Mais, bon, qu'est-ce que vos experts disent de la voix d'hier ?

– Rien du tout, répondit Pascoe, qui avait constaté que l'enveloppe préparée à leur intention se trouvait toujours au commissariat. Je pense qu'ils sont partis pour le week-end…

Dalziel se lança dans un commentaire extrêmement sarcastique sur les gens qui passent le week-end loin de chez eux. Et son ironie visait aussi le sergent Wield, dont ce dimanche était le jour de congé, et qui, dès l'aube, s'était élancé vers le Nord en moto, bien trop loin pour que le superintendant qui se vantait pourtant d'avoir le bras long, puisse espérer le rattraper...

Selon le légiste, Wildgoose avait été assommé d'un seul coup porté sur la nuque – ce qui supposait soit beaucoup de chance, soit une très grande maîtrise des techniques de combat. Il avait ensuite été étranglé. Tout démontrait qu'il avait eu un rapport sexuel peu de temps avant sa mort.

– Si nous supposons que ce n'était pas lui l'Etrangleur, commença Pascoe pour répondre à ce qu'il croyait être seulement une hypothèse provocante de la part de Dalziel, il est vraisemblable qu'après que Wildgoose eut quitté la fille, l'Etrangleur, qui montait peut-être la garde dehors, s'est glissé dans la maison et il l'a tuée. Et au moment où il prenait la fuite, il est tombé sur Wildgoose qui revenait chez les Valentine pour une raison ou une autre...

– Foutaises ! jeta Dalziel, lugubre.

– L'Etrangleur tue Wildgoose, et il emporte le corps. Il a sans doute un véhicule...

– Oui, mais pourquoi ? coupa Dalziel. Pourquoi ne pas abandonner le cadavre dans la maison ? Je veux dire : pourquoi ne pas traîner la dépouille dans la cuisine et ficher le camp plutôt que de prendre le risque de tomber sur quelqu'un dans l'allée de derrière ?

Pascoe demeura interdit. Dalziel était plein de surprises... *Traîner la dépouille...* S'était-il, malgré tous ses sarcasmes, replongé dans *Hamlet* pour voir s'il n'y découvrait pas un indice ? Ou n'était-ce qu'une coïncidence ? Ce n'était pas en contemplant son énorme visage que l'on pouvait saisir la pensée du superintendant.

– Il a peut-être pensé que ça gâcherait sa mise en scène, proposa Pascoe. La fille bien arrangée... Décente et convenable...

– Ou peut-être qu'il a voulu nous lancer sur une fausse piste. Nous faire croire que c'était Wildgoose l'assassin.

– Mais il y a aussi un rapport avec quelque chose

d'autre, reprit Pascoe... Il l'a enterré au *Linden Garden Center*...

– Ouais... Mais qu'est-ce que ça veut dire ?

– C'est ce que nous sommes payés pour découvrir, chef.

Si l'assertion de Pascoe était vraie, ce ne fut pas ce dimanche-là qu'ils méritèrent leur salaire.

A l'hôpital, Dave Lee s'était suffisamment bien remis pour échafauder l'idée qu'il pourrait échanger ses accusations de brutalité contre Dalziel pour un abandon de l'inculpation pour complicité... Me Pritchard avait pris la peine d'accompagner Mrs Lee pendant la visite, puis de l'escorter jusqu'au poste de police.

Dalziel, croisant les deux femmes dans le vestibule, leur refusa tout net un entretien privé, mais les écouta avec patience pendant quelques minutes avant de comprendre où elles voulaient en venir.

– Vous pouvez foutrement combiner tout ce que vous voulez, ma petite ! Moi, j'ai largement de quoi m'occuper l'esprit ! Des assassinats en série ! Un Etrangleur !

– Ça ne semble pas trop vous réussir, ni dans un cas ni dans l'autre ! rétorqua froidement l'avocate.

– Non, ça ne me réussit pas ! Et si ça ne marche pas, c'est que votre client – s'il est bien votre client... – a bien failli coincer mon assassin en flagrant délit ! Et au lieu de prévenir la police, il a dépouillé la victime et a planqué le cadavre ! Et il nous a foutus dedans ! Et il a retardé la marche de l'enquête ! Et il est probablement responsable pour une bonne part de la mort des deux femmes et de l'homme qui ont été tués au cours des cinq derniers jours !... Vous lui direz ça, ma petite chérie !... Et si vous n'osez pas le lui dire, moi, j'irai le lui gueuler aux oreilles, à lui en faire péter ses points de suture !...

– Pas la peine de vous exciter comme ça, souffla l'avocate.

– Vous, ma petite chérie, même sur une île déserte, vous ne réussiriez pas à m'exciter.

– Je ne vous ai pas trouvé vraiment conciliant, chef, lui dit plus tard Pascoe.

– Il ne faut pas chercher à se concilier ce genre de gens. Laissez-les croire que vous êtes une brute épaisse, raciste et sexiste, comme ça, ils vous sous-estiment, et ils se trompent.

– Ah, fit Pascoe, qui se demanda quelle étrange image de lui-même nourrissait le superintendant.

Le restant du dimanche fut consacré à la routine. A Shafton, des policiers en civil allèrent de maison en maison, vérifiant les emplois du temps et recueillant des témoignages. D'autres, en uniforme, arpentèrent lentement, en longues lignes, les rangées rouges, roses, jaunes, orange et blanches des plants de rosiers, penchés vers le sol comme des glaneurs après la moisson. Pascoe, assis à son bureau, s'efforçait d'assimiler l'un après l'autre les rapports qui arrivaient en rafales. Et Dalziel, comme un ours en cage, allait et venait, de long en large, plein d'une colère prête à éclater au moindre instant. Il évoquait les tornades qui obscurcissent parfois les paysages du Middle West, et que chacun s'empresse de fuir...

On finit par mettre la main sur le chauffeur de taxi qui avait amené Mark Wildgoose et Andrea Valentine à l'aéro-club.

Celui qui les en avait ramenés avait été trouvé bien plus facilement, parce qu'on connaissait le nom de la compagnie de taxis pour laquelle il travaillait. Il avait déclaré qu'après lui avoir tout d'abord demandé de les conduire à Danby Row, ils avaient changé d'avis et s'étaient fait déposer sur Bright Avenue, qui coupait Danby Row à angle droit. Comme elle donnait aussi accès à l'allée qui courait derrière les maisons, on pouvait conclure que les deux tourtereaux avaient préféré passer par la petite porte pour éviter d'attirer l'attention.

Le premier chauffeur était venu les chercher à l'appartement de Wildgoose, vers 22 h 45. Ils semblaient tous deux de la meilleure humeur, mais il avait eu l'impression que c'était la fille qui voulait sortir, et que l'homme était nettement moins enthousiaste. C'est la fille qui lui avait donné l'adresse de l'aéro-club.

A ce stade, Dalziel exigea qu'on vérifie l'emploi du temps, entre minuit et 2 heures du matin, de la moindre personne impliquée dans l'affaire à un titre ou à un autre. Il se fit même confirmer par le responsable de service à l'hôpital que Lee et Ron Ludlam étaient restés bel et bien cloués sur leur lit de douleur. Et, en personne, il prit la peine de s'enquérir de ce qu'avaient bien pu faire Alistair Mulgan et Bernard Middlefield.

Le directeur par intérim de la succursale de Milhill de la Northern Bank affirma qu'il avait regardé, seul, le film de fin de soirée à la télévision. Sa femme, qui était montée se coucher plus tôt pour lire un peu, certifia de son côté qu'elle n'avait cessé d'entendre le son de la télé, et que son mari l'avait rejointe dès la fin du film, vers 1 h 30 du matin.

– C'était un bon film, non ? interrogea Dalziel.

Mulgan, non sans s'être éclairci la voix, se lança dans un résumé détaillé de l'intrigue. Le commissaire demeura de marbre : le film avait déjà été diffusé au moins deux fois auparavant... Mais si Danby Row se trouvait à peu de distance du domicile des Mulgan, il fallait bien admettre que, pour transporter le corps de Mark Wildgoose à Shafton, il fallait disposer d'une voiture. Et Mrs Mulgan ne cessait de répéter que leur voiture n'avait pas quitté leur garage, situé juste à côté de sa chambre à coucher...

Bernard Middlefield fut l'objet d'une approche nettement moins directe. Dalziel ne voyait pas en lui un tueur, et moins encore un tueur de l'espèce décrite par le Dr Pottle. Mais il était client de la banque où travaillait Brenda Sorby. Ses ateliers voisinaient l'usine de conserves d'Eden Park où était employée June McCarthy. Et, enfin, il s'était trouvé à l'aéro-club pendant la nuit de la mort d'Andrea Valentine. C'est pourquoi Dalziel, s'il se contenta de le traiter comme un témoin comme les autres, ne manqua pas de s'enquérir, de manière détournée, de ce qu'il avait bien pu faire tout au long de cette soirée...

Il apparut que le juge de paix s'était attardé à l'aéro-club bien après la fin de la soirée. Il n'avait pas fait attention au départ de Wildgoose et de la jeune fille, mais il se souvenait d'avoir dit bonsoir à Thelma Lacewing.

– Vous mettriez ça vers quelle heure ? lui demanda Dalziel.

– 11 heures, 11 heures et demie...

Middlefield se montra plus vague encore sur l'heure de son propre départ. Il avait bu quelques verres avec Vernon pendant que les serveurs débarrassaient. Et ce n'est que quand ils avaient achevé leur tâche qu'il avait décidé qu'il était temps pour lui d'aller se coucher. Il avait alors repris sa voiture pour rentrer chez lui, à quatre kilomètres environ, où il était arrivé juste à temps pour assister, en compagnie de son épouse, à la fin du film que Mulgan connaissait si bien par cœur.

Vernon, consulté plus tard par Dalziel, fit preuve de bien plus de précision. Middlefield, dit-il, était parti peu avant 0 h 45.

– Je lui ai proposé de prendre le volant, expliqua-t-il. Il était bien, vous comprenez, mais il avait quand même un peu forcé sur le scotch. Quand je lui ai fait la proposition, il a pris la mouche, et j'ai été obligé de faire comme si ça n'avait été qu'une plaisanterie. Mais j'ai remarqué qu'il démarrait vraiment très doucement. Et je me souviens d'avoir pensé qu'à cette allure-là, il risquait plus d'attirer l'attention qu'en roulant plein pot !...

Bon, quatre kilomètres à petite vitesse. Dix minutes de trajet, au plus... Ça colle, pensa Dalziel, soulagé. S'il avait eu le moindre doute, l'étape suivante aurait inévitablement été l'examen du coffre de la voiture de Middlefield. Il aurait fallu se démasquer, et si Dalziel n'avait pas pour habitude de ménager quiconque, il savait aussi choisir ses amis...

Au milieu de l'après-midi, le sergent Wield fit son apparition. On moqua sa propension à se consacrer à ses devoirs même pendant ses jours de congé, mais il se borna à répondre qu'il avait entendu à la radio la découverte du corps de Wildgoose et qu'il avait pensé qu'il valait mieux qu'il vienne voir s'il n'y avait pas un coup de main à donner.

– Le pauvre bougre doit vraiment avoir une triste existence, commenta le sergent Brady à la cantonade. Ce qu'il lui faudrait, c'est une femme extrêmement myope !

Wield n'entendit pas, et, s'il avait entendu, il n'aurait pas réagi. Tout ce qu'il y avait en lui de capacité d'émotion avait été épuisé par la scène orageuse qui s'était déroulée dans l'appartement de Maurice. Les rôles avaient été renversés : Maurice, l'extraverti toujours nerveux, avait affecté le plus grand sang-froid. Oui, avait-il expliqué, il y avait quelqu'un d'autre dans sa vie, maintenant. Un intéressant jeune homme qui travaillait au cadastre. Il plairait beaucoup à Wield, qui n'avait qu'à rester pour prendre un verre et faire sa connaissance...

Et Wield, le calme, l'impénétrable Wield, toujours si maître de lui, avait littéralement explosé d'une fureur incontrôlée et sauvage qui l'avait au moins autant surpris et effrayé lui-même que son ami. Il s'était enfui et n'avait mis qu'une heure et quart pour rentrer de Newcastle, alors qu'il lui fallait normalement deux heures. Il était resté un long moment chez lui, méditant sur les perspectives de violence qui s'étaient ouvertes devant lui ce matin-là. Et puis, finalement, il avait reversé dans la bouteille le plein verre de whisky qu'il s'était servi, et il était venu au poste de police.

Mais, mise à part la routine, il n'y avait pas grand-chose... Rien ne se passait. Rien n'évoluait.

Et quand Gladmann arriva, vantant avec volubilité les deux jours merveilleux qu'il venait de passer dans le cottage de bord de mer d'amis aussi fortunés que généreux, Pascoe lui colla dans les mains l'enveloppe qui contenait les enregistrements, cracha un « Merde » sonore, et prit le chemin de chez lui. Avec le sentiment, comme il le dit ensuite à Ellie, d'avoir assisté tout ce dimanche à un long et pénible service religieux dont le prédicateur aurait choisi pour thème de son sermon le verset 2 du psaume 127 : *En vain vous levez-vous matin, vous couchez-vous tard, et mangez-vous le pain de douleurs...*

Et, le lundi matin, il y avait toujours autant de quoi se sentir inutile. Pour la police, en général, le lundi matin n'offre rien de particulier, si ce n'est, parfois, un certain répit. Pendant le week-end, le taux de criminalité fait un bond. Des petits délits essentiellement, il est vrai, mais qui prennent du temps. Mais ce lundi-là, l'ambiance d'un lundi matin très ordinaire, qu'avaient oublié depuis longtemps tous ceux qui traquaient l'Etrangleur, pesait à nouveau.

Les journaux abondaient en commentaires acerbes. Un éditorial du *Yorkshire Post* avait même l'impudence de suggérer qu'il était peut-être temps de solliciter l'assistance de Scotland Yard. Le Dr Pottle avait téléphoné à la première heure pour annoncer qu'il avait été invité à prendre part à une émission de télévision et demander ce qu'il pouvait dire et ne pas dire.

– Il pense qu'il sait quelque chose d'important ? s'écria Dalziel, n'en croyant pas ses oreilles. Et pourquoi ce vieux schnoque ne nous en a pas parlé, alors ?

Pascoe dégagea du combiné la paume de sa main qu'il pressait de toutes ses forces sur le micro :

– Mr Dalziel vous faire dire qu'il ne voit aucune raison de ne pas faire confiance à votre sens de la discrétion professionnelle, docteur.

– Je l'en remercie. A propos, c'est vrai ce que disent les journaux ? Que ce Wildgoose... Vous pensez que l'Etrangleur l'a tué pour se protéger après son dernier crime ?

– Plus ou moins... Ça correspond à son profil, selon vous ?

– A cent pour cent..., dit le Dr Pottle. Il n'a aucune peine à justifier à ses propres yeux l'assassinat des filles. Et c'est vrai aussi pour un unique meurtre destiné à se protéger. Mais un second peut l'entraîner à un troisième, à un quatrième et ainsi de suite. Et cela, s'il a, comme je le postule, une certaine conscience, doit le perturber énormément...

– Qu'est-ce qu'il raconte ? demanda Dalziel quand Pascoe eut raccroché.

– Il dit que l'Etrangleur est probablement désolé d'avoir dû tuer Wildgoose.

– Nom de Dieu ! articula le superintendant.

A 10 heures, le téléphone sonna.

Wield décrocha. Il était ce matin-là plus pâle encore

que de coutume, et, sous ses yeux, les crevasses bleuissaient de cernes plus sombres.

– C'est pour vous, annonça-t-il à Pascoe. Le service de l'enseignement des enfants de militaires.

– Veulent probablement récupérer votre diplôme, grommela Dalziel. Savent que vous avez triché !

Au bout du fil, il y avait une femme, aimable, qui s'excusait, et qui se présenta comme *la* capitaine Casey.

– Je suis désolée qu'on n'ait pas pu s'occuper plus tôt de votre problème. Mais, comme dans toute l'administration, on ne trouve plus personne de compétent à partir du vendredi midi. Je pense que c'est pareil dans la police.

– Ça arrive tout le temps, ricana Pascoe. Qu'est-ce que vous avez pour moi, s'il vous plaît ?

– Tout. Ou au moins ce que vous avez demandé. Oui, il y avait bien un Peter Dinwoodie dans le corps enseignant de la Devon School. Il a démissionné à la fin de l'été 1973 et, depuis, il n'a plus travaillé dans aucun des établissements qui dépendent de nous. Et il ne semble pas non plus avoir retrouvé un poste dans le secteur public depuis. J'ai appelé le ministère de l'Education pour vérifier. J'ai pensé que ça pourrait vous intéresser.

– C'est gentil de votre part.

– Ça compense notre retard. Maintenant, vous vouliez aussi savoir si sa femme avait eu un job dans la même école, Mr Pascoe. Eh bien, non. En fait, si j'en crois nos dossiers, Mr Dinwoodie était encore célibataire quand il nous a quittés.

– Célibataire ? Vous voulez dire qu'il n'était pas marié ! s'exclama bêtement Pascoe.

– C'est bien ce à quoi je fais en général allusion quand je parle d'un célibataire, plaisanta *la* capitaine Casey.

– Vous êtes sûre ?

– Nos dossiers sont bien tenus.

– Eh bien, merci infiniment, capitaine.

– Ne quittez pas, se hâta-t-elle. Vous vouliez aussi savoir si un Mark Wildgoose avait enseigné en Allemagne. La réponse est un non absolu. Dites-moi, j'ai vu ce nom-là dans le journal, ce matin. Un meurtre. Ça a quelque chose à voir.

– Merci beaucoup, capitaine Casey, trancha Pascoe. Vraiment merci.

– Mais de rien. On est à votre disposition. Enfin, avant le vendredi à midi. A bientôt.

– Il s'agissait de quoi ? interrogea Dalziel qui n'avait pas cessé d'observer les réactions de l'inspecteur.

– Un mystère de plus...

Pascoe résuma les informations apportées par l'obligeante capitaine Casey.

– Ouais, dit Dalziel, très bien. Il s'est marié plus tard, en revenant au pays. Qu'est-ce que ça a de particulier ?

– Il y avait une fille, expliqua Pascoe. Elle s'est tuée dans un accident de voiture au début de l'année. Elle avait dix-sept ans...

Dalziel comptait lentement sur ses doigts.

– Je vous suis, dit le gros Dédé. Et alors ? Il avait épousé une veuve...

– Je n'en suis pas sûr, reprit Pascoe. C'est quelque chose que ce vieux, Agar, m'a dit... Ça m'a frappé, sur le moment, mais je n'ai pas compris pourquoi. Je crois que je vais aller le revoir, si vous êtes d'accord, patron.

– J'aime mieux que vous alliez faire un tour dehors que de parler par énigmes..., grogna Dalziel. Mais quand vous aurez votre éclair de génie, je veux être le premier à le savoir !

Comme s'il avait fait l'objet d'une commande spéciale pour la période de la foire exclusivement, le beau temps, qui avait commencé à faiblir le jour précédent, était définitivement parvenu à son terme. La température était encore chaude, mais, vers l'est, de grands rideaux de nuages violacés occultaient le soleil. Quand Pascoe traversa Charter Park, il vit des mouettes, poussées vers l'intérieur des terres par un orage encore lointain, voleter gaiement au-dessus des têtes des éboueurs qui nettoyaient les gazons. Quelques agents s'étaient mêlés à eux, au cas où le moindre indice apparaîtrait dans les détritus, mais Pascoe estimait que les mouettes avaient plus de chances qu'eux de faire bonne cueillette...

En approchant de Shafton, il se trouva au cœur de

l'orage, et le jour était devenu presque obscur au moment où il parvint à la jardinerie. Il avait l'adresse du domicile de Ted Agar, mais, en arrivant au *Linden Garden Center*, il constata qu'il avait vu juste : au milieu des rosiers, une silhouette solitaire, bêche en main, s'affairait à réparer les dégâts causés la veille par le passage des policiers.

Le vieil homme, sans interrompre son travail, regarda arriver Pascoe.

– De grands pieds qu'y-z-ont, vos gars, lâcha-t-il en guise de salut.

– Il fallait bien qu'ils regardent partout.

– J'sais bien...

– On dirait qu'il va pleuvoir, dit Pascoe, lui emboîtant le pas.

– Ça nous f'ra pas d'mal... Mais on dirait qu'c'est des hallebardes qu'il va tomber... Et je m'inquiète pour mes plants qu'ils ont été un peu bousculés...

– Je ne vous retiendrai pas longtemps, Mr Agar. C'est à propos de ce que vous m'avez dit vendredi... Il y a quelque chose à quoi je n'ai pas fait attention tout de suite. Vous m'avez bien dit que Mrs Dinwoodie se reprochait d'avoir laissé sa fille s'enfuir en Ecosse pour se marier. Mais, pourtant, Mrs Dinwoodie était veuve, et elle était la seule responsable de sa fille tant qu'elle était encore mineure. Si elle était d'accord avec ce mariage, pourquoi a-t-il fallu que la petite aille jusqu'en Ecosse ?

Le vieil homme prit son temps avant de répondre :

– J'ai dit ça ? Peut-être bien qu'j'aurais pas dû... Remarquez qu'ça ne causera plus d'tort à personne, maintenant... La p'tite, Alison, elle était pas la fille à Mr Dinwoodie. Elle portait son nom, mais c'était pas sa fille... J'l'ai su qu'à la fin, quand y a eu des problèmes et qu'ils en ont parlé d'vant moi. Mrs Dinwoodie, elle savait qu'elle pouvait m'faire confiance...

Pascoe posa la main sur l'épaule du vieux jardinier.

– S'il vous plaît, Mr Agar, dites-moi tout ce que vous savez.

C'était bien peu. Quelques semaines avant la mort de Dinwoodie, Alison avait fait la connaissance d'un garçon – « un chouette gars, m'sieur... » – venu du sud de l'Ecosse pour suivre une session de six mois à l'institut d'agriculture du Yorkshire. Leur idylle s'était transformée en quelque chose de plus sérieux et – c'était peut-être l'une des conséquences de la mort du beau-père –, ils avaient de plus en plus eu envie de se marier très vite. Mais, on ne savait trop comment, le vrai père avait fait sa réapparition. Et comme il disposait toujours de la puissance paternelle, il fallait son autorisation pour que sa fille mineure puisse contracter mariage en Angleterre, et il faisait toutes sortes d'histoires pour la donner. C'est ainsi que Mary Dinwoodie n'avait pas soulevé d'objection à la proposition de son futur gendre, qui avait suggéré qu'il pourrait emmener Alison en Ecosse et l'épouser là-bas, dès qu'elle y aurait résidé assez longtemps pour satisfaire à la loi.

Mary Dinwoodie s'était rendue en Ecosse pour assister à la cérémonie. Au retour, à sa descente du train, on lui avait annoncé que la voiture des nouveaux mariés, partant pour leur lune de miel, avait dérapé sur une plaque de verglas, et qu'ils avaient tous deux trouvé la mort.

– Comme je vous l'disais, reprit Ted Agar, c't'après ça qu'elle est partie... Pour aller chez des amis, qu'elle disait, mais j'crois ben plutôt qu'elle était toute seule, et j'aurais ben cru qu'elle allait se tuer. Mais moi, je suis resté ici, et j'ai fait marcher c'te boutique comme que j'ai pu... Et puis la banque, ils m'ont aidé à t'nir les comptes comme y faut... Et puis, d'un coup, l'mois dernier, la voilà qu'y revient... Et ç'avait ben l'air qu'elle voulait r'partir du bon pied. Puis vous savez l'reste, m'sieur... J'crois qu'elle aurait mieux fait d'rester partie pour toujours... Et p'têt ben même qu'c'aurait été mieux qu'elle s'tue...

Les nuages, maintenant, couvraient tout le ciel, et les premières gouttes commencèrent d'éclater sur la tête des deux hommes.

– Vous auriez dû nous dire tout cela avant, Mr Agar, lui reprocha gentiment l'inspecteur.

– J'aurais dû ? Eh ben, j'y ai pas pensé... J'pensais qu'ça n'avait plus d'importance, par le fait qu'elle était morte. Plus d'importance...

– Et le nom de l'homme ? Le premier mari de Mrs Dinwoodie ? Le père d'Alison ?...
– Ça, m'sieur, j'en sais rien... J'sais rien d'plus que c'que j'ai dit... Rien d'plus...

En arrivant au poste, Pascoe découvrit que Dalziel était sorti. Cela lui convenait à merveille. Il ressentait un sentiment d'urgence qui l'aurait conduit à mal supporter le temps perdu en explications et en hypothèses. Sans prêter attention aux questions muettes de Wield, il s'enferma dans son bureau, attrapa le téléphone, et demanda au standard d'appeler à Londres le service de l'éducation des enfants de militaires.

En quelques minutes, il eut *la* capitaine Casey au bout du fil.

– Rebonjour, dit-elle. Je ne vous attendais pas de sitôt...

– Moi non plus. Dites-moi, cette Devon School, à Linden, vous avez les listes complètes du personnel ? Je m'intéresse tout particulièrement à ceux qui auraient pu démissionner en 1973.

– Vous avez de la chance, je n'ai pas encore renvoyé les dossiers aux archives. Attendez une minute, j'y suis. Vous voulez tout ?

– Commençons par les démissions.

Il n'y en avait que deux, à part celle de Dinwoodie. Et il y avait une femme parmi les démissionnaires.

– Maintenant, vous voulez la liste complète ?

– Non merci, dit Pascoe avec lenteur. Je crois que ce que j'ai fera l'affaire...

Il reposa le combiné et, d'une main délibérée, traça un cercle, sur son carnet de notes, autour du nom de la femme.

Mary Vernon...

Puis il reprit le téléphone.

– Je veux le ministère de l'Air... Oui... Passez-moi le service qui tient les dossiers du personnel...

Vingt minutes plus tard, Pascoe quitta son bureau, en proie plus que jamais à un sentiment d'urgence. Il tomba sur Wield et lui demanda :

– Mr Dalziel n'est pas encore rentré ?
– Non, pas encore...
– Zut.
– Vous êtes sur un coup, chef ? s'enquit le sergent.
Pascoe hésita, puis dit, sur le ton de la certitude :
– Oui. Je crois que c'est la clé de toute notre histoire. J'en suis quasiment sûr... Ecoutez, il faut que j'y aille. Dites à Mr Dalziel que je suis à l'aéro-club. Oui, c'est ça... A l'aéro-club...
C'était stupide, pensait-il... Il n'y avait aucune raison de brusquer les événements... Mais il en ressentait le besoin. Et puis peut-être que s'ils s'étaient tous grouillés un peu davantage. S'ils avaient été un peu moins minutieux. S'ils n'avaient pas eu tellement le souci de ne pas brûler les étapes.
Sur le seuil de la porte qui conduisait au parking, il faillit entrer en collision avec Dicky Gladmann, serré dans un imperméable de plastique moulant.
– Salut, mon vieux ! s'exclama le linguiste. J'ai bien écouté votre bande... C'est passionnant !
– Formidable..., répondit Pascoe tout en remontant le col de son trench-coat pour mieux affronter la pluie. Je suis un peu en retard, on discutera plus tard...
– Bon... Enfin, je vous ai mis tout ça par écrit..., expliqua Gladmann en lui tendant une enveloppe de papier bulle. Vraiment, j'ai trouvé ça tout à fait intéressant... Je ne sais pas à quel point ça peut être significatif, mais...
– Je vous le dirai ! jeta Pascoe, qui glissait l'enveloppe dans la poche intérieure de son veston. Mille mercis ! Je vous tiendrai au courant...
Il s'élança sous l'orage et, avant même d'avoir atteint sa voiture, il était déjà trempé. Il faisait si sombre qu'il alluma ses feux de croisement avant de démarrer. Dans le rétroviseur, il distingua quand même Gladmann qui, solitaire, avec son air d'éternel adolescent et son imper mal fagoté, semblait sur le point de prendre sa place dans la file d'attente d'un cinéma porno...
L'orage battait son plein quand il parvint à l'aérodrome. Mais il n'y avait pas un souffle de vent, et la manche à air pendait tristement le long de son mât. Des

éclairs diffus perçaient le chaos des nuages. Le tonnerre grondait comme un barrage d'artillerie.

Aujourd'hui, personne ne prendrait l'air et, à en juger par l'absence de voitures, le bar de l'aéro-club manquerait de clients.

Pascoe regarda sa montre. Presque 12 h 30.

Il se gara aussi près des bâtiments qu'il était possible et s'y rua. Se rappela qu'il avait laissé ses lumières allumées. Retourna à sa voiture pour les éteindre. Et se précipita à nouveau. Mais pas assez vite pour éviter d'être complètement saucé avant d'atteindre le bar.

– Je me demandais si vous aviez changé d'avis, lui dit Austin Vernon. Bienvenue, en tout cas ! On commençait à se dire qu'avec le temps qu'il fait, on n'aurait pas un chat aujourd'hui !

Vernon était assis au bar. De l'autre côté du comptoir, une barmaid disposait selon les règles verres et bouteilles.

Désignant de l'œil la jeune femme, Pascoe demanda :

– Est-ce qu'il y a un endroit où nous puissions parler tranquillement, Mr Vernon ?

– Bien sûr... Allons dans mon bureau. Vous voulez un verre, avant ? Non ? C'est par ici...

Vernon conduisit l'inspecteur dans une petite pièce sans fenêtres, meublée seulement d'un bureau, d'un classeur, et de quelques chaises de bois dur.

– Asseyez-vous, inspecteur. De quoi voulez-vous que nous causions ?

– Nous allons commencer par votre ex-femme, Mary Dinwoodie, trancha Pascoe en s'asseyant. Ce sera un bon point de départ.

La sonnerie du téléphone retentit, treize fois de suite. Aucun des deux hommes ne pensa à répondre.

– Pas mon ex-femme, Mr Pascoe, souffla Vernon. Ma femme tout court. Nous sommes tous les deux catholiques... Il n'y a pas eu de divorce.

Ils soupirèrent tous deux, comme s'ils étaient tous deux soulagés, échangèrent de timides sourires. Comme s'ils avaient établi entre eux un lien à la fois ténu et solide...

– A propos de femmes, est-ce que ce n'est pas à cause de la vôtre que vous avez fini par venir ici ?

Vernon employait un ton presque mondain, mais sa tension se faisait jour à chaque mot.

– Je ne comprends pas.

– Eh bien, la semaine dernière, votre femme parlait de cette séance de spiritisme... Elle avait des tas d'idées bizarres, bien sûr... Mais j'ai vu la transcription sur la table, et je me suis demandé si... Et c'est pourquoi, naturellement, j'ai dû...

Le téléphone sonna à nouveau. Cette fois, Vernon fixa l'appareil, sans le toucher, mais avec un regard figé. Comme si la fin de la sonnerie avait été en quelque sorte un signal de départ.

Pascoe sortit de sa poche l'enveloppe que Gladmann lui avait remise. Elle contenait la courte bande de l'enregistrement du dernier appel de l'Etrangleur, ainsi que la cassette de la séance de spiritisme. Et puis elle abritait aussi quelques feuillets manuscrits, de l'écriture un peu artificielle du linguiste.

L'inspecteur n'eut pas besoin de beaucoup de temps pour les parcourir, repérer ce qui pouvait l'intéresser, et en faire une vraie lecture.

« La mauvaise qualité de l'enregistrement, avait écrit Gladmann, est la cause des difficultés de transcription. Mais il me semble que les premières phrases pourraient être lues comme suit :

Il y avait ce Ver... Ce Vernon au-dessus de moi qui m'étouffait... »

Le téléphone cessa de sonner.

25

– Nous étions plutôt heureux, commença Vernon. Pas follement heureux... Mais quel couple peut l'être, passés les premiers mois ?... J'étais probablement plus épanoui que Mary... C'est vrai que, d'une certaine façon, j'avais plus progressé qu'elle et que j'avais plus réussi de choses... Chaque fois que je me sentais mécontent, il me suffisait de repenser au petit voyou à peine instruit qui rôdait dans les rues de Derby que j'avais été... Il n'y a que Dieu qui sache comment j'ai réussi à me faire accepter dans la R.A.F., tout en bas de l'échelle... Mais j'y suis arrivé... Et j'ai gravi les échelons à toute allure... J'apprenais vite... Et, en dix ans, j'ai réussi à devenir officier, et à épouser Mary... Et puis, surtout, je pilotais...

Il sourit, comme au souvenir d'une gloire passée.

– Tout cela, c'est très intéressant, dit Pascoe, comme en passant. Je suis sûr que vous en êtes conscient ?... Et que ça pourrait être utilisé comme preuve... Je vais en faire un procès-verbal, à moins que vous ne préfériez mettre vous-même tout ça par écrit...

C'était s'éloigner largement de la procédure légale...

Pascoe aurait dû faire signer à Vernon une déclaration selon laquelle il avait été averti que ce qu'il dirait pourrait être utilisé contre lui, et qu'il était cependant disposé à faire une déposition qu'une tierce personne rédigerait. Mais son instinct poussait l'inspecteur à négliger les précautions juridiques normales, pour ne pas risquer de mettre en péril ce paradoxal état de grâce. Il crut même, pendant un instant, qu'il s'était déjà trop avancé, mais Vernon reprit, comme si de rien n'était :

– J'ai rencontré Mary pendant que j'étais en poste à Chypre. Elle était professeur là-bas, à l'école pour les enfants de la base. On s'est plu tout de suite. On n'avait pas forcément prévu de se marier, mais Mary est tombée enceinte, et il a fallu presser le mouvement. Ça aurait pu créer des problèmes, parce que c'est toujours mauvais de faire les choses à la va-vite... Ça, maintenant, je le sais. Mais Alison est née, et nous étions heureux, très heureux... Et puis Alison a commencé à aller à l'école, et Mary s'est ennuyée... Elle voulait recommencer à travailler... Je n'aimais pas trop cette idée, et puis avec moi qui étais régulièrement muté, ça n'était pas si facile... Mais elle y tenait beaucoup... Et quand, deux fois en cinq ans, elle a été obligée de démissionner, vous auriez pu croire, à l'entendre, que c'était elle qui faisait vivre notre ménage et que, moi, je ne gagnais que notre argent de poche...

Il secoua la tête, comme si cette vision des faits lui paraissait toujours aussi incroyable.

– La seconde fois, ça a été quand j'ai été désigné pour Hanovre. Elle en est même venue à dire que ce serait mieux pour les études d'Alison si la gosse et elle restaient en Angleterre pendant une période... Je ne crois pas que c'était vraiment d'Alison qu'elle se souciait... Enfin, elle est quand même venue avec moi... Et puis, quelques mois plus tard, on a eu l'impression que ça s'arrangeait bien pour elle... L'un des profs, à l'école britannique de Linden, était gravement malade... Et Mary était idéale pour prendre le job... Elle était sur place... Elle avait les bonnes qualifications... Et elle avait le bon type d'expérience... Après ça, ç'a été beaucoup mieux pour nous... On s'était beaucoup engueulés, avant... Elle s'était même débrouillée pour monter la petite contre moi... Enfin... Je pense qu'il y avait des responsabilités des deux côtés... Mais là, pendant un moment, tout paraissait O.K. pour nous...

Il poussa un profond soupir.

– Vous êtes sûr que vous ne voulez rien boire ? demanda-t-il à Pascoe.

– Non, merci... Mais si vous voulez...

– Non, pas pour moi... C'est là qu'elle a rencontré Dinwoodie, vous savez... Il était principal adjoint, ou quelque chose comme ça... Ils avaient aussi une espèce de groupe théâtral dont il s'occupait tout le temps, et Mary en a vite fait partie... Je m'inquiétais un peu de tout le temps que ça lui prenait, mais je ne voulais pas faire de vagues, parce que notre vie paraissait marcher comme sur des roulettes... Alors je n'ai pas dit grand-chose... Mais il y en a d'autres qui ont commencé à jaser... Oh ! pas à moi directement... Mais il y a un moment où vous remarquez les silences... Les changements de ton... Alors j'ai commencé à aller au groupe moi-même... Je ne pouvais pas le faire régulièrement, mais je croyais que si j'avais l'air de m'intéresser, de donner un coup de main pour les éclairages et ainsi de suite... Ouais... Je ne sais plus trop ce que je croyais... Ça n'enthousiasmait pas Mary, mais elle semblait s'en ficher... Ils répétaient, pour une espèce de festival du coin... Du Shakespeare... Les Boches aiment Shakespeare, Dieu sait pourquoi... Je ne voulais pas passer pour un cancre ignorant, alors je me suis un peu plongé dans les bouquins... C'étaient seulement des scènes qu'ils allaient représenter... Mary et Dinwoodie jouaient dans un extrait d'*Hamlet*, la scène où il dit à Gertrude qu'elle s'est conduite comme une pute, puis où il tue Polonius caché derrière la tenture... J'ai lu la pièce à fond au moins une douzaine de fois... Et je suis sûr que je la connaissais aussi bien que quiconque dans ce putain de groupe... Je voulais juste les impressionner, vous comprenez... Et puis je n'avais plus vraiment de soupçons... C'était fini... C'est bête à dire, mais j'aurais continué à me méfier s'ils avaient joué une scène de *Roméo et Juliette*... Tandis qu'avec Mary jouant un rôle de mère, je trouvais qu'il n'y avait pas de souci à se faire... C'est stupide, hein ?...

De la tête, Pascoe acquiesça, pas très sûr de ce qu'il était en train d'approuver...

– Et même quand je les ai pris sur le fait, reprit Vernon, ça ne m'a pas donné un coup de sang... J'ai cru que ce n'était qu'une passade... Que ce serait vite fini... Mais je n'allais quand même pas passer l'éponge, naturellement... Il fallait qu'elle soit punie... Je ne le lui ai pas caché... Je pensais que j'aurais pu d'abord renvoyer la petite en Angleterre, en pension, et puis qu'elle parte, elle, plus tard... Mais, en même temps, il fallait y aller mollo... Je pensais au scandale que ça allait faire chez les autres officiers... Aux cancans de mess... Ça pouvait foutre en l'air, en quelques mois, toute la peine que je m'étais donné pendant toutes ces années... Et puis, de toute façon, on était près de la fin de l'année scolaire, et je savais que le contrat de Dinwoodie expirait et qu'il allait rentrer au pays... Alors j'ai préféré attendre que ça se tasse... Et que le trimestre se termine et que Dinwoodie parte... Et puis un jour, quand je suis revenu à la maison après avoir passé quelques jours en manœuvres, j'ai découvert que Mary avait disparu et qu'elle avait emmené Alison... Et après ça, eh bien, tout a commencé à foirer...

Vernon s'exprimait maintenant d'une manière de plus en plus hésitante. Il y avait des trous dans son récit, mais Pascoe était en mesure d'y remédier après la très longue conversation qu'il avait eue avec un des officiers du service du personnel de la R.A.F. qui s'était montré extrêmement coopératif dès qu'il avait compris qu'il s'agissait de l'affaire de l'Etrangleur.

Au début, Vernon avait essayé de cacher son infortune, et avait prétendu, sans que personne, ni sur la base ni à l'école, ne le croie, que sa femme et sa fille étaient parties passer leurs vacances en Angleterre. Puis il y était parti lui-même, pour quinze jours d'une permission qu'il avait fait prolonger quand ses efforts pour retrouver sa famille s'étaient révélés infructueux. Cela avait été la première étape sur la pente descendante que suivait maintenant sa carrière. Car sa déchéance ne s'était pas produite tout d'un coup. Il y avait eu des hauts et des bas...

Un jour, Vernon reçut une lettre de sa femme, qui se justifiait et lui proposait de régler les choses entre gens de bonne compagnie. Ils se rencontrèrent dans le salon impersonnel d'un hôtel de Londres. L'entrevue se termina mal : Vernon gifla Mary à toute volée, puis se précipita vers la réception où une petite fille, qui arrivait en compagnie de ses parents, eut la terreur de se voir d'abord embrassée, puis traînée vers la porte, par un inconnu en pleine crise de démence.

Le contact fut rompu. Mary, à l'évidence, avait décidé, pour des raisons à la fois personnelles et religieuses, qu'il valait mieux pour elle disparaître plutôt que d'entamer une procédure de divorce... Peut-être parce qu'ils préféraient demeurer dans un anonymat rassurant, peut-être aussi parce que des enseignants expatriés avaient bien de la peine, au milieu des années 70, à retrouver des postes en Grande-Bretagne, Dinwoodie et Mary se résignèrent à abandonner le système scolaire au bénéfice de l'horticulture, et à se lancer dans l'ouverture d'une jardinerie.

A n'en pas douter, s'ils avaient maintenu le moindre

lien avec la R.A.F., ce qu'ils auraient appris de la santé physique et mentale de Vernon ne les aurait pas poussés à lui donner de leurs nouvelles... L'alcoolisme et un comportement de plus en plus erratique avaient conduit ses supérieurs, d'abord à le rayer des cadres du personnel navigant, puis, après une longue dépression, à le faire réformer pour motifs médicaux.

Et tout cela en un peu moins de trois ans...

– Et c'est comme ça, dit Vernon, qu'un beau matin je me suis retrouvé civil... Plus de femme... Plus de fille... Plus de grade... Plus de carrière... Et plus de possibilité de voler... Alors, il fallait bien que je prenne ma revanche, vous comprenez ?... Au sol, même quand tout marchait bien pour moi, j'ai toujours ressenti l'impression qu'il y avait une force... Je ne sais pas, moi... Qui essayait de me ramener là d'où j'étais parti... Tandis que là-haut, c'était différent... Ça l'est toujours... Là-haut, j'étais... Je suis...

– Le roi des espaces infinis ?... proposa Pascoe.

– Oui... C'est ça... Le roi des espaces infinis... Alors j'ai suivi un cours pour devenir moniteur... Vraiment élémentaire... Le travail sur avions d'entraînement, et tout ce genre de choses... Je savais que je ne volerais plus jamais sur des gros zincs, mais, au moins, avec ça, je pouvais ne pas rester le cul vissé au sol... Et puis il y avait des tas de possibilités de boulot... J'ai trouvé un job dans un aéro-club, là-bas, dans le Surrey... Deux fois grand comme celui-ci... Ça m'a vraiment beaucoup plu. Tout, même les paperasses...

Comme pour faire écho, sans doute, à l'équilibre qu'il disait avoir retrouvé, la manière de parler de Vernon était à nouveau plus aisée, plus libre.

Pottle pourrait m'expliquer cela, pensa Pascoe. Et il me dirait d'écouter attentivement, pour repérer le moment où ça recommencerait à dérailler...

– Et, à ce moment-là, vous avez revu votre femme ? interrogea-t-il.

– Elle n'a pas donné signe de vie... Quand j'ai recommencé à aller bien, j'ai essayé de la retrouver... J'ai un peu fait votre métier... Comme un détective privé... Ce n'est pas facile, hein ?... Je suis allé à l'adresse que donnait sa dernière lettre, mais c'était une pension... Elle était partie sans dire où elle allait... J'ai essayé les écoles, et puis le ministère de l'Education... Ils n'ont pas pu, ou pas voulu m'aider... Non, ça n'était pas facile.

– Et la police ? Vous n'avez pas...

– Pourquoi ? s'exclama Vernon, très étonné. Ça n'avait rien à voir avec la police ! A la fin, j'ai laissé tomber... Je n'avais pas renoncé, vous comprenez... Mais je jouais la longue... Je savais bien que d'une façon ou d'une autre, un jour... Eh bien, j'avais raison... C'était dans le journal... Juste une brève... Un accident tragique... Un homme écrabouillé par une machine à une exposition agricole... Un certain Mr Peter Dinwoodie... Qui laissait une veuve, Mary, et une fille, Alison... Un pur hasard... Mais c'était plus que le hasard... Le journal, quand je l'ai lu, il avait déjà plusieurs mois... J'avais loué un petit cottage... Avec une cheminée à charbon... Je me servais de journaux pour allumer mon feu mais, pendant l'été, les canards s'étaient accumulés... Quand ça avait paru, l'été dernier, ça m'avait échappé... Et puis voilà qu'un matin de janvier où je faisais des boulettes de papier pour remplacer les bûchettes, voilà que je tombe là-dessus... Pur hasard ? Moi, je ne crois pas...

» Alors là, comme détective, je me suis mieux débrouillé... J'ai réfléchi pendant une semaine ou deux... Tout ce que j'avais, c'était cette brève... L'exposition agricole... Alors je suis monté dans le Yorkshire, et j'ai commencé à rechercher dans la presse... Ça a été très facile... Il y avait bien plus de détails dans le *Yorkshire Post*... Il donnait la ville et le nom de la jardinerie... *Linden Garden Center*... J'étais presque sûr de mon fait... Mais j'ai quand même vérifié dans les vieux numéros du canard du soir du coin... Il y avait une photo... De Dinwoodie... J'aurais dû me sentir triomphant... Mais non... J'étais presque malade... J'ai failli reprendre la route du Sud... Mais j'avais fait tant de chemin... Tant de chemin...

» Ce soir-là, je suis allé à la jardinerie.

» Mary était seule... Elle a été surprise de me voir, mais pas tant que ça... On s'est assis et on a parlé...

Moi, je lui ai parlé de moi... J'ai essayé de la mettre à l'aise... De lui dire que je ne lui en voulais pas... il était tard... Alison n'était pas à la maison... Mary a dit que je ferais peut-être mieux de revenir le lendemain, mais moi, je commençais à m'inquiéter... Elle avait à peine dix-sept ans... C'était encore une enfant... Et ça ne me plaisait pas du tout qu'elle puisse sortir jusqu'à pas d'heure... Et puis on a entendu arriver une voiture... J'ai regardé par la fenêtre... J'ai distingué sa silhouette sur le siège du passager... Elle et le conducteur se tenaient drôlement serrés... Avec des mains partout, si vous voyez ce que je veux dire... J'ai voulu y aller, mais Mary ne m'a pas laissé sortir... Et puis, un peu plus tard, Alison est arrivée... Bon Dieu ! qu'est-ce qu'elle avait changé !... Je sais bien que ça faisait six ans que je ne l'avais pas revue... Mais c'était tout de même toujours ma fille !... Encore un bébé !... Et vous auriez vu ses affaires !... Sa coiffure !... Son maquillage !... Et puis sur sa main... Sur sa main gauche... Elle avait une bague... Elle ne m'a pas vu tout de suite, tellement elle était excitée, et pressée de montrer la bague à sa mère, et de lui dire qu'elle était fiancée !...

» Il fallait que je dise quelque chose... Je ne voulais pas gâcher les retrouvailles, mais il fallait absolument que je dise quelque chose... Au début, Alison ne disait rien... Elle était bien plus surprise que sa mère... Elle était contente de me voir, je crois, mais il y avait des reproches dans son regard... Comme si tout avait été de ma faute... Et puis elle savait ce qu'elle voulait... Comme sa mère... Elle a dit qu'elle voulait se marier bientôt... Se marier, vous vous rendez compte ?... Qu'est-ce qu'elle savait de la vie ?... Une enfant !... Elle m'a dit que le garçon en question était venu dans le coin pour suivre je ne sais quel cours d'agriculture... Qu'ils s'étaient rencontrés à l'exposition agricole où Dinwoodie avait eu son accident... Un pied de nez !... Même mort, il s'arrangeait encore pour me nuire, celui-là... Enfin, dès que le garçon en aurait fini avec son cours, il retournerait je ne sais où en Ecosse, et il voulait qu'Alison vienne avec lui... J'ai dit que c'était absurde... Légalement, elle était toujours ma fille... J'avais encore des prérogatives... Maintenant, ils ont le droit de décider à dix-huit ans... C'est ridicule, non ?... Mais elle avait encore un an devant elle... Et que je ne lui donnerais jamais mon consentement...

Elle n'en avait pas besoin, réfléchit Pascoe. Aujourd'hui, le consentement d'un seul des parents suffit... Seigneur, pourquoi les gens ne vérifient-ils pas ce que dit la loi ?

– Naturellement, nous nous sommes disputés, dit encore Vernon. Alison est partie en claquant la porte... Mary, elle, me paraissait avoir une vue de la situation nettement plus raisonnable... On a encore parlé, et quand je suis parti, j'étais convaincu qu'on s'était compris... C'était bien trop tôt pour parler de réconciliation... Mais, au moins, je pensais qu'on se comprenait mutuellement... Comme on peut se tromper, hein ?...

Les doigts de Pascoe voltigeaient sur son carnet. Il faisait cependant grand effort pour que son écriture reste lisible. Il fallait battre le fer tant qu'il était chaud... Ce n'était pas le genre de déposition qui supporterait d'attendre d'avoir été proprement tapée à la machine.. Mais il faudrait, au bout du compte, que la signature de Vernon se trouve au bas de chaque page...

– Je n'ai pas pu revenir avant quinze jours, et seulement pour une nuit... Alison n'était pas là... Chez des amis, m'a dit Mary... Une invitation de longue date... Je l'ai crue... Pourquoi pas ?... Nous avions nos propres vies... Nous n'étions plus une famille... Ou pas encore... Mais j'avais des espoirs... J'avais vu une annonce dans un de nos journaux professionnels... A l'aéro-club du coin, on recherchait un moniteur-secrétaire... Evidemment, ce n'était pas... Ce n'*est* pas... Au même niveau que ce que j'avais dans le Surrey, et ça semblait bien être un job d'homme à tout faire, mais j'ai pensé que ça valait quand même la peine d'aller voir de plus près... Je n'ai rien dit à Mary, mais j'ai écrit pour demander des précisions...

» La fois suivante, quand je suis venu, il n'y avait personne dans la maison... C'était quand il avait beaucoup neigé, vous vous rappelez... Il y en avait au moins trente centimètres, ou peut-être plus... La jardinerie était fermée, bien sûr... Et la maison était vide... Je suis reparti dans le Surrey sans savoir quoi faire... J'étais malade d'inquiétude... Je n'avais parlé de cette histoire à personne, alors je n'avais personne avec qui partager mes soucis... Pendant quelques jours, j'ai vécu comme dans un cauchemar... Et puis le téléphone a sonné... J'avais donné mon numéro à Mary, et, avant même de décrocher, j'ai su que c'était elle, et qu'elle avait des mauvaises nouvelles... Croyez-le si vous voulez, elle était presque tranquille comme Baptiste... Contre ma volonté, contre tous mes droits, elle avait encouragé Alison à partir avec ce garçon... Ils s'étaient mariés en Ecosse... Et maintenant, ils étaient morts...

» Je ne sais plus ce que j'ai dit... Et je ne sais pas pendant combien de temps elle m'a écouté... C'était elle qui était responsable, ça, je le savais... Mais, pourtant, je pouvais comprendre à quel point sa vie avait été ravagée... Et à moi, la mort d'Alison était la pire chose qui me soit jamais arrivée... Mais, en même temps, je me disais que c'était aussi une sorte de bénédiction, cette mort si brutale... Parce que quand je pensais à tous les malheurs et à toutes les désillusions qui l'attendaient pour s'être mariée aussi jeune...

Vernon respira profondément.

– Et puis, tout d'un coup, j'ai repensé à *Hamlet*, pour la première fois depuis six ans... A ce que les femmes peuvent devenir... Ce qu'elles se laissent faire... Ce qu'elles font des hommes... J'ai essayé de reprendre contact avec Mary... Je voulais lui expliquer... Lui faire des reproches... La convaincre... Je voulais lui démontrer qui elle était vraiment... Qu'elle reconnaisse... Bref, je voulais des tas de choses à la fois... Mais elle n'était plus jamais là... Quand je suis revenu, la jardinerie était toujours couverte de neige, et elle n'était toujours pas là.

» Alors, j'ai posé ma candidature pour ce job ici... Ne me demandez pas pourquoi... Pour être plus près, j'imagine... Pour être prêt... J'ai eu le poste, bien sûr... J'ai commencé en mars... Je me tenais à l'écart de Shafton... Je pensais que Mary avait peut-être peur de me voir... Que si elle revenait, et qu'elle découvre que quelqu'un avait posé des questions, elle risquait de repartir... Mais une ou deux fois par semaine, le soir, je téléphonais... Juste pour voir s'il y avait une réponse... Mais il n'y en a jamais eu... Et puis, en même temps, il a fallu que je turbine pour remettre en route cet aéro-club qui était sens dessus dessous... J'ai dû travailler dur, mais j'aime bien ça... Et puis il a fallu que je trouve le moyen de m'entendre avec les gens... J'aime bien les gens, Mr Pascoe... Je les aime beaucoup... Et c'est pourquoi tout ça a été si... Si difficile...

Il passa la main sur son visage.

– Est-ce que votre femme a jamais répondu au téléphone ? demanda doucement Pascoe. Et l'avez-vous revue avant ?

– Avant le *Cheshire Cheese,* vous voulez dire ?... Non, jamais... Je pense qu'elle était revenue depuis plusieurs semaines... Mais ou bien elle n'était pas chez elle, ou bien elle ne voulait pas répondre quand j'appelais... C'est pour ça que ça a été très inattendu... Je surveille ma forme, Mr Pascoe... Une promenade avant de me coucher et un bon jogging en me levant, c'est mon régime... Je n'ai pas besoin de plus de cinq heures de sommeil... Pendant la bataille d'Angleterre, j'aurais été bon... Seigneur, qu'est-ce que ça a dû être bien !...

» Ce soir-là, je m'en souviens, c'était très calme ici... Alors je suis parti faire ma promenade plus tôt que d'habitude, et ce n'était pas encore l'heure de la fermeture quand je suis passé devant le *Cheshire Cheese*... Brusquement, j'ai eu envie de boire une bonne pinte, alors je me suis approché... J'ai regardé par la porte vitrée de la salle pour voir s'il y avait du monde... Et c'est là que je l'ai vue... Un peu pâle, un peu amaigrie, mais un verre à la main, riant, avec des tas de gens...

» Je ne suis pas entré... Je suis allé attendre au bout du parking, dans un coin... Au bout d'un moment, les gens ont commencé à sortir et les voitures à s'en aller. Très vite, il n'y avait plus qu'une poignée de gens qui restaient... Et puis Mary est sortie, avec quelques personnes... Ils se sont tous crié bonsoir. Les autres sont tous montés dans leurs voitures et ils ont démarré... Mary s'est dirigée vers une *Mini* garée tout près de l'endroit où j'étais... Pendant un moment, il n'y a plus eu personne sur le parking... Je l'ai appelée juste quand elle arrivait à sa voiture. Elle a juste dit : « Qui est-ce ? » mais étonnée, pas effrayée... J'ai répondu : « C'est moi... Austin... » Elle est venue vers moi, à l'ombre des arbres. Elle m'a demandé ce que je voulais... « Parler », je lui ai dit... Quelqu'un est sorti du *pub*, alors je l'ai prise par la main, et je l'ai entraînée un peu plus sous les arbres... Elle n'a pas résisté... J'ai dit : « Je veux parler de nous... Et d'Alison... » Alors elle a dit, tellement bas que je l'ai à peine entendue : « J'ai eu si peur, et j'ai été si malheureuse... », et elle s'est serrée contre moi... Je ne sais pas pourquoi tout ce que j'avais l'intention de lui dire me paraissait n'avoir pas de sens... En fait, il n'y avait rien à dire du tout...

Vernon marqua un temps d'arrêt. Jusque-là, il avait parlé sans heurt, nota Pascoe, et, contrairement à ce qu'il avait attendu, sans la moindre incohérence qui aurait marqué une phase de crise.

– Et vous l'avez tuée... dit l'inspecteur.

– Oui..., répondit Vernon d'une voix un peu étonnée, comme si la question était oiseuse... Il n'y avait rien d'autre que je puisse faire pour elle, vous comprenez... Ça a été rapide... J'avais travaillé sur les manuels pendant ma période d'entraînement au combat rapproché... Alors, je l'ai un peu éloignée du chemin... Je l'ai couchée... Pour qu'elle ait l'air aussi paisible que possible... Je ne voulais pas qu'on puisse penser qu'elle avait été sauvagement assassinée et vi... Enfin, vous voyez ce que je veux dire...

– Et après ?...

– Après, je suis rentré chez moi. C'était une belle nuit, très claire, très calme... Idéale pour le vol de nuit, je me souviens d'avoir pensé... Haut dans le ciel, j'ai vu briller des feux de navigation... Un grand zinc, rapide... J'ai un peu envié le pilote... Mais je me sentais très en paix... Je pensais que tout était fini, bien sûr...

– Mais ce n'était pas le cas ?...

– Oh ! non... On ne peut pas se sortir de l'esprit du jour au lendemain des expériences comme celles que j'avais vécues... Depuis la mort d'Alison, j'avais commencé à faire attention aux jeunes filles... A celles qui sont encore des gosses, je veux dire... Attendant le bus le matin sous la pluie pour partir travailler dans un bureau enfumé au milieu d'hommes à grandes gueules... Tellement jeunes, tellement perdues... Vous voyez bien... J'avais vraiment du chagrin à les voir... Nous ne leur laissons pas le temps d'être des enfants... Nous les forçons à devenir des femmes adultes... Mais au bout du compte, ça ne les mène nulle part... Alors il faut qu'elles changent et qu'elles se transforment en... Enfin, c'est ce que je ressens... A l'aéro-club, j'avais lancé les soirées disco... On avait ça dans le Surrey, et je me souvenais comme les gosses s'amusaient, en restant des gosses, si vous me suivez... Il n'y a pas de mal à ça, malgré tout ce que peuvent dire les pisse-vinaigre comme Middlefield... Et puis ça fait rentrer un peu d'argent... On avait besoin de tout l'argent qu'on puisse trouver si on voulait faire du club quelque chose qui soit à la hauteur... Oh ! j'ai des projets, inspecteur, des projets grandioses... J'avais des projets...

» Enfin, bref, il y avait cette petite qui venait aux soirées... Je l'avais vue assez souvent... Je ne savais pas son nom... Mais c'était la joie de vivre en personne... Et puis voilà qu'un vendredi soir, elle montre à tout le monde une bague de fiançailles... Son petit ami, a-t-elle expliqué, c'était un soldat, dont le bataillon faisait son séjour de rigueur à Belfast... Ils devaient se marier à sa prochaine permission... J'ai pensé à ce que c'est que d'être marié quand on est militaire... J'ai repensé à Mary et moi... J'ai pensé à Alison... J'étais écœuré...

– C'était June McCarthy ? intervint Pascoe.

– Oui. J'ai découvert ça après... La soirée suivante, elle n'est pas venue... Elle avait dû aller travailler...

– Vous le saviez ?... Vous aviez programmé ce qui s'est passé ?...

– Oh non !... répliqua Vernon, choqué. Je n'avais rien prévu... Ça a été le destin... Je n'avais pas réussi à me la sortir de l'esprit, mais je ne savais rien d'elle... Le dimanche matin, je suis parti faire mon jogging habituel... Juste après 5 heures... L'été, c'est le meilleur moment de la journée... Je me sentais si en forme que j'ai couru plus loin que d'habitude... En général, je m'en tiens à l'aérodrome et à la rivière, mais, le dimanche, les rues sont si tranquilles, c'est agréable de courir un peu sur la chaussée... C'est un changement... C'est comme ça que je me suis retrouvé à Pump Street... Pour dire la vérité, j'étais un peu égaré... Quand je suis passé devant les jardinets, j'ai vu une fille, là, à genoux... Il me semblait la connaître... Elle a drôlement sursauté quand j'ai commencé à lui parler... Parce que, ce qu'elle était en train de faire, c'était de piquer un peu de menthe pour le gigot qu'elle avait l'intention de faire à son père pour le déjeuner... Elle est devenue très bavarde quand elle m'a reconnu... Elle m'a raconté le travail qu'ils avaient à la conserverie en pleine saison des fruits... Des heures supplémentaires toutes les nuits... Mais elle s'en fichait, parce qu'elle voulait mettre de l'argent de côté pour son mariage... A ce moment-là, bien sûr, je l'avais reconnue, moi aussi... La fiancée du soldat... Agenouillée, là, avec sa menthe, elle avait l'air d'avoir treize ans... Je n'ai pas pu supporter l'idée... Qu'elle allait gâcher sa vie si jeune... Alors je l'ai calmée...

– Vous l'avez tuée ? Vous l'avez étranglée ?

Vernon ne répondit pas tout de suite. Son silence n'exprimait ni malaise ni culpabilité. Plutôt une sorte de réflexion, comme s'il était en train de peser avec soin la question.

– Oui, finit-il par lâcher à l'instant où Pascoe s'apprêtait à se répéter. Je l'ai tuée... Je l'ai étranglée... Je l'ai sauvée...

– Sauvée de *quoi* ?...

– Des déceptions... Des désillusions... Du dégoût... Je n'ai rien ressenti d'autre que de l'amour, et de la pitié... Ça a été pareil avec la fille de la banque... Je l'avais vue, cet après-midi-là... Depuis que j'avais commencé mon nouveau job, c'était souvent elle qui s'occupait de moi au guichet... Seulement, cette fois, j'ai vu sa bague... Elle s'est aperçue que je la regardais, et elle m'a souri... Avec fierté, vous voyez... Une enfant !... J'étais désespéré, mais j'ai quand même dit : « Félicitations ! »... Elle a répondu : « Merci, Mr Vernon... » Quand je suis reparti, j'ai su que je la reverrai...

– Vous voulez dire que vous aviez tout prévu ? interrogea Pascoe une nouvelle fois.

– Oh ! non... Rien de ce genre... Pourtant, j'avais le sentiment qu'il y avait bien un plan... Mais ce n'était pas le mien... Non... Vers 6 heures et demie, l'heure de pointe était passée... L'été, quand il fait beau, c'est toujours pareil... Dès qu'ils sortent du boulot, ils filent à l'aéro-club, et ils ne peuvent pas attendre une seconde pour décoller... Remarquez bien que je ne le leur reproche pas... Je suis parti faire un tour... J'ai passé la clôture, et je suis arrivé au sentier qui longe la rivière... Je n'ai pas croisé âme qui vive, et pourtant c'était une belle fin de journée... C'est vrai que c'est un peu à l'écart, mais ça vous conduit à la grande route, au bout de la zone industrielle... Et si vous continuez, vous entrez dans Milhill.

– Oui, je sais ! coupa Pascoe, impatient.

– Et elle était là... Comme si ça avait été programmé... Elle attendait à l'arrêt de bus du tournant... Il n'y avait personne d'autre... Je lui ai dit bonjour... Je voyais bien qu'elle avait l'air embêtée... Elle m'a dit qu'elle avait été chez le coiffeur après son travail, juste à côté de la banque, mais qu'elle avait manqué son bus en partant. Elle savait que le suivant n'arriverait que dans vingt-cinq minutes, alors elle avait décidé de marcher dix minutes à pied pour attraper le bus de la zone industrielle... Mais il était passé juste sous son nez... Et il n'y en aurait pas d'autre avant au moins une demi-heure... Et elle avait plein de courses à faire dans le centre... Je savais que, le jeudi, il y a beaucoup des grandes boutiques qui restent ouvertes jusqu'à 8 heures, mais il était déjà 7 heures moins le quart... Alors je lui ai proposé de la conduire en ville... Je lui ai expliqué qu'il faudrait qu'on marche jusqu'à l'aéro-club, mais que ça irait vite et qu'on serait dans le centre avant même que le prochain bus ne se pointe à l'horizon... Elle a dit d'accord, et on s'est mis en route.

» Elle a jacassé tout du long... Qu'elle allait avoir un mariage dans les règles... L'un des magasins où elle voulait aller était celui où elle avait choisi sa robe de mariée... Elle devait payer une partie de la commande... Et puis elle avait encore d'autres choses à faire... Elle ne voulait pas de longues fiançailles, elle m'a dit... Elle aurait trop de problèmes chez elle, avec son père... Il ne pouvait pas comprendre...

» Je lui ai dit que, moi, je la comprenais... Tout d'un coup, elle s'est arrêtée et elle m'a dit : « Ce sont vos planeurs ?... Qu'ils sont beaux !... On dirait des grands oiseaux... Ça doit être formidable de voler, mais je crois que ça ne plairait pas trop à mon Tommy... Lui, il s'intéresse qu'aux bagnoles »... Alors je l'ai prise à la gorge... Elle s'est laissée aller en arrière... Elle a à peine résisté, avec ses yeux grands ouverts par la surprise... Je pensais qu'elle était morte très vite, mais quand je l'ai lâchée, elle a brusquement tressailli... Elle a eu un sursaut... Je pense que c'était plus une convulsion qu'autre chose... Mais on était juste au bord de la rivière, et, en une seconde, ça l'a fait basculer dans l'eau... Et puis alors j'ai entendu des voix... Des enfants... Je savais qu'on était tout près du campement des Gitans, et j'ai pensé que c'étaient leurs gosses... Je détestais l'idée de l'abandonner, mais je ne pouvais plus rien faire d'autre... Son corps s'était enfoncé profondément dans la flotte... J'ai tourné les talons, et je suis reparti...

– Vous avez dû redouter que ça n'ameute tout de suite beaucoup de gens ? s'enquit Pascoe.

– Peut-être... Oui... Je ne crois pas y avoir vraiment pensé... Je suis seulement rentré au club et j'ai fait mon boulot habituel... Le lendemain, quand j'ai lu dans l'*Evening Post* qu'on l'avait retrouvée dans le canal, j'ai été surpris mais, quelque part, pas étonné... Mais je m'inquiétais, parce que je pensais que les gens pourraient ne pas comprendre... Alors j'ai retéléphoné au journal...

– Je voudrais vous demander... Pourquoi aviez-vous téléphoné, la première fois ?...

– C'était seulement une manière d'explication... Pour qu'on comprenne que ce n'étaient pas des meurtres gratuits... Ça m'a semblé important...

– Et pourquoi *Hamlet* ?...

– Je trouvais que c'était tout à fait approprié... C'est ce qui m'est venu à l'esprit...

– Mais vous auriez pu aller trouver les journalistes... Leur parler... Raconter votre histoire... insista Pascoe, non sans naïveté.

– Mais ça m'aurait conduit à me rendre !... s'exclama Vernon. Je n'étais pas du tout prêt à *ça* !...

– Non ! trancha Pascoe. Vous étiez décidé à ne pas vous faire prendre... Comme Pauline Stanhope pourrait en témoigner... Si elle était encore en vie !...

– Oui, souffla Vernon. Oui... Elle... Et aussi l'homme, ce Wildgoose... Ça s'est fait très vite... Pour tous les deux... Vous savez, on entraîne un pilote à prendre des décisions instantanées... Mais après, le temps est long... Surtout quand on réfléchit...

Le récit de Vernon avait perdu le rythme que lui donnait son assurance. Maintenant, les hésitations et les incertitudes apparaissaient de nouveau. Pottle avait vu juste : c'était pour ces deux meurtres-là que Vernon se sentait coupable... Parce qu'il n'avait tué que pour se protéger lui-même et non, comme il le croyait dans son délire, pour protéger d'elles-mêmes des jeunes filles... Sa seule justification résidait dans l'urgence. Il avait vu la transcription de l'enregistrement de la séance menée par Rosetta Stanhope, puis il avait lu dans le journal que le médium en question était Madame Raschid, qui officiait à la foire de Charter Park... Il s'y était rendu sur-le-champ, sans plan préétabli. Il avait pénétré dans la tente, et avait demandé tout doucement à Pauline si elle était bien Madame Raschid. Il l'avait frappée au plexus solaire, et il l'avait tuée... Mais, à ce stade, l'instinct de conservation avait fini par lui inspirer quelques ruses : il avait ainsi disposé bien en évidence la pancarte « Je reviens tout de suite », puis il avait dépouillé la victime de son foulard, de son fichu et de sa longue jupe, qu'il avait passés sur ses propres vêtements...

– Mais vous avez arrangé son corps comme celui des autres..., lui fit observer Pascoe. Et vous avez téléphoné au journal...

– Oui... J'ai pensé que ça sèmerait un peu la confusion... Et puis je pensais que je *devais* dire quelque chose... Je me sentais très malheureux... Et puis j'ai compris que je m'étais trompé... Qu'elle n'était pas du tout Madame Raschid... Seigneur ! J'en étais malade !

– Et pourtant, insista Pascoe, après ça, vous n'avez rien essayé contre la véritable Madame Raschid, n'est-ce pas ?

Vernon, comme indigné, secoua violemment la tête.

– Je n'aurais pas pu... Pas le *prévoir*... Pas de sang-froid...

Ça, ça va plaire à Dalziel... se dit Pascoe.

Vernon retrouva un peu de son calme pour évoquer le cas d'Andrea Valentine. A la soirée disco, il l'avait entendue se vanter, auprès de ses amies, de se faire épouser par Wildgoose dès qu'il se serait débarrassé de sa femme légitime.

– Vous les avez suivis jusqu'à Danby Row ? s'étonna Pascoe.

– Non, non... J'ai surveillé la remise en ordre de la salle, et je suis parti plus tard... Je n'avais aucun plan, vous comprenez... Je voulais juste jeter un coup d'œil...

– Mais comment saviez-vous où les retrouver ?

– C'était moi qui avais appelé le taxi... Wildgoose m'avait donné l'adresse...

C'était vraiment trop simple, médita Pascoe. Il n'y avait rien d'étonnant à ce que Vernon se prenne pour un instrument au service d'on ne savait quelle force bienveillante et protectrice... Comme si son chemin avait été chaque fois aplani d'avance...

Vernon avait conduit sa voiture devant la maison, puis il avait fait le tour du pâté de maisons. Il avait repéré l'allée, et la porte de derrière du numéro 73. Il en avait franchi le seuil pour se trouver aussitôt nez à nez avec Wildgoose qui partait. L'homme lui avait sauté au collet. Attristé, Vernon se défendait d'avoir voulu lui faire le moindre mal...

– Mais il avait vu mon visage... Il faisait sombre, mais pas tant que ça... J'ai vu qu'il m'avait reconnu... Alors, il m'a bien fallu... Encore une fois...

Mais si cet assassinat involontaire l'avait perturbé, il n'en avait pas pour autant perdu de vue son objectif principal. Il avait remonté le jardin jusqu'à la maison. Il y avait de la lumière dans la cuisine. Il avait frappé à la porte. « Qui est-ce ? » avait demandé la jeune fille. Mais elle était si sûre que ce ne pouvait être que Wildgoose qu'il avait suffi de bredouiller un « C'est moi... » indistinct pour qu'elle déverrouille...

– Et alors vous l'avez tuée..., accusa Pascoe. Mais pourquoi ? Vous veniez de tuer l'homme... Elle ne courait plus le risque de se marier !

Vernon enfouit son visage dans ses mains.

– Et vous croyez que je n'y ai pas pensé ?... J'y ai même pensé pendant qu'elle était en train de mourir !... Mais l'homme, il fallait que je le tue, comprenez-vous ?... Il m'avait reconnu... Je n'avais pas le *choix* !

Il plaidait... Comme s'il avait besoin d'être approuvé... Ou absous... Pascoe se sentait disposé à tout lui accorder, à condition que Vernon veuille bien signer au bas de chaque page du procès-verbal qu'il dressait si hâtivement...

– Oui, je vois... dit l'inspecteur. Je vois parfaitement...

– C'est vrai ? Bien vrai ?

– Oui, le rassura Pascoe. Absolument... Alors, vous avez traîné le corps jusqu'à votre voiture ?

Vernon, dans sa folie, avait continué de bénéficier d'une chance insolente. Nul ne l'avait dérangé. L'idée d'enterrer le cadavre de Wildgoose au milieu des plants de rosiers de la jardinerie relevait d'une logique absolue... Vernon était passé devant de temps en temps, depuis la mort de sa femme, et avait constaté que l'endroit était désormais fermé. C'était idéal...

– Je ne voulais pas qu'on le retrouve... Je pensais qu'on croirait que c'était *lui* qui avait tué la fille... Ça commençait à aller de travers... Il y avait trop de meurtres... Trop de meurtres *inutiles*... J'ai pensé que, si vous, la police, vous vous lanciez à la recherche de Wildgoose, ça me donnerait un peu de répit pour réfléchir tranquillement...

Pascoe ne lâchait pas des yeux le petit homme frêle assis en face de lui, qui, lui, lui adressait un regard confiant et plein d'espoir...

– Je crois, dit calmement l'inspecteur, que nous

pourrions arranger tout ça... Ce que je voudrais que vous fassiez maintenant...

On frappa à la porte, et le sergent Wield surgit.

– Mr Pascoe..., commença-t-il.

– Plus tard..., ordonna Pascoe, sur un ton qui tentait de mêler le banal et le commandement.

– Je suis désolé, chef, mais...

– J'ai dit *plus tard,* sergent ! aboya Pascoe.

Mais Wield ne se laissa pas démonter.

– On a essayé de vous téléphoner, chef, mais on n'a pas eu de réponse. C'est au sujet de votre femme.

– Qu'est-ce qu'il lui arrive ?

L'inspecteur s'était dressé et faisait face à Wield. Son pouls s'accéléra quand il remarqua qu'une anxiété bien visible adoucissait les angles aigus des traits du sergent.

– Il a fallu l'emmener à l'hôpital, chef... Ils ont appelé pas longtemps après votre départ... Comme je vous l'ai dit, on a essayé de vous téléphoner ici...

– Qu'est-ce qui s'est passé ? s'alarma Pascoe.

– Je ne sais pas, chef. Mais je savais que vous vous inquiétiez... Alors j'ai pensé que ça valait mieux...

Le regard de l'inspecteur allait et venait de Wield à Vernon, qui jetait au travers de la fenêtre des coups d'œil indifférents, comme si tout ce qui venait de se passer ne le concernait en rien. Peut-être, effectivement, n'était-il plus concerné... Peut-être... Mais le temps n'était plus aux peut-être !... Pas quand Ellie... Oh, Seigneur !

– Excusez-nous une seconde, Mr Vernon, jeta Pascoe.

Il poussa Wield dans l'embrasure de la porte qu'il referma derrière lui.

– Ecoutez, mon vieux, dit-il en lui mettant dans la main son carnet, c'est lui !... Tout est là-dedans !... Faites-le-lui lire !... Et faites-le signer ! Chacune de ces putains de pages !... Ça pour commencer !... Mais allez-y mollo !... Ne le forcez pas !... Vous me suivez bien ?

– Tout à fait, chef. Et ensuite ?

– Il me faut son nom là-dessus... Après ça, vous pouvez le pendre si ça vous chante ! J'en ai rien à foutre ! Faites ça, moi, je file !

– J'espère que Mrs Pascoe est O.K., dit encore le sergent, sans être sûr que l'inspecteur avait pu l'entendre.

Lentement, il ouvrit la porte.

– Bonjour, Mr Vernon, dit-il.

26

– Et c'est votre verdict unanime ?

– Oui, répondit le premier juré.

Dehors, le soleil brillait encore dans le ciel clair. Mais il ne resplendissait plus de l'éclat éblouissant de l'été. Ses rayons avaient déjà la pâleur mélancolique de l'automne. Les feuilles desséchées des arbres municipaux jonchaient les marches du bâtiment du tribunal quand Pascoe en sortit. Il enfonça les mains dans ses poches, puis jeta un regard dépourvu de toute aménité à l'édifice pseudo-médiéval qui abritait la mairie.

Wield le suivait.

– Je suis désolé, chef, dit le sergent.

– Ça n'est pas votre faute, répondit l'inspecteur. Même s'il avait signé cette déposition, ils auraient considéré qu'elle n'était pas valable...

– Tout de même...

– Les avocats, je voudrais bien leur chier dessus ! tonitrua Dalziel.

Pascoe, inquiet, inspecta les alentours. Le gros Dédé avait tout l'air du rescapé d'un combat douteux. Et, en un sens, c'est bien ce qu'il était...

– J'ai dit un mot à ce connard de procureur, reprit Dalziel. Je lui ai dit que l'agriculture manque de bras !

– Il a réagi comment, patron ?...

– Il m'a menacé de faire un rapport ! Moi, je lui ai envoyé dans les dents que si ses rapports étaient aussi bons que sa manière d'interroger les témoins, il pouvait toujours courir après sa prochaine promotion !

– Mais c'était un problème de preuves..., plaida Pascoe. Si vous y regardez à deux fois, on n'avait pas grand-chose de solide.

– Ça suffisait largement s'il avait fait son boulot ! trancha Dalziel. Et si on avait pu avoir un autre report, j'aurais bien fini par casser notre enfoiré comme une noix pour lui faire cracher le morceau !

Quatre mois avaient passé.

Dalziel avait eu recours à tous les moyens dilatoires qu'autorise la procédure : les renvois à quinzaine avant comparution aux assises... L'embargo imposé à la presse, non pour cacher – comme le grand public le croyait – des horreurs insoutenables, mais – à en croire l'avis cynique du sergent Wield – pour éviter que n'apparaisse au grand jour la faiblesse du dossier de l'accusation... Par chance – ou par manque de chance... –, les juges des chambres d'accusation sont tout autant influencés par les certitudes de la police que par les preuves qu'elle peut mettre en avant, notamment quand ils ont affaire à une histoire d'Etrangleur... Ainsi, Vernon avait été renvoyé devant les assises, mais huit semaines plus tard que ne le prévoyait la loi... Le superintendant était parvenu à obtenir deux reports successifs, mais les juges eux-mêmes peuvent s'impatienter... Et quand l'avocat de la défense avait agité la menace d'un arrêt d'*habeas corpus*... il avait bien fallu s'incliner, et laisser la machine judiciaire suivre son train...

L'accusation s'était contentée d'un seul chef d'inculpation : l'assassinat prémédité de Mary Vernon, alias Mary Dinwoodie... Ils pensaient qu'ils se trouvaient là en terrain solide... Qu'ils pouvaient démontrer qu'il y avait là à la fois un vrai mobile et des circonstances adéquates... Ils pouvaient utiliser la psychose maniaco-dépressive chronique dont Vernon souffrait, et jouer à plein du fait qu'il ne s'était pas le moins du monde manifesté après la mort de sa femme... Bref, ils pouvaient faire tout ce qu'ils voulaient... Sauf qu'ils étaient incapables de prouver que Vernon s'était bien trouvé dans les environs immédiats du *Cheshire Cheese* le soir en question...

La défense contesta la recevabilité du dossier médical de son client, et mit en avant la façon dont, pendant trois années, Vernon avait assumé dans la vie civile une tâche de responsabilité très exigeante sans s'attirer la moindre critique. Quant à son silence après le meurtre de Mary, l'avocat s'en tira en faisant dire spontanément à Vernon qu'il avait été accablé et abasourdi par la nouvelle et qu'en tout état de cause, il avait toutes les raisons de penser que les policiers établiraient sans attendre le lien entre lui-même et la femme assassinée.

– En l'occurrence, déclara froidement l'avocat, mon client a surestimé leur diligence et leur efficacité. Mais, si c'est une faute, elle incombe aux responsables de l'enquête, non à mon client...

Désespérément, l'accusation avait tenté de faire appel aux compétences des linguistes. Gladmann, pour produire ses conclusions, avait revêtu son meilleur costume – « celui qui a des taches de caviar... », avait dit Pascoe –, mais ses espoirs d'acquérir, grâce au procès, une vraie célébrité étaient tombés à l'eau.

La défense fit aussi valoir que le *premier* appel téléphonique ne datait que des heures suivant la mort de June McCarthy. Et qu'il avait fallu attendre après celle de Pauline Stanhope pour que les appels soient dûment *enregistrés...* Mais il n'était pas possible de prouver clairement qu'une des quatre voix enregistrées était bien celle du premier appel et, de toute façon, cela n'avait rien à voir avec le décès de Mary Dinwoodie. Vernon n'était pas accusé des meurtres suivants. Et bien sûr, même si ces meurtres n'étaient pas, *a priori*, sans rapport avec le dossier, l'assassinat de Mary Dinwoodie devait être envisagé isolément. A moins, évidemment, que la police ne parvienne à démontrer qu'il y avait bien un lien.

Il y avait aussi la manière dont les cadavres avaient été disposés, avança l'accusation.

Argument très ténu, répliqua la défense : la presse avait rapporté en long et en large les tenants et aboutissants du meurtre du *Cheshire Cheese* et les auteurs des autres crimes pouvaient fort bien avoir voulu imiter les circonstances du premier...

Le juge avait été convaincu par l'avocat. Il se demanda s'il devait faire sur-le-champ un petit discours pour stigmatiser ceux qui avaient fait perdre son temps à la justice, ou le garder en réserve pour le prononcer après l'acquittement qu'il prévoyait. En fait, il garda un silence précautionneux. C'était très exactement le genre de propos que les journaux prendraient un malin plaisir à citer si, par hasard, le bonhomme sortait du tribunal la tête haute, et se faisait prendre plus tard à étrangler quelque pauvre jeune fille... On n'est jamais trop prudent... Et les juges ne bénéficient plus de nos jours du respect qu'on leur accordait autrefois, même pas dans la rubrique nécrologique...

Ce qui fut le plus surprenant, c'est que le jury avait mis plus de cinq heures avant de se décider. Les espoirs de l'accusation s'en étaient trouvés renforcés.

Et puis, ils étaient arrivés... Douze hommes de bien... Vernon, debout dans le box, avait fixé sur eux un regard où ne se lisaient ni la peur ni le défi. Et il s'était contenté de hocher la tête quand il avait entendu le premier juré déclarer : « Non coupable... »

– Le voilà ! annonça Wield.

Vernon apparut dans le pâle soleil, environné d'une nuée de journalistes qui se pressaient et se bousculaient autour de lui. Il avançait lentement, d'un pas serein, comme dans le calme de l'œil d'un cyclone. Il aperçut brièvement le groupe des policiers rassemblés sur les marches, mais passa son chemin. Pascoe crut saisir les mots « ... reprendre mon travail... », mais le petit personnage frêle disparut bientôt.

L'un des journalistes s'approcha de Dalziel :

– Une réaction, superintendant ?

– Pas de commentaire, coupa hâtivement Pascoe.

– Et comment va la chasse à l'Etrangleur ? continua le reporter. C'est vrai que vous allez demander à Scotland Yard de vous aider ? Ou bien vous en revenez à la boule de cristal ?

– C'est pareil ! grommela Dalziel. Ces gars-là se prennent tous pour des extralucides !

– Je peux vous citer ?

– Citer quoi ? cracha Pascoe. Qui est-ce qui a dit quelque chose ?... Allez, tirez-vous !

– Ils adorent ça, lâcha Dalziel, amer. Qu'on ait l'air ridicules !... Les salauds !...

– On n'aura pas l'air ridicule s'il recommence, observa Pascoe.

– Vous croyez que c'est probable, patron ? lui demanda Wield.

– Pottle dit que, dans toute sa carrière, il n'a jamais vu des mobiles de ce style... Ce qui fait agir Vernon, c'est l'idée qu'une fille va gâcher sa vie en se mariant, et c'est la vue d'une bague de fiançailles qui sert de catalyseur. Pottle pense que son séjour en préventive peut avoir constitué une sorte de traitement, en lui donnant le temps de réfléchir et de faire le point...

– Dans le trou, il n'a pas dû voir beaucoup de nanas avec des bagues de fiançailles ! ricana Dalziel.

– Si c'est vrai, reprit Wield, peut-être bien qu'il va retrouver une conscience et qu'il sera de nouveau prêt à faire une bonne confession...

– Pottle n'y croit pas, répliqua Pascoe. Quand Vernon m'a raconté sa petite histoire, c'était seulement à cause des meurtres « inutiles »... Ceux qui étaient motivés par son instinct de conservation... En fait c'était bien une confession, mais au sens religieux du mot... N'oubliez pas que Vernon est catholique... En quelque sorte, selon Pottle, je tenais le rôle du prêtre, mais notre ami a fini par penser que j'étais un imposteur : les vrais prêtres ne fichent pas le camp du confessionnal et n'envoient pas leur vicaire pour terminer leur petite affaire !... Alors, fin de la confession !

– Ce connard de Pottle ! râla Dalziel. Moi, je vais vous dire une bonne chose !... A partir de maintenant, cet enfoiré de Vernon ne pourra même plus se fourrer les doigts dans le nez sans que j'en sois immédiatement averti !

– Quoi ?...

– Ouais... Le jeune Preece est sur ses talons...

– Mais il connaît Preece, observa Pascoe.

– Il nous connaîtra tous avant longtemps ! On le lâchera ni le jour, ni la nuit !...

– Il va nous accuser de harcèlement, souffla Pascoe.

– Vous croyez ? demanda Dalziel. On dirait que ça vous gêne, Peter...

– Il y a beaucoup de choses qui me gênent, chef.

Dalziel changea de ton et devint très sérieux.

– Je vais vous dire, Peter... Quand je suis entré dans ce métier, il y avait *eux* et il y avait *nous*. *Leurs* armes, c'étaient la violence, le mensonge et la cruauté, et *notre* arme à *nous*, c'était la loi... Maintenant, ils se servent *aussi* de la loi, vous l'avez bien remarqué ?... Alors moi, je me sers de tous les moyens que je peux trouver.

– Même si c'est un procédé digne d'*eux* ?

– Je me servirais même de crotte de chien si c'était nécessaire ! Allez, je m'en vais... Si je vois sortir ce connard de procureur et ce connard d'avocat, bras dessus bras dessous et s'en racontant une bien bonne, je serais capable de les attraper par leurs putains de perruques et de cogner leurs sacrés crânes !

– Il n'est pas content, constata Wield.

– Je ne suis pas content non plus, répliqua Pascoe. Mais qu'est-ce qu'on en a à foutre ?

– Mr Pascoe..., appela une voix de femme.

Ils se retournèrent. Rosetta Stanhope était en haut des marches.

– Bonjour, la salua Pascoe. Je vous ai vue au tribunal. Je crois que vous connaissez le sergent Wield.

– Oui... On s'est parlé tout à l'heure.

– Il vaut mieux que j'y aille, dit Wield. A tout à l'heure, chef... Au revoir, Mrs Stanhope...

Ils le regardèrent s'éloigner.

– Quelqu'un de bien, dit Rosetta Stanhope. Je crois qu'il a été très malheureux, ces derniers temps...

– Ah bon ?

Pascoe avait de la peine à imaginer que les notions de bonheur ou de malheur puissent s'appliquer à un homme comme Wield.

– Vous ne l'aviez pas remarqué ? reprit Rosetta Stanhope. C'est vrai que ce n'est pas le genre d'homme qui étale ses sentiments... Mais je sais qu'il finira bien par être heureux... Mais vous, vous avez de quoi être très heureux, inspecteur, si j'en crois ce qu'il m'a dit... Félicitations !

Pascoe sourit avec autant de chaleur qu'elle lui avait souri. Et, soudain, il ressentit une impression de plénitude qui effaçait toute son amertume.

– Oui... Merci... C'était la semaine dernière... On a eu beaucoup de soucis... Ellie... C'est ma femme... Elle a été malade pendant un long moment... On pensait qu'elle allait perdre le bébé... Il a fallu qu'elle reste à l'hôpital pendant des semaines... Et c'est arrivé avec plusieurs semaines d'avance...

– *C'est ?...*

– Elle, sourit Pascoe. Je n'ai pas encore l'habitude... Elle n'était pas grosse, mais ça va... Elle est O.K... Enfin, parfaite, je veux dire...

– Et votre femme ?

– Ça va, elle aussi. Elle sera sur pied bientôt... Mais ça a été très dur pour elle. Très dur...

Pascoe plissait le front, et Rosetta Stanhope posa doucement sa petite main brune sur son bras.

– Ne vous inquiétez pas... Elle va aller très bien... Je le sens...

– Oui... Eh bien, merci... Et vous, comment ça va ?... Ecoutez, je suis désolé pour tout ça... Je veux dire que tout ça, c'était pour rien...

– Ne vous inquiétez pas, répéta-t-elle en souriant. Ça aussi, ça ira bien... Je le sens... Ça se passera comme Pauline l'aurait voulu... Je suis allée voir Dave l'autre jour...

– Lee ? Comment va-t-il ? Il sortira au début de l'année prochaine s'il se conduit convenablement... Il aurait même pu avoir une liberté conditionnelle s'il n'avait pas eu un tel casier...

– Oui... Finalement, vous avez tous été très gentils avec lui... Peut-être que le gros bonhomme a quand même un reste de conscience, hein ?... J'ai expliqué ça à Dave quand il m'a demandé de lui jeter un sort...

– Jeter un sort à Mr Dalziel ! s'écria Pascoe, tout réjoui de cette idée.

– A vous tous, et à Mr Dalziel en particulier, rétorqua-t-elle avec sérieux.

– Mais vous ne le ferez pas ?

– Avec tous vos problèmes, il n'est pas utile de vous jeter un sort...

– Merci quand même... grimaça Pascoe.

Cette fois, elle sourit franchement. Elle était très élégante, en manteau de tweed et escarpins vernis.

– Vous avez bien raison de ne pas avoir peur d'une vieille bonne femme tout ce qu'il y a d'ordinaire comme moi... Mais n'oubliez pas qu'à l'intérieur de moi, je suis une Gitane pur sang. Je me suis éloignée des miens pendant longtemps, mais on ne peut pas rester éloigné pour toujours...

– Vous ne pensez pas vraiment à les retrouver ?

– Vous voulez dire m'asseoir sur les marches d'une verdine, en fumant une vieille pipe pour chasser les mouches ? Vous savez, on n'a pas l'impression que c'est un mauvais choix quand le printemps est dans l'air et que les arbres redeviennent verts... Là-bas, je serais quelqu'un, au moins... Tandis qu'ici... Voyez-vous, Mr Pascoe, *elle* me manque... Elle m'avait aidée à supporter sa mort à *lui*. Ils me manquent tous les deux...

– Je suis désolé... souffla Pascoe. Pour tout...

– Tout ira bien... conclut Rosetta Stanhope. C'est écrit... Si vous voulez, vous me donnerez la date et l'heure de la naissance de votre petite fille. Je dresserai son horoscope... Mais elle aura de la chance, je le sens... Tout ira bien... Tout...

– Oui, dit Pascoe.

27

En sortant du tribunal, Austin Vernon se rendit directement à l'aéro-club. La nouvelle de son acquittement l'y avait précédé. Bernard Middlefield avait assisté au jugement, et, lui, il n'avait pas eu d'avocat ou de journalistes pour retarder son départ.

C'était la fin de l'après-midi, et les ombres s'allongeaient. Le seul planeur qui volait encore s'apprêtait à atterrir. Dans le bar étaient rassemblés une petite douzaine de pilotes amateurs qui, sans doute, avaient organisé leur journée de travail pour pouvoir s'offrir plus tôt leur heure de vol. La présence parmi eux de trois des membres du comité, outre Middlefield – le quorum se trouvait atteint... –, n'était peut-être pas fortuite...

Quand Vernon entra dans le bar, il y eut un silence, puis quelqu'un lança :

– Félicitations, Austin !

Il s'ensuivit un concert de « Bien joué... ! », « Bravo !... », « Je n'ai jamais cru une seule seconde... », et ainsi de suite, qui tourna court rapidement.

– Pouvons-nous aller dans le bureau ? demanda Middlefield.

– Mais bien sûr... Allez-y...

– Mais non ! Avec vous, je veux dire ! jeta Middlefield avec agacement. Il faut que nous discutions... Nous avons eu une réunion du comité et...

– Une réunion, très brève, j'en suis convaincu...

– Non, ce n'était pas aujourd'hui... Au début de la semaine... Il fallait qu'on prenne des décisions...

– Vous vous prépariez à toute éventualité ? Au cas où je serais acquitté ?

– Tout ce que nous voulons, c'est savoir ce que vous avez l'intention de faire...

– Pour commencer, je crois que je vais voler un peu... Pour m'éclaircir les idées et me détendre les muscles... Roger... Peter... Vous me donnez un coup de main ?

– Vous ne croyez pas que c'est un peu tard, Austin ? protesta Roger Minstrel, le moniteur adjoint, qui avait assuré à lui seul la bonne marche de l'aéro-club au cours des derniers mois.

– Moi, je vais vous aider, annonça, du seuil, Thelma Lacewing.

Elle paraissait très séduisante avec ses bottes, son pantalon de velours rose et un anorak bleu pâle.

– C'est difficile de se faire aider, par ici..., reprit-elle. Quand j'ai atterri, tout à l'heure, j'ai bien cru que je me posais dans une ville fantôme !

– Je suis désolé, Thelma, s'excusa Minstrel. Honnêtement, je vous regardais descendre, mais...

– Vous avez préféré rejoindre cette petite fête de bienvenue, je vois... Vous feriez mieux de vous dépêcher, Austin ! La lumière baisse sur tout le Yorkshire... Et c'est ici que ça commence, comme d'habitude !

– J'y vais, dit Vernon en se dirigeant vers la porte. Roger ?

– Très bien, mais il est *vraiment* tard.

– Nous aurons notre discussion après, jeta Middlefield qui tentait de réaffirmer son autorité.

Pendant que Vernon se préparait, Roger Minstrel et Thelma Lacewing avaient tourné le planeur en position de décollage, et le moniteur adjoint avait rejoint le treuil de lancement.

Vernon monta dans le cockpit et assura son harnais de sécurité.

– Je devine que vous avez été acquitté, lui glissa Thelma Lacewing.

Il acquiesça de la tête.

– Vous vous sentez comment ? continua-t-elle.

– Je ne sais pas trop...

– La police continue à vous croire coupable ?

– Je ne sais pas... Vous devriez demander ça à votre amie...

– Ellie Pascoe ? Elle avait, et elle a encore, bien d'autres soucis que de savoir si vous êtes coupable ou non... Mais vous ?... Qu'est-ce que vous pensez ?

– A propos de ma culpabilité ? Je ne suis pas encore très au clair...

– A votre place, j'essaierais d'être au clair avant de me poser, lui conseilla-t-elle. Ça vaudrait mieux pour tout le monde...

Elle s'empara du bout de l'aile qu'elle tint soulevée. Elle fit signe à Minstrel. Le treuil se mit en branle, et le planeur commença de rouler.

Ce fut un lancement parfait. Les réflexes de pilote de Vernon étaient trop profondément imprimés en lui pour avoir été diminués par son absence forcée. Libéré du câble, le planeur bondit, tandis que Vernon profitait du vent pour passer au-dessus de la zone industrielle qui dégageait un complexe d'ascendances thermiques qu'il pouvait déchiffrer comme à livre ouvert.

Il se demanda pourquoi il avait choisi un planeur. Le *Piper-cub* lui aurait permis de monter plus haut et d'aller plus loin... Il lui aurait donné plus d'autonomie... Mais il comprit qu'il savait bien pourquoi... Dans le petit monomoteur, il se souvenait toujours de ce qu'il avait été autrefois, du temps où, d'une pression du bout des doigts, il pouvait déchaîner toute la puissance d'un *jet* et atteindre des vitesses que la plupart des hommes ne peuvent même pas imaginer... Le roi des espaces infinis... Aux commandes du planeur, c'était différent... Cela n'évoquait pas les mêmes souvenirs... Là, il ne s'agissait pas de conquérir un royaume par la force... C'était comme si l'on cherchait peu à peu à se faire accepter, comme un étranger en cours de naturalisation... Un citoyen des espaces infinis... La formule était moins belle... Mais, à cet instant précis, il éprouvait la paix intérieure dont il avait tant besoin...

Middlefield l'avait interrogé sur ses projets pour le futur.

Thelma Lacewing lui avait demandé s'il se trouvait coupable ou innocent.

Des questions ineptes !... Culpabilité... Innocence... Avenir... Comme si on pouvait en décider, ou même y réfléchir !... Il s'était senti coupable, bien sûr... Sinon, pourquoi aurait-il parlé aussi longuement avec ce Pascoe ? Mais au fur et à mesure qu'il parlait, son sentiment de culpabilité s'était estompé... Et il avait totalement disparu quand le sergent, celui qui avait une tête d'aide du bourreau, était arrivé...

Le sentiment de culpabilité pouvait revenir, encore qu'il ne l'ait pas éprouvé depuis lors... Mais, même s'il revenait, l'expérience lui avait appris que la certitude de l'innocence revient, elle aussi... Alors, le lendemain aurait soin de lui-même, quoi qu'il puisse apporter... C'était écrit... Il le savait...

Il n'avait pas tout dit à Pascoe... Pas du tout... Quand il s'était glissé dans la tente de Madame Raschid, il n'avait pas tué la fille tout de suite... Il lui avait demandé de lui lire les lignes de la main... Elle l'avait regardée et avait débité des banalités très usées. Puis, soudain, avec un calme glacé, elle avait fixé sa main, elle s'était levée, et elle avait porté sa propre main à sa bouche... Il l'avait frappée alors à l'estomac, de toutes ses forces, et puis il l'avait tuée... Elle avait vu qu'il était venu pour la tuer, il en était sûr... Et ce qui devait arriver, devait arriver... Il s'était senti coupable, à ce moment-là, et puis de nouveau, davantage encore, après le meurtre de Wildgoose... Mais celui-là, c'était un homme mauvais, un débauché qui dévoyait la jeunesse... Il n'y avait vraiment aucune raison de se sentir coupable...

Cela lui faisait du bien de piloter... Il l'avait su d'avance... Maintenant, il se sentait prêt à revenir sur terre, à reprendre sa place, et à accomplir ce qui devait l'être...

Il regarda le sol pour prendre ses repères. Là où il était, le soleil brillait encore, mais l'altitude faisait toute la différence : au sol, l'astre du jour se glissait déjà derrière l'horizon, quand il resplendissait encore pour lui, le citoyen des espaces infinis...

Un long piqué lui fit survoler l'aérodrome, puis il vira pour entamer son atterrissage. Il fut surpris de constater qu'il volait trop haut... Peut-être avait-il plus perdu la main qu'il ne l'avait pensé... Pour compenser – Et pour se rassurer sur ses capacités... –, il ouvrit en grand les aérofreins et fit décrire au planeur des *S*, jusqu'à ce qu'il en arrive à l'angle qu'il jugeait le meilleur pour son approche.

Maintenant, il était assez bas pour que le soleil ait disparu complètement, tandis qu'au-dessous de lui, l'ombre devenait plus dense... Mais il n'y avait pas de quoi se faire du souci... Le planeur suivait une trajectoire parallèle à la rangée de barbelés que le conseil municipal avait fait ériger pour tenir les Gitans à l'écart de l'aérodrome... A sa droite, Vernon distinguait clairement le bâtiment du club... Le mât de pavillon, d'un blanc éclatant, lui donnait, avec ses dix mètres de hauteur, une référence précise pour entamer son arrondi, même si le sol lui semblait peu visible... La terre paraissait monter à sa rencontre, dans la pénombre incertaine... Et les ombres elles-mêmes étaient vagues... Quelque chose d'indistinct, mais de très concret, allait couper sa ligne de descente...

– Seigneur Jésus ! murmura-t-il, comprenant où il se trouvait.

Ce n'étaient plus des ombres, mais des poneys, un plein troupeau apparemment, galopant en tous sens, comme affolés par le sifflement du planeur qui piquait sur eux...

La clôture devait à nouveau s'être rompue... Les poneys étaient partout...

Vernon hurla, sachant qu'ils ne pouvaient l'entendre, et que cela ne changerait rien si, par miracle, ils l'avaient entendu... Mais il continua de hurler... Et ils galopaient toujours... Dieu !..., qu'ils galopaient !... Il volait à presque cinquante nœuds, et il n'allait pas plus vite qu'eux...

Il fallait se décider... Tout de suite... Atterrir comme prévu, en espérant que les maudites bêtes s'écarteraient de son chemin... Ou les survoler... En esprit, il revit ce qui se trouvait au-delà de la clôture... Un sol raboteux... Des buissons épais... Et puis la ligne incurvée des arbres qui bordaient la rivière...

Un coin très mal pavé... Et dangereux par bonne visibilité... Mais, dans le noir, comme maintenant, un désastre certain...

Donc il lui fallait se poser comme prévu... Il n'avait plus assez de vitesse pour retrouver l'altitude qui lui permettrait de virer et de choisir une trajectoire qui éviterait les poneys en délire... Seul le plus débutant des débutants, ou bien un fou, ou bien un imbécile, aurait tenté pareille manœuvre...

Et pourtant, c'était ce que ses mains sur le manche, et ses pieds sur le palonnier, essayaient de faire... Il jura et se contrôla, tenant sa ligne de vol, bien droit... Ces animaux n'étaient pas idiots... Ils s'écarteraient au dernier moment...

Il eut tout d'un coup le sentiment qu'il avait gagné... Il se sentait détendu... Il regarda au travers du plexiglas du cockpit... Il lui sembla qu'il y avait plus de lumière... Tout était dégagé... Les poneys avaient disparu...

Et il comprit ce qui lui arrivait...

Avant même que Dalziel et Pascoe ne parviennent à l'aérodrome, l'ambulance était déjà repartie. Les membres du club, excités et abattus à la fois, discutaient fébrilement devant le bar. Preece, qui avait retrouvé ses supérieurs au parking, était excité, lui aussi, et il avait besoin d'un public.

– J'ai tout vu, dit-il. J'étais assis dans ma voiture, en attendant que ça se passe... Je l'ai vu arriver pour atterrir... Tout avait l'air bien, mais il ne faisait que continuer, sans essayer de se poser ou de perdre de la vitesse... Il continuait juste, comme ça... Droit dans la clôture... Je pouvais pas le croire !... J'étais là à le regarder, et je pouvais pas le croire !...

– Mort ? demanda Dalziel.

– Oh ! oui... J'ai été le premier sur place... Un vrai carnage !... Cervicales brisées, à première vue !... J'ai appelé l'ambulance, mais j'aurais pu aussi bien appeler directement un corbillard !

– Allons jeter un coup d'œil, ordonna Dalziel.

Les trois policiers arpentèrent les lieux de l'accident.

Le planeur avait frappé de plein fouet la clôture métallique, puis avait basculé et s'était retrouvé sur le dos... Il n'y avait plus que des débris de métal et de fibre de verre...

– Qu'est-ce que vous pensez ? interrogea le superintendant. Un suicide ?

– Il est rentré droit dedans ! répéta Preece. Il a rien fait pour l'éviter !

– Je vois, mon garçon... Et vous, Peter, qu'est-ce que vous pensez ?...

– Vous pensez à un sentiment de culpabilité ?... La moitié de l'opinion publique applaudira des deux mains !

– Et l'autre moitié ?...

– Elle pleurera un homme poussé à la dernière extrémité par des accusations infondées et par le harcèlement de la police !...

– Ouais... Mais qu'est-ce que vous pensez, *vous* ?

Pascoe fit quelques pas le long de la barrière.

– Les Gitans sont partis..., finit-il par dire, en regardant comme à regret le terrain où s'était installé le campement.

– Ouais, ouais... On est débarrassés d'eux jusqu'à

l'année prochaine, Dieu merci !... Mais je ne vais pas vous le répéter cent fois !... Qu'est-ce *vous* pensez ?...

– Je pense que c'est mystérieux et triste..., répondit enfin Pascoe. Oui, c'est ça... Mystérieux et triste... Comme la vie...

– Vous allez faire pleurer le Bon Dieu ! conclut Dalziel.

Les Maîtres du Roman Policier

Première des collections policières en France, Le Masque se devait de rééditer les écrivains qu'il a lancés et qui ont fait sa gloire.

AMELIN Michel
1952 Les jardins du casino
(Prix du Festival de Cognac 1989)
ANDREOTA Paul
1935 La pieuvre
1975 Zigzags
BARDIN John F.
2025 Qui veut la peau de Philip Banter?
BAXT George
2049 Le meurtre d'Alfred Hitchcock
2085 Crime et sentiment *(avril 92)*
BERKELEY Anthony
1880 Une erreur judiciaire
1911 Le gibet imprévu
2008 Sans remords
BIGGERS Earl Derr
1730 Le perroquet chinois
BOILEAU Pierre
252 Le repos de Bacchus
(Prix du Roman d'Aventures 1938)
1938 La pierre qui tremble
1774 Six crimes sans assassin
BOILEAU-NARCEJAC
1748 L'ombre et la proie
1868 La poudrière
1889 La justice d'Arsène Lupin
BONETT J. & E.
1916 Mort d'un lion
BURLEY W. J.
1762 On vous mène en bateau
BRETT Simon
1813 Les coulisses de la mort
1972 Les gens de Smithy's
2086 D'amour et d'eaux troubles
(avril 92)
BRUCE Leo
261 Trois détectives
1788 Sang-froid

CARR John Dickson
719 Passe-passe
1274 Impossible n'est pas anglais
1802 Le marié perd la tête
1843 Les yeux en bandoulière
1850 Satan vaut bien une messe
1863 La maison du bourreau
1876 La mort en pantalon rouge
1891 Le naufragé du Titanic
1906 Meurtre après la pluie
1910 La maison de la terreur
1926 Patrick Butler à la barre
1946 La police est invitée
1950 Mort dans l'ascenseur
1954 Les meurtres de Bowstring
1957 Le retour de Bencolin
1960 Le meurtre des mille et une nuits
1968 Eh bien, tuez maintenant!
1973 A réveiller les morts
1976 Arsenic et boutons de manchette
1979 Lune sombre
1986 La chambre ardente
1991 Hier, vous tuerez
2001 Capitaine Coupe-gorge
2005 Le mort frappe à la porte
2007 Il n'aurait pas tué patience
2012 Celui qui murmure
2016 Le secret du gibet
2018 L'habit fait le moine
2024 Ils étaient quatre à table
2027 A la vie, à la mort
2033 Un coup sur la tabatière
2041 Les meurtres de la licorne
2045 Les démoniaques
2053 Le manoir de la mort
2056 Les neuf mauvaises réponses
2065 La mort sous un crâne
2078 La fiancée du pendu *(fév. 92)*
2087 La maison de la peste *(avril 92)*

COLLINS Max Allan
1966 Un week-end tuant
2017 Pas de pitié pour ceux qu'on aime
CRISPIN Edmund
1839 Un corbillard chasse l'autre
1935 Prélude et mort d'Isolde
DELTEIL Gérard
2030 Votre argent m'intéresse
DIDELOT Francis
1784 Le coq en pâte
DISNEY Doris Miles
1811 Imposture
DUCHATEAU A.P.
1984 La 139e victime
2020 Palmarès pour cinq crimes
ELLIN Stanley
1670 Le compagnon du fou
1682 La puce de Beidenbauer
1702 La douzième statue
1729 La dernière bouteille
FAIR A.A.
1745 Bousculez pas le magot
1751 Quitte ou double
1905 Le doigt dans l'œil
1941 L'heure hache
1990 Des perles aux corbeaux
2013 Une belle jambe
2028 Dans le bain
2062 Meurtre légal
2072 La piste effacée *(janv. 92)*
2081 Une affaire en or *(mars 92)*
FAST Julius
1901 Crime en blanc
GARDNER Erle Stanley
1797 La femme au masque
GASPAR José da Natividade
457 Les corps sans âme
597 Congrès gastronomique
GERRARD Paul
1945 La chasse au dahu
1964 La javanaise
1985 Les incandescentes
2003 Le masque de verre
2019 La tournée du bourreau
2031 Le 36e dessous
2052 La porsche jaune
2066 Le pas des lanciers
GOODIS David
1823 La police est accusée
GRAFTON C.W.
1927 Feu mon beau-frère
GRISOLIA Michel
1847 La madone noire
1874 La promenade des anglaises
1890 650 calories pour mourir
HALTER Paul
1892 Le brouillard rouge
(Prix du Roman d'Aventures 1988)
1878 La quatrième porte
(Prix du Festival de Cognac 1987)
1931 La mort vous invite
2035 La tête du tigre
2059 La septième hypothèse
HARDWICK M. ET M.
2068 La vie privée de Sherlock Holmes
HAUSER Thomas
1853 Agathe et ses hommes
HEYER Georgette
297 Pourquoi tuer un maître d'hôtel?
HILL R.
2055 Un amour d'enfant
(Prix du Roman d'Aventures 1991)
2064 De douceurs assassines
2080 Le partage des os *(mars 92)*
IRISH William
1875 Divorce à l'américaine
1897 New York blues
JEFFERS H. Paul
1807 Irrégulier, mon cher Morgan
KAMINSKY Stuart
2011 Le flic qui venait du froid
(Prix du Roman d'Aventures 1990)
2021 Quand Moscou fait la bombe
2042 Quand Moscou fait son cirque
2057 Qui a peur du grand méchant ours?
KASSAK Fred
1932 On n'enterre pas le dimanche
1943 Nocturne pour assassin
1981 Une chaumière et un meurtre
2004 Plus amer que la mort
2022 Crêpe-Suzette
2054 Bonne vie et meurtres
2061 Voulez-vous tuer avec moi?
LEBLANC Maurice
1808 Arsène Lupin, gentleman cambrioleur
LEBRUN Michel
1970 Un revolver, c'est comme un portefeuille
1993 Les ogres
LECAYE Alexis
2047 Chronique d'un juge ordinaire
2060 Meurtres en trente-six poses
LOVESEY Peter
1201 Le vingt-sixième round

1798 La course ou la vie
1803 Le bourreau prend la pose
1869 Bouchers, vandales et compagnie
1888 Ô, mes aïeux !
2014 Pour le meilleur et pour la mort
2026 Tourne et tais-toi
2046 Abracadavra
2076 Le prince et les sept cadavres

MILNE A.A.

1527 Le mystère de la maison rouge

NARCEJAC Thomas

355 La mort est du voyage *(Prix du Roman d'Aventures 1948)*
1939 Le mauvais cheval

PALMER Stuart

1783 Hollywood-sur-meurtre

QUENTIN Patrick

251 L'assassin est à bord
1860 Lettre exprès pour miss Grace
1947 La mort fait l'appel

RAWSON Clayton

2082 Les pieds au plafond *(mars 92)*

SAYERS Dorothy L.

191 Lord Peter et le Bellona Club

SÉCHAN O. et MASLOWSKI I.

395 Vous qui n'avez jamais été tués *(Prix du Roman d'Aventures 1951)*

SINIAC Pierre

1949 Des amis dans la police
1983 Sombres soirées chez Mme Glauque
2023 Mystères en coup de vent
2071 Aime le Maudit

STAGGE Jonathan

1789 Du sang sur les étoiles
1809 La mort et les chères petites
1818 Le taxi jaune
1833 Pas de pitié pour la divine Daphné

STEEMAN Stanislas-André

84 Six hommes morts (Le dernier des six) *(Prix du Roman d'Aventures 1931)*
95 La nuit du 12 au 13
101 Le mannequin assassiné
113 Un dans trois
284 L'assassin habite au 21
305 L'ennemi sans visage
388 Crimes à vendre
1772 Quai des Orfèvres (Légitime défense)
1854 Le trajet de la foudre
1864 Le condamné meurt à 5 heures
1902 Le démon de Sainte-Croix
1955 Madame la mort
1980 Dix-huit fantômes (Dortoir des grandes)
2006 La maison des veilles
2029 Feu lady Anne (L'adorable spectre)
2040 Haute Tension
2063 Impasse des boîteux
2077 Virage dangereux *(fév. 92)*

STERLING Thomas

1992 Le tricheur de Venise

SYMONS Julian

2048 Un manuscrit en or massif

TERREL Alexandre

1733 Rendez-vous sur ma tombe
1749 Le témoin est à la noce *(Prix du Roman d'Aventures 1984)*
1757 La mort à la fenêtre
1777 L'homme qui ne voulait pas tuer
1792 Le croque-mort de ma vie
1822 Le croque-mort et les morts vivants
1867 Le croque-mort et sa veuve
1925 Le croque-mort a croqué la pomme
1997 Le croque-mort s'en mord les doigts

THOMAS Louis C.

1780 Poison d'avril
1969 La mort au cœur
2032 Les trente deniers
2051 Coup de sang
2073 Malencontre *(janv. 92)*

UNDERWOOD Michael

1817 Trop mort pour être honnête
1842 A ne pas tuer avec des pincettes

VERY Pierre

60 Le testament de Basil Crookes *(Prix du Roman d'Aventures 1930)*
1987 L'inconnue du terrain vague
2009 M. Marcel, des Pompes funèbres
2034 Le thé des vieilles dames
2038 M. Malbrough est mort
2069 Les veillées de la tour pointue

VICKERS Roy

2083 Et la servante est rousse *(mars 92)*

WALSH Thomas

1872 Midi, gare centrale

WAUGH Hillary

1814 Cherchez l'homme
1840 On recherche...
1884 Carcasse

IMPRIMÉ EN FRANCE PAR BRODARD ET TAUPIN
Usine de La Flèche (Sarthe).
ISBN : 2 - 7024 - 2211 - X

H 52/0402/9

LE MASQUE
Collection de romans d'aventures
créée par
ALBERT PIGASSE

DES DOUCEURS ASSASSINES

Auteur anglais né en 1936, créateur de l'inspecteur Andrew Dalziel, Reginald Hill a également écrit des nouvelles, une pièce de théâtre télévisée et des romans policiers sous le nom de Patrick Ruell. L'un des auteurs anglais les plus originaux de ces dernières années, il a remporté en 1990 le Golden Dagger Award.

Reginald Hill

DES DOUCEURS ASSASSINES

Traduit de l'anglais par Jean-Marc Mendel

Librairie des Champs-Élysées

Ce roman a paru sous le titre original :

A KILLING KINDNESS

Pour Dan et pour Pat

S'il n'agit par tendresse,
L'homme qui porte la main sur une femme
Est une ordure
Qui ne mérite même pas le beau nom de lâche.
John Tobin *La lune de miel*